莘庄漫记

Xinzhuang Manji

邵嘉敏 著

中西書局

图书在版编目(CIP)数据

莘庄漫记/邵嘉敏著.—上海：中西书局，2024.
ISBN 978-7-5475-2285-1

Ⅰ. I267.1

中国国家版本馆 CIP 数据核字第 2024AC0449 号

莘庄漫记

邵嘉敏　著

责任编辑　马　沙
封面设计　王铁颀
责任印制　朱人杰
插　　图　薛　波　邵　婧

出版发行　上海世纪出版集团
中西書局(www.zxpress.com.cn)
地　　址　上海市闵行区号景路159弄B座(邮政编码：201101)
印　　刷　常熟市人民印刷有限公司
开　　本　700毫米×1000毫米　1/16
印　　张　18.5
字　　数　285 000
版　　次　2024年8月第1版　2024年8月第1次印刷
书　　号　ISBN 978-7-5475-2285-1/I・255
定　　价　96.00元

本书如有质量问题，请与承印厂联系。电话：0512-52601369

序一

嘉敏弟的这部《莘庄漫记》，正如其《后记》的标题所示，是吾乡莘庄这块土地鲜活的印痕。

书中记述了家乡的土地、家乡的美景、家乡的水、家乡的路、家乡的桥，记述了家乡的物产稻米、三麦（小麦、大麦、元麦）、棉花、油菜、药材以至树木、野草、鱼类、家畜，记述了家乡的习俗、家乡的人物、家乡曾经的苦难和翻天覆地的变化。

试读《深秋叶黄时》所描绘的水稻叶子：

> 水稻的叶子太普通了，太不起眼了，好像还没见过有人去描述它。但我今天想来，它平凡中有着不一般的美。形态上，它一身秀长，紧紧地拥抱着稻秸，浑身上下没有一丝洋气。凑近闻，有清香，真诚而朴实。这是经过春风夏雨、烈日浓霜积蓄起来的香，是吸收大地精华、由内而外穿透出来的香。它是坦坦荡荡、直直白白、大大方方的，不羞羞答答，不吞吞吐吐，不掖着藏着。这叶，在秋风吹来的时候，你能感受到它的兴奋，它舞动身姿，沙沙作响。虽将耗尽气血，但它是无愧的，它毕竟经历了从清明、谷雨直至寒露、霜降等 14 个节气的交替磨砺，占了一年四季 24 个节气的一半多。到秋收时节，它似一柄长剑，紧紧护卫着弯着腰的穗头。上部虽渐黄，底部还留着青色，仿佛蕴含着的能量还不曾完全释放。这让人感觉亲切，想与之亲近，犹如母亲的怀抱、父亲的宽肩。

作为农民的后代，作为“插队落户”做过农民的人，我至今对于水稻叶、穗的绚烂和清香有一种特别的感情，去年游览嘉北郊野公园，在大片的水稻地里流连忘返，久久不愿离去。还有我亲手栽培过的棉花，也是如此，请读嘉敏书中《有一种“花”叫棉花》：

我想，棉花虽不如菊花多姿，也没有牡丹那般名贵，不似荷花清高，也无桂花香气四溢，但是它与上海这座现今的国际大都市却有着深刻的渊源。随着城市产业结构的转型调整，市郊植棉已不多，棉纺织产业也已经风光不再，但棉花当是上海城市发展历史当中重要的记忆符号。对我等过去的农人来说，棉花是暴突青筋培育的花，滴滴汗水浇灌的花，沧桑脸庞印就的花，柔软心底镌刻着的永远的花。

吾乡先辈黄道婆引种的棉花，曾经使松江府“衣被天下”，当然值得赞美。至于收获水稻以后栽种的经冬小麦，也是如此，请读《风吹麦浪涌》：

呵！麦子，发芽生根于萧萧之秋，苦苦煎熬于寒冬腊月，勃勃发育于撩人春天，成熟涅槃于炎炎夏季，似曾相识于我们走过的人生。时过境迁，都市近郊少见麦田的当下，那被挤压到记忆深处的一幅幅原始经典麦子生长奉献图及农人劳作画面，是不该被遗忘的吧！

毫无疑义，家乡的水稻、棉花以至一草一木，都植根于家乡的土地，请读《冬日弄土》：

泥土，农人与它一辈子打交道，离开它不能生存，它是命根子。相比之下，春天泥土的清新、芬芳，夏时泥土的炽热、奔放，秋季泥土的成熟、雅致，冬日泥土却别有一番风姿，它内敛、蓄势，孕育着来日的奋发。别说冬闲，农人对冬日的泥土自有独特的侍弄。

乡村冬日的泥土是悄无声息的。它腾挪着方位，变换着身姿，或躺着、或卧着、或依着、或撑着，既有挪移的生疏，又有翻腾的喜悦。是的，土地无语，但土地有情。农人甘与土地为伍，与之亲近，说到底是为了生存。冬日弄土是善待它，感恩它，回馈它，让大地上的人更好地生存。我当年感觉没有这般深，只感叹农人苦、累，及至有了这般感受的时候，这里已经逐步深度城市化了。我追念着对这片土地的恋，并将永远挥之不去。

浓郁的家乡情结、深厚的人文情怀、满满的知识含量，总体朴素而畅达、有时又抒情而优美的文笔，写尽了人生阅历、人情世故，如非善于观察、耽于阅读、勤于思考，不能达到这样的境界。

作为一部散文集，不仅具有一定的文学色彩和可读性、思想性，也具有纪实的史料价值，可供修史志者采撷。

我也是一个莘庄人，不过人生的轨迹与嘉敏不同，嘉敏的书勾起了我的遥远的记忆。

嘉敏书中《故土曾苦难》记述：

1949年初，国民党军队负隅顽抗解放大军的南下。为加强外围防御，“固守”上海，在莘庄强拉民工构筑混凝土碉堡4座。是年5月12日至15日，更是以清除障碍为由，强行焚烧大量民房。我清晰地记得，祖宅残留部分满是被火烧焦的炭痕。爷爷告诉我，老祖宗留下的绞圈房子大部分被国民党军队烧毁了，这剩下的是我们趁着军队点燃房屋未曾全部烧光离开时，冒着生命危险灭火保下来的。我的大伯家就因被国民党兵守着而无法施救，眼睁睁看着祖屋被尽数烧成一片灰烬。

其中所记述的被烧毁的屋子，就是我的家，当时我的父母和祖父母都不在家，只有刚满一周岁的我躺在屋里，烟雾熏得我直呛，幸好有一位裁缝师傅闻声冒着浓烟把我抢了出来。

失去了家园，全家投靠亲戚来到了莘庄西边属松江的谈家塘和田村（今属九亭镇），学中医出身的父亲新中国成立后积极参加土改，担任了松江县泗泾区联农乡的乡长，后来又担任泗泾镇和新桥镇血吸虫防治站的负责人，救治了无数的乡亲。我的幼年是在那里度过的。

回到西李村，父亲仍在松江泗泾和新桥工作，我随祖父益藩公生活。西李村原名沈家巷，我的叔祖益尚公（即嘉敏的祖父）告诉我，我们李姓搬入沈家巷应该是在明朝，村西曾出土一方墓志铭，明载我们的祖先来到此地至叔祖的祖父已是第二十四代，而沈家巷李姓始祖来自浦东三林塘。同村族祖沪上大律师李二白曾到三林塘访祖，并编撰了一份族谱，此谱后随二白先生去了台湾地区。

民国时村里办有小学，我们的祖辈、父辈都在小学里上过学，他们都钟爱我这个孙辈，教我认字，教我珠算。叔祖信奉天主教，还曾带我到莘庄南街的一个教堂做礼拜。

嘉敏的书中有专写叶家祠堂的一篇。老一辈人又称其为陆家坟山。1956年春到1957年夏，我在位于叶家祠堂的梅陇镇小学分校读书，祠堂的大厅是我们的操场，厅外的露天庭院里有两棵桂花树，一棵金桂，一棵银桂，金秋时节，金黄银白两色对比分明，香气扑鼻。两树之间是一方小池塘，同学踢球玩耍，常常把球踢进池塘里。当时这是一所比较简陋的农村小学，全校有初小四个年级却只分为两个班级，一年级和三年级为一个班级，二年级和四年级为一个班级，老师先布置一个年级进行预习或做作业，然后给另外一个年级上课。这样的方式却给了我越级听课的机会，我常常能很快完成作业后似懂非懂地听高年级的课。在这样一所小学里，我的智力和求知欲得到开发，三年级转入港口小学，一直到六年级毕业考入上海中学，学习成绩始终名列前茅。

家乡莘庄处于上古的冈身地带，在上海属于高海拔地区，村河的水位很低，这是和我曾经居住过的西边的松江九亭以及东边的龙华地区不一样的。莘庄曾出土南北朝文物，历史悠久。莘庄老镇有东西和南北街(东西街特别长)，拥有大量的商铺，且有不少高宅大院，承载着深厚的人文遗存，如嘉敏书中记述的曾作为公社办公处的东街绞圈房，就是一处。又如张家花园(现世纪名门小区附近)是著名画家张守成的老宅。张守成1918年出生于上海莘庄镇北三里西河滨。其祖父张虞赓是清末秀才，著有《西河草堂遗稿》;外祖父秦锡田是清末举人，为上海浦东陈行镇望族秦裕伯直系后裔。著名画家陆抑非对张守成青眼有加，特地请潘志云做媒，把自己四叔的独生女儿陆秀平介绍给张守成，并由赵叔孺、吴湖帆做证婚人，促成了一段美满婚姻，陆秀平亦在1942年和俞子才夫人冯曼依、朱梅邨夫人刘和璧、吴少蕴夫人周素澜同拜吴湖帆为师。其女张渊，1943年出生于莘庄，也是画家。莘庄镇南临河，原来有许多古桥，镇南还有几处有特色的花园。

莘庄是典型的江南古镇，如果保存到现在，一定是上海近郊的旅游热点。但由于莘庄从清末以来成为沪杭铁路的一个重要节点，1958 年沪闵公路又在此拐弯（建国以前的老沪闵路经颛桥通闵行），上海县的县政府由老闵行移到了莘庄，在地铁和高速公路的建设中莘庄又成为上海西南的交通枢纽，诸多因素使莘庄在上海当代社会经济发展中地位重要，遂使莘庄朝向另一个方向发展，承担了比古镇更重要的职能。

4 月我去看望父母，99 足岁的父亲提出要我开车送他到莘庄去看望他的小妹妹，这位小妹妹就是我的小姑妈，也就是嘉敏的母亲，现已 91 岁高龄。我怀念故土，怀念亲人，一定会满足父亲的愿望的。

是为序。

李伟国

2024 年 5 月 7 日

（作者系历史学家，曾为上海古籍出版社副社长兼副总编辑、上海辞书出版社社长兼总编辑、上海人民出版社总编辑）

序二

嘉敏兄和我同为莘庄"老土地"，是分属两个生产大队的隔壁兄弟，两家头还同生肖，只是我大他一折。我俩有相同的前期经历，从小当农民，各自修地球：坌地、驶田、斫麦、挑稻，寻工分。现在，嘉敏兄的散文集《莘庄漫记》要出版了，嘱我"搨两句"，我自然答应，一是为老朋友出成果高兴，二是享受阅读美文的愉悦。

我俩接触最多是20世纪70年代。每年"三夏""三抢"和"三秋"三个农忙季节里，各个生产大队（即现在的村）都要编印"××通讯"（俗称"战报"），他在莘光，我在东吴（还有祖卫在莘北，紫燕在莘联，之维在南马），各自用钢板、铁笔、油墨编写刻印"战报"，有的时候竟日出一期。这张8开油印小报配合农忙季节，宣传有关政策，表扬好人好事，鼓舞社员斗志，很受欢迎好评。我们这些战报的"主编"常庄有机会在公社广播站开会碰头、接受任务，有个辰光也"茄茄山河"。不久，他调入莘庄公社广播站，成了管"战报"的头之一，而后逐步走上从政道路，担任过乡政府办公室主任、镇党委秘书、镇党委副书记等要职；2009年他180度转身，肩负重任，调入国企当"老总"直至退休。嘉敏兄如此丰富的人生经历，客观上为自己累积了一个埋藏丰富的"字矿"。"2016年底退休以后，有了较为充裕的时间，就摸索着把本土的、似是值得一记的东西以文字形式如实叙来。"（《曾为"土记者"》）他着手"开采"，将"字矿"化成情感之笔写出来，于是有了这本散文集。

嘉敏熟悉莘庄乡村，题材也多与莘庄乡村生活有关。无论写花，写草，写庄稼，或者写《伴我走到花甲的这条长凳》，写《来了，又不乱来的这场雪》，甚至几棵辣椒，笔端永远洋溢着对家乡的挚爱，对生命的向往和礼赞。他有多篇散文专写家乡的树，其中有榉榆树、楝树、谷树、朴榆、榔榆、梓树、槿树。

“我徜徉在树下，静下心来，细细端详，任凭思绪飘远。”(《又见乡树茂》)他写香樟，“俨然成为家乡主打树的香樟，也是城市靓丽风景线”，它们“盛夏庇荫，严冬添绿，把小区、街道、公路、公园装点得四季如春”。(《春天里的香樟》)这些乡树美文，不仅有知识性、趣味性，也是作者热爱家乡的一种表达，透露的是一种浓浓的爱乡恋乡之情。连长在浜墟、田岸上，少有人注意的草板茎，也赋予其坚强个性，让人分明感觉是在写他的情感，它们“有从容不迫的坦然，有伸向周边的执着，有任人践踏的顽强坚韧，有雨水浸润过后的含露张合，透显生命可贵的茵茵芬菲”(《草板茎》)。这也看出，嘉敏的散文立意较高，看似不起眼的小事小物，在他的笔下富含哲理，且有内涵的深度。

散文，以情感人最重要。嘉敏兄写亲人、写朋友、写同事的那些散文，亲情友情至纯至真，很是感动人。《奶奶的哲学》4 000多字，可能是文集中篇幅最长的一篇。奶奶“生于清末，缠过‘三寸金莲’；没上过学堂，斗大的字识不满一箩筐”，他用15个小节，浓墨重彩地描写了普普通通的老祖母。其笔下的“奶奶”是一个经年负重、低调务实、做人知足、心怀感恩、节俭惜物的长辈，对孙辈们既“邪气”“宝贝”，又言教加身教，文中记录了她日常日逐脱口而出的话：“看人挑担不吃力，自上肩胛嘴要歪”“讲得花好稻好，样子做得蛮好，不要‘宜兴夜壶好只嘴’，绣花枕头一包草”，还有如“起早勿忙，种早勿荒”“砻糠搓绳起头难，杀猪猡容易理肠难”“有心不在一时忙”，都是奶奶一生的为人之道。作者深情地说：“奶奶带有哲理意味的话语、举动还有很多很多，它影响着我一辈子!”大弟是他双胞胎弟弟中的一个，因病不幸早走，在哥哥眼中，大弟是吃苦耐劳、勤恳做事的人，是有热血、重感情的人，是俭朴实在、忠厚善良的人，是一个坚毅、刚强的人，《大弟》一文字里行间满是亲情的流露，和对弟弟的无限思念。

他的作品大量使用了上海方言，尤其是莘庄方言，可以说，每篇都有使用恰当的方言词语和俗语。打开目录，不少篇章标题直接用方言词，如《老坦克》《水桥头》《老布》《拔茅针与炭茅柴》《扨合周》，还有《会捉老鼠猫不叫》《逃脱鳗鲡臂膊粗》等用的是俗语。第一篇《脚底下的路》用的第一个方言词语便是“官路”，接着还有“闹猛”“日长夜大”“田岸”等一听都懂的词语。这些莘庄人老祖宗传下来、至今常用的方言土语，在他的散文中得到了体现和传承，突出了莘庄特色和风土人情。这种记叙会让读者感受到那份割舍不去的乡愁乡情，也使得他的作品具有浓厚的地域特色和文化价值。

日脚真好过，一晃嘉敏兄也已退休多年了。用他的话说："60岁职业的学习结业了，下一个单元是社会大学，要学的东西，要做的事多着呢！"(《退休之后》)现在的他"退休不退志"，每天坚持游泳，坚持读书看报，坚持参加每周的诗词鉴赏学习，又应邀参加区委老干部局组织的网宣活动等，退休生活充实而有意义。他笔耕不辍，并在上海市离退休干部博客空间"老小孩"网站、"春申晚霞"主页等电子媒体上，发表大作20余万字，一些文章还刊载于书、报、刊等纸质媒体。(《退休之后》)他的人生本是个"富矿"，期待他继续"开采"，创作出更多的优秀文学作品！

是为序。

褚半农
于2024年五一劳动节假期

(作者系上海市作家协会会员，方志、方言研究者)

目录

第一章　物是人非

莘庄立交桥

曾是地铁莘庄站

脚底下的路

莘庄的路数不清，靠两只脚板走着数，我看是几天几夜也数不清的。

我是土生土长的莘庄人，从祖父的祖父起就居住在莘庄。小辰光的记忆当中，家门前是一条“官路”。所谓“官路”，自古有之，是条烂泥路，宽不过三尺，一般比普通田岸多了点草板筋和硬板，少量地段铺有石板，可通往七宝、泗泾、松江，到梅家弄(梅陇)、龙华、漕河泾。

1958 年筑起的沪闵路，离我屋门前十许丈，筑的时光长辈们去帮忙拾过“三和土”，出过力，还经常带着我去“看闹猛”。

1985 年，又一条大路在屋门前筑了起来，即莘松高速公路。结果，屋里的房子因此搬迁，连我祖父的坟也移了身，不过我想他肯定是蛮乐意的。

这几年，路的地位越来越高，筑路的虎势越来越大，筑的路也越来越好。在莘庄，七莘路、雅致路、疏影路、报春路、庙泾路、中春路、顾戴路等相连延伸，或拓宽或新筑，连经常在路上跑跑的我，也搞不清莘庄究竟新筑了多少路，只觉得路在日长夜大。值得大书一笔的是地铁已延伸到莘庄，莘庄到闵行的轻轨已动工。1997 年春节，我特地到莘庄车站买了 10 张地铁票收藏，因为到当年 7 月 1 日要换新车票了——与地铁 1 号线正式沟通了!

路好比一个人的经脉、血管、骨骼，不通畅就不强。路的变化折射出经济社会的发展，看看闵行区这几年的变化，啥人不赞叹! 用莘庄话讲:“着力哉!”用浦东话讲:“邪啦!”作为一个莘庄人、闵行人，真服贴区里当家人眼光远，魄力大。在一个辞旧迎新的场合，应大家一致要求，黄区长即兴唱了一首歌《敢问路在何方》。我是属猴的，聆听区长声情并茂唱着这首《西游记》插曲，真是“扎劲”。唱到“路在脚下”时，拍手拍得全身的血往上涌。今年是农历牛年，我们要牛气冲天，大显身手，让脚下的路更长、更宽。

喏，打桩机“砰砰砰”在响，市外环线，全市最大的立交桥要在莘庄造起来了……

(载《闵行报》，1997 年 3 月;《本色纯美》，文汇出版社，2016;
《莘城旧事》，上海书店出版社，2020)

河之随想

前些日子，有机会沿着莘庄的河道转了一圈，目睹美丽的、人文的、生态的景观河道和碧波荡漾之水、鱼儿欢畅之水、杨柳依依之水，引发了我这个土生土长莘庄人的颇多遐思。

莘庄的河，记忆中最遥远的是“市河”，称“莘溪”。20 世纪 50 年代初，莘庄还保持着浓郁的江南水乡小镇的韵味，它比朱家角的漕港河、七宝的蒲汇塘更显雅致。漕港河上有放生桥，蒲汇塘上有塘桥，莘庄的市河上有会龙桥(平桥)。

莘庄的河，最宽大的是淀浦河(宽 60 米)。它西起淀山湖，东入黄浦江，莘庄段长 4.5 千米，大多在曾是莘庄母亲河的“横塘”河床、流向基础上疏浚辟建。

1976 年 12 月，莘庄明星、莘光、南马、东吴等村差不多家家户户都住满了来自嘉定、宝山、金山等县来开河的民工。借住在我家的民工是嘉定曹王公社的。他们每天要完成挑泥 2 立方米的任务，肩负百多斤重担，奔跑数十里路，还利用业余时间帮助房东家挑水、扫地，东家也为民工们缝缝补补、洗洗刷刷，完工临别时依依不舍之情历历在目。

这条河挖成后的一度淤泥严重，枯水季节差不多能跨过去。1997 年 11 号台风袭来时，台风、潮汛、暴雨“三兄弟”碰头，子时半夜河两岸的莘光村赵家塘、俞家塘，南马村的西杨、高家等村宅成了一片汪洋。当时，本人与“老水利”老金立于“莘光桥”上望“洋”兴叹：此“三兄弟”何时离去?！此凄景何时不再?！事实上，一年后市、区、镇三级政府水务部门全面落实了加高加固防汛墙的措施，可抗击百年一遇的“三兄弟”碰头；沿岸有关单位特别是房地产开发商倾力相助，东苑绿世界等小区沿岸都建成了滨河景观。

“水利是农业的命脉。”二十世纪六七十年代“修地球”的农民都晓得这是一位伟人的语录。我第一次“亲自”参加水利建设是 1973 年冬季，疏浚位于莘东、莘联境内的虹莘港、韩泗泾。收完晚稻，轧出新米，种好冬麦、油菜，整个生产队都忙了起来，根据县里、公社里的水利规划，冬季水利战役开始了。说是战役，一点不假，编制都是部队式的，公社是营级建制，大队设立连部，作战地图（河道剖面图）贴满了整面墙。打前站的小分队早就摸清了地形，借农舍、砌灶头、打地铺、修茅棚、拉广播……，大部队进入，红旗猎猎，号子阵阵，一派闹猛出工。起床、开饭、开工、工间休息、收工亦都是“军号”（录音），哔哩叭啦响。

值得庆幸的是，在城市化进程快如飞的今天，在硅酸盐构建的楼林路海逼迫下，大自然馈赠给人们的东西及人们与大自然亲和的东西没有被完全挤走。这条河分为几个部分，保留并成为景观河道。一段为万科假日花园的一景，另一段有了一个舶来动听的名字——“塞纳左岸”。

根据有关机构一项“想要什么样的家”的问卷调查结果显示，51%的被调查者期望滨河而居。目前，权威部门公布的统计数据表明，水景住宅的售价比一般住宅平均高出7%至10%。

莘庄的许多河，横沥、庙泾、莘浜、团结河、创业河、友谊河等，我都切身亲近过。从夏日的嬉水到寒冬的扒蚌，春秋更是捞鱼、摸蟹、耥螺丝的好时机，人们以河之水排灌，以河之水行船，以河之水洗刷、饮用……

如今，人们已把水作为对生活环境的要求之一，希望通过“水”元素的介入，来提高生活质量。确实，把水的灵动气韵引入社区，可为人们提供更舒适的居住空间和居住品质。也难怪，这么多人喜欢居住在莘庄，莘庄房产持续升值，是离不开水的贡献的。

人乃万物之灵，在与天、与地、与水、与自然的一生厮守中，会有一些响应与对称，物与我达到某种默契、某种和谐、某种共鸣时，人就有可能皈依自然、顺其自然、自然而然了。人水亲和，城水相映，甚好！

（载《闵行报》，2003年春；《莘城旧事》，上海书店出版社，2020）

家乡的桥

我见过不少桥，也走过不少桥。走过让“天堑变通途”的万里长江第一桥武汉长江大桥；第一次坐火车到南京，凌晨3时就走了刚竣工的南京长江大桥；到兰州，当然要走黄河第一铁桥；在雪域高原，走过西藏拉萨河上的拉萨桥；地处松江的黄浦江上第一桥通车那天，与宅上弟兄骑自行车赶去畅骑了两个来回；杭州湾跨海桥、洋山深水港桥、长江隧桥、崇启大桥等一通车，都以先走为快。有机会到国外，也走过美国旧金山、澳大利亚悉尼等大桥。

但是，记忆最深处、感觉最亲近的还是家乡的桥！

闵行多桥，不少地名与桥有关，虹桥、颛桥、马桥、北桥等。据《上海县志》记载，1949 年，上海县有公路桥 61 座，1958 年，西郊区并入上海县增为 198 座，至 1984 年全县公路桥 192 座，农桥（人行桥、拖拉机桥）1 373 座。

莘庄，原名莘溪，因溪边的村庄而得名。据《重修华亭县志》记载，清时有桥 129 座。据《莘庄乡志》载，至 1987 年，有桥 181 座。老莘庄人都知道，莘溪（1965 年填没，现为莘浜路）上曾有 8 座石桥、木桥，如称为市桥的建于明代的会龙桥，跨度为 24 米的三块石桥财神桥。

记得我家门口有用三根石条搁起的无名小桥，6 岁提前就读小学一年级，遇上暴雨洪水把小石桥淹没了，放学回不了家的我急得在桥边望水直哭。好心的宅上叔叔踩着、探着水把我背过了河。清代所建的沪杭铁路莘庄境内有三座铁桥，我和小伙伴们曾躲在桥下听那火车在头上驶过时的“隆隆”声响，甚是刺激。

我回乡种田后，曾肩挑百多斤重的稻担，迎着七八级狂风，走在只五六十厘米宽的垅沟桥（实为引水渡槽）上，稍不小心就会被吹落桥下。撑着脚劲，凭着蛮力加巧力，硬是把一担担稻梗挑到脱粒场上。也作为农民工参加过筑桥块造桥，淀浦河上的莘光桥、南马桥、沪闵路桥等都曾流下过我数不清的汗水。记得建造莘庄立交桥时，爷爷握着我的手说，真想等这座桥造好后上去走一走，可惜他没有享受到这等福分。

桥，与城市发展密不可分，也与我们的生活休戚相关。沧海桑田，在历史的长河中，旧的桥必然会湮灭，新的桥需要我们去构筑。桥的故事，也必将会延续下去。

（载《闵行报》，2012 年 4 月 20 日；《寻乡记》，上海书店出版社，2019；
获《20 年，我们一起走过》闵行区征文一等奖；
微信公众号“学习强国”，2024 年 4 月 4 日）

稻柴有用

稻柴，即秋收时农家脱去稻谷后的秸秆。秋后独多稻柴。这一常见、普通、平凡，貌似废物的东西，曾一度引起广泛关注，因为有农家贪图省事，在田间一烧了事，造成环境污染甚至影响到飞机起降。可过去，我们郊区农户对稻柴是情有独钟。

最常见普通的用途是作燃料。不过，用稻柴烧火也有讲究，不是随便往灶肚里塞就行，而是必须将稻草打成“草团”，让空气在灶肚里能流通，使稻柴充分燃烧。燃烧后的稻柴灰还大有用场。利用灶肚里的余热可以用个陶制罐头炖酥豆之类的食物；把尚有余热的稻柴灰退出灶肚置于一口大缸内，可温洗脚水、洗脸水。稻柴灰还可用于育苗保暖和肥田。

秋收后，农家趁晴晒干稻柴，“捉落空（得暇）”扎成一个个或圆锥形或长条形的柴堆。不要小看扎柴堆，这也是个技术活。弄得不好，或者会漏雨，慢慢成为一堆烂柴；或者堆到一半会塌了，前功尽弃。我们“学生活”参与扎柴堆，有时偷偷地有意识地在柴堆中留个空洞，大冷天玩“伴野猫”游戏时是最好的藏身之处。队里还会派我们这帮“团串头”，用拖车把稻柴拉到大队加工场，通过粉碎机把稻柴加工成柴糠作为猪饲料。我们的耳朵被震得嗡嗡作响，每个人被粉尘弄得“蓬头垢面”，而我们因自由度高而乐在其中。冬天无青草，我们帮着耕牛饲养员，把稻柴用料刀切成一寸左右，拌上菜籽饼之类，就是过冬耕牛最好的饲料，所谓“牛吃稻柴鸭吃谷”。

稻柴可以搓绳作为农具家什。农闲时节或雨天不能干其他农活，就在家中用稻柴搓绳，用作瓜蔓类作物的搭棚。还能绞成再粗一些的绳索，作为犁耙等农具的配套物。

稻柴还能作为生活用具。用稻柴编（方言称“押”）成米囤存放余粮；编成饭窠、脚炉窠等用以保暖。我小辰光，每个冬天，几乎都是在爷爷用稻柴一圈圈编成的“立囤”里面度过的。底部放置抄上有余热的稻柴灰的脚炉，暖暖的，一般可用数年。从懂事起，我也跟着爷爷编押柴窠、饭窠、脚炉窠，还押过“立囤”供弟弟妹妹用。

过去逢端午节裹粽子，不是用绳线扎的，而是用稻柴。粽叶的清香伴着稻柴的糯香，煮出来的粽子更香。哦，做红烧扎肉，用稻柴扎的滋味更足。新稻柴铺床，是农家秋后的要紧“生活”。新稻柴收上来，把隔年的甚至有点霉气的换下来，夜里睏得特别好。每年冬季去开河，打地铺必用稻柴。稻柴也是盖屋的材料，一方面是穷而盖不起瓦片，另一方面保暖性还好，只是经不起火。我的孩提时代，草屋火灾常有发生。中学课文读到著名诗人杜甫名作《茅屋为秋风所破歌》，感人至深。本地不少人家把稻柴积蓄到一定的量，去芦墟、平望等窑厂换瓦片、砖头等建筑材料，到备足时翻造瓦房，减少失火并防“为秋风所破”。

还有，在我们乡下，人故世后，是要烧把稻柴送上一程的。每年正月十五夜，我们跟着大人，点燃用稻柴扎成的火把在田头跑，驱邪镇妖，祈祷来年庄稼有好收成。早春或秋收时节，我们用稻柴扎成稻草人，在布谷育苗或丰收在望的田里站岗以吓唬麻雀觅食。

至于稻柴打成纸浆造纸等用途，那是“工人老大哥”们的事情，我等“农民老伯伯”就不清楚了。

稻柴，乃至身边许许多多不起眼的物事，实际上却是不无裨益的，自有它的用途去处的，甚至在生产、生活中起过不可或缺的重要作用。

如今的家乡已少见稻柴。上海市区一再向外扩展，家乡也随之巨变，农村变城镇，我们这些过去的“乡下人”成了高楼的业主，而稻柴却时常在记忆或梦境中再现，萦绕于心，挥之不去。

（载《寻乡记》，上海书店出版社，2019）

老坦克

老坦克，乃是许多人对老旧自行车的昵称。而我过去用的老坦克，承载着我童年、青年时太多的情感：稚嫩的天真，梦想的憧憬，贫穷的苦涩，付出的艰辛，无奈的彷徨，执着的坚持，温暖的幸福，收获的喜悦，成长的历程……

20世纪60年代，购辆自行车比当今购辆轿车的难度过犹不及。除了省吃俭用积蓄几个月的工资，还得要购车票。我心心念念了一年多，看到父亲真的购回了那辆澄亮的永久牌车，别提多高兴了，因为我们几个孩子有座驾了！节假日，父亲载着我们弟兄仨，去公园游玩，去走亲戚；有时周末，去他的工作单位洗澡、吃大包子……那个幸福像是进了天堂！

我七八岁时，手脚痒痒地也想骑了。父亲下班回来后趁其不备，我偷偷地把车推到仓库场上学骑。虽有摔倒，但几次下来，平衡的技巧已经充分掌握。虽人还没车高，但可以“穿杠踏(脚从车杠下面穿过)”。从荡车到半转头再到一圈头，骑来得心应手、神气活现。有时把车摔坏了，学着自己修。父亲也没有太多的责怪，只是提醒别把人摔坏了。那时的我，多么想有一辆自己的车。

到了十二三岁，放学之后，在宅上叔叔、大哥哥的引领下，我能到河浜里捉鱼摸虾耥螺蛳了。积累一个星期，把收获拿到自由市场出售。鱼虾是不大好捉的，耥螺蛳虽吃力点，但一个星期推个十几斤还是有把握的，角把钱一斤，可以有一两元钱的收入。还有，割草养兔卖到食品收购站去；割草晒干卖到奶牛场去；灶头脚里捉地鳖虫用开水泡死晒干、捉癞蛤蟆刮浆、挑夏枯草等草药晒干，卖到药材店去。再有，有时有铜厂铁厂废渣倒来筑路，有废铜烂铁可捡。那时，上海地铁试验段已开建，挖出的泥卸在我地填浜，偶尔有破碎的麻袋夹杂其中，拣出来洗净晒干废品站是收购的。就这样日积月累，一年下来有了几十元的积蓄。跟着宅上叔叔、大哥哥，到闵行老街、淮海路、虬江路、中央商场，去淘装配自行车的零部件。这次，淘来自来水铸铁管，请朋友焊制成车架；下次，买来两个钢圈配上钢丝、内胎外胎。书包架用12 厘米钢筋弯制焊接，踏脚板用硬树锯成中心钻孔。牙盘、链条、飞轮这些要新的。最难的是钢圈钢丝要精确校准，轴承、滚珠不能搞混英制公制。护链板省了，且脱链装链更方便；车铃用场不大，免了；轮胎挡泥板不要了，只是雨天骑车人会甩上点泥水；刹车也不装了，用右脚直接抵住前轮胎也行的。座凳下必须要特制“拖令”，以方便拉拖车。差不多整整两年，一辆非标杂牌“赤膊”自行车装成了！其中的艰辛已被骑车的欣喜所代替。我把它上足油，自豪、风光地骑着。往东，穿越市中心到外滩，游览万国建筑听海关钟声看众多的人流；朝南，去几十里外刚通车的黄浦江上第一桥松浦大桥兜风；向西，去佘山登顶观远东第一大教堂和天文台；落北，到南翔尝小笼馒头，望古猗园的缺角亭。当然，更多的是骑着它载物：到市区卖瓜卖蚕豆，再踏回喂猪的泔脚，到粮站粜谷、粮店籴米……后来一段时间，我把父亲不再用的那车的可用物件拼装利用到我那辆老坦克上。

直到80年代初，我谈女朋友了，第一次到她家去还是用这老坦克。1982年春节结婚，本仍想用老坦克去接新娘子，长辈说不像样，故才用了新买的自行车。但这老坦克还是继续派着它独特的用场，直至进入90年代。

老坦克看上去普通、平凡、简陋，甚至粗糙，但它板扎、载重量大、经久耐用。它更是承载着一段历史，是时代的产物，充注着我深深的情愫。如今，在机动车的喧嚣飞驰中，我的脑海里时常会浮现老坦克的叠影。

（载微信公众号“老小孩”，2017年6月20日）

少年与铁路

少时，在叶家祠堂读小学。

放学回家，可以走宽敞的、彼时车辆还稀落的沪闵路，也可以走沪杭铁路。有时，我们几个伙伴宁愿稍多走几步，去走铁路，因为铁路上乐趣更多。

我们走在铁轨旁的碎石上，拣有好看花纹的石块，有些还可在水泥地上写字；拾香烟壳子，折成豆腐干状，相互翻拍比赛；有时走在铁路中间的枕木上，步伐节奏相当一致；有时还直接走在铁轨上，看谁不掉下来的时间长。我们把耳朵贴在铁轨上，聆听远处火车驶近时奇妙的金属触响。火车经过时，我们把一分钱的铝币铺在铁轨上，让火车碾压成两分币状，去糊弄营业员；攀爬在铁路桥下，听火车在头顶上驶过时的隆隆声响。所有这些，都是要瞒过老师、大人的。不但违规，危险性也很大，老师、大人知晓了，挨批是必然的。而少时的我们以此为乐，乐此不疲。

不守安分的少年，有时也会安静地坐在路边的草地上，数通过货车的节数，猜测那些个货物的去处。见到装载着的军用卡车、坦克、大炮，那定是会立马蹦起来跳跃欢呼一番的。我们还对弯道口标牌上的字争论不休。口字旁一个鸟，念火车的汽笛“呜”声还是读鸣笛的“鸣”，回来怯怯问铁路上工作的父亲，才知是要求司机鸣笛，表示前方弯道或有道口以及接近车站需提醒人们注意。我们幻想着铁路上出现危急情况，小伙伴们解下颈上的红领巾，挥舞着冲上铁轨，叫停火车，成为少年英雄。

春天，小伙伴们在铁路边上的草地里踏青割草，拔茅针尝鲜；夏日，钻护路林捉知了取乐；秋季，去拣枯枝落叶，背回家作柴火；冬时，在道渣缝里寻觅散落的煤炭做燃料。冬去春来，一年又一年，年年有点新花样，少年略知愁滋味。

14 岁，我读完中学回乡务农。那时还少有手表看时间，除了看太阳，听田间广播，我们还以列车经过的时间作为判断时间的参考。我还依稀记得少年时苦思良久的两个关于铁路与时间的悬疑趣味题。之一，有敌特在晚上 8 点 20 分破坏铁路。公安排查时问嫌疑对象："此时在干吗？"其答："在为'三五牌'钟上发条。"公安一下子确定其破坏者身份。为何？因为此类时钟在那时是无法上发条的。之二，时钟每半小时敲一下，每小时按小时数敲一至十二下不等。有铁路工人深夜回，跨进门时听到时钟敲了一下。过了半个小时，又敲了一下；又过半小时，又敲了一下；再过半小时，还是敲了一下。问：时钟正常，该工人下班到家为何时？答案是：铁路工人回家时听到的是 12 点钟的最后一响。哈哈！彼时，对这些悬疑趣味题是充满兴趣的。

后来慢慢知道，这沪杭铁路，乃是上海最早的铁路之一，建于清光绪年间。1949 年 5 月解放大军挺进上海时，铁路边上的主碉堡旁弹火纷飞，鲜血染红大地。这亮晃晃的铁轨，一直通向遥远而神秘的祖国边陲。

再长大一点，因父亲是铁路工人，我多次乘过拥挤的客车、没有座位的棚车，也乘过他们施工用的工程车。遇客流高峰，蜷缩过座椅下、行李架上。再后来，也乘着火车去远行。朝大东北，往大西南，随着韩红《天路》的歌曲到过雪域高原。

时光如流水，历史车轮滚滚向前。一晃又已是数十年了，老铁轨拆了，新铺了没有咣唧声的无缝长轨，上面驶着的不是蒸汽机车也不是内燃机车，而是电气机车了。上海地铁 1 号线在这里与高铁动车相映生辉。

哦，改革开放已经 40 年了，铁路的变迁乃是时代发展的缩影呢！如今，少时的小伙伴都已花甲，但少年时与铁路的亲密接触，如有很多道划痕的黑白片，时时在脑海闪回，相聚时常常要回放一番的，这思绪也随铁轨伸向远方。

（载《四季》，2018 年冬卷"纪念改革开放 40 周年文学获奖作品专辑"）

五动住房小记

住房乃家之壳。列传统人类生存“造房子、讨娘子、养儿子……”之首。

第一次参与自己的住房建设(本地俗称造房子)还是在20世纪70年代初。说参与,那时我还在读中学,做做搬砖头递瓦片等“小工”。说造房子实际是搭个“披”,即随着原有房屋再做延长。那年代建筑材料奇缺且都要计划供应,江南建筑传统用的材料只能用替代品,椽子是毛竹梢,瓦片以竹帘子代。水泥还是奢侈品,不用的,地坪也是泥土夯夯实。

第二次造房子是70年代末。弟兄仨人都长大了,住房着实紧张啊!此时建筑材料还是相当的难搞。但办法总比困难多,力气是去了会来的。首先是拾取作地基用的“三和土”。公路边铁路旁废弃的石块,待落潮后河滩头的碎砖瓦,一点一点拾拢来,用车拉回去堆在墙角上。砖头怎么着?父亲在铁路上工作,那时火车是用煤烧蒸汽作动力的,铁路上有煤屑可集;宅上有人在电镀厂工作,此行业要用大量电石,此物发生化学反应后也有废渣,其有一定黏性可利用;再向大队、公社申请购买一些没有标号的“土水泥”。把这些材料按一定比例配合拌匀,堆放两三天涨一涨。还要请大队“五匠组”的师傅按一定的砖头的尺寸做成铁制的模子。这些个都有了,就利用早晚工余时间,把那些拌匀的材料放入模子使劲敲实,荫干直至晒干,煤屑砖就制成了。江南传统建筑用的瓦板瓦片哪里来?本地主要种植水稻、棉花,把稻柴、花萁柴等搜集起来,再到处去寻些枯枝烂树,到一定量,装船到与上海交界的浙江平湖、江苏芦墟一带的小砖窑去换瓦回来。现在讲起来方便,那其中的艰辛真乃一言难尽!其时,因建材差劣、施工不规范,隔壁一个村造房中还发生过轰动全市的塌房事件。也有人用火葬场的煤屑制成砖而一到晚上发出磷光吓出病来的。

第三次造房子,已是80年代末、90年代初。各项建设蓬勃兴起,随着全国第一条高速公路沪嘉高速的建设,沪杭高速上海段也开建了,其起点正是我家老宅,整个老宅需要搬迁。此时的建筑材料已经放开,有钱就能买到。老房子经评估,由动迁单位补偿一定费用,在队里原有的耕地上易地搬迁。

全宅基 60 多户人家同时拆，同时造，车水马龙，一片沸腾。想起造老房子的苦，几乎家家户户都是把老房子上可用的物件一样样小心拆卸下来，搬至新地方再利用，连得地基里的碎砖剩石也不肯抛弃。此时造的新屋也比原来正气、坚固得多了。

这个新房只住了 3 年，随着莘庄东区开发建设步伐的加快，此地要造商品房了。没有办法，我等农人依依不舍地离开祖祖辈辈居住的老宅基，住进了动迁房。这第 4 次动房子，其实也就是装潢了。装潢比造房子毕竟要省劲些，且材料样样买得到，要优要良任自己选。当时想，这辈子可安心了，用不着再在房子上费心费神了。

可是，没过几年，伴着新世纪的脚步和子女的成人，看看那时的动迁房，又有点不适应了，蠢蠢欲动，树欲静而风不止。不少人在外面购了新房。终于狠下心来，通过置换在新镇区购置了 180 平方米的新房。这下终于不动了吧？眼下确实还住着，总体也还适应，但我不敢保证，此生动房 5 次后，今后是不是真的不再动了？从主观上，我是真的不想再动了。

（载《闵行报》，2013 年 10 月 25 日；《本色纯美》，文汇出版社，2016）

屋顶风景

自家老屋的屋顶，与村宅上多数人家稍许有点不一样。一般的人家，两个斜屋面，中间高处为屋脊。我家的屋顶，是“歇山式”，除了屋顶中间的一条正脊，还有垂脊和戗脊。这是 1949 年前夕，被国民党军烧毁的绞圈房子残留下的一角。尽管残垣，屋顶的瓦片看上去还是蛮规整的。

这瓦片俗称“小瓦”“小青瓦”，黛色，长一“虎口”，宽大半“虎口”，半弯月形。我认得它一个多甲子年来没变过。所谓“秦砖汉瓦”，自汉代至今两千余年，大致模样一直没大的变化。

这屋顶瓦压着瓦，像鱼的鳞片，层层叠叠，错落有致，有自然之美，小辰光特想爬上去。

那时，除了爬树，登高的机会不多。最想攀爬的，不是高山，而是屋顶。屋檐上头就是屋顶，屋顶有风景。但大人不允许。一来担心从扶梯上、屋顶上摔下来，二来怕踏坏瓦片。

爬上去，要用扶梯。扶梯，家家户户都有。我家的扶梯是曾祖父辈传下来的，四米多高，十三踏，木质，爷爷辈老弟兄四户人家合用。这扶梯下宽上窄，每个踏步有斜榫双口，一头暗榫，一头明榫。听说，一般木匠能敲成扶梯，那他算出师了。

终于得机会上屋顶，那年我七岁了。出梅后，奶奶做的豆瓣酱要放到屋顶上晒，一来日照着实，二来少找干扰。我自告奋勇，奶奶叮嘱再三。一踏一踏爬上去，到了屋顶。嚯！眼睛里全是风景。艳阳高照，人离云很近，伸手可碰天，各式各样的云彩慢悠悠飘忽；家西头的一条“官路”一埭里朝西延伸，直到很远很远；路两旁是成片的麦田，风吹麦浪沙沙作响。再朝东望，整个村庄错落有致、尽收眼底；村中的几棵大树高高耸立，枝头郁郁葱葱；不少人家的烟囱正冒出淡蓝色的袅袅炊烟……

事实上，这个屋顶，还是屋檐口，屋顶的最低处。向往爬到最高的屋脊处，从那里会看出去更远，风景更美。

再长大了点，爷爷允许我随做泥水匠的姨父上屋顶“捉漏”。这是落雨的时候，发现屋里漏雨，做好记号，待天晴后，上屋顶把漏的原因找到消除掉。或许是有瓦片碎了，需换掉；或许是瓦片下滑了，需复位。我上屋顶的任务是递瓦做帮手的，可一上屋顶，就朝高处移，朝远方望。那天，秋高气爽，朝西能望到佘山，朝东能看到城市的轮廓，传说中 24 层楼高的国际饭店隐隐约约……美不胜收，遐想连连。

姨父让我收回心思，正色道：在屋顶瓦片上走动，可以望远，但心要定。脚头要轻，要稳，不然老碎未补，新碎又生。既要刻刻留心，又要有“如履平地”之感。脚掌要在两肋瓦片间“骑马”站立或行走……

十几岁时，自己造小屋、搭“披”，宅上人家帮工，生产队造猪棚，在屋顶上真能“如履平地”了。

后来，祖上留下来的老屋拆除了，易地搬迁。我们费了很大劲，把老屋上拆下来的，还可派用场的，悉数搬到新地方全部用上去了。当然包括那些陈旧的瓦板瓦片，特别是廊檐口的那些雕印着花纹的瓦片。屋顶，仍旧是小青瓦，不过里面夹杂着些许从平湖那边以柴换来的新瓦。可惜，才过三年，市政建设需要，私屋被彻底拆光了。再后来，一个村甚至一个镇的老屋都拆光了。再后来，就没有后来了。屋顶，大都是光秃秃的混凝土浇筑的方方正正的平顶。上屋顶，一点美感也没了。况且，“顶天”的人家夏天热、冬季冷，根本没有了老房子的冬暖夏凉。前些年，不得不大规模实施了“平改坡”，算是做了些弥补。但都没有用上最能体现江南水乡特色的小瓦，大都是血红血红、咄咄逼人的洋瓦，看了让人头胀。当然，我也晓得，洋瓦自有其简便的长处，小瓦有繁复的短处。

时过境迁。现在从我住的老土地新住宅 11 层近屋顶的阳台远眺，周边高楼大厦鳞次栉比。西首是上海最大住宅区康城，南面越过老镇是上海莘城，东南是方兴未艾莘庄地铁站上盖的“空中之城”，北望莘庄商务区正崛起新城，正东上海南方商城、锦江乐园摩天轮，再远望，20 千米处的上海中心大厦、上海环球金融中心大厦、金茂大厦等隐隐可见，这些“敢与天公试比高”的建筑，绘就城市新的天际线，构成摩登都市大美屋顶风景。

呵！屋顶，作为建筑的重要一部分，如同凝固的音乐，有着深厚的人文内涵，是历史风貌的客观物像，含追溯渊源的情感寄托。在近边已少有小青瓦屋顶、快速城市化的当今，那些在老屋顶上看风景的一幕幕，如那缕缠绵屋顶、浓淡交织两相宜的炊烟，在心头久久不肯散去。

（载《三冈水》，2020 年 12 月）

水桥头

江南水乡，人们靠水用水，是少不了水桥的。一年四季 365 天，很少有哪天不去水桥头的。但不知怎的，我翻遍《现代汉语词典》乃至《辞海》，均未见收有“水桥”的词条。

退休以后，有机会更多地深入游览几个江南古镇，总有关于水桥的一些景象不断从脑海里跳出来，总觉得水桥是一种水乡文化，能把那个地方的风俗习惯和生态面貌呈现出来。

据我观察了解并询“度娘”，水桥——北方称之为水码头，南方人叫它河埠头、河桥头、水桥头。主要分布在集镇老街与古村落的沿岸，与“小桥流水人家”相依为伴，成为水乡民居建筑中一个不可缺少的组成部分。现存水桥可分为公用和私用两种，公用水桥一般多建造在比较开阔的地方，如沿街和村口处，其中较大的专门用于航运，以便于堆积货物和大型船只停靠；私用水桥则多筑造在民居的门前或屋后。

水桥的式样很多，或是依照地形便利，或是按照用途需要，或是根据水位的高低变化分别或综合筑造。大体上有石级驳岸马鞍形双入和单入式，条石悬挑式，还有木桩搁叠平伸直入（单伸单入式、单伸双入式、双伸单入式、双伸双入式）等款式，以需要和财力而为。材料大多用花岗岩条石铺就，外观简朴厚实，经久耐用。不少水桥外侧还凿有缆船的石孔。

江南六大古镇，包括江苏昆山的周庄，吴江的同里、角直，浙江湖州的南浔、嘉善的西塘、桐乡的乌镇，沪地的青浦朱家角、金山枫泾、松江泗泾、南汇新场，以及老上海县的七宝、召稼楼、颛桥等，我都去看了，水桥都还保存着、使用着。

我至今从未离开过的莘庄亦是古镇。现在的莘浜路在 20 世纪 60 年代上半叶还是莘庄镇的市河。到水桥头担水、淘米、洗菜、汰衣裳是经历过那个年代的人永远挥不去的烙印。那时候，家家户户灶边都置有水缸。从我记事起，缸里的水总是满满的。祖父、父亲晨起出工前的第一件事，是到水桥头把水缸的水担满。用明矾沉淀水中或有的少量泥沙，它起码能满足一家人一天的生活（主要是饮用）用水，洗涮则直接到水桥头完成。水桥有一家独用的，但多数是两三家合用。早晨和傍晚，水桥总是湿漉漉的，用的人多，难免有滴水溅于石板上。小时候，一次我帮奶奶去淘米，一个打滑，连人带米滚入河中，引来众多穿条鱼追逐。春天来了，我们常在水桥头钓鱼、摸螺蛳。要数鳑鲏鱼、穿条鱼在水桥头最多、最活跃。在河里淘米时，把淘米箩沉入水中，鳑鲏鱼、穿条鱼会争先恐后窜入篮中啄米吃，只三四分钟，轻轻拎起淘米箩，总有五六条鱼被网入抓获。再如法炮制，它们依然会不顾一切抢食而来，屡试不爽。在油菜花盛开的季节，我除了直接用手抓摸覆在水桥石缝中的塘鳢鱼，还用缝衣针自制鱼钩钓塘鳢鱼，常常能为农家孩子拌饭补身体呈上一道充满乡土美味的荤腥菜。夏季的水桥头，是孩童们欢乐的宝地。人坐在水桥石上，脚没入凉爽的河水中，任凭小鱼儿在脚下及周边绕着水花追逐跳跃戏耍。如还不过瘾，可以脱个精光，衣服随手往水桥石上一丢，一个猛子扎进水中，尽情腾跃。姑娘们采来槿树叶捣烂涂抹在头发上，稍待片刻后去水桥头尽情漂洗，自然又柔滑。窃窃私语和嬉笑声伴着倩影，成为水桥头的一幅西施梳妆图。秋季收获后的农闲时节，妇人们趁冬日前洗洗涮涮，手脚并用时嘴也不停地东家长西家短地聊着家常。冬天，西北风猎猎作响，水面结冰了。薄冰，是可以敲下来拿起来照着阳光把玩的；寒冬腊月，小伙伴们是不会错过到冰面上走上几圈的机会的。

回过神来，转眼家乡已经深度城市化了。那个布满了炊烟缭绕、水波荡漾的村庄，小镇的水桥只能在记忆中寻找了。只有几个尽勉保护的古镇还依稀保留着为数不多的水桥，看过去是那么亲切，它所留下的是眷恋，抑或更多的是永远不会忘却的回望和思考！

（载微信公众号“老小孩”，2017 年 5 月 31 日）

茶馆风情

二十世纪五六十年代，茶馆红火，茶客众多，莘庄镇上就有好几爿，附近地区也有不少。

茶馆一般傍河临街，一两间门面，二三十张茶桌。多为八仙桌，也有长条桌。茶客进门，随意坐下，喊一声红茶或绿茗，茶倌随风一样飘来，左手拎一把紫砂或陶瓷的茶壶，手指上按来的人头捏几只茶盅，右手一只铜质或白铁皮焊成的大水壶，艺术表演般把茶壶斟满。茶客即可喝茶品味，自得其乐。

老茶客习惯专孵一爿茶馆，座位也基本固定，除非茶馆生意实在闹猛，一般不会有人坐别人的位置。有的茶客还有固定的茶壶（自己带或茶馆专置）。喝茶时若临时有事须离开，不用交代，只要将茶壶盖翻转在壶口，茶倌就不会把茶具撤去。当然，别的茶客也不会来占座位。

春夏季节，喜欢喝早茶的茶客清晨三四点就出门了。他们手提竹编“杭州篮”，篮里自己种的蔬菜，或几条丝瓜、黄瓜，或几把香葱、韭菜。放在茶馆门口卖，以资茶钱，或换点茶点，叫上二两土烧酒，一副优哉游哉的样子。

茶馆里厢，茶客的话题永远是宽泛无边的。开始时有主题，但一会儿就散发开来了。张家长李家短，东是黄浦西是海，有叙述的、有评议的，也有争论的。说不完的旧闻轶事，道不尽的鲜活话题。人人都是主角，个个都是听客，没有冷场的时候，像无轨电车开到哪里是哪里。有的事情有鼻有眼，也有的事无根无攀，这正应了一句老话：氽来个榔头呒没柄，大家听过算过。一个人、一户人家、一个宅基、一个村庄、一个公社、一个县城，上至天文地理，下至鸡毛蒜皮，无所不谈。昨天发生的事，通过茶馆一个早晨的传播，到下午已是家喻户晓，比广播喇叭还快，还活龙活现。难怪那时的大队和公社干部都十分注重茶馆里的声音。那可是最原始的"民声"啊！

茶喝白了，人神清气闲了，日头也升得蛮高了，该上路回去了，田里有做不完的生活等着呢！茶馆也该收拾一番，迎接下一档茶客。有闲的茶客，还可听听说书，兼做一回听客。

现在，虽然传统意义上的茶馆日渐稀少，新式茶楼、咖啡馆和酒吧成了城市的新景观，但童年记忆中的茶馆，依然像一首故乡曲，寄托了我对故土深深的怀恋。

（载《新民晚报(社区版)》，2008 年 5 月 9 日；
《寻乡记》，上海书店出版社，2019）

夏日大桶茶

多少年过去了，每逢夏日，我总是记起那大桶茶。

经过晦暗闷热的梅雨季，阳光放肆地照射下来，大地充斥着热浪，人间宛如大蒸笼。狗吐舌头，猫变慵懒，鸡在荫处打盹，鸭早已下水纳凉，知了有气无力、长吁短叹呻吟。

那些年的大伏天，尽管赤日炎炎似火烧，我等农民伯伯还得随节令下地劳作。那时还实行麦——早稻——晚稻的"三熟制"，收、种、管"三抢"大忙正逢大伏天。那个苦哇！常常是早上一身水——露水，下午一身水——汗水，到傍晚背脊上衣裳都是晒干、搭干后的"盐花纹"。如此这般，常有中暑者倒下。社员在田间劳作，隔壁是队里种植的满地的花纹漂亮的西瓜、十条筋的黄金瓜、如肌如玉的白皮瓜，这是要交售的，没人会偷采。再隔壁是社员自留地，也有黄瓜、生瓜、番茄、甜芦粟可解渴，但没人顺手牵羊。嘴巴干了，往往只能到河浜边，用手捧河水喝。有时离河浜远，就近捧垄沟水也喝。

队里为了社员健康，也为少发生非“战斗”减员，除了用出早工、开夜工的方式减少烈日下劳作，还派我们这班“学徒工”帮助烧水送茶。

按照指点，我们先到仓库里领取两个月前收下已入库的大麦，经过磅秤，兴冲冲来到养猪场。洗尽平日烧猪食的大铁镬，引火入膛，把镬烧热。再把淘洗干净的大麦倒入镬内，用大铁铲不停翻炒。此时灶火不能太旺，否则外焦里不熟。慢慢地有一股淡淡的焦香升起，麦粒微焦。然后加入清水直至烧开，盎然雾气中清香扑鼻而来。我们顾不了汗流浃背，舀至早已备好的木担桶，上面蒙上一层纱布防灰尘，就挑着送到田间劳作、挥汗如雨、口渴难耐的社员面前。

待送到，茶已不烫嘴。看着爷叔伯伯们大口喝茶，畅快满足的感觉，我们心里也是蛮舒畅的。

我们按照大队“赤脚医生”的指点，根据需要调整大桶茶的内容。有时放决明子，有时用菊花，有时煎夏枯草，有时当场采摘佩兰叶、薄荷，这些大都可清热解暑。淋上不时而至的冷雨时会烧红糖姜茶。

记得劳作在远离宅基的田间时，不少社员为节约来回吃饭的时间，早晨出工时就带着中饭。午时，找个阴凉处，冷饭里淘上大麦茶，就着所带的咸蛋、萝卜干充饥，倒也吃得爽口、痛快。

没多久，我是正劳力了，不烧大桶茶了，但每个大伏里的大忙季节，都能喝到这大桶茶。我汗水多，往往这茶也喝得多。大热天，能喝上这茶，真如遇甘霖也。

农民伯伯有机缘也许能喝到工人老大哥的大桶茶。一次，队里安排我们去宏文造纸厂割草。农民是以草沤肥，厂里是借机清场，一举两得。厂里客气，拉来了一大桶冰凉解渴的酸梅汤。我们难得享受这种高档货，只一歇歇，就喝了个精光。

呵，那难忘的大桶茶，伴我等农人走过了那个艰难的时代。现在想来，仍似有一片清香在唇边。

（载微信公众号“老小孩”，2018 年 7 月 19 日）

竹席溇嗖嗖

天气渐渐热了，妻问要不要换席子？又巧遇几十年不见的竹匠谢师傅，这不禁勾起我对曾经拥有过的竹席的追忆。

现在的市场上，席子琳琅满目。草席、竹篾席、竹块席、牛皮席，不一而足。我幼时，常见常用的就是草席，考究、上档次的是竹篾席。

彼时，天气也热，无电扇更无空调，乘凉消暑一般靠自然风，还说“心定自然凉”。几角钱一把的蒲扇，买回后要用热水烫过，还在周边缝上布条，以延长使用寿命。

夏天，吃过夜饭，照例是要在台、凳、门板搭起来的搁铺上乘凉，待稍稍凉爽才回屋睡觉。床上的草席也用布条缝了周边以耐用。记忆中家中有张老竹席，褐色中泛着淡淡的暗光，虽已千疮百孔，但总也不舍丢弃，修了再修。祖父说，老物事有它的好，竹席越老越是光滑、服贴、溇气。

到我快结婚时，祖父对母亲说，长孙要办喜事了，打套竹席吧。过了个把月，预约的竹匠师傅上门来。他一到我家，就带把竹刀到屋后的自家竹园里转了一圈，选不老不嫩的哺鸡竹斩了十几根。并说，过一个礼拜，上家收场后再来。

打一套竹篾席起码个把月，吃住在东家。那天他来了。先是磨刀霍霍，然后破竹削篾。祖父说，这可是我大孙子结婚新床用的。谢师傅笑笑说，晓得的。以后一段时间，只见他每天除了削篾就是刮篾，聚集着的上百条篾又薄又柔。祖父是好菜好酒好烟待着，只是好像师傅不忧不急的。有时问一声，他回“慢工出细活”，头也不抬一下。祖父说，他在用心做呢！差不多两个礼拜后，师傅开始编篾。只见几十条柔软的薄薄的篾在师傅双手的不断变换中轻柔舞动，眼花缭乱。这真是一门技术活，我看不懂。几天后，一色篾青编成的竹席成形了。果然，细密、紧凑、平整、光滑、柔顺，其中还有图案装饰，煞是好看。大功告成！谢师傅说，还有三分之一的活呢！原来，他把剥去篾青的篾黄利用起来，做成仓壁席，可挡在席子上蚊帐三周围。这样，蚊帐就不会影响你睡觉时甩手甩脚碰触牵挂。这仓壁席虽无竹席如此费工费料，但实用，不浪费，中间染色做成的大红双喜，更对竹席起到烘托作用。简直是工艺品，商店里绝对买不到的。

后来，老屋数次动迁，这套席子一直跟着搬。但再后来，有了空调，床也换了，席梦思床垫上摊竹席不服帖，女儿尚小怕着凉，旧竹席就束之高阁了。直至最后一次搬家，才依依不舍地送了他人。

呵！伴随我多年的一件普通日用品，是独具匠心的工艺品，还是大自然的绿色产品。天气再热，想起来心里也是溇嗖嗖适适意意的。

（载微信公众号“老小孩”，2017 年 7 月 11 日）

伴我走到花甲的这条长凳

作为农民，被征地拆迁后住进了多层住宅。装修后虽与其他物件不匹配，可我还是不忍丢弃老祖宗传下来的、伴我走过一个甲子的这条长凳，每见总有一些记忆碎片在眼前晃过。

祖父曾告诉我，这条普通的长凳是他的父亲（即我没见过的曾祖父）传下来的。记得我幼童时，把长凳翻个身，拉根绳子当狗牵。稍大些，跨上长凳当马骑。长凳背面，有毛笔书写的似颜体的“德善堂”三个大字。祖父教我识完“上、下、大、小、人、天、地”等字后，就教我识这几个字，说这是家族的堂号，并讲解其中的寓意。

稍长大些，夏日午睡、晚上乘凉，我把它当作床铺。有时睡意朦胧中想翻个身，顿时跌滚倒地。

少年时，少有文化娱乐。每逢队里邀请放映队在仓库场上放露天电影，就像过节一样。临近傍晚，我们早早地掮着长凳，在仓库场上占据有利位置。《小兵张嘎》《地道战》《地雷战》《南征北战》《洪湖赤卫队》《铁道游击队》等电影百看不厌，津津有味。

在队里务农，我用长凳垫脚跟着老农学扎稻堆、柴堆。家庭住房紧张，自己动手搭个“披”，长凳当脚手架、当“作凳”，因而留下些许伤痕、齾口。

生产队里开社员大会，长凳是要掮出去的。每逢重大事件，比如伟大领袖毛泽东、周恩来总理等逝世，庆祝粉碎“四人帮”，以及后来的农村改革，从小段包工到实行联产承包责任制，蹲点在这里的县委小分队成员，甚至是县长，也是坐过这条长凳的。

那时少有客车，我们把长凳搬上货车，坐着它出西南到邻近的马桥、北桥参观粮食生产，向东南去南汇泥城、大团学习棉花种植经验。

我结婚时，依传统在家里摆了几桌酒席。这长凳是摆在主桌上的。

时过境迁。几十年来，特别是近四十年来的改革开放，祖国乃至每个家庭及个人生活，已发生翻天覆地的变化。这条再也普通不过的长凳，虽然无语也无思。但我想，它饱经风霜，伴我走过一甲子，也是时代变迁的亲历者、见证者。我将一直留着它！

（载微信公众号“老小孩”，2018 年 5 月 11 日）

柴　扒

秋风起，黄叶落，谷登场。脑海里跳出小辰光常用的“拉柴扒（拉：读阳平）”。

现在的小辈可能不晓得、不认得这个物事了。说起《西游记》中猪八戒的钉耙，应该还有点数，柴扒形似这钉耙。

这不起眼的柴扒其实还蛮有来历的，上过史书和众多文学影视作品。据史书载，赫赫有名的隋唐大将程咬金曾靠卖柴扒为生。我小时候看过连环画《程咬金卖柴扒》还有印象，前些年也播过斯琴高娃、姜文等名演员饰演程母子的影视作品。那时的柴扒是竹制的，头部为 5 根头大尾小的竹条，是先用火烤后弯成钩状，再用细篾将钩子绑在竹把上。多用来扒拉柴草。

我少年时，柴扒有竹制的，也有铁丝做的。镇上生产资料部有卖，可我买不起，也不舍得买。但没有这柴扒，几多不便呢！稻谷收起来、轧下来，扬净、翻晒，都少不了它。到树林里收集残枝枯叶当柴烧、垫猪棚羊棚，也离不开它。我揣摩着这结构，想着自己做，做个铁丝的，耐用。

先画了个草图，并做了粗略估算，需铁丝 4 段，长度 50—70 厘米不等，还有一根固定铁丝的硬木横档，按 5—6 厘米档距，需打好 8 个眼子。主意打定，抽空到镇上废品回收站，在一堆废铁里觅得几截 7—8 毫米粗的锈铁丝，花不到一元钱买下。回来，先处理铁丝。曲荡大的地方穿在门钮里拉直，个别地方用奶子榔头轻轻敲挺，再用砂皮稍稍打去锈蚀。寻来一段楝树做横档，找到一根竹竿做柄，均按尺寸钻好眼子。把断好的铁丝按外长里短，分别穿过横档和竹柄预先打好的眼子，成 U 形。最后，在铁丝尽头拗成近似直角形成爪子，再在横档与竹柄的连接处扎紧加固，柴扒算是做成了。

隔日，风和日丽，背上草篮、掮着柴扒拉柴去。沪闵路边上的樟树叶，看似不大，但有油脂，上灶肚烧饭、垫羊棚猪棚踏塴，是好物事。沪杭铁路旁边的林带是麻栗树，落叶不少。顺着秋风，用着自己亲手制作的柴扒，得心应手，心里更是美滋滋的。很快，拉满了一草篮，歇歇望望野眼。抬头看看天，云彩慢慢移动着，像奔马，像老牛，又像龙；过一息，像风吹麦浪，像吐絮棉花，又像刚犁过的大地。少年的心思，随着云朵飘得很高很远，还幻想着以柴扒钩拉，随其天马行空。忽一声汽笛长啸，绿皮火车轰隆隆驶来，“哐当哐当”在眼门前飞驰而过，我举起柴扒致以礼赞。

拉柴、拉树叶，也不是随拉拉的，也有技术含量，要轻重适度。重了，会裹入泥块；轻了，拉拢的树叶会散开来。在稻谷脱粒、扬净、翻晒时，轻了，拉不走柴屑、柴梗；重了，下面的谷粒跟着一起拉走，不出工效且造成浪费。

就这把简陋但实用的柴扒，陪伴了我从做家务、“学生活”到“做生活”“寻工分”好多年。

由自制柴扒，又学会了做扫帚。夏季，甜芦栗七八分成熟时，把不起作用的穗头拗下来，晒干。“捉落空(找空闲时间)”，剥下芦栗壳叶稍湿水使其有韧性，每四根芦栗头用壳叶扎成一束。在一根穿过扫帚柄底部的竹爿上，左右各穿四五束。压紧后，围绕扫帚柄紧密辫成菠萝状，以最后两三根穿插扣实。一把纯粹自然物组成，经济、实用、环保的扫帚做成了。除了日常扫地，在秋收中也是缺少不得的。

由柴扒到扫帚，从某个侧面反映了当年农村生产、生活的贫穷落后。今天想来，这些农家生产、生活中的用具，虽然简陋、略显粗糙，但对物质的再生利用、生态友好，还是有一些现实意义的。再有，它的制作、使用过程，对人的成长也是起到一定的固本培元强基作用的。

（载微信公众号“老小孩”，2019 年 10 月 19 日）

也说“筛”

读8月25日《新民晚报》“夜光杯”《侬看侬看迪个‘筛’》文，褚半农先生从沪语方言读音角度，对“筛”字做了透彻分析。深感认同之余，从形器、工具、性状上做一点引申。

我做过农民，农民家家屋里必有筛子（沪语音“师子”），有的人家大大小小、粗粗细细好几只，这是竹编的农具、器具，一年四季都用得着。尤其是入秋后，用场更多了。收获的芝麻、绿豆、赤豆、黄豆，食用、储藏前都要过一过筛子，过滤尘埃和杂质。

从我懂事起，常见奶奶“捉落空”，把打下的黄豆适量放入筛子，弯着腰、弓着背、扎马步，双手捧着筛子均力左右前后摇晃着，布满青筋的手瞬时变得灵动起来。这筛子也仿佛有了灵性，金灿灿的黄豆在筛子里迅速地滚动、跳跃，混杂在黄豆里的小泥粒、草籽等杂物由筛孔筛落地上。还可以按需要，通过手感轻重高低，分拣出或壮或瘪，或食用或做种子的豆。我学样尝试着，就是找不到得心应手的感觉。

读完书回乡正式当了农民，也用上了“筛子”“扬麦”“扬谷”。这是夏秋两个季节里，麦子、稻谷经收割、登场、脱粒等多道工序，进行成品交售前最后的洗礼。生产队仓库场上，用三根毛竹，支撑成三角形架子。用麻绳上头系在三角形架子上，下头一张圆桌般的“大筛子”荡于离地1.5米左右的高度。操纵者站于凳子上，让“大筛子”处于腰胸间，双手前后左右，或顺时针或逆时针，或逆风或偏风来回晃动，过滤下果实，剩下的穗叶、碎梗顺势往旁边一掀。这个“大筛子”孔眼较大，农人习惯上称“箕（音dá）”。

做记工员时，每天要到仓库里去，保管员马婆婆常用筛子筛选种子，我又跟着学。她说耐心、细心加用心，啥事都不难；还要有软硬功，会顺势流。数番操练，摆弄筛子终于驾轻就熟。顺便补一句，马婆婆今年103岁了，仍耳清目明手脚健，不晓得这和长期与筛子打交道有没有关系。

年夜脚里（临近春节），筛子又是另外一番用场。记忆中最不可磨灭的是“嘎糕粉（又称‘溲糕粉’）”，即把舂臼舂出来的米粉拌入糖水，再以筛子筛出细粉。没有筛子参与这道关键、重要、必需的工序，定管做不出美味、可口，能列入“非物质文化遗产”的方糕、桶蒸糕。

筛子还有别的用场。比如，夏季，去水桥头淘米、洗菜、洗碗，引来穿条鱼窜来窜去。我把筛子隐沉于水面下，待鱼儿追逐米屑、菜叶、饭粒时，速提起，常有所获。再比如，寒冬腊月大雪纷飞时，扫出场角一块空地，撒上一把金黄的稻谷，觅食的麻雀喜出望外。殊不知，上面罩着以竹棒支撑着的筛子，躲在窗户后的我等“小团串（小屁孩）”以绳索拉动竹棒，筛子如天网罩下，动作稍慢的麻雀乖乖就擒。这也让筛子卸下严肃的面孔，活泼了一把。本地近坊，还有在搬家时，以筛子贴上大红“囍”字随迁新居的习俗，寓意“狮子镇宅”。

我做农民时，也做过一段辰光的工人（时称“外出工”），在县建筑公司做钢筋工。建筑工地上必备筛子，长方形木框或铁框，里向是钢丝编成小格子的网，主要用来筛掉夹杂在黄沙中的小石子。有时一天要筛好几吨黄沙，搞得腰酸背疼臂膊抬不起。

筛子有目数，指每平方英寸所含的筛孔数。作用是通过一定动力，将物质按颗粒大小进行分离。虽我从来没搞清楚过具体的目数，也不影响对筛子的使用。它是精明的过滤师。

（载《新民晚报》“夜光杯”，2022 年 11 月 24 日）

那盏灯

小时候，村庄还没有通电，夜里照明用的是煤油灯——乡间俗称“火油灯”“油盏火”。

学校里布置的作业，天暗前是必须做完的，省得点灯浪费油。不然非但花钱，而且煤油也是凭票计划供应的。

那时的煤油灯，基本上是简陋型的。下部一个玻璃瓶，上部有个竖着的筷子粗细的铁制卷筒，里面有灯芯穿过。玻璃瓶内加入煤油，灯芯浸上煤油，在上部点燃灯芯，灯就摇曳着照明了。

家里条件好一点的，就用正宗的煤油灯，我们称之为“燎泡火”。其中部凸下部凹加一个大平底。煤油灯上面还有个玻璃罩，可以防风。上部有个丝扣，可调节灯芯，以增强或减弱亮度。

我曾借着微弱的煤油灯看书写字，奶奶会"沾光"在原始的木制脚踏"纺串"上纺纱。我把缝衣针借煤油灯火煨红，弯曲后做成鱼钩到水桥头钓塘鳢鱼。虽煤油灯昏暗，但大概少时视力好，帮奶奶穿针引线小小的针眼刷刷清。进房间睡觉时，我会轻轻提着煤球灯缓步走，躺下时顺势吹灭。半夜时，奶奶会叫尿尿。此时的她早已把煤油灯点亮。逢有月光，不点灯也能摸索着完成解手。冬天，我会出神地盯着小小火苗的跳跃而浮想联翩。有了灯火，心里似乎暖和了许多。

一次，我在铁路边拣到了拳头大小的一块蜡，就用火把它融化在一个空的装过"百雀羚"的铁盒子里，用鞋底钱替代灯芯，自制成一个小小的、不用煤油的照明灯，用了好长一段时间。心里也得意加亮堂。

为了照明，我参考《十万个为什么》，拣来废旧电池，在其底部深扎上几个洞，灌入浓盐水。然后用硬纸板卷成筒状用胶带固定，头部按上"奶子(小灯泡)"，制成简易电筒。钻在被窝里看书、外出照明，蛮是稀奇。

到20世纪60年代初期时，逢生产队或大队里夜里开大会、做戏、有大事时，挂着的是"嗤嗤"有声响、"澄澄亮"的照明灯。爷爷告诉我，这叫汽灯。讨教叔叔，其帮我解释，这灯装上煤油或石蜡油后，向底座的油壶里打气，以产生一定的压力，使煤油能从油壶上方的灯嘴处喷出，加上纱罩作用，发出耀眼的白光。

1962年，宅上终于通电了，乡间农人一片欢腾，实现了"点灯不用油"的梦想。家里亮堂起来，也方便多了，费用比煤油也贵不了多少。但节俭惯了，就是省着用。有两间屋子只在中间装一个灯头的，有灯头少开的，有尽量用小支光的。家里那盏15支光的灯泡钨丝断了，我舍不得丢弃，利用学着的一点点知识，试着通过转动灯泡，让断了的钨丝搭上，又废物利用起来。后来又有了省电又亮度高的日光灯，我用废旧夹板制成灯架，淘来"方棚(整流器)"，用8支光的电享受25支光的亮度。在农田劳作，逢农忙时节开夜工，1 000支光的"小太阳(碘钨灯)"把劳作场地照得如同白昼。时至今日，家里有了光控、声控、时控等五花八门、色彩斑斓的照明灯、夜起灯。许多公共场所的灯更使人目不暇接、眼花缭乱。

是的，时光已经远离了过去的那盏灯，我也随岁月已过花甲。盯着越发先进、时尚的灯，思绪忽飘散开去。由眼中的灯及至心中的灯，照明、引路，向往、巨变。一个问题在脑中盘旋：当周围的事物让我们越来越安逸、越来越便捷时，我们的一些辨知能力是在逐步地弱化，抑或是更进化了呢?！灯火璀璨处，我们是否还记得曾经陪伴着一路走过来的那条路、那盏灯?！

（载《春申扬波　晚霞逸彩——闵行区春申晚霞博文选编〈二〉》，闵行区老干部局编印，2018）

“老布”情缘

悉镇上有有心人正在搜集老布（土布之俗称），又见妻趁暑日翻晒几段老布，引来我的一番遐思。

历史上，我地一直是粮棉夹种。从记事起，见奶奶闲时花功夫最多的即是纺纱。用的是最简陋的轻纺工具，与影视里看到的南泥湾大生产时的纺车相似，只不过彼地用手摇，本地的纺车是用脚踏的。看奶奶，三锭并转，进退自如，旋飞神速。有点懂事了，奶奶告诉我：织成一匹布不容易呀！首先是要有棉花。地就这些地（三分自留地），先要解决吃的问题，再利用十边种点棉花，采摘晒干后，到轧花厂去籽打成花衣，搓成条子。冬天，农活闲了些，家家户户的纺车就转起来了。特别是冬日漫长的夜晚，15 支光的电灯下（早些时为省电用煤油灯）把一根根大拇指粗的条子纺成细细的纱，那真是费工夫了！

纱纺成，接下来就是染色了。染色，可以到镇上染坊里加工，但许多农妇要么嫌贵，要么嫌染的色不均、不牢、单调，往往买了染料自己染。这也很复杂，要烧几大镬的开水，浸泡、漂洗，还要晒上好几个日头。

经纱可是个大场面，需有好几家邻居联合做。作一个晴好的日子，在家门口的场头，摆开的架势要几十米长，参与的邻居们的纱聚合在一起，把它串搭起来，那真是五颜六色，好看极了，搭配、串联中的技术难度也着实令我们这些男人们看不明白。

这项高难度、大联合的活做好后，就可以上织布机了。这织布机是稀罕物，一个宅上一般有个两三部，此物全是用木料或硬树织成，包括梭子，没有一个铁件。织时，谁先谁后，谁长谁短，几家邻居大婶大妈，实际早有约定，不会吵，不会闹，有的只是细心、认真和虔诚。

功夫不负有心人，经历几个月的日积月累之后，一匹匹老布从机上卸下来了。抚摸着这些貌似粗糙，实质浸淫着多少寄托的老布，村妇们脸上写满了成就感。

我“讨娘子”时，她陪嫁的有十几匹布，装了整整一只樟木箱，都是她奶奶多年辛劳的结晶。左邻右舍看着眼红，一路上，拖车拖着，拉嫁妆的小兄弟也觉得风光！

如今，这些老布还静静地躺在樟木箱里。每见到它，就会想起当年辛勤节约、艰苦奋斗而又绿色环保的生活情景，令人感慨不已。

（载微信公众号“老小孩”，2017 年 6 月 12 日）

首金得自中英街

国庆“黄金周”假期，出游怕人拥挤，蜗居在家。整理老物件，见一细小陈旧，但仍黄灿灿的金项链，忽勾起我那年首逛中英街首购黄金饰品的点滴记忆。

1988 年 9 月，到深圳公差之隙有机会去中英街。彼时，这可是难得“见世面、开眼界”的大事。

办好“特别通行证”，坐上中巴，心早已神往。一个多小时车程，即到达位于香港与深圳山水相依间的沙头角边境小镇。并随蜂拥人流走进那大名鼎鼎，又充满神秘的中英街。

据了解，1979 年，深圳蛇口拉开中国经济特区建设序幕后，改革开放的春风吹开了封闭多年的边防禁区大门。1983 年，《开放中英街协议》签订后，中英街凭借其地理优势，一跃成为全国著名的“购物天堂”。内地紧俏的金银首饰、服装面料，电子表、进口录音机、数码照相机、摄像机等电子产品为销售热点。街上商品与内地市场差价高达百分之六十。

进入狭窄的小街，人流摩肩接踵、紧张忙碌。按规定，凡进入中英街的游客不能“越界”到香港一侧的店铺购物。但不少人趁巡警不备之时，跑去英界一侧的店铺购物，以买到更时尚的产品和享受更大的优惠。有少量购物的，巡警眼开眼闭；有人在英界买了货物即丢过来让人接应的；也有大包小包被巡警截住的。我尽管囊中羞涩，但想到难得有机会买到比内地价格优惠、质量保证、款式新颖、从来没有拥有过的东西，还是狠狠心，几乎掏尽口袋，在名声赫赫的谢瑞麟金饰店，为妻子买下了一条细细的金项链。就此，我这个家首次拥有了曾经奢望的黄金饰品。小心翼翼拿回家，妻子喜爱之神情溢于言表。7 年后的 1995 年，又有机会去中英街，曾欲在老店为妻调换更新款色，但想到原属“首金”，还是留着了。

中英街历史博物馆提供的资料显示，仅 1988 年 5 月至 10 月，中英街金饰品销售量达到 5 吨，金额达 6.5 亿港元。1992 年，“购金热”达到高潮。不足 0.2 平方千米的中英街上最多一天曾涌入 10 万人次的游客及购物者。哦，中英街——这条长不过 200 米，宽不足 4 米的小街，却与德国的柏林墙、朝鲜半岛的三八线、越南的贤良桥一起，成为 20 世纪最具影响的 4 条分界线。当然，随着改革开放的不断发展，中英街“购物天堂”日渐式微，内地物品应有尽有，出国旅游购物已属寻常。

此刻，秋日艳阳下，我端详、摩挲着这早已不起眼、不时尚，长期躺在抽屉里的金饰品，光影绰绰中，折射出的分明是祖国从封闭走向开放、从相对落后走向富强的时代巨变。

（载微信公众号“老小孩”，2018 年 10 月 6 日）

“小扎钩”钩沉

以一根钢丝锉成头上有钩的针作为工具，将本色或五颜六色的棉线、丝线编结出五花八门实用、装饰艺术品。本地俗称“小扎钩”或“结花”。

《莘庄镇志》《莘庄乡志》均有记载，莘庄“小扎钩”的兴起，距今已有 110 年。

清光绪三十三年(1907)，莘庄南张天主堂重建，徐家汇教会及圣母院工场前来招收女工并建立花边编结加工点。于是，手工编结技艺通过教徒和女工率先在这一带流传。1909 年 10 月沪杭铁路开通，并在莘庄镇南设立火车站，镇上工商业带着编结手工艺迅速兴盛。随后，莘庄镇率先创立花边商号，技艺流传周边地区，逐步成为相当规模的产业。20 世纪 50 至 70 年代，莘庄的钩针编结随外销加工业务的拓展，向长三角地区广泛传播，至 80 年代达巅峰。

从生于 1933 年的我娘及她们这一代起，莘庄女人们大都会这一手，直至 80 年代中期。我幼时曾见过母亲 40 年代后期就读松江女中时的书包，下摆是她编结的花边做的装饰。时至今日，88 岁的她“重操旧业”仍驾轻就熟。

20 世纪 60 年代，我读小学时，女同学中有带“小扎钩”来校的，课间时会“见缝插针”。放学后，男伙伴结队去割草喂羊、喂兔。女孩们则围着圈，摇起了“小扎钩”。凭着好奇心，我也尝试着学结过最基本的“小辫子”，只是松紧不大好掌握。再讲男孩顽性重，“狒狲屁股坐不住”。家乡的女人们可是一年四季，不管风吹雨落、冰天雪地，也不分昼夜、不论时辰，都放不下这根针的。即使在春节难得的休闲日，走亲戚时，也必备扎钩、线团。因为乡下，除了劳动挣工分，没有其他经济来源，就靠这扎钩，多多少少可挣点小钱去换油盐酱醋。

夏天，赤日炎炎日当午，农家人不忍午睡，迎着弄堂里的穿堂风，钩上几针。入夜，端把竹椅到沪闵路边，借助路灯，边乘凉边摇针不停。冬季，农活稍闲，就更抓紧“结花”补充收入。那时没啥取暖用品，手脚冰凉。多数人就抄着传统的脚炉，放在大腿上让手指头取暖而活络起来。有时把脚伸入被窝以取暖，但这样久了，又使腰背酸痛。看似轻松的工艺，事实上一针一线都凝聚着眼力、手艺及心灵的付出。我宅上，有六姐妹加上老母亲俗称“七根针”。我妻仨姐妹加上母亲、奶奶，也有五根针。她们，与大多数的女人们，从来都没有闲着的时候。

20 世纪 70 年代至 80 年代初，莘庄镇及周边编结红火。陆续建起的县办手工艺品厂、镇办花边厂，被列为全国抽纱工艺品定点生产单位，纳入国家计划，产品远销欧美 30 多个国家。仅莘庄镇(乡)外发加工投入这项产业的有十余万人，时称“十万织女”。

“文革”期间，这项手艺也被当作“资本主义尾巴”。但“资本主义尾巴”

要割,社会主义外汇也要赚。于是,乡下农村采用了“把收入划入生产队账户,列入《社员经济往来手册》,集体提成百分之十后再年终分红”的方式。还一度规定,每个女劳力每年的编结收入不能超过90元,如超过,收入的一半扣归集体。即使如此,不少农户编结收入仍高于集体生产的工分收入。褚半农著《褚家塘志》记载:褚家塘生产队1974年年终分红总额为21 642.8元,其中家庭编结款为10 999.38元,占50.82%。全队27户有12户编结收入超过工分收入,最高户达282.72元,占年终实际分红金额的167.3%。

1982年我结婚后,作为一个大男人,也“屈从”参与过其中。那时,妻在镇上编结站工作,收作整理、出花样、外发加工,忙得很。加工编结领回的线是成“搅头”的,需要把它缠绕成团,或者绕到筒管上,以便于编结拉扯。这个下手的活我就义不容辞了。开始,把“搅头”的线套到奶奶辈纺纱织布的纱架上,然后直接手工绕上筒管。但这样,速度很慢。后来,有人搞了个土制手摇机。把筒管固定在摇线机上,手摇动机器,让线均匀地缠绕于筒管上,效率大大提高。我也仿着做了一台。其时,铁罐包装的椰奶、麦乳精等出现于市场,这个铁罐周长比原来芦苇的筒管大多了,用来绕线更好。除了绕线,有时她赶工紧急,我还帮着喷水定型,帮着打打流苏。

20世纪80年代,莘庄乡已开放外宾接待。当时我在广播站工作,偶尔被拉去帮忙接待。小卖部里,编结产品花样百出、琳琅满目,外宾爱不释手。乡属小卖部也算是直接赚了点外汇。我清晰记得,1984年9、10月间,受国家最高领导人邀请,日本青年访华团60余人来访我乡,给每位团员赠送的礼物即为“小扎钩”产品。

跨入21世纪,人们的生产、生活方式发生巨变,就业渠道多元化,收入来源多样化,“十万织女”以“小扎钩”养家糊口的作用日渐式微,外销市场也受多种因素影响。莘庄仅存4家编结站,编结人数锐减至百数。

所幸,非物质文化遗产的保护工作,使实用价值与艺术价值兼具的“小扎钩”技艺避免走向消亡。区“非遗办”与镇文化中心倾力推崇保护传承。

2007年6月,莘庄钩针编结技艺被列入《首批上海市非物质文化遗产名录》,2009年5月,被列为上海市传统工艺美术技艺。故而,“小扎钩”这项技艺在2009年的迎世博会中,得到大显身手的机会。2010年世博会的大平台,要求人们以新的创意适应新的时代。在金龙华、毛静芳、朱月琴、孙颖棣等项目传承人、主要传承人的带动下，高手们一件件富有创意的作品相继问世，引起人们的广泛关注。

如今，莘庄已成为上海钩针编结艺术传承、交流、展示和研究的中心。一个多甲子生活在这方土地上、也算是与这项技艺沾上点边的老男人，在欣慰的同时由衷地感慨时代发展变迁真快，非物质文化遗产亟须保护、传承和发展。

（载《莘城旧事》，上海书店出版社，2020）

战报飘墨香

一位朋友翻出其收藏的二十世纪七八十年代其编印的战报让我一阅，那墨香忽沁入心扉并激活我那渐远的记忆。

20世纪70年代中后期，上海市郊正处大农业时代。每逢农忙季节，我们乡、我们大队，也可能是市郊每个大队，每天都要编印8开纸张的油印小报，我们都称它为战报。我也编印过它并收藏过，可惜因住房的多次搬迁失没了。

在生产队着着实实干了几年农活后，一天，大队支书突然把我叫去，说大队办战报缺人手，让我配合另一位插队知青一起把战报办下去，且一定要办好。我说，我是新手。他说，你是本乡本土人，你有对大队里和农村情况熟悉的优势。就这样，第二天我就走马上任了。

办战报先要有稿源、素材。每个生产队由一位记工员或会计担任通讯员，每天收工后到大队部碰头，有人拿出在香烟壳子上记的几个数据、人名，有人燃上香烟已在纸上涂涂画画。很快形成的文稿，虽急就粗糙，顾不得遣词造句反复推敲，但它短小精悍、实实在在，新闻五要素也不缺，带着泥土气、汗水味，闻着沁心入肺。据通讯员提供的素材、文稿，我在8开的纸上粗略地酝酿排版。新闻、小故事、言论、当日收种进度统计，甚至小花絮，体裁多样。随后，就拿出钢版、蜡纸、铁笔开始刻印。钢版长约30厘米、宽约8厘米，正反两面都有直斜交叉的细纹。把蜡纸铺上铁版，用铁笔在蜡纸上写字，笔到之处，蜡纸上的蜡层被划掉，就形成让油墨渗透的印层。刻写完成后，用图钉把蜡纸的一头固定住，下面衬上8开白纸，取刮板涂上油墨刷刮蜡纸，所刻印的文字图案就能在白纸上清晰地显现出来。当然，报头也是预先印制并套红的。直至后来，才有了滚筒式的带丝网的手动油印机。

刻写如写字，但用力需适度。轻了，刻不透蜡纸，印出来的战报墨痕太浅，看不清楚；刻写过于重，又会把蜡纸划破，油印时油墨就会渗漏到纸上，弄得一塌糊涂。时间长了，捏铁笔的食指、中指都磨出了老茧。油印的难度不亚于刻写，三伏天大汗淋漓还不能吹风。一次在刻写完成后的印刷中，门外有人进来带来一阵风，把蜡纸掀起来粘住了，无法再印，只能重刻。

约摸两个钟头后，我们带着油墨尚未干透的战报就送至大队每个班子成员和各个生产队队长、通讯员手中，他们还会及时张贴在仓库场门口。第二天早上出工前，队长照例是要把战报上刊登的情况向社员们进行通报的，以起到互通情况、推动农忙进展的作用。

同时，我们把战报送至公社广播站，第二天一早，响彻家家户户和田间的喇叭头里就会有我们战报的内容在广泛传播。

一晃，那战报距今已40多载了，钢版、铁笔和蜡纸的时代也早已远去，可是那战报上的油墨仍能真切渗出它独有的芳香。

（载微信公众号"老小孩"，2017年8月25日）

喇叭头

从20世纪50年代人民公社化以来，广播喇叭是我地城乡最普及的先进设施，那时候人们没有噪音的概念，听到喇叭声感觉很自然。天下大事、市郊新闻要了解，党的方针政策要宣扬，生产技能要推广传播，主要途径是通过遍布乡村农户和田野的喇叭头。上海人民广播电台还专门有一档对农村广播的节目，沪语播音听来亲切，"阿富根谈生产"更是家喻户晓。

清晨6时，《公社都是向阳花》或《学大寨》的播音开始曲在寂静的晨空中悠然荡漾，它提醒人们一天的忙碌生活要开始了，该起床烧早饭了。前半个小时是本地新闻，6点30分开始转播中央人民广播电台新闻和报纸摘要。晚上8时，统一转播中央人民广播电台各地新闻联播节目，播完就结束一天的播音。遇“三夏”“三抢”大忙，此后还有半小时的本地新闻节目。其实，此时农人们最想听的还是与农事联系最密切的气象预报，收购稻麦、棉花、粮油等信息。

大部分的农户和居民屋里都有喇叭头，在空旷的田头还有高音喇叭。进入冬季农闲，是兴修水利的大好时节，每年的开河工地，除了红旗猎猎，鼓舞人们士气的就当数广播喇叭。

当然，喇叭头的逸闻趣事也不断。

记得有次我在广播站值机，开机时间到了，我却睡过了头，造成人们集体晚起，被公社领导一顿猛批。

在喇叭头里，文艺节目占到了相当比例，除了“样板戏”，也有相声、说唱等。有一次，有个农民因干活累了，工间半小时想充点饥，但煤球炉已灭，锅中空荡。这时喇叭中正播着相声，笑声不断，他顿时火冒八丈：“我正气上心来，你们(喇叭)还看我笑话！”他拎起铁搭一下就把那喇叭头扯了下来，更引得人们一场哄笑。

到了 20 世纪 80 年代，随着城市化进程，田头的高音喇叭逐渐拆除，农户家里的 8 寸舌簧喇叭也逐渐被音质更亲和些的 4 寸动圈喇叭所更新。县级广播电台、电视塔建起来，无线广播、开路电视开始进入家庭。

一根铁丝一台功率放大器的小喇叭头，到如今无线调频、光纤、光缆、宽带，再到数字整转，从“有线广播电台”“有线电视中心”“闵广科技”“东方网络”名称的变化，可见时代的飞速变化。而网上缴费、电视点播回放、3D 电视游戏等功能亦不断提升着现代人们的生活质量。

(载《闵行报》2019 年 6 月 29 日)

《工作手册》见证工作经历

从参加工作至退休共计 44 年，书橱角落里躺着一大堆《工作手册》，不忍丢弃，看流水编号已是 72。粗粗翻来看看，往事却上心头。它是工作经历，亦是人生轨迹呀。

自 1972 年中学毕业回乡务农，承蒙生产队看重，队委会决定让我担任记工员兼出纳。每天的工作，半天走田头、场头，记录全队近百大小劳力每天的工时、内容。它与体力活不可比，但要有责任心，因为工分和队里的现金收支保管都是社员的命根子，来不得半点的含糊差错。我记的是队里的16开本大的《工分簿》。此时自己的《工作手册》实际是只有半个手掌大小的《工分册》。

1974年到大队里兼任"通讯组长"，参加大队里的重要活动，"三夏""三抢""三秋"三个大忙和冬季开河都是要出油印"战报"的。《工作手册》内有汗水、泥水的渍痕，还夹杂着香烟壳子上记着的数据、人名，至今还能闻到劣质烟草味。

1976年年底到1992年年底，我在公社广播站工作，留下了很多采访记录，开本较小，便于携带。哦，有一本已被车辆碾压过，破损严重。记得那是一次采访回途中的失而复得。那天，在公社礼堂采录完"三夏"动员会，我急着骑车返回办公室整理组稿和录音明日一早播放，忽发现夹在后书包架上的《工作手册》和录音磁带没了，脸上脱色，懊恼不已。正想返身回找，忽听有人高声喊我。哦！巧了，是我的一个中学同学。原来他在路边看到我掉落东西，又叫我不应，就捡起后一路追来。还好，只是《工作手册》被车辆碾压了一下，录音带没坏。这17年间，共有30本《工作手册》。

1993年初至2009年9月，又是17年，我在基层政府工作。《工作手册》也正好30本。前期，任办公室主任，记的大都是参加会议、领导的讲话的要点、一周的日程安排、信访接待处理（信访办归在办公室）；后任党委组织委员、组织人事科长，记的是基层组织建设情况、对基层班子的考察情况、人事安排调整情况、离退休老同志情况。担任党委副书记后，分管十几个小口子，包括组织、纪检、宣传、统战、政法、武装、精神文明、群众团体，政府口的经济、建设，文化、教育、卫生等也都有参与，记的大都是听取情况汇报，即席归纳总结，提出工作要求。

2009年9月至2015年9月，我在区资产投资经营公司工作。记录的数据多，几十家投资企业的营业收入（产值）、利润、税收。再是对企业重大投资项目的尽职调查、利弊分析，董事会、经理办公会议事决策情况。

2015年9月起任调研员，我虽被区委任为区重大项目办公室副主任，也负责一摊子事，但工作记录较前明显少了。《工作手册》的横格子粗了，写的字也大了，说明眼睛视力老花了。

呵！粗翻《工作手册》，往事历历在目。那72本《工作手册》，早期的纸张已经发黄变脆，有的圆珠笔写的字迹已经化开模糊，恍如隔世；而最后的几本却挺括刷新。哦，正儿八经的工作已经完成，过去已经过去，新的工作、生活还得继续。

（载微信公众号“老小孩”，2017年8月31日）

那些笔

抽屉角落里躺着一堆曾经紧握过的笔，有钢笔、圆珠笔、铅笔、毛笔。深情一瞥，过去许多年的那一幕幕恍如昨日。

最初用过的笔，似是“炭笔”。那是20世纪50年代末，我3岁时，上过私塾的爷爷教我识字。大冷天，他从烘手的铜脚锣里挑出一截炙成炭状的花萁梗，教我在家里仅有的一面石灰粉刷过的墙壁上写“人、天、土、日、月、王、上、下、大、小”等字，那一点一划，一撇一捺，永远镌刻在记忆深处。

7岁上小学，用的是两分钱一支的白坯铅笔。虽属最低廉，我还用竹竿自制笔帽，助其在用到最后无法握住时尽可能其用。为节约，试着以纯铅笔芯，用两片竹爿夹住，当活动铅笔使用。

二、三年级时，我可以用钢笔写字了。那是支“英雄”牌普通钢笔，是我考试成绩好父亲奖励的。我珍惜它，请奶奶专门为它缝制了笔袋。一次课间休息，我正专心地抄写课文，忽后桌俩同学吵闹，把我珍爱的钢笔撞落地上。待我捡起一看，笔尖已经开花。顿时，一股心疼酸楚涌上眼眶。

中学毕业回乡务农，主要工具应是锄头、铁搭、扁担、畚箕，但队里委任我为记工员兼出纳，每天的首要任务是用笔记录下每个社员每天的农活、工时。记忆中，用得最多的是简易圆珠笔，竹竿的，既便宜，又牢固耐用，只是笔尖时有油迹渗漏，或者笔珠转不动，再用劲也无用。

20世纪70年代，我地较早开放接待外宾，来者有时会送个圆珠笔，我如获至宝，因其用起来确实流畅。据说圆珠笔上的笔尖圆珠是个尖端技术，用了好长时间才得以攻克。后来有机会到国外考察，宾馆房间里免费取用的圆珠笔必是收入囊中的。

好记性不如烂笔头。闲暇时，我喜欢记下一些工作、生活、读书的笔记和感悟。

被选调到公社广播站工作后，我更是笔不离身。采访记录用圆珠笔，坐下写稿用蘸水笔，改稿用红墨水毛笔。每天起码写 5 000 字的广播稿，一年 365 天，一天也没有拉下过这杆笔。

我还用蜡笔、水彩笔学画，用粉笔出黑板报，用排笔刷大幅标语，用毛笔摹《兰亭集序》，用铁笔刻油印蜡纸。哦，我还用废旧钢笔自己制作过测电笔，较早使用彼时还稀罕少见的录音笔。

即使后来成了基层“公仆”，依然少不了用到笔。小到会议通知、会议纪要，大到政府工作报告、党代会报告，直送上层的公文专报，都在我笔下生成。50 多岁转岗国企，负责投资经营国资，那些笔从以记录文字为主亦转向记录阿拉伯数字为多。尽管公务繁忙，我仍用这支拙笔，去收集生活中的点点滴滴，感悟生命存在的意义。

笔有笔画、笔触、笔调、笔钩、笔力、笔路、笔顺、笔体、笔签、笔答、笔战、笔债等说法。笔底有数不尽的喜怒哀乐，有道不完的沧海桑田。在如今这个键盘时代，神奇的电子笔已展露峥嵘且愈加广泛。有人说，传统的笔将渐渐远离人们的视野，我不信，因为那千年历史的传承，那层层叠叠白纸的等待。笔走龙蛇、下笔如神也好，信笔涂鸦、秃笔拙文也罢，笔再先进神奇，或再普通平凡，领导者是你的大脑，真正好用的实质是你的心。

品香茗，享悠悠生活；舞墨笔，静浮浮心身。如今我退休了，但我仍将用手上的笔——不，是心声的笔，去写好还要走下去的人生。

（载微信公众号“老小孩”，2017 年 11 月 8 日）

中文打字 ABC

又一个“科技节”来临之际，得暇，我就在随身携带的手机上，涂点“豆腐干”小文章，或语音，或拼音，或直接手写输入，中文汉字或单个或成组跳将出来……在“时代发展真快、科技真发达”的感叹中，脑海里忽叠映出那台方方正正、布满铅字字盘的中文打字机。

1972年，我读完中学回乡务农，没多久大队要我到大队通讯组与一位知青一道负责出版印发《大队通讯》，每天一期。其文字部分全由铁笔、钢版刻成蜡纸，以刮板油墨刮刷而成。三年多，刻字数万，我的中指至今仍留着握铁笔刻蜡纸的印痕。

我常常送稿到公社广播站，总要多看几眼那位端庄秀丽的播音员，她不是在用红笔圈点文字进行备稿，就是在噼里啪啦打字，我这才对中文打字和打字机有了直观的感受。1976年底，我正式调到了广播站工作，才知道播音员还兼着公社机关打字员的职责，一个公社就只有这么一台打字机。

每周轮到我值机时，有空闲就琢磨起打字机。这台名为“双鸽”牌的打字机由滚筒、铅字盘、机头三个部分组成。滚筒是用来卷放蜡纸的。蓝色、名为“双圈”牌的专用蜡纸由棉纺纸覆上一层石蜡制成，下面垫着一张带有坐标细格的纸，打字前要将A4纸大小的蜡纸安放在滚筒上，先将蜡纸上端压在一个卡条下，顺势旋转滚筒，快到一圈时，会响起一声悦耳的铜铃声，另一个卡条压住蜡纸，就安装好了。

铅字盘是一个长方形的金属盘，里面由两千四百多个小方格组成，装着倒放的铅字。下方装有轨道滑轮，前面有一个手柄，打字员可以用左手拉动铅字盘左右滑动，选取需要的字样。铅字为长方体，每个高约2厘米，长宽约2—3毫米。铅字盘中间为常用字区，两边为非常用字区。出厂时，铅字都是按汉字的偏旁部首依次排列的，工作使用时，根据本行业和当前社会和国家常用词汇重新排列。还有一些生僻汉字放在两个备用的木盒里，偶尔使用时，现用现找，用后重新放回。一次漫天大雪中，我巡线回来，脱雨衣时碰翻了桌角的一盒备用字盘，数千铅字如天女散花，我与打字员费了好长时间才予以装盘复位。出于好奇，我还拣出自己姓名的三个铅字，用胶布缠紧，代替那每天发稿时的常规性签字。

滚筒前面连接部分为机头。机头又分为打字手柄、打字锤等。打字员用右手拇指、食指和中指握住打字手柄，食指放在手柄上方，就像发报员手握发报键。空暇时，我试着打，别的还基本能掌握，就是找字难，打三百字的一页纸要费老半天时间。比较熟练的打字员一分钟就能打五六十个字。

到20世纪80年代初，随着公文量的增加，公社设立了专职打字员。因着机要、保密的性质，多由经严格政审的复退军人担任。1993 年 1 月我被调到乡政府办公室任职时，乡政府已淘汰了铅字打字机，改用“五笔王码”输入法的“四通”牌中文打字机，可以比较轻松地进行电脑排版了。

科技日新月异，中文铅字打字机早已消失于历史长河。打捞出被流水冲淡的 ABC 点滴，或许让有心者做些许观照。

（载《新民晚报》“夜光杯”，2024 年 6 月 2 日）

时钟在时光里滴答

壬寅三月，浦江两岸受前所未有的疫情肆虐，正常工作生活“停摆”，时间如静止；而冲锋陷阵、艰苦决战在大仗硬仗一线的“逆行者”，却争分夺秒与时间赛跑着。这时刻，让我的思绪随墙上时钟的转盘在“滴答”声里飘散开来……

那是 1972 年，读完中学回乡“修地球”不久就做起了记工员。这记录着每个社员每日工时的生活，当然离不开时间。事实上，当时虽是 20 世纪 70 年代，农人的时间概念还多沿袭古代以太阳升降来判断，“日出而作、日落而息”的传统习俗一以贯之，遍布家庭和旷野的广播喇叭是现代化的准确把握时间的重要途径。

为方便出工收工时间的掌握，生产队花十许元钱买了一只铁皮闹钟。这钟设计新颖有趣，秒钟连带着的是一个母鸡图案的小圆圈，边上有两只小鸡，伴随着“滴答嘀答”一记又一记的声音，母鸡头部上下摆动，似乎是在抬头低头不停引领小鸡啄米。

时钟置放在生产队仓库账簿桌上，由仓库保管员负责上发条，并按既定时间敲响挂在场头的铁板，或出工，或收工，或突发事件紧急集合，比如抢收晒在场上的麦子、稻谷、棉花。

有时，这时钟由我掌握。那是“三夏”“三抢”“三秋”农时最紧要的几个大忙中，队长要我拿着时钟候在社员出工时必过的路口，防止有人拖延出工时间而工分照记。彼时，“出工像拉纤（慢），收工像射箭（快）”的现象较普遍，这是那个“大寨式”评工记分年代，唯一可量工时的硬尺子。后来实行

“包工”及至“联产承包”，这种现象就绝迹了。

那个年代，家里花了父亲一个多月的工资50余元钱，凭票购置了一座台钟。黄、棕色相间的木质外壳，透明弧形凸式玻璃面罩，白色的钟面，黑色的数字和指针，端庄中显秀丽。摆放在母亲托木匠新做的镜台上，有蓬荜生辉的感觉。打开台钟前玻璃门，用一把钥匙插入钟面小孔中拧紧发条，可以走上15天以上，故名“三五牌”。它每到半点会发出“铛”一下的钟声，每到整点，就会几点响几下。此后不久，随队里不少青年添置手表，父母亲也为我买了一块56元钱的“海鸥”牌半钢手表。说是防震防水防磁的，但坌地等还是舍不得戴。

到了公社广播站工作，我三天两头轮到值机。一次赶稿到半夜，初时睡不着，到点闹钟却叫不醒我，造成迟播事故，懊恼不及。以后，干脆在值机的床头左右放上两只闹钟双保险。

后来在基层党委、政府乃至国资企业工作，数千个日日夜夜，桌上台钟、墙上壁钟，身上手表、挂表，总有一款陪伴着。

时钟像一把尺，把人类的各种行为体现在各个时间段内，使人的行为更有前瞻性与计划性，使人类的生活有条不紊。

由此及彼再想开去。知道我国历史上留下记载的四代计时器为日晷、沙漏、机械钟、石英钟。曾去浦东世纪大道观巨雕日晷；曾往芬兰桑拿浴室见古老沙漏；曾在广播站西隔壁典当行的更楼上抚摸打更的古钟；曾往北京赏故宫钟表馆名目繁多、弥足珍贵的近代钟表。数次临外滩重温再也熟悉不过的《东方红》乐曲如金石撞击般回荡半空的海关钟声；也有机会在英国伦敦聆听外滩海关姊妹钟——大笨钟的鸣响；还到捷克布拉格一睹已有600余年历史、世界上最大占星钟……90年代中期；地铁(轻轨)莘庄站北广场近沪闵路口，原来我们村的土地上，新建了一个时为上海最大的巨型花钟，引得人们纷纷驻足留影。北京2022年冬季残疾人奥林匹克运动会闭幕式上，鸟巢中心场地的“留声机”幻化成“滴嗒”作响的巨大“表盘”，中国传统的天干地支和二十四个节气、世界通用的象征时间概念的符号随指针轨迹而生，寓意时间永无止境，在多元的时间哲学中，全人类共享此刻。古往今来，时间永远没有停下不紧不慢的脚步。

构成岁月的每一点时间，对于每一个人都是平等的。一天24小时，

1 440 分，86 400 秒。回头看，自懂事起参加学习、工作至退休的四十多年间，或有小懒，多数时刻却不敢懈怠，不敢挥霍这似乎无影无踪的滴滴答答，哪怕没做成什么。生命的沙漏永远倒不回昨天的轨迹，时间的河流也没有办法掉头行驶。所谓，时光匆匆，岁月如梭也无痕。时间量化着不过短短 900 个月的人生，画一个 30×30 的表格，一张 A4 纸就足够了。如果每过一个月，在一个格子里涂掉，全部人生就在这张纸上……我们这些从四五十年代走过来的人，一个多甲子年来，经历了那么多大到左右时代进程、小到影响人生轨迹的事，都挺过来了，苦难铸造辉煌，有遗憾，更多的则是幸运、幸福。

曾摘抄过名人名言：达·芬奇说，时光犹如河川之水，你所触到的前浪的浪尾也就是后浪的浪头。时间，你销蚀万物！高尔基说，世界上最快而又最慢，最长而又最短，最平凡而又最珍贵，最轻易被人忽视而又最最令人后悔的就是时间。海伦·凯勒说，把活着的每一天看作生命的最后一天。这些话，在退休数载后的今天读来，还是那样震耳欲聋。时钟似一面鼓，无声胜有声不停催人奋进。有人说，当你感慨时间流逝的时候，你已经开始变老了。变老是事实，岁月的流年尘封逝去的往事，看庭前花开花落，蕴含多少年轮记忆。从这个角度看，时间永恒，生命皆过客。

时间，一秒、一分、一小时，一天、一周、一月，甚而一年又一年，都好像是一瞬间。退休五年多了，眨眼而过。该向时光里奔跑的你们致敬呢！

时钟记录着时光的流逝，时间不会停下“滴答”的脚步。时光在流逝中增加人生的厚度，人生的挫折磨砺着人们的意志。可以平淡平凡，难以尽是完美，不以年华虚度，“表盘”影像和着那“滴答”声声久久不能散去……

（载微信公众号“老小孩”，2022 年 4 月 11 日）

“小票证”与“大奖”

常说一滴水能反映出太阳的光辉，小小的一张票证也确是见证了新中国成立 70 年来国家发展、人民生活改善的某个侧面。

对于票证，80、90、00 后们恐怕是陌生的。那些方寸纸片已经离我们远去，但它似乎又近在咫尺。因为，这些薄如蝉翼的纸片，在那个 50、60、70 乃至80年代中期，关乎衣食住行、柴米油盐。人生存着，是离不开这些必需品的。

在那个计划经济年代，除了钞票，衣要布票、线票，食要粮票、油票、肉票，房要砖票、水泥票，还有糖票、香烟票等。自行车、手表、缝纫机、收音机这些属于大件的“三转一响”，更是一票难求。众多票证方寸之间，蕴含着多少酸甜苦辣，也映衬着那个时代的特征。

莘庄镇社区学校做了件看似不起眼但很有意义的事，把这些小票证收集聚拢，辟专馆展示出来，并把这些小票证中的故事整合起来，编了本《小票证“莘”故事》的书。而且，为献礼新中国成立70周年，组织了一场“票证背后的故事”诵读主题活动，从“小票证”，娓娓道出背后的“莘”故事；从百姓小个体、小家庭的生活，反映国家发展变化的“大历史”。唱着东方红，当家做主站起来；讲着春天的故事，改革开放富起来；怀着中华民族伟大复兴梦，砥砺前行强起来。这三个篇章，不正是祖国沧桑巨变、走向繁荣富强，艰难而伟大的历程吗！

我的两篇拙作有幸被收入这本小书，并与其他29位（其中多数为熟悉的老友）作者一起获得了创作奖等鼓励。虽说我这个普通人没做过什么大事体，承蒙不弃也算是获得过诸多奖励的，但我还是看重这个因小票证所写小文的获奖。因为这小小的票证，是祖国发展变化与人民生活紧密联结的直接反映，涉及我们每一个普通家庭。我们是祖国这浩瀚大海中的一滴水，从这个角度看，我们这些小小的百姓从心底里要为伟大的祖国发一个大大的“奖”，并以思想和行动去逐梦壮丽的新征程！

（载微信公众号“老小孩”，2019年9月30日）

村口那爿“小三店”

我等这辈人小辰光，每个村口都有爿“小三店”（其实就是杂货店）。它类似又有别于大城市及市镇的烟纸店。为啥称“小三店”？概“小”，相比大而言；“三”，代表货不少而又不全。反正，我们都是这么叫的。实际上是由县、镇供销社设在村里的小店，故一度称“下伸店”。

最早认识它，是它的“排门板”。一早，天蒙蒙亮，当夜住在店里的营业员就起床，不紧不慢、一块一块地卸下排门板。顿时，店堂敞亮，店里商品一览无遗。慢慢晓得，看似简单平常的卸、上排门板，也有窍坎的。每块尺把宽的排门板有企口榫头，每块都不大一样，如果弄乱弄错了，就上不去，故店家就给每块排门板编上数字。夜里打烊时，有时先上一半，有时留下三块最后上，既让在店里的顾客晓得要打烊了，也让还想赶着买东西的人抓紧点。小店营业员不多，但营业时间长。事实上，如果你有急需，即使不在正常营业时间，也可随时叫开门。别小看这“小三店”，在我等农家孩子抑或农人眼里，它的作用和分量比现今的大型超市更“结棍”。

小店最吸引人的，是排门板打开后，看到的那些排列有序、花花绿绿的瓶瓶罐罐。里面有裹着五颜六色纸衣、含一粒甜到心里的糖果，有不甜不咸、五分钱可包上一只三角纸包的咖啡式的盐津枣，有黄澄澄、香喷喷的鱼皮花生，有三分钱一只、能解馋充饥、上面撒满白砂糖的烘饼。有时想看又不敢正视，否则肚皮里的馋虫会爬上来，情不自禁地馋吐水就会流出口角。

小店里的货物还真繁多。与当今比，有一个很大的特点或区别，就是大都可以拆零卖。如自带容器拷油、拷酱油、拷酒。饼干，除了盒装，也有装在铁皮听里拆零卖的。肥皂可切半块，草纸能论张，缝衣针数枚。日用品煤油、蜡烛、干电池，凡士林、蛤蜊油、百雀羚，夏令用品仁丹、万金油、痧药水、花露水，应有尽有。小店旁边是邮政信箱，当然也买邮票。还有生产资料，如扁担、铁搭锄头柄。农忙时节，还有专门送货下乡的碳酸氢铵、过磷酸钙等化肥、农药。不过，很多时候只能看看，看到心仪的食品只能咽咽口水，瞄着急需的日用品只能过过眼福。因为，除了缺“花纸头(钞票)”，还缺另一样“花纸头(票证)”。从米、面到油、糖，从鱼肉荤腥到粉丝、木耳南北干货，从布、线到肥皂、香烟……买啥都要有这两种“花纸头”。凤凰牌或永久牌自行车、蝴蝶牌缝纫机、红灯牌收音机、三五牌台钟等更属大件，更是一票难求。逢年过节偶尔放到小店来，也是装装门面的。

我小辰光，奶奶常会差我到小店里买油盐酱醋。一次回家路上一个踉跄跌了一跤，把油瓶打翻了，害得她和我都心疼了好久。喜欢咪口酒的父亲要我去零拷黄酒或土烧酒时，总会多给几分钱，让我买点小零食，而我却经常买了心爱的铅笔、练习簿。有时弟弟妹妹跟着，就给他们买点彩色的弹子糖，自己仍舍不得买吃的。不过，心里还是有念想的，等以后有“花纸头”了，可要把能吃的一样一样吃过来。当时还算过一笔账，小店里能吃的全部吃过来，有个 30 元钱就可以。可 30 元是个什么概念？意味着我等农人要起早摸黑几个月的收入。最要紧关子的，就是还得有票证。

14 岁我读完中学回乡务农，此时已学会抽烟。在小店里买过八分钱一包的“生产牌”，一角三分的“勇士牌”，二角二分的“劳动牌”。再朝上，二角八分的“飞马牌”、三角五分的“大前门”、四角二分的“牡丹牌”，还有带香精味的“凤凰牌”等，都要凭票证了。这些，也可拆零卖。直至如今，烟龄久长，烟瘾难减，咳嗽不断。

农历年夜前，是店里最忙的，因为要经营年货。农民一年忙到头，就是再苦再穷，还是要犒劳一下自己的。店里有木耳、红枣、笋干等南北干货，十全大补膏等补品，带鱼、黄鱼、海蜇等海产品，咸猪头、新鲜肉等；还有彼时少有的进口货，如古巴砂糖、伊拉克蜜枣、阿尔巴尼亚香烟等。当然，这些大都是要凭票供应的。记得 20 世纪 70 年代中期，春节每户凭票供应四大金刚：粉丝一斤，八角；金针菜、黑木耳一包，两角五分；再有枣子半斤，炒货一件。哦，还要分大户小户，四人以下是小户，配给的还要少一点。

曾经的“小三店”，生活着的乡民们真离不开它。它还是那时人们社会活动的一个窗口。农闲时，我们还会隑着小店的排门板孵太阳、聊农事、谈山海经。它陪伴了我等农人几十载，承载着那个年代人们生活的苦涩和欢乐，且将镌刻在记忆深处。

（载微信公众号“今日闵行”，2018 年 4 月 30 日；
《寻乡记》，上海书店出版社，2019）

队里的仓库场

那时，乡下每个生产队都有仓库场。

我们生产队的仓库场开始差不多有篮球场大小，后经过两次扩建，足有半个足球场大，在全大队 10 个生产队中算是好的。这个仓库场是由全队社员自己动手，拾碎砖烂瓦煤屑石块，到浦东钢厂装回废弃的钢渣炉粉，天原化工厂淘来电石糊，买回没标号的土水泥，小积累、大阵仗、化心血，自己筑成的。

仓库场南邻宽阔的沪闵路，北侧是一排仓库，仓库北面是蜿蜒曲折通黄浦江的宅河北潮浜。低矮、破旧的仓库里，里间存放着稻谷、麦子、油菜籽、棉花籽等种籽、余粮。外间放工具，有耕作用的犁、耙、划、轭头、绞索，出船用的篙子、橹、纤绳，过滤作物果实的筛子、箕，晒物用的帘子、团箕，盛物的栲栳、栈条、篰。早时，还有原始农耕时车水用的水车、脱粒用的稻床等。品种繁多，但被保管员存放得井井有条。后来，在南面又造了一埭房子。

我小辰光，仓库场是游乐场。滚了一圈又一圈的铁环、钢圈，厌了；玩了一场又一场的"官兵捉强盗"，疲了；就来"捉野猫"。晚稻收上来脱粒后，仓库场周边堆满了圆形、长方形大大小小的柴堆。寻一隐秘处，偷偷拔掉几个柴把，人藏身于内，那个扮演"捉"的角色的小伙伴很难找到那一只只躲在柴堆里的"野猫"。比起当今的"密室逃脱"游戏，现场感、真实度、刺激点、趣味性更足。

我八九岁时，就在仓库场上学会了骑脚踏车。因个子才到车杠那么高，只能让右脚在车杠下穿过而踏，名曰"穿杠踏"，实际上比坐在车杠上踏的平衡难度更高。

每逢大忙结束，生产队照例要请公社放映队来放场电影，犒劳社员。这些电影如《地道战》《地雷战》《南征北战》《英雄儿女》《上甘岭》等，"打仗片"居多。尽管看得熟透了，台词也背得出来，但还是当作盛大喜事。队里早就安排人员在仓库场尽头处竖两根毛竹，上部再横一根，作为银幕架子。还会提早半个钟头收工，好做准备。小的们早早把自己屋里的椅子、长凳、矮凳排列于仓库场现在讲法的"C位"，炒好香瓜子、饭瓜子，攀好、斩好甜芦粟。仓库场东头的"下伸店"也备足货物，延长营业。一分钱两粒的弹子糖、五分钱一撮的盐津枣，七分钱一把的鱼皮花生……一张薄纸包成三角包，都是受欢迎的热销品。

电影正片前，往往先放"新闻简报"，有伟大领袖接见外宾，有工农业取得的新成就。有时放到一半，跳出"跑片未到"的幻灯片，大家侪懂的，一部电影胶带几个场子轮流放，中间有小故障，跑片接不上了。

这期间，陆陆续续有一些新奇的机器把仓库场停得满满当当。我们东摸摸、西看看，脑洞大开、无限猜测。手扶拖拉机、插秧机、开沟机、联合收割机……现在看看不稀奇，那时可是从来不曾看到过的东西。很快晓得，是在这里举行华东六省一市的最新农机具展示。

大一点做正劳力了，仓库场俨然是演兵场、汗水场、收获场、生死场。

生产队土地呈狭长形。俗话说“百步呒轻担”，一担百余斤重的稻从严家后头挑到仓库场有两里路，汗水嗒嗒滴，肩胛磨脱皮。这还不算，收获是系列活动，要看天、抢时节。火辣辣的“日中心”，当然是晒场。这段辰光，没有夜里，“太阳灯”照得仓库场如同白昼。脱粒机彻夜运转，“大炮机”、鼓风机轰鸣声不绝于耳。像工厂的流水线，男劳力把田里的稻挑进场，女劳力脱粒。脱粒中又有很多小的分工，上机的、磕稻的、拉柴的、推谷的、捆柴的……

看似简单的轧稻、扬谷，抑或埋伏着事故隐患。忙碌、疲惫中，姑娘的长发卷入轧稻机了，幸亏只一撮；搬来移去的电缆线极易破损，有人触电了；破损电线处闪出的火花引燃稻柴起烟了……还好都发现得及时。隔壁生产队就发生了人伤物损、惊动消防救援的大事故。

收获后的仓库场是赏心悦目的。金灿灿的稻谷占大部，雪雪白的棉花在周边。青歧歧、扁塌塌的干蚕豆，黄澄澄、圆滚滚的黄豆，紫红细巧的米赤、赤豆，成列成块，不经意间构成彩色斑斓图。还有白中透黄的菊花、数量才几斤的红花，灰泼碌脱、土不拉几的川芎、元胡，这都是可买大价钿的药材。它们在仓库场上舒展身姿，尽情享受着阳光的抚照。

那时，天气预报还没有现在准，老农看天也只是常规、大势。早晨秋高气爽，冷不防中午来了雷阵雨。仓库场角上敲响的铁板声就是信号，更是警报，是紧急集结号。全队人马无分男女老少必是全力以赴，把丰收的成果快速拢进仓库。

交粮去了，卖花去了！小青年们大忙时耗去的力气也回来了！120斤一麻袋的谷，130斤一蒲包的棉花，看看啥人单臂拎得起？啥人不用帮忙背起就跑？一场哄闹，一场欢笑，“团串头”们快速成为“男子汉”。

生产队种药菊时，仓库场头摊满了刚采摘下来的菊花。老仓库的后头有蒸锅，这白瓣黄蕊的菊花采回后，要用煤烧蒸汽蒸熟再分散到每家每户去晒干。逢连绵阴雨，菊花容易发霉。队里腾出仓库，放入十许只煤球炉做烘房。一次，连续几天几夜烘下来，我因煤气中毒而差点醒不过来。是复退军人、队长阿哥等迅速把我从这个简易烘房抢出来，抬到仓库场边……

沿仓库场，还搭着很多架子，这是晒棉花用的。晒的过程中，少不了拣花分等级。这时田里农活稍空闲点了，不同等级的劳动力围坐在帘子周围，小屁孩也在帘子下钻进钻出捉花虫玩，是轻松、热闹、欢快一刻。张家长李家短，东是黄浦西是海。哪个姑娘相亲了，哪家媳妇有喜了，谁与谁好上了，像是隐私窥视场、信息发布场，不过一旦到了这里，几乎都是可以公开化的了。

仓库场很少有冷落的辰光。即使入冬了，也有欢乐曲。

仓库场边上常有扬弃的瘪谷、乱柴，冬天里的麻雀最喜欢在这里觅食、嬉闹，一小群、一大群“你方唱罢我登场”，起飞、降落，蹦跳、碎步，叽叽喳喳、喳喳叽叽，闹哄哄、嘈唧唧。

再如，队里车浜捉鱼了，一摊摊的鱼堆满了一场头，按大户小户“抓阄”分配，当然要上《经济往来手册》年终结算。当了多年农民的我，记忆中有过两次分肉，都是冷天性，不过间隔了好多年。一次是一头老母猪淘汰，一次是养了十几年的一头黄牛久病不治，都是经公社批准，宰杀后分配，让家家户户每根枯燥的肚肠沾了点油水。

仓库场边连着仓库的东侧，有两间小屋。1968 年 10 月最早一批来“插队落户”的芳、华两位女“知青”、1969 年 2 月第二批来的娟娟和 1973 年 1 月第三批来的美琴都住在这里。这也成了队里青年们农活、生活乃至人生交流、聚会的场所，艰苦岁月，青春亦飞扬。队里的婶娘们，时不时来望望，带点自留地上产的蔬果、自己做的塌饼、“烤”果，嘘寒问暖。

仓库场边，还有个机库。队里购置了手扶拖拉机后，农闲时机手在这里精心做着保养，植保员也来维护植保机，农电工把烧坏的水泵马达重新绕线，我这个记工员也来凑热闹。手扶拖拉机跑运输时为加速而翻“驳盘”的改造等一些“小发明”就是在这里产生的。

1985 年 10 月，随着莘松高速公路的兴建，那承载着无数个劳动生活场景的仓库场，尽然如烟云一般弥散于车水马龙间了。蓦然回首，那熙熙攘攘里似乎正叙述并传递着那些个过往。

（载《三冈水》，2022 年 12 月）

未曾远去的叶家祠堂

莘庄老镇横沥港沿沪闵路往东三里，淀浦河桥西南畔，曾有一座规模甚是宏大的叶家祠堂。

据《莘庄乡志》载，1895 年，叶家祠堂是办过学堂的。先是由叶鸿英办私塾，1945 年转为鸿英初级小学，1947 年停办。新中国成立后，翻身农民在此载歌载舞，庆祝翻身做主人，宣传党和政府的政策，开展“扫盲”。复又办起学校，先属梅陇中心校分校，后属莘庄镇小学分校，称莘光小学。

我 7 岁上学时，感觉祠堂里阴森森的，传说夜里有“鬼”出没。琅琅读书声、稚嫩嘹亮的歌声、散课后学生的嬉闹声，才使这里显出生机和活力。从西门进去，中间是高大的厅堂，周围房屋作为教室和教师办公室。屋内地面均是方砖铺就，庭心里是当年少见的打格水门汀，我们列队、做游戏“踢三间”都不用画线。东西两侧各有一棵高大的桂花树，整个秋季满堂芬芳。厅堂里摆着一张宽大的“乒乓桌”，实际上是移下来的祠堂大门。我们排着队，每人轮流着打四个球，胜者可继续做“大王”。一次嬉闹中，我被同学冷不防推了一把，头部仰面摔在阶沿石上，至今留有疤痕。

祠堂西侧有顺着清澈见底的河流铺筑的宽大的水桥。不过，水桥石很滑，多次有学生不慎滑入河中，故学校不允许小学生下去。学校南侧没有围栏的烂泥操场上，常有看祠堂老人养的鸡鸭兔羊满世界跑，有时隔壁李家塘、陆家塘的耕牛也来凑热闹。

操场旁边，有男女两间厕所，开始直接大小便到几只粪桶里，后来改为水泥槽的，可以用水冲洗，臭气不冲天了。

祠堂东侧有陵园。南侧 3 米宽的三踏步石阶两边立一对大石狮，四周围有石质栏杆，每隔 3 米的立柱上共雕有 26 只小石狮。1967 年春，我目睹破“四旧”者用铁棒洋镐撬开石板，挖掘以石灰糯米浆浇筑的坚固墓穴，刨出棺椁。几番折腾，一具衣着光鲜、面容姣好的女尸被扒出，但不久衣裳、脸庞就暗淡了，不晓得她是叶家什么人，也不知道掘墓者取走多少随葬品。此时，因“文革”，学校的上课也不正常了。

在这祠堂小学里，我读了 5 年多书。又读了 4 年中学回乡务农，我重又走进叶家祠堂，借学校的手推油印机印制农忙“战报”。

1958 年筑成新的沪闵路并开通公交徐闵线时，叶家祠堂正儿八经是莘庄与梅陇间的站名。其时，我们到上海市区去，必定在这里乘车。

时光荏苒，1984 年因沪闵路拓宽，并扩建淀浦河桥，叶家祠堂终被拆除，近原址建造了一幢类似祠堂寺庙的建筑。县建筑公司、县交警中队等在这里办过公，我进去过，但原来的气息已荡然无存。20 世纪 90 年代中期，这座建筑也因辟绿带而被彻底荡平。

以前的叶家祠堂没了，以前的公交叶家祠堂站，后改莘光小学站也没了，我记忆的依托没了？不！岁月也许会带走许多东西，但有些记忆是难以抹去的。况且，沪闵路还在，始建于 1906 年 10 月、1909 年 7 月全线竣工通车的沪杭铁路还在，1976 年开挖的淀浦河还在，只不过它周遭不再是荒野乡村了，它被湮没在现代化城市中了。代之而起的是沪闵高架入口，是地铁外环路站，是多条公交报春路站。高铁、动车在它南侧呼啸而过，沪闵路加上沪闵高架路在它北面叠加穿越。

时代汹涌，然而曾经的过去时可遇见，过去的叶家祠堂，远去了吗？起码我们在那上过学、因缘际会过的几代人，或依稀或清晰记得它。

（载《莘城旧事》，上海书店出版社，2020）

开枝散“叶”再寻踪

癸卯年金秋的一天（9 月 17 日）近午，秋日仍艳，风清云高。一行花甲老人沿报春路往南，穿过 1959 年竣工的沪闵路，在 1909 年筑成的沪杭铁路、1996 年开通（延伸）的地铁 1 号线北侧，1976 年开挖的淀浦河沪闵路桥西南堍处的绿带林间寻寻觅觅。少顷，在一棵高耸的香樟树下献花并伫立，追念这方土地上曾经的“叶家祠堂”的点点滴滴。

时光倒流回 1926 年，清光绪年间曾任知府、盐运使并得朝廷四级三代一品封典，民国前期成上海滩商贾巨富的叶鸿英（1860—1937，字逵），在李家塘东南“原松江旧娄县莘庄东”，“土名陆家堰 35 保 2 区 16 图”，觅得近 20 亩风水宝地。遂大兴土木，耗资3.6万余银圆，于1928年建成叶家祠堂，取名“敦厚堂”。

再往前数十载间，靠外贸起家的叶鸿英先后在上海投资面粉厂、纺织厂、电商公司、保险公司、信托公司、银行、钱庄等数十家实业和金融企业，为沪上十大产业人物之一。又热衷慈善、教育事业，1933年创立鸿英教育基金会，延聘知名人士蔡元培、沈恩孚、黄炎培、黄金荣等组成基金董事会。并创建沪上享有盛名的鸿英图书馆等，被推举为红十字会、南洋慈善会等团体的董事。

建成叶家祠堂九年后的1937年，一代富商、教育慈善家叶鸿英（终年78岁）病故后，即安葬于叶家祠堂陵园。

因是莘光村境内标志性建筑，因是二十世纪五六十年代出生的莘光大部分及附近梅陇陇西、张慕等村的人都曾在办在祠堂内的小学求学过，我等参与编纂的《莘光村志》当予以记载，并以“特记”详述。其时，数番欲与叶家后人取得联系却未果。

功夫不负有心人。一个偶然的机缘，村志编纂组成员、曾为解放军军事科学院研究员的赵明刚通过网络联系上了叶鸿英曾孙、苏州科技学院人文历史学教授叶文宪。于是，叶教授为之提供了许多翔实史料，也得知愚多年前曾据老人传述并“百度”搜索而成小文其实谬误不少。于是，也有了本文开头的一幕。

是日，叶鸿英曾孙辈堂表三兄弟，由莘光村老支书、《莘光村志》主编瞿金其和赵明刚，从长兄叶文宪居住的疏影路“新天地”小区接至山花路莘光实业公司（原莘光村）办公楼，再踏上记忆中的叶家祠堂旧址。

这里，建筑早已夷为平地，唯见树木森森，参天而立。东临淀浦河；南侧，时有轨交1号线、沪杭铁路“巨龙”风驰电掣、呼啸而过；北面是沪闵路与沪闵高架路，车辆川流不息。惜近三四十年间，因沪闵路拓展、淀浦河桥复设、地铁1号线延伸等市政建设，原高大宏伟的祠堂及陵园建筑群已影迹无踪。但过去几十年中，我等上海西南乡下人去上海市区必乘的徐闵线仍客流众多，起初十几年站名“叶家祠堂”，后改称“莘光小学”，现为“报春路”的车站仍在。

时光荏苒，有缘有幸也有憾。叙谈中，知悉叶鸿英之父叶华是叶氏自闽迁沪第一世，叶鸿英为三子，遗下子孙辈数百。叶文宪为叶鸿英曾孙，其祖辈子女 12 人，孙辈 20 余，人才济济。叶家后人十分感激百余年间淳朴敦厚的莘光先民今人，感谢“村志”为“叶家祠堂”留下了痕迹，并赠以叶鸿英二世《叶德余支系谱》。用毕午餐，大家合影留念。出门见艳阳高照，迎惠风和畅……

（载微信公众号“老小孩”，2023 年 9 月 28 日）

莘庄东街绞圈楼房记忆

那是一个夜晚，我在已有历史沧桑感的莘庄东街绞圈楼房西厢房楼上的乡广播站值班。往常，此时除了监听器的音响，大院内一片寂静。这天晚上，却人声鼎沸。来了两拨人。一拨身背 56 式步枪，是民兵，由公社武装部长亲自带队；一拨为民工，带着板抄、撬棒、洋镐、肩担畚箕。两拨人在一楼“庭心”里集结。一位副乡长从口袋里掏出一张房屋结构平面图，图上东厢房里标注的一个圆圈格外醒目。他发出指令，民兵四周布岗，民工有序挖掘。我在楼上阳台看得真切。

八点半后，广播站全天播音结束，我寻秘去到楼下。

东厢房内，民工手持铁镐、撬棒，正费力地撬开用糯米灰浆拼缝的方青砖。着实结构紧密，破碎一块后才得以撬开。

这方青砖每块两尺见方，五六厘米厚，质地密实，敲之若金属般铿然有声。我晓得，这方青砖又叫金砖，是窑砖烧制业中的珍品，古时专供宫殿等重要建筑使用。方青砖底下是一层“一虎口”厚的黄沙。在“太阳灯”如同白昼的照耀下，民工们移走方青砖，挖开黄沙。但未见异样处。再掏出简图，按圆点标注，小心翼翼在褐色泥土中挖掘。似乎有一片土质地有异？挖下去，未见有异。不断扩大挖掘面，直至从东南往西北，像篦头发般，把整个地面全部挖了一遍，弄到半夜，还是一无所获。只得鸣金收兵。据说，这是房屋原来的主人后代得知房屋将拆除的信息，告知政府地下可能埋有黄金珠宝，而采取的一次“掘宝”行动。

这幢绞圈楼房，时为莘庄镇东街 105 号（现为莘浜路 18 号处）。原为五开间四埭进深，混凝土砖木结构，四周有花墙，人称“陆家大屋”。大屋末代主人陆钟琪，传其先世是明代华亭望族。

1932年，陆钟琪母亲为其筹办婚事，提前半年主持将祖屋翻修一所。因其母信奉耶稣教，故建筑多处吸收了一些西洋风格，超凡脱俗。南门沿东街（现为莘浜路），北面临今莘建路。五开间四埭进深两层，宅内连成“走马楼”。落地门窗，磨砂多棱玻璃。底楼铺方砖。走马楼栏杆和地坪均为清水磨石子。室内为双层地板，保温隔音。

这幢绞圈楼房，从我1976年12月进广播站到1986年10月被拆除，朝夕相处亲密接触了10年。我们广播站（文化站）在西厢房，北门东西两侧各有一部平缓宽大的漆着褐红色油漆的木楼梯。连同地板，值班人员每天都要用拖畚清洁一遍。我逢值班，也曾无数次做地板、门窗的保洁。北门进，依次是办公室、值机室、机房。广播站往南扩出一间后，最北面一间是乡基建站。西厢房底层，做过公社（乡）民政办、知青办，武装部、武器库。东厢房楼上，曾是公社党委书记办公室，后来是政宣组、教卫组等。楼下办过公社（乡）机关食堂。中间，底楼和楼上都是会议室。实际上，貌似两层楼的上面，还有一个三层阁楼，分别是党委书记、副书记和广播站值班人员的宿舍。

几乎紧邻这幢绞圈楼房西侧，是镇上最高最大的“同康典当”。它建于光绪初年，占地2 800平方米，四周筑有风火墙，高达13米，里外两道石库门厚10厘米，外包铁皮。并建有高16米的更楼，当年典当行专设三人在更楼轮流守夜瞭望，每隔两小时敲鼓打更报时，至五更天明，居民夜晚均以此计时。直至70年代，其高度超过其时新建的四层百货大楼，很长时间为全镇最高建筑物。我曾登上满是尘埃的更楼，将已经700余年风霜雨雪洗礼的莘庄老镇尽收眼底。水乡瓦屋街巷栉比鳞次，周边村庄农田浓妆淡抹。极目远眺，东方市区24层国际饭店、西边佘山隐隐约约。可惜，典当行及更楼在建造“海星大楼”时被拆除。

就在本文开头的那个场景不久，这幢“陆家”绞圈楼房亦被夷为平地。此前，后埭（北侧）的楼房已在1976年被拆除。1977年10月，公社四层办公楼在原址莘建路50号落成（现为61号）。1986年10月15日，在被拆除的前埭（南侧）绞圈楼房原址，乡政府机关五层大楼破土动工，大楼占地350平方米，土建投资 44 万元。1994 年，这前后两幢大楼易主上海农商银行闵行支行。

1985 年，正逢莘松高速公路开建，要我队半个宅基易地拆迁。在处理被拆绞圈楼房废旧物资时，我购得一座楼梯和 8 扇雕花落地门，在造新屋时得以利用妥帖安装。可惜不足 3 年，又遇莘庄东区（水清区域）开发，被动迁公司以普通房评估，当普通料拆去处置，心疼不已又别无选择。曾经宏大的东街绞圈楼房烟消云散于记忆中。

消失了，总有消失了的缘由；遗憾中，抑或伴随着新生和向往。记下数笔，得以存念。

（载微信公众号“老小孩”，2021 年 8 月 14 日）

莘庄集市望过来

中秋佳节间，老宅上发小一聚，地点就近在“六角菜场”两楼。

入得新近改造过的菜场，环境整洁有序，商品琳琅满目，颜色五彩缤纷，蔬果赏心悦目，人流购销两旺。两楼的酒家有模有样，有敞开式和专用电梯直达。这倒把我的思绪拉回到过去的莘庄集市。

民以食为天。最接近人间烟火气的地方大概是集市吧。集市，过去叫自由市场、菜市场。1949 年前，莘庄镇仅在平桥（现莘浜路莘东路口）及茶馆门口，由农民设摊出售鸡鸭蔬菜和时令瓜果。从 1951 年起，国家逐步对棉纱、粮食、油料等主要生活消费品，有计划地进行统一的收购和销售。凡是统购统销的物资，除了国家委托的企业有权经营外，其他任何企业和个人都不准经营。但事实上，很长时间，统购统销以外的许多农副产品也受到种种限制，不允许上集市。

1957 年，在南街（现海星综合市场）附近设置贸易市场（时称自由市场），镇上专门成立市场管理工作组。

20 世纪 60 年代初，受国家三年经济困难时期的影响，农副产品货源短缺，一度出现高价现象。市场上，猪肉每斤六元，食油每斤五元，鸡蛋每只五角，胡萝卜每斤五角，比国营商铺高七八倍。当然，国营商铺是要按计划凭票购买的。故建立公社市场管理委员会，取缔商贩倒卖活动。《莘庄镇志》记载，60年代初的这一年，“查获违法案件764件，其中作没收处理20件，收购处理456件，当地出售60件，教育放行228件”。1964年9月，成立莘庄工商行政管理所，配有4名管理服务员，在市场上实行限价买卖，并收取设摊费五分至一角。1965年，市场成交额25.24万元，上市品种56种，每天出售者有300人次。

1966年5月至1976年10月的“文化大革命”期间，正常的集市贸易管得更严。农民在自由市场出售农副产品，会被认为是“走资本主义道路”，集市贸易上市的品种和数量急剧下降。1976年蔬菜成交额为1.78万元，比1966年的13.7万元减少87%。1972年至1976年间，年成交额停滞在5万元上下。

1968年前后，年仅12岁的我，为生活所迫也开始上集市，所售卖的是从河里耥起来的螺蛳，一斤八分到一角二分；还有有限的自留地里种的头潮小寒豆、扁豆，一斤都在近两角。逢雨汛捉着攻水鲫鱼，自己舍不得吃，上集市换几个铜钿再换回点猪肉，让枯透的肠胃沾点油水荤腥。此时的农民，每个月的预支才3元钱。20世纪70年代初，在铁路上做养路工的父亲从浙江嘉善买回来2只鸡，宰了1只，一家人开了点荤。正好有点螺蛳要卖，我就把剩下的那只鸡带到了漕河泾集市。不料撞在了“严管”的“枪口”上，说是“跨地(镇)经营(贩卖)”，鸡被工商无情没收，还搭上了作为经营(贩卖)工具的一杆秤，一并被“收缴”，我欲哭无泪。隔壁的马家塘生产队社员见市场上香葱紧缺，就种葱售卖。起初少量的没啥事，后来形成了一定规模，号称“葱家塘”，就被公社当典型批判。

1979年，改革开放的春风吹来，集市贸易市场全面开放，上市的品种、数量、成交额都显著上升，全年成交额21万元，比1978年的9.79万元增长1.15倍。当年4月，莘庄集贸市场由南街迁至莘东路以西的莘浜路地段，设摊时间由每日早、中两市改为全日上市。1983年，成交额达78.89万元，其中成交粮食0.64万斤，肉类1.13万斤，家禽1.43万只，蛋品6.45万斤，水产品13.07万斤。

1984年，莘浜路东段建成市郊第一座玻璃纤维瓦棚式室内贸易市场，面积910平方米，内设水泥售货柜38只。当年5月1日开市，上海电视台做了报道。是年成交额 151.33 万元，比 1978 年增长 14.44 倍；经营者达 57.8 人次，其中外来者 24.9 人次；上市品种 120 多种，设有摊位 350 个。

“人间烟火气，最抚凡人心。”20 世纪末至 21 世纪初，随着居民住宅兴起，人口大量增加，集市贸易愈发兴旺。莘谭路团结河畔，兴建了莘松市场。因是市场当初内部结构呈六角形，紧邻团结河东侧的商业用房和莘谭路北侧的几幢居民住宅楼亦呈六角形，故俗称“六角菜场”并沿用至今。莘北路、莘凌路口由当时的镇商业公司创建了“绿梅市场”；莘庄东区（水清路庙泾路口）建起了“莘庄菜市场”，俗称“水清市场”；东区报春路、龙茗路口的原莘光村区域，由村实业公司办起了“莘光市场”。明星村的黎安实业公司在秀文路、黎安路间沿横沥港辟建了“黎安市场”。青春村与盛帆房地产公司在莘西南路建了“莘盛菜市场”。原莘东村现为高兴路莘南花苑区域有“南莘市场”，原莘联村现为春申路都市路口有“上海家园农贸市场”，原莘北村区域现中春路疏影路旁有“喜满一楼菜市场”，原南马村虹莘路两侧设有虹莘路马路菜场，报春路、水清路西有“报春市场”，闵城路、莘朱路口有“莘城菜市场”，西环路有“莘裕市场”。

这些市场，不断适应着人们日常生活的需要。其中，最早的要数原南街市场旧址沿袭，现为莘东路、莘南路口的“海星综合市场”。要是从 1957 年的老市场算起，至今已 60 多年了。人气最旺的可算是“六角菜场”，新近改造后名称“莘松市集”，顾客川流不息，购热门食品的小队伍常见。几十年来，这些集市都经过了一次、二次、三次、四次的改造，每一次都是升级。硬件、软件，商品、功能，服务、管理，不断更新、规整。原来，有杆“公平秤”就感觉能保“公道”；后来重食品安全，设立了“农药检测”；现在又有了手机扫码追溯货源等，让居民吃得放心，更向“智慧市场”推进。但是，再变当不离其宗：延续老菜场的烟火气、人情味，拓展更多的新功能。

宅上发小的小聚，当离不开满满的回忆，回望中脱不了最具烟火气的集市。有人说，一个集市是阅读一座城市的绝佳起点，可以窥见一座城市的灵魂。我信。集贸市场也好，自由市场也罢，叫什么不是重点。根本上看，它像一个根植本土又平行世界的食材博览会，人们永远需要。浸润其中，每一处都是生动而鲜活的真实市井生活图景。

（载微信公众号“老小孩”，2021 年 9 月 22 日）

家门口的沪闵路

金秋，艳阳、爽风，我站在自家十一楼阳台，高楼林立间，一条郁郁葱葱的香樟绿带向东、往南蜿蜒。已成林带的中间是我已亲密接触了近一个甲子的沪闵路。我的思绪随着车水马龙滚滚而来……

沪闵路是沪昆国道（代号 320）之起始段。它距我家祖宅及现住宅仅几丈。我曾抚摸过它的 0 号碑，亦曾在瑞丽的终点碑前留影。它以漕河泾为起点，至闵行老渡口 20 余千米，1958 年时为全市最长的柏油公路。后又几经改造，路面由柏油改水泥混凝土，再改沥青；20 世纪 60 年代中期架设路灯，换行道树；后筑钢筋混凝土路沟、建隔离障等。

起始筑路时，祖父母、父母辈都是出过力流过汗的。通车时，我就作为首批行人涉足了，从小学一年级到六年级，就是每天沿着它走去上学的，直至上中学，也是骑着自行车顺它而去的。每逢寒暑假，边做作业干家务，边看着它车来车往。闵行大厂的巨龙交通班车；满载货物的运输车；还有拉着警笛呼啸而过的消防车、救护车、警车；更见过当时轮子最多且全国唯一的平板车装载着叫不出名的大型构件驶过。有时夜里被隆隆的轰鸣声惊醒，起床看，是浩荡的军车、炮车队伍。我们还曾目睹一代伟人、多国首脑政要乘坐的车队缓缓驶过。

孩提时代的夏天，我们在路灯下乘凉，既借光，又让车辆驶过时带来阵阵清风拂面。我们在路灯下捉“蝼蛄（一种昆虫）”，用开水烫泡后晒干作药材卖给药店，换来几根棒冰消暑。春季，原来的行道树（白杨树）因刺毛虫多、刮大风时易折断等原因，被翻掉改种香樟，留下老大的树穴。这正适合我们当作一个个战壕，相互掷泥块，打“对垒战”。秋冬时节的夜晚，我们跟着叔、哥，提着气枪、手电筒，对着栖息于香樟树上的时为害鸟的麻雀，一打一个准。

毕业后回乡务农，因生产队的土地就在沪闵路两侧，故每天干活必穿越或走上一段。我们骑车、拖车或驾小拖拉机，到粮站交售稻麦粮、交售油菜籽，到棉花收购站交售棉花，到药材公司交售红花、菊花、川芎等药材，到市区出售瓜果,到漕河泾、宜山路、龙华拉回猪饲料,到生产资料部买回化肥、农药……每逢农忙季节,我们把公路当晒场,时令紧张时甚至直接把麦秆摊上公路,让驶往的车辆充当脱粒机。开始交警也同情,后来出了事故才禁止。

沪闵路最拥堵的当属沪杭铁路道口。最早是长毛竹栏杆,后来升级为铁栅栏。一夫当关,万夫莫开。火车驶来栅栏关闭时,常使来往车辆排成长龙。属地政府与铁路部门经历了很多年的沟通,才建起了现在的下立交。

对我而言,影响、变化最大的当属20世纪末,随着时代发展,交通流量剧增,沪闵路与莘松高速(沪昆高速起始段)、外环线交叉穿越,时为亚洲最大的莘庄立交桥建起,祖宅被拆除,百余被征地农民住进了动迁房。妻子与百余人一起,成了征地工。祖父母等百余墓穴也随之迁移至"新居"。

呵!沪闵路,给我等交通出行、生产生活带来极大的便利,收获、变化、欢欣多多。

不过,凡事总有两面性。沪闵路悲的一面,现在想来真不堪回首。宅上一位耳聋老伯,因挑担穿越,被疾驶而来的卡车活生生碾断了双腿。一次放学后,我们一帮八九岁的小伙伴在马路边沟里割羊草,我落在最后。忽见前面一大黑影"咕隆咚"闪过,穿过树木直往沟里冲来。还不曾反应过来,眼前一辆满载钢筋的卡车六轮朝天,倒伏在路沟里,轮子还在飞转。待定神后一看,同伴中的一位不见了踪影,离他最近的一位哭着喊,他已被压在车底下了呀!等大人赶来,联系吊车吊起翻倒的卡车,我的那位小伙伴早已不成人样,惨不忍睹!那些年,我们一个大队,在沪闵路上遭车祸的达数十人。

哲学告诉我们,事物的两面性总是相辅相成。世事无常,天地沧桑,悲与欣往往是交织着的。人在路上,珍惜当下每一刻吧。

(载微信公众号"老小孩",2017年9月8日)

菊花、红花及其他

昨日有朋从杭州带来一罐杭白菊,今天又有友从西藏捎来一瓶藏红花,晚上打开电视见某健康栏目正播放菊花、红花之养生妙用,忽勾起我一阵遐思：这些药材，我等农人，20 世纪 70 年代，在上海西郊这方田地上，都是成规模种植过的。

那个年代，国家还是实行计划经济。我地以粮食、棉花、油菜籽夹种为主，也安排种植少量的经济作物，如西瓜、甜瓜、蔬菜、药材。就药材，在我生产队里，就种过菊花、红花、川芎、一见喜等。

种植药材，比起种植水稻、棉花、油菜籽等常规作物，各方面要求更高。育苗、剪插、浇水、施肥、除草、杀虫等，这些过程是必然的。

据经典记载，我国栽培菊花已有 3 000 多年历史。汉朝《神农本草经》记载：菊花久服能轻身延年。晋朝陶渊明爱菊成癖，写下不少咏菊诗句，如“采菊东篱下，悠然见南山”至今脍炙人口。菊花品种具极大多样性，园艺用菊花品种有千余种之多。菊花属多年生宿根草本植物，栽培地区广泛。从药菊看，它清热解毒，平肝明目，味淡微苦。入肺、肝经。

农令节气立秋后霜降前，是采摘的好时节，菊花花期约 20 天，需分批采收，以花芯三分之二开放时为最佳。这段时间，老小社员束上花袋，奔向田头菊园丛中享受收获的喜悦。采菊如采茶，手要轻柔适度，重了花会被捏伤熟烂，轻了则摘不下来。到傍晚，蒸房旁的场地上已摊满菊花。

当夜，田里的农活收场后，由队里统一安排的蒸菊花的班子就忙开了。大灶头大口锅的水烧开，菊花放入格子，递进蒸笼，一般 5 分钟一笼就蒸熟了，拿出来翻倒在社员拿来的晒格里，循环往复直至把当天采摘来的鲜菊花全部蒸完。社员们把蒸熟的菊花拿回去，晒上十几个日头(早晨晒，傍晚收；晴天晒，下雨收)，直至晒干。此时，队里再到每家每户的场头去收，按干花的分量给记上几个工分。然后，由队里派人集中交到药材公司去，队里作为经济收入。

逢晴天，忙碌中很正常，但遇连日阴雨就烦了，菊花不采会谢，采了不蒸会烂，蒸了不晒干会霉，就会前功尽弃，愁死了种花人！但办法总比困难多。那时，队里腾出仓库，里面搭起架子，生起十几只煤球炉，弄成临时烘房，队里安排四五个人连续几个昼夜烘菊花。这活除了保持炉子不灭，房间里还要有相应的温度，一般要对菊花每隔半个钟头翻一遍，干燥后换一批。就为这烘菊花，有一次我一个打盹后差点送了命！那时我才 20 岁出头，白天活累人疲惫，烘菊花当中有个二三十分钟的间隙，烘房里又是暖烘烘的，下半夜倦得睏着了，年长些的同伴心疼我这个“团串头”，看我睡意浓，到该翻格时没叫我起来。这下可好！到下次翻格时已经叫不醒了。实际上十几只煤球炉在里面已积聚了大量煤气，我已经煤气中毒了！众人手忙脚乱把我抬出门外，用冷水浇头，我在朦朦胧胧中慢慢恢复知觉，但浑身无力，手脚动弹不得，隔了好长时间才回过神来，与死神擦肩而过。

菊花娇媚中含清香，红花则艳丽醉人。中医认为红花味辛性温，入心、肝经，有活血化瘀、祛瘀止痛功效。亦有抗衰老、美容养颜、调节内分泌、保护肝胆之作用。著名的唐卡，由画师们用明亮的色彩编绘出神圣的佛教世界，藏红花即为颜料之一。红花和西(藏)红花虽是不同科属，但两者药性功用基本相同，西(藏)红花产量更低，药效更强，并兼凉血解毒之功，因此也更显珍贵。红花是菊科一年生草本植物，它的花初开为黄色，后转为橘红色。采摘红花，貌似简单，实质也是件费心费神费巧力的事。红花的茎秆高一米左右，叶质地坚硬，每片叶子边缘分布着2—3毫米长的针齿，花朵边缘的针刺有2—3厘米，采摘时稍不留神即被顶部或叶片上的刺刺到，钻心地疼。后来有人干脆就穿上塑料雨衣来采摘，身体部分保护到了，可肉手是无法保护的，还是常被刺到。但为了工分，也为了收获，再苦也得干呀！

实际上，那个年代，大队保健室“赤脚医生”常用自己种植或采集的中草药预防医治疾病，经济、实惠、副作用少，疗效深入持久。

这药材种植的事已经过去40多年了，今天睹物仍有新的感慨：中药材作为老祖宗留下来的瑰宝仍熠熠生辉；每一分付出都是值得珍惜的。

（载微信公众号“老小孩”，2017年10月30日）

有一种“花”叫棉花

秋日之花，概属菊最美、桂最香。秋分节气将至，我的思绪却飘到了棉花上。

市郊农村，多少年来一直称棉花为“花”。我是亲密接触过棉花种植全过程直至轧花、纺纱、织布的，特别是当下摩挲着妻陪嫁过来30多年的、舍不得遗弃的那些个老布的时候，棉花的形象愈发清晰。

市郊植棉，概已有7个世纪。史载，元初乌泥泾（原上海县龙华乡，现徐汇区华泾镇）已有种植。明代，棉花是上海地区最主要的农作物，享有“松郡之布，衣被天下”的美誉。乌泥泾人黄道婆尤以推广纺纱织布技术为历代世人称道。

据《上海园林志》记载，1927年上海建市后，一些社会人士认为上海应该有属于自己的市花。1929年1月24日，市社会局以莲花、月季等花卉作为市花的候选对象，后又增加棉花、牡丹和桂花。最后，棉花名列第一，当选为上海市花。

从我懂事起的大农业时代，到当今的我等所在的城市化地区，农业几乎消失，本地一直属粮棉夹种地区。棉花是农作物中唯一由种子生产纤维的，且生长期特别长。它分为播种出苗、苗期、蕾期、花铃期、吐絮成熟期5个阶段，经历春夏秋冬4个季节、春分到立冬16个节气，计210天。

于我等农人，棉花的每一个生长阶段及所对应的每一个时令节气，都产生着甜酸苦辣诸多故事。

印象中棉花最早是直播的。到我参加农业生产时，经过科学试验，改为营养钵育苗。先是趁冬季，在苗地上施足基肥，使其肥沃。再在开春后精耕细作，使土壤颗粒均匀、干湿适中。用县农机具厂反复试制并定型生产的铁制专门农具，以脚用力踩入营养土，提起，以手把握力让该农具内置铁条将泥芯褪出，一个直径六七厘米，高八九厘米如笔筒般的圆柱体营养钵就算制成了。待几百个排列成垄，把早已淘洗、浸泡过的棉籽嵌入每一钵中，上覆细碎泥土，浇透水，盖上塑料薄膜，这道工序算是告一段落。一周后，嫩苗顶破泥土，十至十五天即能齐苗。再揭膜练苗，择日移栽。

幼苗移栽大田后，需及时浇水、锄地、护苗。农谚有“时里着个洞，赛过下垩用”之说，即适时锄地松土，赛过施肥助长。春夏之交的每天清晨，我们都要头顶露水出早工锄地，细心、周到呵护，如侍弄初生婴儿。

过了一个半月的苗期，棉花进入约一个月的蕾期，然后再进入近一个月的花铃期。相对于其他农作物，棉花生长期长，受自然因素影响大。在这个阶段，除了施肥，还有两件事颇为要紧。一是需喷洒农药消灭红蜘蛛、红铃虫、蚜虫等害虫。那年，队里委派青年突击队冒着高温用背包式喷雾机喷洒农药。尽管我们按要求戴了口罩防毒，但禁不住高温加剧毒的“1605”“1059”农药的强烈熏陶刺激，竟有多名“铁姑娘”晕倒田头。还好，经及时救治，没出人命事故。

另一件事是抗旱灌溉。在地下灌渠不曾全面贯通的年代，棉花田抗旱往往用可移动的水泵。我们几个小年轻，扛着水泵，找寻并修筑临时机口，拉起三相电缆，通上电源。看到哗哗的河水喷薄而出，点支烟稍息，还得去巡查。旱透的田埂遇水最易崩坍、漏水，破旧的电缆线极易漏电。一次，我巡查遇漏水洞，赤脚下水堵漏，被带电的水击得手脚顿麻、浑身瘫软。

棉花既怕旱，又怕涝。生长各阶段对热量、水分、日照、土壤等条件都有一定要求，即使到了丰收在望的一至两个月的吐絮成熟期，农人们还是常常睡不好觉。立秋、白露直至秋分节气的一段时光里，农人最讨厌秋雨绵绵。诗人曰“秋风秋雨愁煞人”，农人说“白露里的雨，到一处坏一处”。淅淅沥沥，滴滴答答，似哭非哭。不但影响吐絮，还会造成烂铃。秋季的雨天，除了去修剪底部老叶，还得将刚刚吐絮但已见烂斑的铃子摘回来，剥去外壳，利用其不很成熟的絮。虽然等级要低很多，但损失能减到最低，所谓“烂铃不烂产”。

待天气晴朗，秋高气爽，大约是棉花生命中最浪漫、最灿烂、最富激情的时候。全员出动，即使是读书的小学生也背起出空的书包参与捉花。看似简单的捉花，也是有讲究的。五个手指要协调、集中，不能一把抓，否则很容易把花铃边上的叶子带入。棉花粘上碎叶，会影响等级品质，在下道工序拣花时增加工时。当农人们穿行在棉花丛中，四面八方盛开的花朵如白云簇簇，拥挤着，推搡着，欢呼着，似盛装的人民群众夹道欢迎国家元首。此花亦如帝王妃子们竭尽全力施展魅力，她们边上捉花人都自动升格为“君王”。农人脸上洋溢着收获的喜悦，一路艰辛已烟消云散。

当然，接下来还要翻晒、分拣，打包、交售，直至轧花、纺纱、漂染、织布、打被絮等，故事多多，这篇小文是无法包容的了。

我想，棉花虽不如菊花多姿，也没有牡丹那般名贵，不似荷花清高，也无桂花香气四溢，但是它与上海这座现今的国际大都市却有着深刻的渊源。随着城市产业结构的转型调整，市郊植棉已不多，棉纺织产业也已经风光不再，但棉花当是上海城市发展历史当中重要的记忆符号。对我等过去的农人来说，棉花是暴突青筋培育的花，滴滴汗水浇灌的花，沧桑脸庞印就的花，柔软心底镌刻着的永远的花。

（载《寻乡记》，上海书店出版社，2019）

风吹麦浪涌

时节已立夏近小满，我驾车在苏皖旅游。碧蓝天宇下那无垠的原野上，大片的麦田，像金色的海洋，随风掀起层层叠叠的浪。你推我搡，如兄弟靠肩搭背；窸窸窣窣，像姐妹吟唱歌舞。那浸润了无尽阳光雨露、空气水分的麦子，黄得深沉、透着饱满。脑海里，那些年侍弄过的从落种到收割直至果腹解馋之麦一幕幕浮现。

寒露后霜降前，水稻已低头弯腰。“灌上一层水，再长一壳皮”，随着最后一潮水，稻田进入搁田阶段，等待收割。露水褪去后，老农头颈里挂上几十斤重的粪桶，里面是浸泡过的麦种。扬手而出，麦种顺着稻叶纷纷扑向湿润的大地。这叫套种。个把礼拜后割稻时，麦粒已吐出白白的根须。

麦子诞生正是秋声渐浓、万物开始萧条、大地将转冬眠的时期。水稻收去，稻板田里的麦苗“才露尖尖角”“草色遥看近却无”。事实上，裸露的、弱不禁风的麦苗趁着秋高气爽、萧瑟寒潮将来未来前的时机，吸吮着土地的给养，顶着秋后的初霜，为来年开春后的勃发积蓄力量。农民忙着收完稻、种好油菜籽，才发现麦田不晓得啥辰光已绿成了片。

出生后的麦子要经受一次又一次恶劣环境的考验，才能走进自己的春天。此时的麦苗不能长得太快，长快了，脚长腿瘦，自以为高，是经不起霜冻侵袭的；又不能长得太慢，太慢了，根基浅显，弱不禁风，是熬不住冰雪拷打的。农民伯伯也是不会让它自由乱长的。先是开沟，降低地下水位，引其根须向深处扎；以沟泥覆盖麦苗，形成层层防冻叠嶂。再是用“推花郎头”拍麦，促其矮壮。

漫长的冬季，是麦苗的炼狱。入冬后，农人既任其经受锤打，又对它呵护有加。刺骨寒风中，挑生泥、罱泥浇泥浆，既给麦苗施营养，又让其披上过冬的棉袄。这里的每一个环节，都有说不完的艰辛故事。看上去焦斑重重、伤痕累累的麦苗，身憔悴，但心活着，它懂得农人的良苦用心，竭尽所能将根系向深处扎去。

熬过难耐的寒冬，立春了。诗人言“春江花暖鸭先知”，老农却认为，麦田才是春来的“风信子”。阳春三月，乘着浩荡春风、滋滋春雨，麦苗早已起身跋涉。

那年，时行“学工学农”，一帮城市里下来的学生子来到生产队，到我家西头，惊呼：这么多韭菜呀！难怪他们“韭麦不分”，这时的麦苗，叶片肥厚，绿色深沉，挨挨挤挤，确实像韭菜。

接着雨水、惊蛰、春分、清明、谷雨，在一个接一个标志春季的节气里，麦子抖落风尘，走向生命的美丽。其不再身单力薄，不再枯茎残叶，时时蓬蓬勃勃，日日欣欣向荣。

麦子进入少年，进而迅速跨到青春期。徐徐春风吹拂，绵绵春雨润物，麦子拔节扬花、孕穗做肚。古代诗人特多喜爱和赞美春雨，“正月梅花尽，一溪春雨香。”“一宵春雨晴，满地黄花吐。”“阳春布德泽，万物生光辉。”杜甫的《春夜喜雨》“好雨知时节，当春乃发生。随风潜入夜，润物细无声”，更是脍炙人口。我们的少年，也无忧无虑地把宽宽的麦叶、挺拔的麦管做成“麦哨”，呼应着布谷鸟的叫唤。农人却喜忧参半，这时最要紧的是两个“防”。一防雨水过度，俗语“寸麦不怕尺水，尺麦怕寸水”，形成积水，绝对减少收成；二防病虫害，需要刻刻留心，对症打好药水。

节交立夏，麦子渐渐变黄，一副头重脚轻的样子。老农呢，像收藏家欣赏艺术品一般，端详着排列有序如柱体的麦穗，捋一穗，手心一搓，吸口气一吹，估摸着这一熟收成的好坏。家里，早就把镰刀磨得飞快。

俗语“麦熟过顶桥”，是说麦子说熟就熟。晴日当空的时日里，大片的麦子被农人一把把揽入手里、怀中，在镰刀接触麦秆的“嚓嚓嚓”声中轻轻卧下。任凭豆大的汗水滚落，劳作的辛苦已被丰收的喜悦冲刷。

慢点欢喜！快点收！收麦汛最怕的还是落雨。诗人白居易专作《刈麦》诗，简朴、形象地道出了农人的惜时与艰辛。明徐光启《农政全书》亦言“收麦如救火”。在我不算长的劳作生涯中，就有过好几年遇到落个不停的雨，让麦子浸胖甚至发芽，处于前功尽弃的边缘。清晰记得还是在上学读书时期，学校的饭堂、教室外走廊就曾都摊满了抢收回来的麦子。做农民时，好几次场地不够用，甚至把脱粒场放上了沪闵公路。

扬净晒干后的麦粒紧致坚硬，捏在手里“咕咕”响，咬在嘴里喷喷香。麦子倾其全部心血累积成的果实，着实是农人的汗水结晶。

捉个“落空”（俗语，意为找个空闲时间），去大队加工场，经过那“吱吱”叫的机器的碾磨，小麦的麦粒脱去麸皮，变成白白的面粉，堪似于谦《石灰吟》“粉骨碎身浑不怕，要留清白在人间”。对了，麸皮也不舍丢的，运用水的荡涤漂洗，把残存的粉屑淘出成浆粉，可做面筋，可做黄浆塌饼，还可做草头摊粞。如是元麦，轧出的麦粉炒过就是喷香扑鼻的麦焖，可当零食充饥，还可轧成麦片或麦头，弥补米食的不足。再有大麦，稍稍炒制后泡茶，在即将到来的盛夏大忙中，是防暑的好饮品。古人说了，麦子“具四时中和之气，兼寒热温凉之性”。还有那“麦烧”老酒香扑鼻。

呵！麦子，发芽生根于萧萧之秋，苦苦煎熬于寒冬腊月，勃勃发育于撩人春天，成熟涅槃于炎炎夏季，似曾相识于我们走过的人生。时过境迁，都市近郊少见麦田的当下，那被挤压到记忆深处的一幅幅原始经典麦子生长奉献图及农人劳作画面，是不该被遗忘的吧！

（载《三冈水》，2021 年 3 月）

菜花好看籽更珍

绵绵春雨时断时续，大地有点灰蒙蒙，我把目光投向这片金黄、热烈、在近郊农村已不多见的油菜田。走近，让鼻翼充分吸吮那原味、生动又氤氲的芬芳，记忆随之在一朵朵油菜花上流转。

每到惊蛰后的时节，油菜花总是敞开诱人的胸膛，让金黄热吻阳光，随春雨滤过的空气散发出阵阵幽幽清香。多少文人墨客风流雅士咏诵这油菜花。

种田人是不把油菜花当花的。他们走过菜花地，脸上的皱纹舒展些了，更多的目光是聚焦在它的根茎上的。倒是我们小一点的时候，男童少有不下田捉蜜蜂、蝴蝶的，女孩稀为不摘几朵插进头发扮美的，真乃“儿童急走追黄蝶，飞入菜花无处寻”。

古诗说油菜“不是闲花野草流”，种田人重视结果，却也不排斥花的烂漫。历年这个季节必来的养蜂人和他们带来的蜜蜂，与油菜花是融通、互为作用的。曾为种田人的我，喜欢油菜花似村姑美丽却不做作，深知它的开花只是生命历程的一个绚丽阶段，美是这个过程中自然而然的流露。结出丰硕的籽粒，回报种植的农民，才是它的根本归宿。

那些年，每年节交秋分，在许许多多花草树木经受不住秋风寒露而纷纷落叶之际，种田人把细如芝麻的黑黜黜、圆溜溜的种子播进大地，精心呵护。从霜降至立冬，已长到四五片叶子的碧绿油菜秧，被种田人一行行、一列列疏密相宜地移栽到广阔农田。

没有诗情画意，却有辛酸苦涩。有劳作本身的苦，还有那折腾的累。那年，秋雨绵绵使稻田无法耕翻，可季节不等人，经老农提议将菜秧直接种在“稻板田”上，被公社干部发现后批为“懒仆”“拆烂污”，要求拔掉重新耕种。倒是在此蹲点的县委小分队的农技员客观分析利弊，得以小面积一试。结果收成时与费工费时、耕翻种植的产量持平。田野里也藏着学问与哲学。

寒风嗖嗖、雪花飘飘，大地一片肃杀，油菜坚忍不拔匍匐于冻土。从秋分到立春，它经历了寒露、霜降、立冬、小雪、大雪、冬至、小寒、大寒 8 个节气，在这 4 个月中，农民们可没少为它费心，松土、除草，施肥、除虫，浇灌、抗旱，开沟、排水，缺一样都不行。油菜表面看不出多大变化，但事实上，它尽力地往下扎根，长粗长壮实。

是的，立春以后的日子里，它才迎着暖阳，润着晨露，披着春风，接着酥雨，挺起了身子，让积蓄的能量充分地迸发。雨水、惊蛰、春分、清明，它蓬蓬勃勃，日长夜大，生机盎然。

惊蛰节间，它茎秆向上形成四五塔分枝，每塔分枝上下又蹿出数层小枝，重重叠叠、挨挨挤挤。顶端一串串青涩小球，孕育着含放花苞。

没过多少天，油菜约好了似的，上下左右次第，从茎枝顶端开出了一簇簇花。它嫩黄鲜艳，指甲盖大小的四枚花瓣十字形两两相对，中间围着一个细长的花蕊。无数朵花，手拉手，肩并肩，不让谁掉队，不让谁受冷落。春分前后几天间，它陆续不断盛开、盛开，怒放、怒放，像打翻了黄色的调色板，把青翠染成金灿灿的一片片，接成波浪，构成海洋。热闹热烈而不喧哗，绚烂绚丽而不矫情，柔弱淡雅而不孤芳自赏、孤傲清高。

不过半月油菜花就凋谢了，长出小小的荚角，渐渐地饱满，密密匝匝，慢慢地压弯了枝头，满是成熟丰收的承担。

且慢，农人还有很多活要干。譬如，在春夏之交闷热潮湿之际，要钻入菜丛底下，为其摘去老叶，保通风、防染病。立夏、小满收割之际，需要候准时间。过早，降低产量和质量；过晚，早熟的角果易开裂落粒。除了必须出早工，为了既保证产量质量，又及时腾地耕翻，农技员摸索出收割后堆藏一两周再脱粒（俗称“打菜籽”）的办法。

一个个晴朗的午后，一片片“劈呖啪啦”的连枷声，夹杂着一阵阵爽朗欢笑声，滴粒滚圆的菜籽从菜荚里奔腾而出，满是收获的喜悦。当然，即使是在脱粒后，如遇梅雨施淫，菜籽极易发芽霉烂，不少机关、学校腾出走廊，提供摊晾场所，还借助工厂铁板土法烘干。公社化时期，收获的菜籽必须交售于国家粮库，农民只按配给得到几斤几两的油票。分田到户后，农民才有了直接去油坊榨油的权利。菜油香喷喷，滴滴皆辛苦啊！对了，榨过油的菜籽饼还是肥猪的好饲料，小辰光没啥吃的我等还去饲养场偷尝为快；还有，菜萁柴的火头特别旺，烧得菜油咸酸饭香满堂。

乡下俗语“菜籽逃不过油车”，说是一切植物、事物都有自己的生存、发展规律和归宿。油菜在全年四分之三节气、270 余天的生命历程中，带着一颗对大地和农民的感恩之心，用平凡的生命托起满地金黄，用默默的奉献揉成幽幽油香。它朴实、自信，挥洒生命的灿烂，将有限的时光绽放出金灿灿的花朵；它平和、足实，创造生命的价值，永远也不愿走出那泥土的芬芳。

（载《三冈水》，2023 年 6 月）

新米饭断想

大概有了点年纪真是容易回忆。这不，国庆期间，吃了朋友送来的新大米烧的饭，脑子里就浮现出了过去的那一幕幕……

第一幕：记起了“一粒米七担水”。

“一粒米七担水”，这句俗语是小辰光祖父祖母常常讲的。意思是种熟一粒米，起码要耗费七担水，稻米种植收获不容易。再耳闻目睹及至亲力亲为，深感此言不虚。一粒谷，从种到食，至少要 23 个环节。重视农耕的清乾隆皇帝，曾亲自指导绘制《御制耕织图诗》，并亲笔作序，为每幅画题诗。该《耕织图诗》记载了清代耕二十三事：浸种、耕、耙耨、耖、碌碡、布秧、初秧、淤荫、拔秧、插秧、一耘、二耘、三耘、灌溉、收刈、登场、持穗、舂碓、筛、簸扬、砻、入仓、祭神。处于农耕时期的我，小辰光仅灌溉就是一项"真生活"，靠人力水车踏，风车、牛车赶，真是"大米饭好吃田难种"。

第二幕：忆起了"老来青"。

"老来青"是什么？现在年纪轻的不一定晓得了。我们这一代市郊农民，从小起就对它耳熟能详。它是一个水稻品种，由老一辈农业专家、松江县全国农业劳动模范陈永康悉心培育而成。它秸秆清秀，有穗数多、粒数多、颗粒重，后期耐寒性强、丰产性高、米质优良的协调优势。曾获亩产 1 433 斤的创纪录丰收，20 世纪 50 至 60 年代曾占上海郊县晚粳面积的一半，还曾被 15 个国家引进。那个新大米，如玉似珠，颗粒饱满，香味浓郁，食之清新可口，黏而不腻，唇齿留香。记得我用井水烧成的新米粥，绿莹莹、香喷喷，凝头十足，一块酱瓜、盐瓜干甚至仅仅淘点酱油，"嚯碌碌"两碗下肚，浑身舒畅。当然，它会退化。经过无数次的提纯复壮，现在的"苏沪香粳"仍受到市民的青睐。

第三幕：响起了《五两六》。

现在 60 岁出头的上海郊区种田人一定不陌生，20 世纪 70 年代前期，市郊普及的广播喇叭里经常会传出"哐哐哐"的钹子声，一位女高音清脆响亮，以群众喜闻乐见的"钹子书（亦称浦东说书）"形式，绘声绘色地讲了一个小故事：说的是生产队里一位陆阿奶，在烧早饭时看见队里分的新稻柴上还有几粒稻谷，便教育孙囡红玉，每一粒粮食来之不易，节约光荣，浪费可耻。奶孙俩齐心合力把新稻柴翻了个遍，稻谷一粒一粒捋下来，一称共有"五两六"，全部交还生产队。

这是当年插队落户在我们公社的知青、当今仍活跃在文化线上我的两位师友联袂奉献的节目（创作：张乃清，演唱：周紫燕）。彼时，上海说唱名家黄永生亦亲自演绎。1974 年，这首《五两六》的作品被收入上海人民出版社《小演唱》丛书。我亲耳聆听过，也亲手通过操控台无数次向全公社播放过。

如今虽时过境迁，丰衣足食、"食不厌精"，但浪费可耻的传统美德恐怕仍是需要大力弘扬的吧？

第四幕：想起了“三三得九不如二五得十”。

50年代前，本地一直是“两熟制（麦子、油菜——晚稻、棉花）”，种植单季晚稻。1959年至1961年国家经历三年困难时期后，为了提高单位面积产量，60年代后期直至70年代后期，市郊农村推行了“三熟制（麦子、油菜——早稻——晚稻、棉花）”，种植“双季稻”。本来“三夏”“三秋”两个大忙，中间活生生加了个“三抢”大忙。耗净地力、增加化肥农药等成本不计，这让整日“面朝黄土背朝天”的农民更是雪上加霜，“鸟叫做到鬼叫（出早工、开夜工）”成为家常便饭。多亏了那个“杜阿哥”，真正落实了实事求是的精神，改回来了“两熟制”。

“杜阿哥”大名杜述古，是解放军“南下”干部，1958年8月至1966年6月任上海县县长。“文革”中受批判，到我们生产队“监督劳动”。他与农民不见生，故宅上人叫他“杜阿哥”。“文革”结束后，被调到松江县当县委书记。他在广泛调查研究、反复算账分析的基础上，勇敢、响亮地提出了：“三三见九，不如二五得十！”并于1977年在全县12个不同类型生产队做多点试验取得成效后，从1978年起试改“三熟制”为“两熟制”，打响了改革开放初期松江农业改革的第一仗。1978年12月16日，即在党的十一届三中全会正式召开前的两天，《人民日报》发表新华社记者撰写的调查报告《三三见九不如二五得十——上海市松江县试改“三熟制”为“两熟制”的调查》，给予了充分肯定。进而，整个市郊普遍将“三熟制”改为“两熟制”。其重要意义在于：有效地遏制了过度使用人力资源而对农民的伤害，有效地遏制了过度使用水土资源及化肥农药而对生态的破坏，调整了人与自然的关系，解放和提高了农村生产力。

第五幕：涌起了“禾下乘凉梦”。

禾下乘凉梦是“杂交水稻之父”袁隆平对杂交水稻高产的一个理想追求，是袁隆平的中国梦，梦想到禾下乘凉，梦里水稻长得有高粱那么高，籽粒有花生米那么大。

杂交水稻之父、“共和国勋章”获得者袁隆平耗毕生精力，累计推广杂交水稻90亿亩，增产稻谷6 000多亿公斤，解决了十几亿中国人的吃饭问题。“手中有粮，心中不慌。”禾下乘凉梦，一梦逐一生。这是袁隆平的梦，也是后来者的梦。袁隆平曾以“人就像一粒种子，要做一粒好的种子”这句话勉励青年，他的精神激励着无数国人为梦想前行。播撒下心怀人民、爱党爱国的“种子”，用汗水浇灌这片充满希望的土地，就是对袁老最好的纪念。“禾下乘凉梦”，追梦在路上！

拉了这么多幕，闪回，新米饭到底咋样？实话说，一般般。不知咋地，再也吃不出那时候新米的味道。同是新米，它不及读中学时，那个处处瘪塘的铝皮饭盒子，放在学校食堂笼格里蒸出来的猪油饭；它不及回乡务农时，逢开夜工“蒸菊花（药菊加工）”时有一角咸肉的“半夜饭”；它不及船上运猪饲料、装钢渣粉、驳粪时，“行灶”上烧的“咸酸饭”……

我怀疑这是我病态的滋味。不过，我相信，很多人有这样的“病态”，且无药可救。

（载《新民晚报》“夜光杯”，2021 年 11 月 17 日）

漫步莘庄绿道

因着我常去的公共泳池整修要近一月，每天的晨泳锻炼改为漫步。我居住在沪闵路、莘松路口的小区，往东南西北都有绿道可走，倒也让我有了再次脚踏实地、贴身走近这块土地、那些草木的机会。

正是初夏，沿着沪闵路往东去，树茂花艳，风清气爽，令人心旷神怡。我不紧不慢走着、看着、想着……

这里曾是我们莘光村的农田，其中曾有我居住了半生的村庄。在这片田地上，围绕麦、稻、棉，啥个农活都做过。“喜看稻菽千重浪，遍地英雄下夕烟。”如今，矗立在这里的是成群的大楼。区政府大楼平淡却不失端庄，临退休前的两年多里，曾在这个区治中心主楼二层坐过办公室，那是从实职岗位退下来后在“重大办”参与做些协调督促工作。主楼北侧临雅致路的信访办，在 20 世纪 90 年代直至 21 世纪初，那是三天两头跑的。那些年那么多重大工程项目，如火如荼地在莘庄铺开建设，涉及众多百姓切身利益，协调解决总是一波三折。镇政府信访还归口在区府办，我因职责所在，总是首当其冲。后因工作关系，对许多部委办局和群众团体时有拜访。

穿过水清路是财政局，在资产公司工作时，少不了与财政的沟通。也有缘，后来局长到公司来任监事长，我们成了同事。再往东是欧式风格的法院大楼。前是因读法律，在法院实习过。后是配套建设事宜，也有频繁接触。隔壁安监局，因下属公司经营的加油站、液化气站涉及安全问题，也常常来此做沟通。

想这些做啥？都已烟消云散，我漫步而过。

沪闵路隧道口，这里曾是我老宅基，造“立交”时我祖父母及乡亲的祖宗都暂迁葬于此地绿树丛中，后来再归去公共墓地。现在，树干斑驳的樟树高耸，还有那挺直的水杉，老宅已痕迹难寻。附近的水清路、疏影路，借用唐诗意韵，“疏影横斜水清浅，暗香浮动月黄昏”。还有报春路、山花路，亦借开国领袖词“俏也不争春，只把春来报。待到山花烂漫时，她在丛中笑”之寓意。参与起名者，有我那早逝的大弟。

往东折南去，新建的莘庄梅园，梅花早已谢去，树上并没有结出青涩的果实，“看梅”就是给人看花的。倒是栽种不久的银杏、蜜梨成串小果儿摇曳在枝头。这里曾是莘东村。我邂逅老马，他正举着相机拍摄满池“才露尖尖角”的“小荷”。递我支烟稍交谈，得知他从区绿化市容局领导岗位上退休已6年，不弃的拍摄主题当是绿化。仰望西北，地铁1号线、5号线交汇处的“上盖”楼宇正在建设中。穿越莘城中央公园，往南直至春申塘，这里原称莘联村。这一大片高楼、多层住宅中，大大小小的绿地、绿道点缀铺展其间，如“大珠小珠落玉盘”。

再沿着横沥港往北，河岸杨柳依依，夹竹桃红白相间的花轰轰烈烈。绿道间，浓荫蔽日，野芳争艳，花叶摇曳，蝶舞翩跹。太阳升起来了，映照在江面上，“日出江花江胜火，春来江水绿如蓝”。忽“风乍起，吹皱一池春水”，引人入胜，思忖“春花秋月何时了，往事知多少”。

绿道在G60高速公路起始段底下穿越，秀文路往东是黎安公园，原属明星村。黎安路北边那个曾是高大的、充满神秘的白色圆盘似是没变，那是美国前总统尼克松1972年访华时所建的国际卫星地面通信站。再往北往东是过去的南马村，碰上散步的老杨，80多岁了身板仍硬朗。他说，过去这里只有一条公交线路，如今地铁12号线沿顾戴路设多个站点，我有时候走一段坐一站。真好！

沿着淀浦河向西，七莘路西侧的莘庄商务区初具规模，又一座新城拔地而起。这里原是明星村、东吴村。顺着竹港畔的绿道走，旁边这条南北贯通黄浦江苏州河的干流泛着层层涟漪。河西侧大多属松江区。闵行与松江道路相通，建筑相融。全上海最大的住宅小区之一的康城，即是20世纪末从松江县划归至闵行区的。河东原是莘北村，新建不久的村民活动中心常常人声鼎沸，又有绿树湖泊缠绕……沿竹港穿过莘松路再往南，东侧是嘉闵高架，近侧是莘福路、青春路。古老的陆昌庙里，一棵银杏映入眼帘，这是上海市古树名木编号55号、距今500多年、莘庄地面上历史最久远的树！分别从虹桥火车站和由上海南站起始的新老沪杭铁路线及金山线在旁边交会，一辆辆动车、高铁每隔几分钟风驰电掣呼啸而过。再南边，是我们永远都不能忘却的英魂所在——闵行区烈士陵园。这里还曾是上海水蜜桃的本源地，过去这个季节该是桃子挂满枝头了。这里，曾有个充满活力的名字"青春村"。

走着走着，过去与当下不断迭现，我又一次涉足了原来莘庄的8个村。不，在城市化进程中，村的界限早已模糊，村的概念也接近消失，原来的村都改制为股份制企业，村民成股民了。

漫步绿道，晨曦中"吐故纳新"、健身锻炼养心的人真不少。绿道旁，有人打拳、舞剑、做操，"起舞弄清影"，有人吹着笛子、芦笙、口琴、萨克斯，有人拉着二胡、弹奏琵琶……一派歌舞升平、祥和景象。走着走着，树林深处，一阵清脆悦耳的鸟鸣声传来，循声望去，有人向着鸟儿对话。待走近，白鹭、野鸭腾空展翅，一对鸳鸯、几只蝴蝶却只顾着悠闲。

我知道，闵行区的"1号绿道"于2015前率先在全市建成。近年来又不断完善提升拓展，今年新增30千米，从苏州河至黄浦江37千米将全线贯通，"绿色项链"总长超100千米。其中，穿插众多的"口袋公园"。或禾草花香，或绿茵野趣，或杉林印记。乔木、灌木、地被植物穿插错落；彩色的叶、彩色的花，有的熟悉，有的陌生，缤纷多彩，赏心悦目；彰显"生态、舒适、人性化"特点，那是市民的福音。

人顺绿道走，心随景色动。走着，观着，想着，"一枝一叶总关情"。忽而觉得漫步有了新的意义，那就是在健身的小目标上，于我这个"老莘庄"，在重新迭现过去那一幕的同时，更多的是不停地发现那些美好的未知。

（载《四季》2022年，夏秋卷；《莘城旧事》，上海书店出版社，2020）

桂花开了

昨晚下了一夜的雨。一阵秋雨一阵凉。早晨，我徜徉在小区里，阵阵秋风袭来，已有丝丝凉意。微风中，嗅觉不太灵敏的我明显感觉到一股淡淡的清香沁人心脾。哦，一夜间，桂花开了！

对着桂花树，我仔细观察，近似朝拜，思绪亦随花香弥漫。

桂花树的主杆不粗，却长出数十根分枝，向四面八方伸展，像一把撑开着的碧绿大伞。叶子一串又一串长在分枝上，青翠欲滴，似乎每一片都有新的生命在颤动，又像晶莹剔透的翡翠挂满了枝头。树丫上，有着四片小巧玲珑花瓣的桂花像一个个“十”字，有两根细细的花蕊在字的中间，昂首挺胸，有着不肯“低头折腰”的气概。一簇簇、一团团，争相怒放。沁人芳香，由此而来。

呵，过几天，将是桂花尊容的巅峰期，最灿烂旺盛，最香气浓郁。可要不了多久，亦是它凋零的时节。短短一月间，它将完成生命的辉煌。令人刻骨铭心，让我肃然起敬。忙碌的人们，什么时候才肯倾听身边生命的歌唱，欣赏、享受并感悟绽放的美好呢？

看桂花，闻芳香，思幽情。我喜欢漕河泾桂林公园的精致典雅，杭州新十景之一满陇桂雨的典故出处，苏州东山、西山、光福的古镇清幽，山水甲天下桂林的满城尽带黄金甲，其实，我更关注身边那不时相遇的小区里的普通平凡的桂树桂花。

桂树四季常青。春天，它长出淡绿的嫩芽，把在冬天里落下叶子的地方重新覆盖起来。夏日，树叶茂盛，张扬着青春绿的共性。冬季，收纳着所有阳光雨露养分，无声无息地与寒冷抗争，迎接来年春天的召唤。是的，桂树从开春的时候就开始储蓄力量，一天天积累，一天天坚持，一天天平凡。经过了严寒，扛过了酷暑，于是在金秋时节，它尽情绽放出生命中最灿烂的时光。今年夏季特别炎热，有望花开更旺。

我不由得联想到人生。从小时候起，我们储蓄知识，丰富情感，学习、工作、生活，一天天奋斗、努力，在磨难中成长。尽管最终亦会凋零，但在秋高气爽的八月里，它曾经飘香。人生犹如桂花，需储蓄力量才能绽放灿烂；花期不长，当需珍惜。生命的真谛在大自然中随机可悟。

（载《春申扬波　晚霞逸彩——闵行区春申晚霞博文选编〈一〉》，闵行区老干部局编印，2017）

秋深叶黄时

秋色渐浓时，是诗人灵感爆发点。王勃有诗句，“山山黄叶飞”，是说秋天时，每座山林都飞舞着黄色的落叶。家乡莘庄，四十年前的市郊农村，如今虽已变为城市了，但树叶仍层次丰富。

一叶知秋，花花草草忙不迭地换着新颜，最显眼的当是树叶。除了路旁行道树、绿带树赏叶，我这个本土人，游走于莘庄的4座公园里察树观色。位于莘浜路、以梅为特色的莘庄公园中，有的银杏叶已略显嫩黄，枫叶由深青变暗红。外环路绿带、虹莘路边上的莘庄梅园栾树梢上冒出一簇簇红黄相间的果荚，夺人眼球。珠城路口的莘城中央公园，高大的水杉散落下细小的树叶，黄褐色，花纹细巧。秀文路深处的黎安公园，既有已适应一方水土的悬铃木的阔叶，更有原本为土著的朴树、槭树、马褂树的落叶，形态各异、色泽斑斓、错落有致。秋天像丰富的调色盘，这些个树叶都是“主角”，赤橙黄绿，颜料泼洒，把大地染成美丽卷轴。

我思绪回旋，除了建于1930年的莘庄公园，其他3座公园，三四十年前都是农田，种植的大多是水稻、棉花。对了，稻叶、棉花叶亦有别样风采，且于我更是刻在脑海深处。

水稻的叶子太普通了，太不起眼了，好像还没见过有人去描述它。但我今天想来，它平凡中有着不一般的美。形态上，它一身秀长，紧紧地拥抱着稻秸，浑身上下没有一丝洋气。凑近闻，有清香，真诚而朴实。这是经过春风夏雨、烈日浓霜积蓄起来的香，是吸收大地精华、由内而外穿透出来的香。它是坦坦荡荡、直直白白、大大方方的，不羞羞答答，不吞吞吐吐，不掖着藏着。这叶，在秋风吹来的时候，你能感受到它的兴奋，它舞动身姿，沙沙作响。虽将耗尽气血，但它经历了从清明、谷雨直至寒露、霜降等14个节气的

莘庄公园门口

交替磨砺，占了一年四季24个节气的一半多。到秋收时节，它似一柄长剑，紧紧护卫着弯着腰的穗头。上部虽渐黄，底部还留着青色，仿佛蕴含着的能量还不曾完全释放。这让人感觉亲切，想与之亲近，犹如母亲的怀抱、父亲的宽肩。

与稻叶不同的棉花叶，虽也经历了那么多节气的历练熏陶、倾力付出，但据农时及生长习性，太旺盛、不利结果时，农人会除去多余繁叶。待棉铃吐絮时，棉叶已接近枯萎。秋高气爽，农人采摘雪白花絮时需小心翼翼，防止把花叶沾上棉花、降低品级。又想起，彼时贫穷的我们，闲聊时把枯萎的棉叶搓碎，用废纸卷成烟卷吸上几口。有点辛辣、有点苦涩，但照样能腾云驾雾。

稻叶、棉叶无语，但我似乎听到它们的心声。人没有高低贵贱之分，只要是一个生命，就拥有存在的价值，有着生命本身赋予的至高无上的尊严。无论何种状态、形态，什么境遇、境况，只要善待它，它必会发出诱人的芬芳、长成有形的姿态，护花结果壮秆。如稻，沉淀出颗粒饱满的金黄谷粒，内中则是晶莹剔透白玉般的米粒。如棉花，小小铃壳咧嘴后是雪白絮绒，似云朵飘逸。

稻叶、棉叶“一身土气”，比不上枫叶的艳丽，也比不上银杏叶的贵气。在斑斓的秋季，它们不屑也无暇与同类争艳，整天忙碌于为人类与自然造福的事业。它们像极了朴素务实的农民。通过光合作用为花护果壮秆，奉献了一生的稻叶、棉叶，倾情于土地及耕作这块土地和侍弄它们的农人。稻叶、棉叶、土地、农人，各有各的甘苦，各有各的付出，也体现了各自的存在价值。

诗人刘禹锡有名句：山不在高，有仙则名；水不在深，有龙则灵。斗胆跟一句：花不在艳，有放则荣；叶不在繁，有用则欣。没有叶片托，哪来秆儿壮、果实累?! 秋深叶黄时，惹人随想多……

（载微信公众号“老小孩”，2019 年 11 月 15 日）

仰望这两棵银杏树

每每走过莘东路莘建路交叉口，我总要对西侧路南的两棵银杏树深情地仰望。

仰望，是因为这树高大，倘若不仰起头，是无法看清她的全貌的。一甲子年前的那个夜，我这个普通的生命就诞生在这两棵银杏树下的一间简陋瓦房里，迎接着明日的元旦新年。从呱呱坠地到年过花甲，不时相逢，所以她在我内心深处是神圣的。更因为，她是这个古老小镇上遗留下的活着的不多的物证之一，她与这方土地是无法割舍的。是阅历、品格的象征。

站在银杏树下，我看到由上海市人民政府 1986 年确认的铭牌标：古树名木，树龄 200 年，第 0273、0274 号，二级保护。

仰望银杏，我顿感流年如水、人之渺小。老镇已今非昔比，而她仍屹立街头，以静默姿态注视着百年岁月流逝，看热闹车流、人群在脚下穿行。她用绿荫、根系、果实、负氧离子，润泽、照应、庇护着周围的芸芸众生。

银杏无语，而我却感到她的坚韧而执着。她目睹这个江南小镇的兴起、繁华；树之北侧，曾是日伪时期的“检问所”，日本侵略者的刺刀曾戳痛过她；1949 年解放的枪炮声震动过她，鲜血染至脚下；“文化大革命”时，有人在她身上刷过标语污辱她。改革开放的春风滋润于她，她更加郁郁葱葱、枝繁叶茂。她见证了 2 个多世纪 8 万多个日日夜夜的沧桑变迁，且将继续扩展年轮印痕……

她是睿智而博大的。任凭电闪雷鸣、风暴雨狂、暑酷冬寒、战火硝烟、辱宠变幻，深扎大地，岿然不动；昂首挺立，直指苍穹；心无旁骛、叠加年轮；饱经沧桑、砥砺长进，坚守着脚下这方热土。

银杏高大，但仍谦逊而低调。她隐于枝繁叶茂的樟树群中，许多人匆匆而过，看都不看她一眼，甚至因周边高楼的崛起而贬低她的存在。她含笑不语，端庄大度。似在说，世事纷繁，你们都各自忙去吧！非如有的人，有了点阅历，就喋喋不休、张扬狂傲。她把岁月的印痕深深埋在心底的年轮里。她似乎知道，比起西北沙漠中"经历千年而不死，死了千年而不倒，倒了千年而不朽"的胡杨，阅历还浅，故而越发不响。"存在就好，不存在也是历史必然。"

她是坦然而宁静的。岁月的长河中，她总是坦露胸襟身躯。无论春夏秋冬、白昼黑夜，坦途逆境、耻辱恩宠，毫无遮挡掩饰、羞羞答答。心底无私天地宽，一切任人评说。她从不有求，不论得失，也无奢望，却把自己的绿叶、氧气、树荫、果实，直至枯枝黄叶，毫无保留地予以奉献。

两棵银杏，雄性壮硕，雌性秀瑟，同行而同心。枝丫牵手，相互支撑；包容与共，携手并进。富贵不能淫，贫贱不能移，威武不能屈。时而窃窃私语，时而随风爽朗。用微笑诠释岁月静好，不断共享生命的美好，也赢得人类的喜爱和羡慕。

仰望这两棵银杏树，我总是满怀敬畏、感恩。我相信，树是有灵魂的，因为她集聚着天地雨露。她实实在在，不离不弃，守护着这一方天地，有大美而不言。短暂生命的人啊人，是不是应该向她学点什么呢？

（载微信公众号"老小孩"，2018 年 7 月 5 日）

那草，那药

夏日炎热，百草正茂。

昨陪患鼻窦癌手术 9 次无法再手术的弟去浙江山村求中医草药治疗，今独自在住宅小区背阴处兜兜转转、若有所思。哦，一群碧绿生青、与众稍不同的小草跳入眼帘，熟悉的身影是那么亲切。这是与我亲近过好长一段时间的车前草，是久违的药草。随之，思绪飘荡开去……

这里，几十年前还是乡下。乡下，当然是纵横阡陌的大片农田。有田，就植有各种农作物，各类草也应运而生。看起来普通的野草，其中不乏药草呢！

最早识得的，大概是黄花郎，后来晓得其即大名鼎鼎的蒲公英。小时候，遍地可见。它躲过寒冬、最早迎春。开春捉草，我们总爱挑它。它叶内有乳汁，羊、兔都喜欢吃。随着气候变化，慢慢开出漂亮的黄花。结籽后的白茫又像一顶顶降落伞，随风飘动。我们常吹着追逐着玩。

再是小蓟莓，形似黄花郎，但叶周尖刺更坚，易扎手。有次偶尔挑回去，观察羊、兔反应。稚嫩的羊舌兔嘴，对此非但不惧，还吃得津津有味。晓得这也是好草。一次割草不小心，镰刀割破手指，鲜血直流。快点从随身背的花袋上撕下破布条予以包扎，仍不止。宅上爷叔看到后，即从路边摘下几片小蓟莓叶子，用手揉烂敷在伤口上。很快一股清凉直沁脑门，血也凝固起来。

十几岁时，我参加大田劳动，什么活都干，回家脚瘫手软。第二天一早，我还在洗脸刷牙，即见奶奶在场头的破脸盆里摘了几个种着的脱力草嫩头，放入沸水，然后笃了个鸡蛋下去。少顷，端来让我吃了。如此，连吃三朝，元气得以恢复。

后来还晓得，仅本地就有两种都叫“脱力草”的。一种是一年四季都碧绿生青的，一种是一年生草本。形不同，却异曲同工，各有侧重。

其时，产妇必服益母草；伤筋必煎触筋草；清明必用苦草做塌饼；端午必插艾蓬、菖蒲；盛夏大都用薄荷、佩兰叶泡水喝。这些均为药草，都是田埂路边河畔随便寻得到的，我们那个年代乃至前人都或多或少受过它的恩惠。大队保健室的“赤脚医生”还专门辟出一小块地，种植常用的药草。我们生产队里还种过白菊、红花、川芎、一见喜等多种药材。

稍长大，我对众多药草产生兴趣。一个夏日，割草晒干卖到奶牛场。发现其中有不少是夏枯草，即去莘庄镇上平桥头“盛天成”中药房问是否收购。得到肯定的答复后，将草干中的夏枯草拣出卖到了药店，比普通草干多卖了几个铜钿。并用此钱，专门到新华书店买了《常用中草药图谱》，便于帮助辨识利用。

能当药材的，除了药草，还有凤仙花、鸡冠花等，有槿树叶、花，更有蛇虫百脚(蜈蚣)。一个大热天,在弄堂里乘凉,忽见一条黑里透红的“百脚”爬过。爷爷告诉我:此为毒虫,被咬不得了;但亦是药材,如此大的少见。他让我找来一根有弹性的竹签,猛然戳住蜈蚣的头,然后用竹签的另一端扎住其尾。撑起后其就动弹不得。在烈日下暴晒三天后卖到中药店,换回了几根棒冰消暑。由此引申,日当午时,到树上捉“野胡刺(蝉)”;晚上趁乘凉,到沪闵路路灯下捉“油葫芦”;到宅上有老灶头的人家的灶脚里捉地鳖虫……这些,用开水烫泡后晒干,都能卖到药店入药。白天,到柴间里去寻蛇蜕下的皮。它白色或褐色、薄如蝉翼,药名“蛇蜕”,有祛风定惊、解毒消肿等功效。逢放水车田翻耕,大量的蚯蚓爬出来,除了喂鸭子吃,还把它剖肚洗净,晒干做药材。雷阵雨后的清晨,我们赶着露水、踏着泥泞去捉癞蛤蟆,用特制的铁皮工具刮它头部耳后腺浆,此为“蟾酥”,亦是止痛消肿散结的上好药材,药店乐于收购。这些价廉物美的中药材,也为贫穷家庭换回了些许油盐酱醋铜钿。

眼前的车前草,为车前草科一年生或二年生草本,全株可入药,味甘、性寒,有利尿、清热解毒、明目祛痰的功效。我因尿酸高而曾数月煎水服用。丈人丈母娘到处寻觅,并收集籽种植。

未经考证随想想,先贤李时珍《本草纲目》那记载着的1 800多种药物,仅沪郊农村就有上百种吧。前两年首位获诺贝尔科学奖项的中国本土科学家屠呦呦,即是在本地可寻觅的黄花蒿茎叶中发现并提取了抗疟疾特效药青蒿素,为人类抵抗疾病做出了贡献。

百人百姓,正如每个人都有其自身的个性,每种药草当有其独特的药理性,所谓百草治百病。许许多多普普通通的中草药有待人们去更好地发掘利用,愿药草的生命与贡献永存。亦祈愿吾弟能通过中草药的调理稳定病情。

(载微信公众号“老小孩”,2018年7月14日)

又见乡树茂

开春了,树丫枝冒出嫩芽。

迎着和煦春风,我在这片熟稔的土地上兜兜转转,望望天,看看地,漫无目的。但总想发现些什么，老的？抑或新的？

终于，我把目光投向一条条或宽敞或幽狭道路旁的行道树上。不，更确切地说，眼睛定格在那些充作行道树的乡土树上。

现在年轻一代看到的或许是香樟、悬铃木、广玉兰，而我们这一代从小就认得的乡土树，耳熟能详、亲密接触甚至亲手种植的，当属榉榆树、楝树、朴榆、榔榆、梓树、槿树等。这些年来，绿化园林部门顺应自然和民意，在许多道路旁以乡土树作为行道树。平时路过，不曾十分留意。现在仔细看看，这些树长高了、长粗了、长茂了。

莘庄莘北路、莘沥路旁，那些枝丫繁密疏朗相间的是榉榆树；从莘东路至西环路的南辅路旁，莘凌路以东的无患子（肥皂树），果实有的落地，有的仍高挂枝头；以西的栾树（摇钱树），似刚从冬眠中醒来；七莘路、中春路等路段有槿树、合欢等；地铁南广场仲盛广场与莘城中央公园间的名都路旁，黄连木身姿摇曳；莘凌路南段的香樟、北段的广玉兰历经寒冬雪霜，依然繁叶碧绿；中段高耸着银杏，曾在去秋辉煌。其中，好几条路段是被列为市级特色林荫道的。可惜莘凌路中段路东那段的银杏树，因上有电力线、通信线，不少被截了头。

我流连在树下，静下心来，细细端详，任凭思绪飘远。

在曾被称为亚洲最大的立交桥——莘庄立交沪闵路隧道东入口处，是我曾生活了半个世纪的村庄。我曾在屋前屋后种过许多乡土树，如榆树、楝树、水杉、杨柳等。那时，每年开春后都会种树。印象深刻的是我 7 岁上学（20 世纪 60 年代初）时种下的榆树和楝树，80 年代末因建莘庄立交，村庄第一次动迁时，或需做搬迁，或作价赔偿。搬迁吧，或许活不了。我对那两棵已长成大腿粗的树依依不舍。动迁组作价 10 元钱一棵，我与之力争。他们翻出条款，说只能是 10 元一棵的标准。就此，那两棵凝结着少年憧憬的乡土树与我两分离。

曾记得，枝垂河边，甚至水桥石缝中长出来的谷树之叶可顺手摘下洗碗；槿树叶捣成汁是姑娘最好的自然原生态洗发水加护发素。大叶榆树则是顽童少年的最爱。春末夏初，它枝头上结出的一串串深绿色小圆果，是我等自制竹竿推枪的上好天然“子弹”。

参加工作后，我曾在淀浦河、沪闵路、外环线绿化带，在沪闵路西向南转角处、朱莘路尽头夹角处的母亲林，在闵行体育公园、黎安公园等，参加过数十次的植树活动。每次，虽有引进的海枣、樱花等树种，但我都钟情于乡土树。种乡土树，似有亲缘，手脚特别轻快。

乡土作家褚半农的散文集，里面写过许多乡土树。《过去不会过去》里写了“生命并痛苦的树”“太多香樟”等；《听雨怀忠堂》里有“抱愧了，构树”“榉树呀，你们为什么不开花”“乡土树的位置”等。读来特别有同感，愈读愈感亲切中蕴哲理禅味。是啊！乡土树不应灭，也灭不了。不应被疏远，应该有它的位置。在我等土著看来，乡土树真是一幅幅画。春之萌动、勃发，似水粉画；夏之热烈、奔放，如写意画；秋之色艳、缠绵，像油画；冬之疏朗、淡定，活脱水墨画。淡妆浓抹总相宜。

一方水土养一方人。乡土树根深叶茂，最根本的是有适宜它的水土环境，故一方水土也养一方树。前些年不分青红皂白花大价钱引进的那些个海枣什么的，好多都在冷热旱涝的交替中见它的爹妈去了。

一阵春风拂来，树儿摇了摇枝叶，似是听懂了我的心语，在打招呼。风偶静，树站在那儿不动，好像有一份责任，甚至是一份使命。我在树下默默对它说，乡土树，侬好！看到侬，过去的一切犹在眼前。

一花一世界，一树一菩提。树木为自然本色，乡土树是大自然对一方芸芸众生的恩赐。感恩自然、保护自然、延续自然，理应是我们的本心。看到乡土树作为行道树，在绿地、公园里作为园林景观，愈发多见，且枝繁叶茂，我心释然。是的，乡土树可以是一切乡情的代表及象征。这份敏感，关乎生命，与人相通。

（载微信公众号“学上海话”，2019 年 8 月 18 日）

新年花又至

己亥近岁末，庚子脚步匆。

“叮咚……”门铃响，我以为是快递。开门，使者送来的是两盆鲜花。

迎进门，轻轻揭开似新娘披着的绯红薄纱，花儿娇艳欲滴，顿使陋室生辉。端详它俩，如玉静立。

一盆是蝴蝶兰，8 枝茎秆，每枝有 12 朵至 18 朵花。有的已完全打开，有的含苞欲放。犹如粉红色的“蝴蝶”成群结队布满枝头，翩跹起舞。

蝴蝶兰的学名按希腊文的原意为“好似蝴蝶般的兰花”。它的茎很短，被四季常青的肉质叶鞘所包。植株从叶腋中抽出长长的花梗，并且开出形如蝴蝶飞舞般的花朵，所以得了这个名字。它也被叫作年宵花，应该是过年的标配了。它花型飘逸，花大色艳，充满热情奔放，洋溢着喜悦的气氛。有《咏蝴蝶兰》诗曰：画笔尖尖破绿纱，靛蓝蝶翼舞朝霞。牡丹华贵独孤客，我自平凡撒满洼。

触目盛开的蝴蝶兰花，内心里的浮躁、疲累顿消。花儿像一瓶心灵清新剂让人的心境自然地除去晦暗，充满芳香。心灵也就成了一只欢快的小鸟在花朵前留恋起舞，不由自主地想凑近花朵去闻一闻花里的暗香，却又怕为人的一腔世俗之气会玷污了花的洁净与高雅。

蝴蝶兰的花语为：幸福美好、友谊长久等。娇小灵动的身影，虽平凡但依然尽力、执着把一抹清香洒向人间。它洁净素雅，清润芬芳，我却注意到，作为寄生植物它是从宿主身上获得营养，这宿主，岂不是更有牺牲精神。

再看那盆大叶蕙兰。6 支挺拔的茎秆上各缀着十几朵金黄色的花或花蕾，娇嫩中显壮观美丽，很有气势的样子。像元宝，似蜡染，亦如一窝金鼠接龙嬉闹，遂合将临的庚子鼠年的年味。忍不住凑近，有清香淡淡悠悠。它的花语为：丰盛祥和、高贵雍容。而我却更认可宋代曹组《卜算子·兰》词：松竹翠萝寒，迟日江山暮。幽径无人独自芳，此恨凭谁诉。似共梅花语。尚有寻芳侣。着意闻时不肯香，香在无心处。

蝴蝶兰、大叶蕙兰均属草本兰科，花期长达 4 至 6 个月。从播种到开花，蝴蝶兰起码经 1 年以上，蕙兰要 3 至 4 年。想来，即使是植物，生命也不易，更有培育者时时刻刻的精心呵护。

鲜花是时间里游走的精灵，它满怀生命美好的寓意，让人感受到新春的喜气与热情。佳节与花儿相遇，就有了诗意般的美妙。欣赏着它们浓烈而丰盛的样子，匡扶隆冬腊月的春意盎然，心中暖意油然而生。一段时间后，花终将凋谢，但存在的日子当珍惜。

朋友、同事逢新年送花来已有好几个年头了。送来的是迎庆新年之花，共事友谊之花，它既是花，又和着一股风、雨、叶、泥土和植物的气息，着实是既熟悉又久违了的田园来客。我喜欢阳光乍泄瞬间生动热烈的花，也首肯极具个性特立独行的花。在这腊月阴霾里，一片叶，温柔过岁月；一朵花，抚慰过心灵。一季一叹花皆过，一生一世情不断。

（载微信公众号“学上海话”，2020 年 1 月 23 日）

踏青又遇草板茎

老祖宗世代耕种的土地被钢筋混凝土的楼房占领，好几年不做农民了，过去天天触摸的草板茎碰着少了。因疫情宅家 50 余天后的仲春，终可出门踏青，见到田埂上的草板茎，一阵惊喜、一阵亲切。

农人大都恨草，挤兑庄稼作物，但又离不开草，尤其是草这个大类里的草板茎。不种田的诗人却多欣赏草。产生于两千多年前的我国第一部诗歌总集《诗经》在《小雅・白华》篇就借“白茅”赋比兴。古代又有多少诗人由草抒怀，“春风又绿江南岸，明月照我几时还”“暮春三月，江南草长”，云云。我是既恨草，又喜欢草，大概是我从小挑草捉草，又做农人的烙印。

草的品类繁多，许多叫不出名字，通常将草本植物统称为“草”。事实上，农人对各种各样的草都有称呼，也晓得它们的习性、用场。猪猡吃的猪岁斑、馒头草，“三年困难时期”中觅来人吃拌饭充饥；经过石灰水处理的苦草，揉入米粉做苦草搨饼出奇清香；黄花郎、蛤蟆草有清凉、利湿、解毒功效；不当心割破手，随手采几片小蓟母叶揉烂涂在创口上，立马止血。

小时候穷，为贴补日常生活家里养的兔、羊要吃草，猪饲料不够，也要掺和些“青头”，尤其是开春后，才露尖尖角的青草，鸡鸭都要争着啄，屋前宅后、农田田埂上的各类草常常被“捉草囡”捉了个精光。寻不着草，大人要骂，众牲要叫。草少的辰光，捉着就是宝，甚至挖草板茎的根。只是到了大热天，要挑挑拣拣了。

初春时节，一帮“小团串”放学后，腰里束只花袋，或者肩胛上搭角斜背，奔向田岸河滩，用小面刀、斜角刀，入地两三分，从根部挑起，称“挑草”。入夏，草兴了，用镰刀（本地方言：鋧，音“见”）割，左手一大把捏拢，右手持鋧沿草根部割，手到鋧到，鋧到草倒，叫“捉草”。

相伴于草板茎的草丛中有宇宙。粗矮的、细长的，满地铺展的、金鸡独立的，伏地攀筋的、牵丝爬藤的，四季常青的、一岁一枯荣的，开花结果的、无花无果的，一棵棵、一撮撮、一丛丛、一团团，绿茵茵、毛茸茸、软绵绵，老的、嫩的，甜的、苦的，有营养的、有微毒的，样子漂亮的、形状丑陋的。开春捉草去，大都是嫩的、好的，众牲喜欢的。捉满一花袋或者一草篮，小伙伴们喜欢在草地上躺一会儿，仰望天空云卷云舒，享受暖阳揉抱，迎纳春风和煦拂面，翕动鼻息闻春的味道，嘴里抿根草茎甜滋滋咀嚼，吸吮那股清新，任凭思绪飞扬。“野火烧不尽，春风吹又生”，《诗经》提到的白茅（本地人叫茅柴草）芯孕穗时即称茅针，茅柴草里随便拔上一大把，剥开绿衣，那洁白的“针芯”煞是可爱。递进嘴巴，绵绵的甜滋滋的味道直抵脑门、滋润心田。

春暖了，大地醒来，落谷播种，直至盛夏，赤脚挑担在泥泞的田埂上艰难行走，幸有草板茎无意中做铺垫，防滑多了，农人叫“扎滑”——扎住防滑。它们你携着我，我扶着他，织成一片绿毯，一直伸向远处，上接天下贴地。

恨草，那是做农人时。棉花田、水稻田，那难缠的草板茎，不是连根拔起的话，不是晒上几个日头的话，不是作物茂盛盖过它的话，锄也锄不尽，雨润滋又生。费工费力，还争夺阳光、水分，吃掉本该让作物吃的肥料。草板茎的生命力真是强，农人用尽办法也难以消灭，甚至用上了“化学武器”。

千万别小看草板茎。它有从容不迫的坦然，有伸向周边的执着，有任人践踏的顽强坚韧，有雨水浸润过后的含露张合，透显生命可贵的茵茵芬菲。践踏，割去叶部，只会让它更老练，植根更向深处扎。不经意间，在冬秋夏春的往复中，从枯黄凋零、落叶归根，再往复到枝叶繁茂，生命在从容淡定与踏实平凡中无声滑过。

草板茎似乎是低调沉默的，从来都不张扬，但却不乏风骨，并一直积蓄着一种蓬勃而强大的生命力。这种强大的生命力是永远无法清除的，并无疑会生生不息。一个事实是，从古到今，没有谁能真正清除草板茎。倒是人们“提纯复壮”，用来做足球场、做绿化景观大草坪。其实真正的草板茎，难以被驯化，且漫山遍野或水边溪畔自由长去，最是可人。植物的生机真是一种能量。柔弱的草，自有其风骨。民族脊梁鲁迅先生唯一的一本散文诗集即冠名《野草》，他曾说，自己一生的哲学都在《野草》里了。

草板茎，自然、天生、不矫情做作，随遇而安，还真挚。不知哪年哪代就有了，不会是外国传过来的吧？过去从来不知道有没有学名，专事绿化的朋友告诉我，草板茎主要由茅柴草和游丝茎草构成，均为多年生禾草，匍匐茎和根状茎延伸而长成密集的草层……有时名字并不重要，它们和很多草、很多万紫千红一起装点春夏秋冬。想来阿猫阿狗也好，阿土阿根也是，俗也好雅也罢，平淡无奇、平凡无为的草板茎芸芸众生与百态繁花携手织锦，从来不在乎名字。

有人对草板茎排斥和不屑，一些城里人更轻视藐视泥土和草。唉，生活在钢筋混凝土里活生生的人，不该忘了活生生的草及草板茎，可以叫不出它们的学名，但触碰它们时应该有感觉。大地孕育生命，土地上有草，藐视草就是藐视大地。大地、草是一个平和又厉害的东西，它能帮你去接受和融入一个更大的世界。

即便是不做农民了，草板茎，你过去一贯来的好、偶尔的恨，你的身影容颜，从来就不曾离开过我。

（载微信公众号“老小孩”，2020 年 3 月 27 日）

春天里的香樟

俨然成为家乡主打树的香樟，也是城市靓丽的风景线，最浩荡的当属沪闵公路、江川一条街。樟树们如朴实壮士守土，似绿色虬龙蜿蜒，也像一把把碧绿的大伞，或整齐列队或三三两两撑起，盛夏庇荫，严冬添绿，把小区、街道、公路、公园装点得四季如春。

樟树四季常绿，春夏秋冬各有千秋，我更看重春天里的香樟。

这天，驾车回居住小区，忽听车顶上“咚”一声，停稳，察看，哦，原来是它！黑色泛着光，滴粒滚圆，形似蓝莓，是香樟的果子。我知道，白头翁、布谷鸟、麻雀等鸟类喜欢在枝头叽喳时啄食它。落在地上，鸡鸭们也能囫囵吞咽。有句话说，时代的一粒灰，落在个人头上，就是一座山。樟树的一颗籽，落在大地上，是它含辛茹苦分娩的、孕育另一个新生命的希望。

不远处，清洁工在清扫樟树的落叶。一阵风吹来，窸窸窣窣又落下一片。如一只只蝴蝶在空中翩翩起舞，似一支支扁舟在湖面打旋，还像一阵阵花瓣雨倾情飘洒。捡起来端详摩挲，每一片都描绘着不同的斑斓，橘黄的、深红的、红绿相间的、红黄共染的。许多人以为春天是万物复苏、枯树发芽的季节，只有深秋才会落下枯叶。与众不同的樟树，正是在大好春光里，等新叶爆芽后才落下枯萎的老叶子，给新叶"让位"。去陈更新，犹如分娩的孕妇，经历阵痛，孕育新的生命。似有一份责任，甚至是一份使命。

其实，每片叶子都有它自己的寿命，"落红不是无情物"。樟树属常青树种，一年四季它的叶子都在更新，只是在春天，新陈代谢加快了，新叶蓬蓬勃勃生出，大量枯叶才纷纷叶落归根。曾经记得，小辰光的那些年，樟树的叶子也是宝。我们背着草篮、掮着柴扒去拉拾落叶，半干半湿的垫入羊棚猪棚踏塮，干的做烧灶头的柴火。樟树叶虽叶片不大，但有油脂，递进灶肚火头旺，烧饭烧粥烧菜都带股清香。

仔细看，随风跟叶片抖落的，还有娇小玲珑的花朵。它青里透白，形似桂花芯，却没有它的芬芳，但淡淡的清香沁心入脾。大树下还不经意间长出几株小树苗，隐隐在小草中，普通、平凡中含着粗茎韧骨的独立性，新的落叶、陈的腐叶呵护着它。想起我家门前 1959 年 9 月全线竣工通车的沪闵路，最先的行道树是杨树，夏季时满树叶的刺毛虫、白色飞絮都惹人恨，还有台风季节常有折枝倒伏。20 世纪 60 年代中期改为香樟，初栽时主杆才锄头柄细，如今已成人腰身般粗了，斑驳中力透遒劲，还布着灰绿色的苔藓。经历了又一个不平凡的春天，身上的龟裂状皱纹更深了，树心也定是增加了一层新的年轮，它让我眼前叠现出 20 世纪 80 年代初那幅著名油画《父亲》。又想起我 12 岁那年春天，也曾在屋前种植手指粗的香樟树，可惜 1993 年春祖宅被动迁时，得了补偿款后，已陪伴我 25 年、主杆手臂粗的树不知去向了。

樟为佳木。走过许许多多古镇、古村落，都有数百年甚至千年香樟。春季的它，总是被香烟缭绕。善男信女们摩肩接踵，对着饱经风霜雨雪、常年郁郁葱葱的老樟树顶礼膜拜，祈求幸福平安。前些时候，与中学同学到苏州西山明月湾，村口一棵树龄 1 200 年的古樟，相传唐代著名诗人刘长卿到此访友栽种。冬去春来，一边的树枝已枯死，但另一边依然十分茂盛，随风拂面，叶儿沙沙，如一位老人般悠悠讲述着它的岁月沧桑。

在草长莺飞、万物复苏的春天里，樟树义无反顾地纷纷抖落身上那些历经寒冬酷暑、曾经郁郁葱葱的老叶后，并没有像榉榆树、楝树、谷树等乡土树那样形销骨立、只剩下光秃秃的枝丫，而是在挂满红叶、黄叶的枝头上，蓬蓬勃勃地吐出嫩绿新叶。这新叶青翠、晶莹，一片片、一簇簇、一蓬蓬，在春阳映照下焕发着青春的活力和光泽。春风吹拂，老叶飘舞洒落，新叶扑闪伸展，红赴绿继，煞是壮观。想开去，在这个春天里，无数个生生息息正在发生，令人唏嘘、也让人震撼。

面对新陈代谢这个任何物种都无法抗拒的自然规律，樟树选择在万紫千红的春天里吐故纳新，彰显蓬勃向上、生生不息的生存气概。落籽、开花、换叶、长年轮，那是生命的礼赞、成长的宣言，也是感恩的表白、谢幕的鞠躬。我喜欢并敬佩春天的香樟树，饱满的黑籽逢春圆熟蒂落，细小的青花、老叶随春而去，众多新枝爆芽迎春勃发，生命的年轮含春扩增，为百花争艳的春天谱写了一曲顽强而美丽的生命绝唱。

（载微信公众号“老小孩”，2020 年 4 月 19 日）

踏泔脚之路

近来续药，每周都要从莘庄出发，沿沪闵高架路到静安区长乐路陕西北路附近的医院。每每轻点油门驾车经过那些熟悉的路段，总有很多往事从脑海深处闪现。对，那是二十世纪七八十年代直至九十年代初，我等西南郊区农民去市区踏泔脚的常走之路，而这路上，洒下了太多汗水。

啥叫泔脚？有啥用场？80、90、00 后们可能不一定晓得了，可我们这些五六十年代过来的上海“乡下人”则是熟透熟透了。这些现在称之为餐厨垃圾的废弃物，在七八十年代可是要寻觅且要出钞票买，被当作养猪饲料的好东西。踏泔脚，就是把收集起来的餐厨废弃物，通过脚踏车带拖车，装桶将它拉回来。这可是个使出吃奶力气的生活。

20 世纪 70 年代初，我读完中学顺理成章回乡务农，在田里摸爬滚打不足三年就成为头等工，也就意味着全能，就有了每一个多礼拜轮到一次的踏泔脚的机会。

我们生产队订购的泔脚在陕西北路过北京西路近新闸路的一条狭小弄堂里。第一次，是跟着宅上爷叔去打样的。隔夜收工后整理好脚踏车和拖车，加点油，打足气，装上盛放泔脚的木质椭圆形腰子桶。当日凌晨四点钟，我俩沿着空旷的沪闵路一路往东往北。空车，是轻松的。空桶随着颠簸发出“咚咚咚”的声响，如催征战鼓，催散一路寂寞。

一个半钟头后，已到达空气中弥漫着酸溲味的目的地。在管理员的引导下，按规矩，从定量 500 斤的七石缸里用提桶舀入泔脚桶，确认签字，就打道回府了。

此时，东方已露鱼肚白，路上行人还稀少。附近小弄堂内涮马桶的声音，伴随着生煤球炉的烟雾飘忽而来。我们从北往南，迎着朝阳，穿过延安中路、南京路、淮海路，在复兴中路口点心店，各花了一角钱，各要了一碗咸浆一副大饼油条充饥后，折向西行。上午九时许，生产队养猪场的泔脚池里又充入了猪猡爱吃的营养品。

第二天，刚满 18 岁的我首次“单飞”。在沪闵路扑闪着的微弱路灯光下，脚头轻快，埋头闷踏。梅陇西牌楼桥是要费点力气的第一顶桥，桥畔有粗大的煤气管，心里闪过一丝城里人、梅陇人烧饭不用柴的眼热。在沪闵路与老沪闵路交叉口，竖着的是 320 国道沪闵路 0 号碑。过还属同一县的漕河泾镇，进入漕溪路。两边的蔬菜地，亦是本县的龙华公社漕溪大队、天钥大队。转过中山西路花坛大转盘，即是市区徐家汇了。东侧的一段路面还是小方石块铺成的弹街路，车上的腰子木桶咚咚响。空气中，一阵阵肉香扑鼻而来，这是附近梅林食品厂在加工罐头食品。路东现在的万体馆处还是一片菜地。往北土山湾，有上海电影制片厂，我们喜欢看的许多电影都是这家厂拍的，有几次，还到我们大队、生产队来取景呢。踏啊踏，经还不曾有高楼的徐家汇右转穿过肇家浜路，进入衡山路，橡胶厂难闻的臭味弥漫一片。好几段，因附近挖防空洞，道路上泥浆四溅。再穿过建国西路、吴兴路、永嘉路、乌鲁木齐路，在东平路、桃江路处，我选择了走宝庆路到淮海中路，也可走东平路、汾阳路到复兴中路再转淮海中路。后来，踏泔脚的弟兄有过很多次争论，到底哪能走近，也用尺子在地图上丈量，没个结论。直到如今，还依托手机软件查地图，实际上相差无几。以后每次踏，还要看路面结实度、平整度，看风向、气候。比如，在赤日炎炎的夏日里，有的柏油路会烊，软绵绵的，车辙深深，要拣硬一点的路面走。北风呼啸的大冷天，有时又夹杂着雪珠雪花，就宜走路面狭窄点的道路。

扯远了，话说回来，越过淮海中路就是陕西南路，一路向北，穿过延安中路就是陕西北路，再穿威海路、南京西路、北京西路，就是目的地了。

回来，那是重车。到养猪场当然是一身汗水。一撸，那使劲摩擦的屁股爿已经脱皮。

踏的次数多了，轻车时也看看风景。这一路上，风景无数，故事多多，可惜当时晓得的少，也无暇多顾及与深究。陕西南路延安中路处，有童话世界般的奇形怪状的建筑，门口挂着“中国共产主义青年团上海市委员会”的牌子，在我这个刚入团的农村青年看来格外神圣，后来才知道这里原来是大有来头的“马勒别墅”。当然，这大有话头的道路和建筑无其数。陕西北路最初叫西摩路，自筑成以来，相当长的时期内是上海的高档居民区，居住着大批外侨和社会名流，是老上海大名鼎鼎的“洋人街”“名人街”。20世纪上半叶，在此居住过的外侨既有英国和法国的富商，也有犹太难民和美国水兵，还有大量西班牙人、葡萄牙人和白俄人。同时，这里也居住过众多在近代中国历史有重要影响的政治人物、富商巨贾。中西方多彩文化在该路段交流融合，并以其“海纳百川，融贯中西”的特色，使其从建筑、环境、人文等方面均成为海派文化的代表。近代历史上，陕西北路留下了诸如宋氏家族、荣氏家族等独立式花园住宅，间有华业公寓、太平花园等公寓建筑群落，西摩会堂、怀恩堂等宗教建筑。内含小型戏院的平安大楼等商居两用建筑，展现了老上海社区生活的居住、文化、精神建设状态。2013年被评为“中国历史文化名街”。

衡山路与宛平路、建国西路、广元路相交处的几个转角，或许是上海最多交叉口的道路之一。始筑于1922年的衡山路抑或是上海梧桐树最密集的道路之一。淮海中路、武康路、兴国路、余庆路、天平路交会之处，有一座代表海派文化的重要地标——武康大楼。这座距今已有110年历史的外廊式公寓是目前世界仅有的三栋船型建筑之一。其所处的衡复历史文化风貌区是上海保护规模最大的区域，深厚的历史人文底蕴使这里成为上海城市文脉重要的承载区。

当时，我们都不知道这些，只顾踏回泔脚，挣得10个工分和两角五分钱的补贴，也让猪猡吃好，早点出栏，卖个好价钱，到年终分红时，每个工分不要总是“撑爷棒(拐杖俗称，喻指 7 分钱)”，能吃根“链条果(干点心，喻指 8 分钱)”。只晓得在那些个交叉口不要走错，往哪些个方向可以“条条大路通罗马”，逢哪些季节、气候走哪条路方便。那时，只是用劲踏车，任凭豆大的汗水顺着脸颊淌下。落雨天，外面是雨水，里面是汗水，反正就是一身水。即使是寒冬腊月，照样口中喘粗气，头上冒热气。有时重车在路上，车胎被扎漏气，用自己带着的锉刀胶水打气筒修补充气，弄得上气不接下气，耽误了时间多费了力气。更为惹气的是，一次遇暴雪，蹬得链条断裂，修车行也关门了，只能吭哧吭哧喘着粗气一步一挪走着拉回来。

在那个缺衣少食的年代，泔脚大多也清汤寡水，油水不丰裕。陕西路长乐路口那个二层红色小洋房，是上海滩有名的红房子西餐馆，半遮半掩的白色窗帘，神秘、高档，我们只有望望和咽咽口水的份。泔脚里少数辰光有烂掉一多半的苹果、生梨，还有甘蔗根，偶有变质的蹄髈、咸鱼咸肉，“近水楼台先得月”，捞起来到河里洗洗，拿回去放把大蒜杀腥气，加点酱油、辣火酱，吃起来还有滋有味。其间，与市区街道管泔脚的人熟了，有时带去自己舍不得吃的鸡蛋换来粮票籴米。

呵，这一踏一踏丈量过的许多道路，前些年已被市政府列入 64 条“永不拓宽的马路”中加以保护。这踏泔脚的事，也早已成为翻过去的一页。可那 20 多千米每一寸的前行所淌下的汗水和艰辛，总是在脑海里萦绕。

如今我驾车迎着早晨明媚的阳光，穿梭在斑驳树荫下的马路上，光影间仿佛蛰伏着历史的年层。在送走难忘庚子迎来辛丑“牛”的日子里，更敬拜岁月中的长路。

(载微信公众号“老小孩”，2021 年 1 月 19 日)

一路开过来的那些车

20 世纪 70 年代初，我读完中学回乡“修地球”时，家门口宽敞的沪闵路上车辆还稀少，公交只有徐闵线。见着呼啸而过的机动车，只有眼热的份。

整个莘庄会开汽车的，扳着手指数不满一双。对我村里一位在旧社会为达官贵人开过车的老驾驶员，人们总是投以敬仰的目光。我宅上孙哥部队汽车兵复员即被县法院录用，开了一辆新购的吉普。那天路过时把我等几个捉草兄弟带上一程，让我们兴奋了好长一段辰光。大忙时节，见到来耕田的拖拉机，待驾驶员回屋吃饭，爬上去东摸摸西摸摸，爱不释手。不久，趁着推行农业机械化，队里靠着数年积累下来的那点集体资金，加上上级的补贴，买了台 9 匹马力的手扶拖拉机，我们围着打了好几个转。

多么渴望能做个驾驶员，当然那是奢望。那天社员大会，队长郑重宣布了几项决定，驾驶员的重任交给勤恳稳重的表叔，堂弟为“土电工”，让我做了个记工员兼出纳。不久，我队的插队知青娟姐当了大拖拉机手，看她飒爽英姿，感叹巾帼不让须眉。

我总是到仓库隔壁的机库去张张望望，给正做精心保养的表叔做做下手。大冷天，帮着摇动曲轴，用足吃奶的力气启动那不易点火的柴油机。表叔说，不急，以后总归有侬开的日脚。有时他在我家西头没日没夜地驾车驰田，我去田头替他跑上几圈，让他稍稍歇口气。几次小拖拉机出行，粜谷、卖花、买化肥、拉浆水，盼着能与这“乡下轿车”同行。一次轧柴糠回来，拗不过我数次央求，表叔让我开。我首次在宽敞的公路上驾车，一脸喜气、神气。穿过老镇街口时，遇国药房一位送煎好中药的老药工骑着自行车急转弯。眼看近在咫尺，我立刻像骑自行车那样紧捏左把欲刹车。真是慌乱中出错，左把可是左转弯的离合器呀！就此，乒零乓啷，药工顷刻人仰马翻，自行车钢圈扭成麻花，药瓶乱滚。还好，人只是擦破点皮。结果赔了 30 多元，相当于我 100 多个工分，半年白做。

1976 年，我到了公社广播站工作，站长常借邮局送电报的摩托车办些事。有时见钥匙未拔，悄悄在大院内开几圈。站长借来“小乌龟(三轮汽车)”，故伎重演过过瘾。心里有数，这都是违反交通规则的，可此时意识淡薄，以能摸车抓挠心里的痒疤为快。

80 年代后期，我做了广播站负责人，工作也确实需要，经已是乡政府办公室主任的前任老站长张罗，广播站添置了一辆幸福牌两轮摩托车。当然，我也一本正经，穿越整个市区，到大八寺(大柏树)军体俱乐部学驾，正式取得了驾驶证。此时，乡司法所也配了一辆长江牌三轮摩托车，还有警灯警笛。遇紧急事项，借来一骑为快，甚至摸索着学会了急驰中硬刹原地掉头、一轮飞起等“绝技”。

在90年代初的汽车学驾热潮中，我有幸成为某驾校的首批学员，登上了“交通”4吨卡车的驾驶座，4个月后取得了算是较高档次的B照，除了大客车，均属准驾车辆。当时的市场经济正热，我们广播站承接了供电工程项目建设，以创收自有资金，购置了厢型货车，随后又添置解放牌8吨卡车作为工程车。提车甫回，试驾为快。

1993年初，我被调乡政府任办公室主任。那天，我骑着两轮摩托载着接任站长带着自己拍摄的反映全乡发展变化的录像素材带，到市环境科学研究所剪辑编制。在顾戴路南马村东头正常疾驰时，突觉一股妖风袭来，车辆不能自持而失控，摩托车倒地，两人随摩托车在马路上滑行十余米，膝盖、手臂满是嵌着煤屑柏油的擦痕。所幸，未伤筋动骨。听说，早期的摩托车手不是亡就是伤残，健全者搬不出几个。那时，车辆常有抛锚。一年寒冬，我开两轮摩托到松江，欲返程时无法启动，自己拆修无果，无奈求助在松江公安工作的叔父用汽车载回。

乘着改革开放东风，驾车不再是奢望了。在乡政府办公室工作期间，所驾车辆多而杂。日产“小铃木”装小货色灵活轻便，“羊城”客货两用，一般小活动驾“昌河”小面包。国产“上海牌”、合资“桑塔纳”、苏制“伏尔加”、日产“公爵”、德籍“奥迪”轿车，日产“德胜”面包车，以至消防改装车，各有所长、各派用场，驾来不亦乐乎。因了1987年市车辆管理所第二考验场落户我地，并建立莘庄拆车厂，曾是国家领导人座驾的“大红旗”也在行将报废前有幸一驾。

之后我担任了一些职务，时行配置专车和司机，但我从来是自己开东开西，甚至到外地苏浙取经，也亲驾公安车先导，为此还正儿八经办了张公安保卫人员工作证。

21世纪初，政府机构实行车改，经纪监委委托的相关机构评估，那辆日常使用的“大众”2000型，以近乎新车九折价买下来，成为首辆自备机动车。到颛桥工作后的2007年，在同事鼓动下，更新置换了丰田“皇冠”车，十几年了开到现在。即使在国企任职期间，投资经营管理着几十亿资产，仍亲驾自备“皇冠”或公家“别克”商务车，东临浦东陆家嘴、三林塘，南至金山海湾，西去浙江湖州，北到江苏如皋，载着同事们跑遍各相关单位。即使坐车，总以副驾驶座为先。

退休后的连续几年，发小三对夫妻自驾车国内长途旅游，我与瞿兄轮流手把方向盘。第一年，驾韩国“大宇”商务车，跑了苏鲁晋冀豫陕；第二年，驾李兄更新的更加宽敞的美标“奔驰”，游了浙闽赣；第三年，到了鄂渝川云。共游时日近两个月，行程两万余千米，平安无事。老友中有位摄影爱好者，虽年近七旬且身染重疾，却数次驾车跑到世界屋脊的青藏高原采风。我的同龄表兄，因幼时患麻痹症落下腿疾，花甲之年还驾着残疾人专用摩托车，载着耄耋高龄的我的舅父，游览市郊。钦佩热爱生活、拥抱自然、乐观豁达、动静有度之仁兄与前辈，看来风景在路上，驾车览胜别有一番韵味。想着我宅上培忠弟及子父子双双成为飞行员，翱翔于“地球村”之蓝天，才真是豪迈。

呵，感谢命运眷顾，感恩岁月所赐，一路过来，虽所驾车辆庸常，车型不算太多，但已觉十分欣然。车轮滚滚旋转，也推着时光匆匆向前。如果可以，我当迎春风披晚霞，在人生旅途上驾驶老车、新车乐此不疲。

（载《四季》，2022 年夏秋卷“建区 30 周年文学艺术纪念版”）

漫话莘庄道路名

近观中央电视台 1 套新一季地名大会，思绪蓦然闪回到了家乡的路名。

1950 年之前，莘庄只有东街、西街、南街、北街、中街这几条街和掰着手指数得出的几条弄堂。有名字的路，仅有一条七宝到莘庄的被称为“官路”的路。后来逐步筑起来的路大都以两地起讫点为路名，导向明确，实用易记。莘庄到七宝的七莘路，莘庄到朱行的朱莘路，莘庄与七宝交界处顾司徒庙到梅陇戴家塘的顾戴路，更有百年历史、1958 年改道、以近似 130 度角、在莘庄画了一个漂亮折弯的沪闵路，这些可都是二十世纪五六十年代莘庄通往外界的主干道。1960 年 12 月，上海县人民政府从闵行镇建设路迁址莘庄镇，机关大院门前辟东西向莘建路，正对门的是南北向莘中路。70 年代后，新辟莘庄往松江方向的莘松路，往虹桥方向的虹莘路，本区域内镇上通往原村宅的莘凌路、莘谭路等。

莘东路、莘西路、莘南路、莘北路、莘中路、西环路等，老莘庄人都晓得，这是60至80年代，以莘庄老镇，更确切地说是以原上海县政府（现“世纪名门”居住区）为中心的方位命名。

紧邻庙泾港、穿越横沥港的庙泾路等则以相关地理、人文标志命名。莘浜路是1965年填没莘溪而筑。那莘溪（市河）我等是亲身接近过的，感受着那潮来潮落、灯影桨声，也目睹它在“火红年代”的人海战术中遗憾湮没，只留下那个“浜”字仿佛遗存些许过往烟云。春申路，那是由于临近相传战国时春申君组织疏浚的春申塘而得名。因是区域西南，随上海道路命名导向，腾冲、芒市、普洱、畹町、澜沧等地县名成为道路名。

路名，反映当地人文或自然地理特征。既有实用功能，又具有精神和心理作用。须遵守相应规则，讲究文化和艺术修养。一个好的道路名字可优化环境，提升人们的文化品位。

80年代中后期至90年代初，莘庄东部、北部有了水清路、疏影路，报春路、山花路。水清、疏影，借用宋代诗人林逋“疏影横斜水清浅，暗香浮动月黄昏”诗句，颇有意蕴。报春、山花亦借开国领袖毛泽东主席词“俏也不争春，只把春来报。待到山花烂漫时，她在丛中笑”之寓意，与堪称莘庄镇花的绿梅遥相呼应。沁春路，既喻原本青春村地界，又借“沁园春”词牌。有人曾批评“雅致路”名，说是沪语读来不雅，似“野猪猡”，这个“散发性思维”有点没道理，我不以为意。此路旁，是堂堂区政府机关，有区财政局、区人民法院等。我上小学时的母校、现为九年一贯制的莘光学校矗立东头，更有水清一村、水清二村、雅致公寓等环境优雅的居民区，着实“优雅精致”。

路名具定位意义，不仅直接指代道路，还是城市中其他地名命名的基础。它展示着一个城市的气质和性格，记录着城市的历史，展现着城市的美学。拥有悠久历史且数量众多绿梅之镇，至今无有以道路作名，似乎小有遗憾，但亦有绿梅一村、绿梅二村、绿梅三村以至绿梅新村、绿梅公寓等居民区，为绿梅留印扬名。

90年代开发的上海莘城区域，围绕新城，闵城路、凯城路、珠城路、宝城路，都市路、富都路、名都路，建设美好新都城的向往昭然可见。21世纪初，莘庄商务区里的秀文路、秀波路、秀涟路，激起明珠湖碧波荡漾。黎安路、黎康路、黎明路，于安康中显生机。地铁站周边，有广通、广贤、众贤等路，沪渝高速七莘路入口处亦有东吴、群英各路荟萃。

路是人筑出来的，路名是人起出来的。每条路有个名字，就像每个人一样；每个人都走在路上，每个人都有自己的路。条条路名寄寓意，道道通衢达康庄。

（载微信公众号“今日闵行”，2021 年 5 月 5 日）

一个站与一座城

G320 国道由东向西南在莘庄呈 70 度转角，转角内弯处是轨道交通 1 号线与 5 号线的起讫及换乘枢纽站——莘庄站。2020 年初夏的此刻，我站在 120 度转角外弯处住宅 11 楼阳台向东南望去，4 座新建高楼底部成联体状拔地高耸，经受新冠疫情考验的工地上塔吊又在忙碌地转动。可以展望，几年之后，新的繁华将在这里升腾。

这里是生我养我的“血脉之地”。这个“血脉之地”，往大一点讲，是原上海县，也就是身份证 310221 打头的那一拨；往中一点看，是莘庄公社、莘庄乡、莘庄镇；往小一点说，那是莘光大队、莘光村，这是 2004 年前这个村还存在时；再小一点，以宅基说，我是西李小队、西李宅，这个站的所在地是毗邻我宅、俗称“南北三宅”的沈家塘小队、沈家坟，再南面点是莘东村的朱五家……

（一）

追溯历史，1906 年，清代溥仪称帝，中国自建的第一条、全长 190 千米的京张铁路通车，沪杭铁路也在上海往西南开建。1905 年时，江浙绅商为抵制英美掠夺江浙路权，经商部奏准朝廷自造，延聘京张铁路总办詹天佑为顾问。1909 年通车。它东起上海南站，西至杭州闸口站，全长 186.2 千米，设 24 个站。莘庄是东起第 5 站，设在镇南栅口。这对沪杭沿线的民众来说，是生产生活中的大事。以往，这里以水路作为主要交通依靠，传为秦始皇时代建起的“秦皇驰道”的南北“官路”，已几近湮没，宽不足半丈。铁路通车并设四等站，给东往上海，西去松江、嘉兴、杭州方向的旅客和货物运输带来方便。

1921 年 7 月 31 日清晨，参加中国共产党第一次代表大会的部分代表，就是搭乘沪杭火车，由上海转移到嘉兴南湖，担起了中国近代史上“开天辟地”的使命。新中国成立后的 70 余年来，毛泽东、邓小平、江泽民、胡锦涛等几代党和国家领导人都在这条铁路线上过往南北，巡视祖国河山。

1926 年南京营建中山陵时，不少树木均由莘庄东郊华南农场供应。铁路局备有专车运送，由莘庄直放南京，直至 1929 年陵园建成。其时，尚有一节车厢停于莘庄站，往返于莘庄与上海南站间，专为颛桥轧花厂运送皮棉。被列为“上海市首批非物质文化遗产名录”的莘庄钩针编结，当年亦通过紧邻莘庄火车站的平桥堍南街口吴协和布庄与徐家汇圣母总院建立收发、加工业务。

到了 1949 年，4 月 28 日，国民党军队向东撤往叶家祠堂碉堡防线负隅顽抗解放大军时，炸毁了莘庄火车站旁横沥铁路桥；5 月 15 日，莘庄解放；6 月 30 日，解放军南下工作人员专车在莘庄火车站遭国民党军机机枪扫射，车头水箱被毁，三人殉难；7 月 25 日，解放军某部一小队沿铁路行进过莘庄火车站东首十二号桥时，因暴雨视线受阻被火车撞到，15 人罹难，8 匹战马殒命。

我的母亲，当年农村的一个小姑娘，与莘庄镇上的 5 位同学，也是乘沪杭火车，到位于松江的江苏省立女中求学；我的父亲，是一名铁路养护工，修路到莘庄认识了我母亲，入赘本地。

据载，20 世纪 50 年代，莘庄站日均客流量 100—150 人。1958 年，新的沪闵路拓展并徐闵线通车后，因沪闵路横穿站界，汽车运行常因火车停靠受阻，在沪闵路以东 500 米处重建新站，1960 年迁入。因着铁路工人子女福利，我常从莘庄站，乘火车到松江铁路中心站医务室看病，到松江奶奶家度过那一个个难以忘怀的寒暑假期。

时光荏苒。1990 年 1 月 19 日，上海第一条轨道交通（1 号线）正式开建，起讫为上海新客站至锦江乐园站，1994 年 4 月全线开通。1994 年 12 月 10 日，锦江乐园至莘庄的南延伸段沿沪杭铁路开建，1996 年 12 月 28 日建成试通车，1997 年 7 月 1 日正式运营。1996 年 7 月 19 日，莘闵轻轨建设动工仪式在莘庄轨交广场举行，曾因故一度中止。1999 年 2 月 28 日重新开工，2002 年 12 月 28 日进行试通车。2003 年 11 月 25 日，区域内第一条、莘庄站至闵行开发区站、全长 17.2 千米、沿途设 11 个站的高架轻轨上海轨道交通 5 号线正式投入试运行。

就在 20 世纪 90 年代及至 21 世纪初的这些工程项目尤其是“莘庄站”的建设中，这里附近我等再也熟稔不过的，每年夏秋必去交公粮的粮食收购站没了；每逢三、七的苗猪集市，还有那交售养大了的肥猪的食品收购站没了；我们村、我们队大片世代耕种的田地被征没了；还有那横沥港三丫洋东侧竖立的 10 余米高杆顶上，面向四面八方的广播站 4 只高音喇叭没了……

这个新建的偌大的“莘庄站”红楼里，除了地铁轻轨站，还设有大型购物商场“华联吉买盛”；大楼里的“闵行博物馆”有“马桥文化”展。大楼南北是开阔的广场，我们曾在大楼北侧竖立了当时莘庄最大的电子屏幕；曾在近沪闵路口被誉为亚洲最大的坐地花圃大钟前留下倩影；曾到东隔壁的区便民服务中心“一门式”办事；曾在北广场举办千余人参与的文化活动，上海滩众多名角前来助兴。“莘庄站”大楼南侧，已升级为电气化的沪杭线，以动车、高铁模式通往祖国四面八方。

（二）

轨交“莘庄站”与北广场北侧，是另一条有百余年历史脉络的沪闵路。外环路以东的沪闵路上面，是 2003 年 12 月竣工通车的沪闵高架路。连通高架的，是建成于 2011 年、时称“亚洲第一”的莘庄立交桥。这里是沪闵高架路、沪昆高速公路、沪金高速公路的起点或终点，上海外环高速公路的交会点。轨交 1 号线与沪杭铁路，在立交下东西向穿越。

公路“莘庄站”，1959 年时仅有“一路一线”，即通往北新泾的 91 路和沪闵路沿线徐家汇到闵行渡口的徐闵线。如今，莘庄起讫或经停莘庄的公交线路仅沪闵路上就达 16 条。沪闵路上的“莘庄站”从建站来一直大致在原位置；91 路终点站建有像样的候车室，最初设在莘建路与莘东路的东北转角处。

百年沪闵路与百年沪杭铁路在莘庄交会。与我，从出生起，也都从未离开过它。这条沪闵路是在1922年通车的沪闵南拓路基础上，1958年改建改道、途经莘庄，1959年9月竣工的沪闵路。我曾以小文《我眼中的悲欣沪闵路》记之，《百年沪闵路》(中西书局，2019)转录了那么些故事。

当然，这些故事都发生在"莘庄站"周边的南北东西。

(三)

时至2017年3月的最后一天，曾被称为"红楼"的轨交站大楼随着"莘庄站"三个大字被拆下，一晃已陪伴着莘庄人20年的"莘庄站"正式开始拆除，这座矗立在百年沪杭铁路上与沪闵路间的莘庄地标性建筑落下了历史帷幕。

迄今已历700多年的"上海县"母体内的莘庄镇，地理位置上是"上海的中心"。县治于1960年12月由老闵行建设路1号迁至莘庄镇莘建路中段。1992年9月26日原闵行区、原上海县"撤二建一"成立新的闵行区，区人民政府迁至现址沪闵路6258号。1909年通车的沪杭铁路，1959年9月改道竣工的沪闵路，1997年7月1日正式运行的地铁1号线延伸段，2003年11月25日试运行的轨交5号线，在莘庄汇聚。是20世纪80年代的改革开放，让莘庄成为新的热土，90年代进入蓬勃发展快车道，莘庄插上腾飞的翅膀。

过去的20年，轨道交通和沪闵路像黄金生命线，不仅大大缩短了莘庄与中心城区的距离，也改变了莘庄的发展格局。

这次更是"凤凰涅槃"。老的枢纽站这里，将建成一座占地12万平方米、建筑面积达50万平方米，包含地铁、公交和火车换乘的立体式新车站，计划于2024年建成、名为"天荟"的上盖项目。它将被打造成集住宅、酒店、商务办公、公寓式办公、大型商业等多功能业态于一体的城市综合体，成为服务市民商务、休闲、娱乐的区域新地标——"空中之城"。

备受瞩目的《上海城市总体规划(2017—2035)》提出，至2035年，把闵行建设成为上海卓越的全球城市、具有世界影响力的社会主义现代化国际大都市的重要战略支撑区，品质卓越、生态宜居的现代化新城区。莘庄作为上海主城西南方向最大的副中心，在上海追求全球化的过程中，将更加汇聚各方资源，而莘庄枢纽站将是重要承载平台。以"空中之城"为重要标志的一座新城正在展露新的姿态！

一个多甲子来，一直在这熟稔的土地上生活、耕作、劳作的我，翻阅有关莘庄的记载，目睹六十多年来莘庄的发展变化，切身参与其中，愈发感受到，莘庄有底蕴，有内质，有希望。

阳台远眺，云卷云舒中，祥云瑞气日显浩荡……

（载《四季》，2022 年夏秋卷）

好景阳台外

20 年前，我家从动迁户小区置换，搬到沪闵路、七莘路转角处的商品房小区 11 层，它的一大特点是“三面阳台四处望”。工作期间还不觉得有什么特别的，退休后居家多了，才逐渐体悟它的好。

日出东方红似火。每天早起，先要抬首东望。那是繁华的大都市中心城区，晨曦里，上海环球中心、金茂大厦、上海中心大厦“三件套”披霞光万道。稍北，已为浦西第一高楼、甫结构封顶的徐家汇中心 370 米塔楼高耸。目光移近处，锦江乐园 108 米高的大转盘静待游客，那里是建成并开放于 1985 年的沪上第一家大型游乐园。近旁的南方商城刚走过 24 年的风雨历程，整幢深褐色玻璃幕墙的“中庚环球”又已崛起。眼神再收近，2001 年建成、是为“亚洲第一立交”的莘庄立交高架上，车水马龙、川流不息。底下，三四十年前是我的家园，乡亲们祖宗几代在此耕作。旁侧，闵行法院那标志性欧式建筑圆形穹顶，似乎丰富了城市天际线的多样性和包容性。

转台北望，一个建设 10 余年、占地 123 公顷、建筑面积 186 万平方米的莘庄商务区初具规模。初创期的那五年，我曾代表区国资参与投资建设。现商务区注册企业达 3 000 余家，不乏中铁华东总部、上海艾为电子等头部企业。大虹桥国际等楼栋巍然屹立，俨然成为春申湖畔标志性建筑。

我在高楼林立间寻找 1972 年为打开中美交往大门、尼克松访华而建起的、我国最早的标准型卫星通信地球站。它隐于天际线凹处，那铁塔旁的“大碗”依然泛着银光。

西向，沪上最大社区康城高层的蓝色屋顶艳彩染上岁月的沧桑，朝霞中与西侧的G60科创云廊“云顶”披纱絮语。西北，每隔数分钟，一架架银燕斜刺苍穹，或远去或归巢，频次愈紧。建成于20世纪90年代初的闵行广播电视塔高高矗立，无声胜有声。

西南是再也熟悉不过的老镇区，建于1995年的海星大厦虽略显陈旧，仍难掩过去的辉煌。曾为莘庄古镇标志的“会真道院”门口的两棵古银杏树，虽已淹没在高楼大厦间，却仍枝繁叶茂、郁郁葱葱。眼门前看着它一层层建起来、2011年8月开业的凯德龙之梦32层170多米高的商务楼泛着蓝光，是为闵行区最高综合楼。原址上，“上海县六二六医院”曾老少皆知。近在咫尺的东苑丽宝广场精致典雅、闻名遐迩，读中学时在此“学工”的上海民族乐器一厂早已易地北迁。冠名“绿梅X村”“莘松X村”的大量居民多层住宅楼，或红瓦或灰瓦“广厦千万间”，幸得十余年前的“平改坡”，“大庇天下寒士俱欢颜”。

位于莘建路、莘东路口西北侧一幢普通的4层邮政大楼，50年前曾经亮丽，它与莘东路、莘松路口的电信大楼似乎构成了电讯发展的时光隧道。莘松路北、莘东路西侧的闵行区中心医院大楼又与原“六二六医院”对马路隔空对话着。

极目西南远处，闵行区第一高建筑亭亭玉立，它是位于江川的上海三菱电梯公司33层、236米高的电梯试验塔。

东南，沪闵路绿带樟树蜿蜒婆娑，随着阵阵清风，散发出悠悠暗香。沪闵路西南向转角内弯处的嘉闵轨交城际线车站正在忙碌施工，两台红色的高塔吊，四五台黄色的车载移动吊时常发出“咕咕”声，时而沉闷吃紧，时而欢畅轻快。看不见的地底深处，盾构正如火如荼推进。上海虹桥、浦东两大机场联络线也在不远处的地底下掘进。南面的沪杭铁路、轻轨5号线，西面的沪昆铁路，常见动车、高铁、轻轨风驰电掣亦如游龙穿梭。

2014年始建的地铁上盖“空中之城”“天荟”项目，4幢高楼已现勃勃英姿，三期计划明年竣工，2025年枢纽部分建成。将形成轨交、城际、公交、高架四重立体交通枢纽，纳30余条线路交会，每天客流量达30万人次。商业综合体同时承载交通枢纽，当为2035年主城副中心的重要地标。

城市天际线犹如凝固的音乐，奏唱着迷人的城市交响曲。年复一年，阳台外的风景一帧帧变换，新地标一座座显现。她层层叠叠，重重复复，或尖尖方方硬朗，或曲曲圆圆柔和，有多样性、包容性，富立体感、层次感，如城市脊梁，透城市肌理，也孕城市灵魂。浮光掠影里可以瞥见城市的岁月印痕，美不胜收，看不尽、看不够、看不厌。有时，看着、想着，恍惚间感觉周遭都是美好愿景，尤是描绘这天际线、在这天际线某点位努力工作、追求美好生活的人们。不由让我在心里轻轻地念叨：你们好，未来好。

（载微信公众号“老小孩”，2023 年 11 月 10 日）

第二章　事过境迁

农具

拔茅针与炭茅柴

初春的田野边是农家小孩的欢乐宝地。田岸上、浜滩边，枯燥的老茅草墩里，他们正仔细寻觅着什么。那正冒出头露出青青的、尖尖的细芯的尤物，即是茅针。

初生的茅草形状如针，我们人小，眼明手脚快，一根一根拔起来，攥在手心里。轻轻剥开它的外衣，包裹着的花蕊洁白柔绵细嫩，迫不及待往嘴里送。抿一抿，糯糯的、柔柔的；嚼一嚼，顿觉满口生津；啧一啧，清香甜润，回味无穷。听老人说，吃多了会流鼻血，可我们并没有太当回事，照样吃得很欢。临走，还要留一把，明天带给镇上的同学尝鲜。

如今，本地茅草不多见了，当然无茅针了。有时踏青偶尔看到，亲切感油然而生。现在知道茅针的孩子不多了，知道并敢去拔来尝尝的更寥寥无几。他们更钟情于电子的、遥控的、音控的东西。茅针在一年一度的春风中孤独地老去，有时候会让我觉得世界在远去。

深秋，北方的寒风吹来，茅草的枝叶枯了。连续几天晴日后，我们照例集合着去举行一项重大活动——炭茅柴。花两分钱从杂货店买来一盒火柴，蜂拥奔向空旷的浜滩田岸。此时枯去的茅柴一片焦黄，燥燥的。我们拣长得兴密的地方集拢来用火柴点着，顿时如狼烟四起，火顺着风，风助火势，向上、向南、向周围蔓延。这火不很热烈，但胶合着，凡炭过的地方一片焦黑，似告别过去的岁月，待来年开春的重生。如白居易诗“离离原上草，一岁一枯荣。野火烧不尽，春风吹又生”。是呵！影像虽已消逝，灵韵却在蓄存。死亡与新生同在，死得悲壮，生得更旺。大自然的法则，真实直率，绝不含糊。田野四季岂能常绿，人间万物何会不衰。枯荣生死交替，亦如人生起伏。

大自然的造化，让我感悟生命的厚度。智者说，生活是一个无定义的概念。人生更是一个多元、多解的方程。适合自己的才是最好的。人生几十年来，有欢欣也有悲伤，有甜蜜也有苦涩，过去之后又是新生。

忽然想起一首歌：“天地悠悠，过客匆匆，潮起又潮落；恩恩怨怨，生死白头，几人能看透?”世事无相，相由心生。人生没有所有权，只有使用权。一点不起眼的茅草，不在意大红大紫，不拘泥环境条件。节制又合作，甘于卑下；天真又有担当，敢于腐烂而不留一丝痕迹。人啊，要有一点植物性。生命，可以是季节的嬗变。茅草的枯荣，是对大自然最虔诚的皈依。

（载微信公众号“老小孩”，2017 年 6 月 19 日）

儿时游戏滚铁环

滚铁环，该是儿时游戏中农村男孩玩得最多的一种。

铁环，俗称铁箍，一般从破旧遗弃的饭桶、脚桶、粪桶、料桶等木制桶身上褪下来，再用 8 号粗铁丝弯成“u”字型推柄，“哐啷啷、哐啷啷”就可以滚了。

玩滚铁环，也要有点“门槛”，与骑自行车一样，讲究平衡性。否则，铁环就会东摇西晃倒下来。

铁环本身也有讲究。一要重实，薄铁皮做的就不灵，轻飘飘的。二是接头处要平滑，这样阻力就小。另外，铜箍也不好用。因为铜比铁脆，很容易断裂。实际上，竹环、藤环倒也是好弄弄的。

要讲滚铁环的劲道，我们农村孩子，无论是炎炎的酷暑、还是北风呼呼的寒冬，无论是烈日当空的“日中心”、还是炊烟袅袅的“夜快头”，赤了膊、光了脚要滚，穿着厚厚的棉衣棉裤也要滚。我们滚着铁环上学去，校门口不到点把铁环往田野里一藏，放学了照样一路“滚”回来；我们滚着铁环串门去，人未到声音早已先到；我们还滚着铁环上镇去，走亲眷去，看露天电影去。特别是一帮人列队行进时“哐啷啷、哐啷啷”，像铁骑浩浩荡荡，搅得尘土飞扬、鸡飞狗跳，真神气、扎劲呀！

滚铁环还可以开展比赛，看谁的铁环在失去推力时滚得远，看谁的铁环经得起撞击。为了追求这些效果，一度我将自行车钢圈当铁环滚。即把所有钢丝全部剪去，而且要把钢丝螺帽全部退出（不然“槽”里不平，不能滚），用一根一米左右的竹棍当滚柄。嘿！“哐啷啷、轰隆隆……”真乃所向披靡，弟兄们纷纷仿效。但是这样的话，因为重，一是滚起来太吃力；二是撞击力太大，容易出事体。后来因为有人被钢圈撞脱了牙齿，在大人的干预下才罢休。

（载微信公众号“老小孩”，2017 年 6 月 2 日）

春钓菜花鳢

春回大地，油菜花开了，这正是钓塘鳢鱼的好时机。

塘鳢鱼，现在珍贵得很，菜市场里一斤要上百元。而 20 世纪 60 年代，它平常得一点也不起眼。此鱼灰不溜秋或黑铁墨脱，头宽而扁，大嘴巴，有细小牙齿，身有细碎黑斑，鳞极细。常趴在河里的水桥石缝间木桩上碎砖滩，懒懒的、呆呆的，参禅一般。那年我才十多岁，抱着能沾点荤腥和有趣的心情，学着宅上大几岁的哥哥的样，尝试着钓它。

最简单最经济的办法是用手指钓。这可不是天方夜谭。江南水乡，屋前宅后到处都是洗刷用的水桥。它用石板筑就，底部有空隙，塘鳢鱼最喜在此栖身觅食产卵。少儿白白嫩嫩的小手指，沿着石缝轻轻地抚摸过去，它或许以为是美食送上门，或许以为是有不速之客来侵犯它的领地，它会冷不防咬将上来。此时，你只要迅速捏拢五指，一条圆滚滚的塘鳢鱼就在你手里提将上来了。

当然，这只能是在浅水处，偶尔试之。用杆线钩钓才是比较正宗的方法。说正宗，也不尽然。因为此法还是老土的。先是到村口小店用几分钱买来几枚中号的缝衣针，回到家点起一根蜡烛，把缝衣针在烛火上烧至微红，用钳子稍稍用力即把针弯成鱼钩状，然后迅速浸水冷却，保持刚性。在奶奶的针线盒里扯上两三托长的缝衣线，在缝衣线上穿上鹅毛管做浮飘，剪点废旧牙膏管做铅坠。再到竹园里斩根细竹梢做钓竿。一套钓鱼工具制成了。

一夜难眠，早起到地里挖了些蚯蚓，我扛上鱼竿，到水桥头小试身手。时值盛春，菜花正旺。塘鳢鱼十分贪食。没有网兜，钓起的鱼就用鞋底线从其鳃部穿过后养在脚下河里。到日中时分，一长串 10 许条塘鳢鱼已被我钓获。回家路上，我手提鱼串，肩扛鱼竿，昂首挺胸，似将军得胜班师。奶奶见我回来，惊叫道：“孙子！你居然能钓到这么多好鱼！”我有点小得意。可随后，她又叹了口气，自言自语：“唉！这又要破费我这宝贵的菜油了。”顿时，我被奶奶的矛盾心理深深地触动。不管怎样，餐桌上还是有了这道鲜美的红烧荤腥菜。

这老土的塘鳢鱼，却也是上过大场面的。据传，当年乾隆皇帝下江南，是多次品尝过这鱼的。1972 年美国总统尼克松破冰之旅到上海之前，打前站的人到我所在的乡搞了个地面卫星站，我们是看着那个很大很大的像铁锅似的东西造起来的。但他们管造他们的“锅”，我们管钓我们的鱼。后来才听说，周恩来总理是在上海请尼克松等贵宾吃了这塘鳢鱼的，不过这叫“四鳃鲈”，与塘鳢鱼形态十分相似(四鳃鲈比塘鳢鱼只多了两只假鳃)，味道相同，当然做法要讲究许多的。它是用了此鱼的腮帮肉(鱼儿呼吸时活动最频繁的部位，最为鲜美活泛之处)做成的菜，这雪白细嫩鲜美，是没得闲话讲的呢！

时过境迁，转眼我已花甲。真想再回到童年的水桥头，毫不费力又有乐趣地钓上几条塘鳢鱼，红烧或放汤均可，放点暴腌过的雪里蕻，味道鲜得掉眉毛。啧啧！

(载《新民晚报》，2018 年 4 月 13 日)

弄　船

江南水乡，少不了弄船。过去，市郊农村每个生产队里都是有农用船的。小到“三担头(能装物 300 斤)”，大到“五吨头”。专门捉鱼的船在水产大队，专业运输的船在交运站。我小时候最初的印象是到绍兴去走亲戚，坐的是当地特有的狭长小巧的脚划船。

不少人见船晃荡要头晕，不知怎地我从小就喜欢玩船，家人逗我是“网船上抱来的”。队里有的是大小河浜，有的是大船小船。我们这帮顽童在戏水时最喜旁边有船。既可把船作为跳台，飞身跃入水中，亦可从水里攀住船帮爬出水面，在船上左右晃荡以激起层层浪花。有小木船的话，我们有时合力把它掀翻，让船底朝天，人站在上面跳水最扎劲。当然，这些举动要避过大人，不然会被长竹梢抽过来的。没有小船，大船照样好玩。我们在水底推着它前行，岸上大人只见船行不见人影，弄得好生奇怪，以为遇到鬼了。有次，船行方向没把准，把人家每天要淘米汰菜的水桥撞歪了，被大人一顿教训。

14岁中学毕业回乡务农时，我早就学会了撑篙、摇橹、扯篷、拉纤、把舵，船上的活已完全捏得上，就经常央求队长派船上的活，累点也开心。队长往往派个老农负责，放心地让我们到离仓库场较远的田头装稻，去外河里驳粪，朝酒厂弄下脚酒糟做猪饲料，把晒干扬净的稻谷交到粮食收购站。虽然我们这帮"三分工(最低工分等级，干一天相当于三角钱左右)"，干着"十分工"强劳力的累活、技术活，但我们乐意并自豪。

20世纪60年代，队里的船都是木头的，每年冬闲或夏季时都要对船只做修理保养。此时，先要把该修的船只拖上岸，将船身内外的污垢青苔清除干净并晒干；然后由队里懂船的木匠在全面检测的基础上，对某部位损坏或腐朽的船板做修补、更换，用专门的船钉做固定；再将桐油和石灰拌着麻丝锤打成有韧劲的油灰，沿着拼接的木板间的缝隙嵌入敲密实；最后还要对整条船涂抹三遍桐油。这样，一条乌黑泛黄的船又可下水使用了。

到70年代末，造船修船都费工、费时、费料、费财的木船渐渐退出，耐腐蚀、成本低、建造保养周期短、维护方便的水泥船被引入使用。但水泥船也有致命的弱点：一碰一个洞，一擦一条缝。很快，人们使用上了快燥水泥，它能在十几分钟内迅速干结以补洞修缝。水泥船的舱盖很是密封，它对防水有利，但弄得不好也会发生灾害性事故。一年冬天，我们驾船从浦西出龙华港到浦东上钢三厂装废弃的钢渣粉以修筑地下水渠。此中要有三四天，吃住都在船上。那晚，伴随着北风呼啸，雪花密密地飘落，我们早早钻入舱中睡觉，舱盖沿是留下缝隙的。可能是随着浦江水的浪涌与船帮间的磕碰，把舱盖给盖密了。半夜时，我睡梦中只觉得喘不过气来，梦呓中惊醒，才知舱内氧气已快耗尽，连忙用力掀开舱盖，就此逃过劫难。此事现在想来还很后怕。

偶翻《上海县志》，60年代末全县有农用船780条，至1978年减至158条，1982年尚剩42条。如今，我地农用船已基本绝迹。从坐船玩船用船修船到此类船只的逐渐消失，是农村城市化的功绩，但在这方水土上曾经的存在和拥有，我们当记下一笔。

（载《闵行报》，2015 年 3 月 20 日）

车　水

水稻，乃故乡之嘉禾。顾名思义，水稻当离不开水。俗语说“一粒米，七担水”。但这水从河里到田间，有个抬升的过程。随着时代的变迁，车水这个过程犹如翻卷着阵阵浪花扑面而来。

20 世纪 50 年代，稻田水大多是用水车车水的。这水车，又有人力、风力、牛力之异同。异处：动力不同。同处：水车的车身主要由车轴和链子板组成。节节链子板似一根根的龙骨，主车轴由一根中间粗两头稍细的硬树做成，轴一端设置供风力或牛拉动的硬树制成的传动拨陀。人力水车的轴上均匀分布着供农人脚踏的木墩。无论是人踩踏还是风或牛拉动车轴，那连接着的龙骨链子板如活了般呼呼直响，把河里之水直取送至稻田。

车水看似轻松，电影《柳堡的故事》有男女主人公并肩踏水车互诉衷肠的场景。其实这是个力气活、技术活，你不用力一脚一脚踏下去，它会因水的重力产生回弹，不但可能弹坏脚踝，这水车也会损坏。风力的水车需要按风的大小和风向调节风帆。水车还要随河水的水位调整吃水的深浅高低。到我能干农活时，队里的人力水车已不多了，倒是牛车还有几架。牛赶的水车比人力的龙骨链板子要宽，取水也多。它最大的特点是有一个直径 3 米多的圆形车盘，上搭凉棚，牛赶车时要给其拴住鼻头戴上眼罩。每逢酷暑，我们就到这个凉棚里，坐在这大车盘上，边乘凉，边嚼拔来的芦粟，边下一种叫“移大马”的土制棋子。这比现在游乐场里的一些转盘有异曲同工之感，但这车盘更自在随性，当然也更贴近大自然。水车“嘎吱嘎吱”声中伴着潺潺流水，绿禾随风摇曳，一派田园风光。

60 年代，大队里添置了俗名叫“拷不停”的抽水机。起初是用柴油做动力，后来有了 380 伏的电力了。这“拷不停”启动伊始，是要向水管里灌水的，以借助气压泵水。一次，我们这帮不知这一窍门的顽童把机器关了又开，但总不见出水，差点把这东西给烧坏了，惹得放水员一顿臭骂。

伟人有语“水利是农业的命脉”。70 年代，随着农田水利基本建设的推进，土地平整了，网格化了，农田灌溉的重任被电灌站所承担，几百亩的稻田只需一个机口。轻按电闸，清冽冽的河水，犹如散珠碎玉般地从泵口喷涌而出，沿着如蜘蛛网密布的大小明沟地下暗渠等排灌水渠，源源不断流入一块又一块绿漪荡漾的水稻田。有人形容放水员的舒适“上有天堂，下有机房”。

（载微信公众号“老小孩”，2017 年 6 月 14 日）

肥啊肥

此肥非为当今人们热衷的身材减肥之肥，而是肥料之肥。

俗话说，庄稼一枝花，全靠肥当家。农人们是惜肥如金的。新中国成立后，一代伟人亲自制定农业“八字宪法”，“土、肥、水、种、密、保、管、工”，肥列重要位置。就市郊我地一年四季总要搞几场有声有势的积肥运动。初春时节，田埂上还少有青草，农人们把视角伸向城市，菜场边、垃圾桶里菜皮甚至煤球灰，只要能沤制肥田的都要。等春暖花开草木生长旺盛些，我们这些个八九岁的小学生上学去，也是要交几斤青草算是出力尽义务的。夏日炎炎之季，田里紫云英（俗称“红花草”）一片碧绿，河浜里水葫芦、水浮莲蓬蓬勃勃，那是沤肥的好时机。秋收之季，树叶落下了，稻谷收成后的乱柴瘪壳，填入牲畜棚舍，经牲畜拉屎拉尿践踏，形成塝肥。每个农忙之前，队里总要安排劳动力，把每家每户牲畜棚里之塝，经过一担一担过磅后挑到田头积肥潭（因为要凭此记“工分”到年终结算），与紫云英、杂草等夹杂着，加以罱起的河泥，放入积肥潭沤制，待上茬作物收起后垩入大田，以期来年好收成。即使在寒风刺骨北方农人猫冬休息的寒冬腊月，我地农人还要在麦田、油菜地、棉花垅里挑上河泥浇上泥浆为作物增施有机肥。农人们把这当作为对大地的回馈和报答。

队里的粪池是个宝，日积月累的东西除了集体土地上统一施用，一般一至两个月有一次“放粪”，社员可以凭票限量施用到自己一亩三分自留地上。遇到此日，犹如过节，家家户户倾巢而出，满村一个味。农人们从此味中闻到的是来日作物收获时的芳香。

有时还要"驳粪"。从市区白莲泾、日晖港等码头用四五十吨的驳船运出的市民们产生的大粪，趁潮水经黄浦江运到较大的支流，小河浜进不去，队里就用七八吨的船去驳。20 世纪 70 年代初，还少有电力机械设备，只能靠人工用粪勺一勺一勺地拷。运回队里还要一担一担通过才三四十厘米宽的狭长湿滑的跳板驳入粪池，脚花一软跌落河里船舱粪池里是常有的事。

此时为啥不用化肥？化肥还是用的，但用得少。一是贵，二是作用有限。肥田粉飘飘，氨水浇浇，弄得不好到头来稻穗是不弯腰的。花了冤枉钱产量提不高，作物吃口差。老农是不做这种傻事的。

当下，人们向往有机食品，但保持有机，确实是要付出艰辛代价的。没有有机肥料作基肥垫底，哪有稻米瓜果之飘香。种瓜得瓜，种豆得豆。没有付出，哪来收获。我想，这朴素的道理是蕴含着深深的禅机哲理的！

（载《寻乡记》，上海书店出版社，2019）

春夏之交农事忙

春夏之交，明媚春光中孕育着夏日的火辣，春风拂面中夹杂着闷热的冲撞，春意盎然中蛰伏着逼近的灼热。于此，对我这个土生土长的莘庄人来说，别有一番滋味在心头。

20 世纪 70 年代，刚读完中学回乡务农的我，已十分懂得三夏对全年农业生产的重要意义了。对我们这个粮棉夹种地区来说，三夏是全年几个大忙中的第一忙。

三麦（大麦、小麦、元麦）黄了，油菜结荚了，要夏收；早稻、棉花要育苗、播种，叫夏种；种下去的秧苗要及时管理，称夏管。三夏、三抢、三秋，除了春耕备耕和冬天兴修农田水利，这几个大忙是最苦的呵！

三夏将临，公社、大队首先面对的不是农活的安排，而是考虑生产小队长人选的确定和思想情绪的稳定。因为，大忙之苦一队之长是最直接的辛苦。既要安排生产队几百亩田的耕作，又要确定男女老少上百个劳动力的每天工作流程，还要样样带头干，而到头来只多几十个工分（相当于几十元钱）。

假如，误了农时、产量低，年终分红水平就提不高。再假如，一碗水不端平，安排农活偏心，加上宗族势力干扰，那就是东不讨好西不谢，好比风箱里的老鼠——两头受气。所以，此时总有几个队长要提出辞呈，“甩纱帽”不愿干了。时兴“思想领先”，这些，往往通过办“学习班”来解决，因为伟人说了，“办学习班是个好办法，许多问题可以在学习班上得到解决”。通过“洗脑”，放下思想包袱，再帮助解决些具体问题，队长们又轻装上阵了。

此时，还有一件事必须兴师动众、全民投入，那就是“积肥”。庄稼一枝花，全靠肥当家，而且主要是有机肥。“氨水浇浇，肥田粉飘飘”，那收获时是要给你颜色看的。除了出空猪棚、羊棚、兔棚、鸡棚，捉净大路旁、浜滩边人畜内急时偶尔弃留的零星排泄物，还要把路边、河边、沟渠边的青草割个精光。连学生们也要背着青草上学去，每人有任务呀！这还不够，队里组成青年突击队，每天清早四五点钟出发，踏着拖车，装上排篮，沿着沪闵路到市中心去，做啥？寻遍逐个菜场，搜翻无数垃圾箱，走街串巷，广泛收集各类菜壳、菜皮，如白菜皮、莴笋皮、蚕豆壳、毛笋壳，甚至煤球灰，样样当作宝贝，拉回来在浜滩头挖潭罱河泥沤熟。

在城市化的进程中，农民再也不用经受几个大忙季节的煎熬和磨难。但还有众多农民与大地相依为命，仍是年复一年迎来一个又一个农忙季节。大棚已缩小了季节差异，要一年忙到头了。因此，我总是以尊敬的目光，寻找着这块土地上曾经的痕迹，并深情地注视着田间弯腰曲背的农民兄弟姐妹，期望他们能过上好日子！

（载《新民晚报（社区版）》，2011 年 5 月 7 日—13 日）

夏日腌瓜

夏日里，瓜菜并不限于拍个黄瓜，煮个南瓜，炒个苦瓜，拌个金瓜，烧个冬瓜汤，炖个西瓜盅。我地农家吃得最多，时间跨度最长、最下饭、最提神、最经济实惠的，要数腌瓜。

不是所有的瓜都适合腌的。我地生瓜（又名“菜瓜”）是最理想的腌瓜材料，它一般为墨绿色，有粗粗的花纹，无论是早饭、中饭、夜饭，没有下饭菜了，到田里采个两条，吊桶井水一洗，对剖开，刮去籽，切成片，用淡盐花一搭，拌点酱油，滴点麻油，那真是个嫩、脆、鲜、爽、香。这叫暴腌。除此，农家更多的是重腌和酱腌。重腌、酱腌，前几道工序是一样的。时令上，一般是让瓜生长到旺季吃不掉、卖不掉时，或是到落脚绥藤时，才舍得用此法。何谓落脚绥藤？地里庄稼作物讲究节气时令，有茬口轮作，比如我地种的十条筋黄金瓜，蜡蜡黄、喷喷香、甜滋滋，但为了能在“立秋”前种上秋季稻，必须要提早锄藤，一窝端腾地。农民们既心疼又不能不为之。而藤上还结了不少未完全成熟的青瓜，咋办？农人们是决不做浪费的事的。这时，收下的瓜就作个价按户或按劳动力分售。家家户户把一大摊瓜当作宝贝拿回家去，六七分熟的用破被絮捂捂熟享用，其余半生不熟，甚至“歪拨陀螺”的一贯剖开，用羹勺抠去瓜瓤(瓜瓤可喂猪)，洗净沥干水，用粗盐放在酱缸里盐个一夜，第二天捞起放到桁上，帘子上，石板上，甚至瓦屋上，趁晴日晾晒起来。一般要晒个四五个日头，直至晒到盐花出来，储存在钵头里、小甏里，想吃时食用。

腌瓜一定不能遭雨，雨一淋那颜色难看、没有清香味不算，关键存放不长久。此法腌制的瓜干一般要吃到来年新瓜上来。想吃时，随时随地吃。瓜干伴着开水淘饭是农家垫饥的常法，咬上一口，嘎吱嘎吱，脆蹦蹦。考究点的切成丁，剥一把毛豆起个油镬一起煸炒，那个色、香、味在夏日里比吃啥多好。

酱腌法稍稍复杂些，关键是先要做酱。做酱工序繁且有一定技术含量，受气候、食材的影响较大。约略记得，做酱要先将黄豆煮烂晾干切割成许多小块，等这些豆泥块发霉后置入瓦缸和盐搅拌令之发酵。到长毛了，出现黄褐色了就放到烈日下晒，一般要晒上十几个日头才能成熟。此时再把晒得半干的瓜片浸入酱内。记得我家酱缸置于屋顶上，旧社会出生缠着小足的奶奶每天布着扶梯爬上去，去掉盖头后让日头晒缸内的酱。夏天多雷阵雨，下雨前必须加盖；雨停日出她又爬上去掀开。我每次想帮忙她总是不许，或怕我掉下来或嫌我拌不好，真怜天下奶奶心！

还有酱油浸腌法。酱油比盐贵还要加糖，此法有点奢侈，故农家用得较少。

写到此，想到了宅上那令人心酸的一幕。那时，盐过的瓜干晒在屋外，一般天晴是不收回去的。有户腌手特别好的人家腌的瓜干在快要晒成时忽然发现少了三分，纳闷有谁瓜干也偷，开个口讨一点也不成问题的呀！他想看个究竟，半夜起来有心观察，确实看见有人布了扶梯在隔壁人家瓦上收瓜干。怪了！为啥半夜收？他喊一声，一喊不打紧，那人跳下梯子甩手跑开了。哎哟！人跑了，但邻里之间谁家的扶梯还是能认得的呀！一看，是宅上最困难的人家之一的物事。此时，他的做法是默默地把扶梯放回到了这家人家门口。第二天也不事声张，只是悄悄地对生产队长耳语了一番。此事双方都难为情啊！

伴随着腌瓜，我辈度过了那些个艰难岁月。直至今日对它(她)我仍情有独钟，时不时让老婆做一点，既是解馋又有点怀旧还有利消暑。这腌瓜，蕴含着多少生活的甜酸苦辣呀！

(载《四季》，2013 年冬卷)

棒冰回味

大伏里，胞妹为我送来一盒赤豆棒冰，是其所在企业的职工福利。她说，是厂里自己做的，侬喜欢吃的。迫不及待剥去裹着的油纸，含进嘴里，瀴笃笃；初咬嚼，硬蹦蹦；再咂嘬，赤豆粒粒饱满，甘味沁心，甜中带着鲜香。这滋味回辨中，把我带回到了 50 年前。

小时候的大伏天，一根四分钱的棒冰，我们农村小囝是当作奢侈品的。村口“小三店”有得买，那时还没有冰箱，棒冰储藏在一只四周塞满棉絮的大木箱里。我们只有眼馋。我们的解暑之物是河冷水、大麦茶，偶尔去采个黄瓜、番茄，田里种的西瓜、十条筋黄金瓜、白皮瓜、青皮绿肉茅柴青先要交售，落脚绥藤了才能享用。再热，就脱个精光浸在河浜里。虽也其乐融融，但对棒冰，内心是向往的。对更高层次的雪糕、冰砖、冰激凌、刨冰类，想也不敢想。

那天，我与小伙伴身背齐腰高的草篮去远处割羊草，割满时临近中午，烈日当空，没有一丝风，只有“野胡刺(知了)”在树上叫个不停，农田里隔壁生产队几个孃孃、婶婶在"摘花头"。忽有"棒冰吃伐"的叫卖声传来。那时，有人骑个脚踏车，或直接背着棒冰箱走村串乡兜售棒冰。他们是3分钱左右一支批来，可卖4分钱，一天跑下来可赚个块把钱。一位似怀孕着的孃孃把最后两根均已断了棒的棒冰买了。一根自己吃了，慢慢走过来把另一根递到了我的手里。我不知如何是好，只喃喃地道谢。她轻轻说，这根棒冰你们俩解解馋吧！我剥纸的手有些颤抖，然后与小伙伴你一口我一口分享。那个滋味，那个心情，那个场景，50余年了，仍在舌间回味，仍在心里念着，仍在眼前晃动。那根像筷子样细细方方的棒冰梗，最后再咂上几咂，甚至像咬甘蔗那样，把渗透在木棒里的汁水嚼个净。

14岁回乡务农时，我那还不够龄参加集体生产的大弟也卖过棒冰。我帮他用捡来的废弃木板，按可装100根左右棒冰的尺寸制成木箱，内侧四周用塑料纸加棉絮包裹，上开折叠翻盖。外围以乳白色漆刷上两遍，用带有清凉意的绿色颜料写上笔法笨拙的"棒冰"两字。用卖废品积攒的四五元钱，去食品公司冷库按出厂价批来棒冰，然后走田头、场头叫卖。上午卖掉一箱，回家匆匆吃口茶淘饭，冒着高温再去批一箱。卖完回来清点着零零碎碎的角票分币，享受着一天奔波劳累和汗水换来的些许收获的淡淡欣慰。夏日的天，有时如孩儿脸。碰到落阵雨，棒冰卖不出去，几个小时后就烊化，就损失，就承担经济风险。差不多弄了一个夏天，就不弄了。

我被调吃"公家饭"后，常随公社领导到生产队"望田头"检查生产。逢暑日大汗淋漓，那位1949年前曾是中共地下党员的老干部常会自掏腰包，请随同者吃棒冰。说实话，这根4分钱的棒冰味道真好，吃过就不会忘记。

改革开放后，随着收入增加、生活条件的好转，我家也买了冰箱。想着棒冰，尝试着自己做做看。烧熟绿豆，加入冰糖，让其自然冷却，置于冰格，递入冷冻。一昼夜后，取出一尝，味道实在一般般。再试，盐水的、橘水的，还是不咋地。大概是可消暑的冷饮品种多了去了，索然无味了。

棒冰是最普通的大众冷饮，我在冰天雪地里的北国哈尔滨尝过，也在雪域高原的拉萨品过；在海风吹拂的南国海岛食过，也在茫茫戈壁火焰山咬过；在赤日炎炎的东南亚数国噬过，也在气候凉爽的北欧等国啃过。赤豆的，绿豆的，血糯米的；盐水的，糖水的，橘子水的……吃来吃去，总也吃不出小时候的那个味道。是棒冰质地变了？是地理环境异了？是口味换了？是时代不同了？兼而有之吧！

棒冰依旧，物是人非。一路走来的路，可莫要忘记哟！谢小妹每年送来的棒冰，让我回味小时候走来一路上的棒冰。

（载微信公众号“学上海话”，2019 年 11 月 13 日）

几番吃过食堂饭

本是农民，农民是吃不到食堂饭的。我却几番吃过食堂饭，想来滋味多多。

最早吃食堂饭，那是我幼时的 1958 年，盛行“大跃进”，实行免费用膳制度，“张开肚皮吃饱饭，鼓足干劲搞生产”。50 多岁的祖父背着我，踩着乡间泥泞小道，到宅上由伯伯家腾出来的房子改成的食堂去吃饭。稍长大些，也随着爷爷拿了饭桶去打饭。

中学读书时，吃的是学校的食堂饭。我们农村学生大多是舍不得买菜的，早上家里带个咸蛋，有时切一小块咸肉放在自带的铝皮饭盒里一蒸，再花个一分钱要个清水寡汤就是中饭了。隔着玻璃看看窗内一角两分一块的红烧大肉，只有眼馋。

父亲在铁路上做养护工，逢寒暑假我就到父亲的工区去，也能吃到他们的食堂饭。他们工作量大、饭量大，食堂的饭菜分量也大，常常让我的小肚皮吃得鼓鼓囊囊的。

再吃食堂饭，那是我读完中学回乡务农。那时每到冬季必兴修农田水利，主要是开河。每个大队作为连级建制，200 多人，都要建个临时大食堂。大队里让我担任通讯员，算是连部的人。早上，起床的军号响过后，洗漱完到食堂，热乎乎的菜包，隔夜剩饭爨（音“穿”）的粥，就着酱瓜萝卜干，呼噜呼噜吃着全身暖热。中餐是铁搭枕一样的红烧肉或者咸肉，下午还有点心肉包子，晚上或是白菜烂糊肉丝，或是红烧狮子头、炒鱼块什么的，还有猪油渣豆腐汤。虽然开河吃力，体力消耗极大，但伙食上能沾到油水吃个饱，那个滋味至今想来仍在齿舌间回旋。

有一段时间，我被生产队推荐去做“外出工”（企业临时工）。我虽仍按工分记工，但劳动保护、食堂吃饭还是一视同仁的。那时，我在县建筑公司做钢筋工，工作是苦累的，但食堂“菜水”是充沛的。一天两角五分的饭菜补贴，弄个一荤一素，笃定侬吃饱吃好。

1976年，我被调往公社广播站，正儿八经在公社机关食堂吃饭。那个伙食，现在想来一般般，可当时感觉到的丰盛度，犹如进入天堂。我们每天早夜都要播音值机，夜里食堂里总有中午剩余的饭菜，吃的人又少，逢热天不吃掉也要浪费，食堂师傅总是加量打菜给你。有兴、菜足，还能咪上几盅小酒。

在政府工作期间，每年总要到部队去探望新兵搞双拥共建，也吃过军营的食堂饭。大脸盆装菜，大饭缸盛饭，吃得不亦乐乎。那个“新兵在连队食堂得先盛半碗，然后盛满碗”的秘诀早已成为过去时代的传说。

想来简单的食堂是不大好弄的。我有9年时间负责政府办公室工作，当然也管食堂。我们总是想着法子让大家吃得满意。从消极的角度，免得有些人总念着到被管理单位去“触祭”。再从积极面看，食堂维系的不仅仅是物质层面的，还有精神层面的情感元素。

随着物质生活丰富，对吃食堂饭似乎习以为常了。几十年机关食堂饭吃下来，总有人嫌这个不好那个不行，所谓众口难调。那是填饱肚子后的讲究，所谓食不厌精，脍不厌细。

再吃食堂饭，那是在“村民之家”。城市化进程中，有条件的村都办起了“村民活动中心”，像“客堂间”，似“食堂间”。逢年过节，红白大事，随东家喜好请一班经食品卫生管理部门资质认可的“烧饭师傅”，配上全程服务。村里按实收取水电燃气、垃圾清运、场所租金等费用，干净卫生，经济实惠，大受村民青睐。

除了名副其实的食堂，如今市面上为满足人们怀旧心理而取名为食堂的也不少，如“某某人民公社食堂”，小间以班、排、连，或以生产队、大队称。长凳长桌或方凳方桌，搪瓷杯等食具，还有旧宣传画，倒也吸引眼球、勾起食欲。念旧与时尚两者兼具的“深夜食堂”，也使不少年轻人趋之若鹜。

最近，我又去社区长者食堂体验了一把。这是顺应老年化城市的需求，镇政府依托社会力量，在几处居民区办起的社区食堂。它给失能、纯老、独居、无子女、高龄、困难的老年人送上了福音。荤素搭配、软糯适中，价格低廉、环境整洁，味道也不错。

民以食为天。食堂这爿天，以它那独有的形制、状态及功能，承载着经办者与食客的温度与情感，触动着酸甜苦辣的味蕾，见证着那一幅幅或浓或淡的历史画面。

（载微信公众号“老小孩”，2019 年 7 月 10 日）

养猪与吃肉

猪年话猪，又见微信群内对吃猪肉等“红肉”利多弊多争论不休，让我想起了曾经的养猪卖猪与买猪吃肉这些事。其实，彼时我等农人大都有过这些经历，其中酸甜苦辣一言难尽。

20 世纪 70 年代初，国家实行计划经济，物资非常匮乏，吃肉也成大问题。市郊农村，每个生产队、每家农户也都有生猪饲养交售任务。

养猪先要进猪苗。这是个技术活，也是费神费力的事。一般每个集镇有一个苗猪交易市场，按照所确定的每 10 天或半月一次的交易日，卖方将苗猪放进圈群内，任买方挑选。而买方呢，先粗瞟一眼，然后盯住圈群内中意的苗猪，撸撸皮毛，按按肋骨，掰掰牙口，问问吃食，算算时日，谈谈价钿。双方谈拢，交易成功，场方收取一定费用，皆大欢喜。时有谈不拢的，“卖不出去”叫“放勿脱”，“买不到”称为“捉勿着”。那时，优质苗猪量少、价贵、挑选余地小。我们就跟着内行，或骑三四个钟头的脚踏车，或干脆乘火车，到西部临近江浙一带省界接壤处的金山枫泾、松江石湖荡、青浦朱家角去捉苗猪，来去常要一整天。有时还要起早摸黑赶到浙江平湖、江苏平望等地采购苗猪。

那时不仅粮食紧缺，连猪饲料也紧张。“逼上梁山”，精料、粗料、青料、泔脚、工业下脚物尽其用，合理搭配。麦粉、玉米粉等精料是计划供应的。辅以谷糠、柴糠等粗料。利用空余水面引进、养殖水浮莲、水葫芦、水花生等青料。到镇上、市区收集买来剩饭残羹等泔脚咸汤，从工厂淘来工业下脚白浆水、啤酒糟、豆粞。

我就曾按生产队排的任务，凌晨 3 点钟起来，独自到早已订购好的陕西北路某弄集散点去踏泔脚。一车500斤,可记10个工分,还有一角五分的补贴。回来路上吃碗阳春面,还可余几分钱。不过,一路上汗水是嗒嗒嘀的。我还到七宝酒厂去踏做完酒的下脚酒糟皮,晒干后轧糠。摇船到龙吴路酒糟厂装啤酒糟,到嘉定蕴藻浜线粉厂装白浆。拉回这么些,看到猪猡吃得津津有味,暂时忘却了收纳的辛劳。这些,都是集体的,计划供应的。自己养的猪,饲料可就没这么多了。猪因吃不饱,而常有拆棚啃墙破栏脱逃的。满满一拖车的柴,拉到大队加工场,灰头土脸浑身痒齐齐轧了半天,只能轧到两麻袋的柴糠,且营养成分十分有限。记得"三抢"大忙中的一天,隔壁村阿明又热又渴又饿地回到家,想歇歇、喝口水弄点冷饭充饥。其养的猪亦热、渴、饿,听到主人声音就狂叫,上蹿下跳越栏而出。阿明又急又气,"我且如此,你这畜生也找我麻烦"。但这猪还得请大家帮忙,围追堵截,再流一身极汗,把它捉回来。阿明是一脸的苦涩辛酸。

这猪差不多养了六七个月,毛估估有120斤左右,就迫不及待地交售了。因为越养对饲料的需求量越大,而成本与收益是不匹配的。特别是大伏天,猪猡难长膘。

但差不多的猪,送到收购站,并不是一定会被收购的。它要称重、估"刀份",有规定的毛重和出肉率。为此,从家里猪棚捉猪出栏的动作必须迅速,擦上擦落处于临界的猪,路上排了个便,就有可能不及格。

到了收购站,还要看收购员的脸色,他要根据猪的毛重,凭眼力、手感估出出肉率。他的一句话好比"圣旨"。有的毛重到了,所估"刀份(出肉率)"不足,只能重新拉回去。白辛苦不算,这猪经一番折腾,又掉了几斤肉,且几天不长肉,农户涌起的是阵阵酸楚。他拿着那把大剪刀,手起刀落,在猪身上剪了一般人看不懂的特定符号,才算一块石头落地了。开了几联票,领到了几十元钱,还有补贴的几尺布票、几两油票、几张工业券等。此时,农户的脸上才挤出一丝丝的笑容。

那个年代,要吃到猪肉,好比吃"天鹅肉",要凭每人每月二两的肉票限量供应。农民虽然养猪,但肉票却比城镇居民更少。平时根本舍不得买肉吃,除非逢年过节或有客人来。比如要请木匠泥水匠修屋搭"披",请裁缝师傅上门做衣,请竹匠师傅到家打套篾席。

即使有了肉票,也要早早地去排队等候,因为每个供应点每天都限量供应。我曾有买到称心部位的肉或下水的喜悦，更有排了好长队，到我前头一人却如数清空、戛然而止的失望沮丧。

队里偶尔有病死或淘汰的老母猪经上级批准宰杀，才可过个"肉瘾"。逢此，场景如过年。"抓阄"分肉，期待越肥越好。拿回家，起火就下锅。可惜多年的老母猪，皮厚肉老，大火烧、小火焖，弄了大半夜，才在睡眼朦胧中大快朵颐。

逢冬季开河，人人劳累得只想睏。但想到开饭时能够吃到大镬子烧的大块红烧肉，或者是蒸笼蒸的"铁鐇枕"一样的肥肥的咸肉，哪怕是白菜烂糊肉丝，只要有肉有油水，脚头也就轻了一点的。

到了1985年，国家经济体制由计划经济向市场经济转变，国家取消了生猪派购任务，放开屠宰政策，开放市场经营。我原来的大队里有数人参与到屠宰经销，一时红火兴旺。

当年猪与肉的艰辛经历，终于成了难以忘却的时代印记。至于肉之利弊、吃不吃肉，仁者见仁，各位请便之。我想我等过去苦过来的人，多数是不肯放弃吃肉的。

（载《四季》，2018年冬卷；《寻乡记》，上海书店出版社，2019）

老丈人种的有机菜

到丈母家去，临走时老丈人总要问声，想带点啥蔬菜回去？我去田里弄。是啊，民以食为天，一天不吃能有几个人撑得住？可食品安全总是让人胆战心惊，"舌尖上的美味"内充斥着"舌尖上的化学"，令人防不胜防。而老丈人自己种的，不管是否百分之百的"有机"，吃着是放心的。

老丈人出身本地农家，种了大辈子田，其中也在市属企业做过工，车钳刨样样捏得上。退休后，就在自留地上、开发商暂时不用的边角地上，精耕细作他的"有机"菜。

"有机食品"直接从英文 organic food 翻译过来，系国际上对无污染天然食品比较统一的提法。理论上，有机菜应该是生长在不受污染的水、土壤等环境里，没有化学物残留，也没有寄生虫和细菌病毒污染。不过严格来说很难做全。比方说种子算有机吗？浇灌用水是否天然？种植的土壤含不含重金属等有害物质？大气层有无酸雨降临？但至少有一点，他施用的是有机肥，农药基本不喷洒，种出来的菜吃上去味道就是纯真。

其实，施化肥、喷农药不是完全不允许，但时间性以及化学属性很有讲究，违背了科学性，那必然对人体是有害的。

当然，要做到天然有机的话，有机肥要去收集、沤制，且有难闻的味道；除草用手拔，害虫用手捉，需要大量人工；土壤要保持肥沃，需拣净杂质，冬季深翻冻土，其余三季趁晴天松土，又要增加人工量；产量可能会低些，而卖相却不怎么好看。

我也是农人出身，除了麦子、油菜、水稻、棉花这几样当家品种，药材、蔬菜也种过不少。但看他种的条条笔挺的丝瓜，也真有点纳闷，难道品种变了吗？一问，原来他用小石子做吊坠，对每一条丝瓜在长到五六分成熟时，用底部挂吊坠的方式，在保持有机的同时使其形态也美。

享用着老丈人种的有机菜，在感恩长辈的一片良苦用心和精心劳作，感恩大地的无偿馈赠和予我生存的同时，不禁想到："有机"与"非有机"，从哲学层面分析是一对矛盾。随着地球村里居住的村民越来越多，提供给人类生存的非有机食品必日渐增多，甚至向"人造"求助，国外已有"人造肉"问世。我非"杞人"不忧天，但作为原农人，现在还生存着的地球人，对有机食品总是情有独钟、念念不忘。

（载《闵行报》，2013 年 9 月 6 日）

青青小葱

"正月葱，二月韭。"一开春，在雨水催发下，葱齐刷刷长成小家碧玉。宛如青春小旦，婉约登场，满目青翠。

青青小葱，是百姓家常用的调味食材。相传，神农尝百草找出葱后，便作为日常膳食的调味品，许多菜肴必加香葱而调和，故有"和事草"雅号。诗经《尔雅》、明代李时珍《本草纲目》都论及。

记得小辰光，春暖花开时，我们一帮"团串头"沿着田岸、河滩去寻找野葱，挖回来和面做烧饼。那个带着野性的葱香加面粉香，真是没齿难忘。

此刻，我却想到了位于沪闵路与淀浦河间那个早已消逝的“葱家塘”。

“葱家塘”是对马家塘的戏称。所称马家塘，那是此宅多数人家姓马。“马”何以为“葱”？这是苦涩的往事。

二十世纪六七十年代，农村人家还算有三分自留地。一般都种些蔬菜，权作日常吃饭菜。那时农民是真正的苦，每天“鸟叫做到鬼叫(出早工，开夜工)”，“一年做到头，只剩两只空拳头”，吃过用过，了无结余。一个月的预支生活费只有三元钱，又无其他收入来源，买点油盐酱醋都紧巴巴，想吃个鱼肉荤腥非过节不备。

生活所迫，农民自有小脑筋。有人看到菜市场里卖香葱的老太从人家手里收购五六斤香葱，然后拆分为一小摊一小摊，每摊两分钱零卖。毛估估，刨去成本，每天也有五六角甚至一元钱的利润收入。一段辰光，市场上小葱少见，老太收不到葱去拆卖。用惯小葱烧菜的百姓，有时只好用大葱或大蒜替代。农民嗅得此商机，就尝试着在自留地上种葱卖。

种葱简单，成本低廉，季节不限。随着几个人的试种，很快整个宅上普遍种起了葱。渐渐地“葱家塘”声名鹊起，不少人甚至踏了拖车慕名前来收葱。

种葱看似简单，却也离不开精心侍弄的。从深耕施基肥到中耕着肋条，从排葱头盖稻麦柴禾到出苗除草，特别是出苗后每天早晚要浇两铺水，隔几天以清水粪做追肥。平时，勤松土、培土。到长成，夜快垦收，浸泡清洗，早晨出卖。其中，种葱人是花费了大量人工和神思的。如此，集体生产或多或少受到了影响。特别是“三夏”“三抢”“三秋”几个大忙季节，需要争分夺秒、全力以赴，不少人“顾了自己小葱，影响了集体大宗”。

那个年代，可不是想种啥就可以种啥的。比方说，你种一畦葱，自给自足后略有多余的卖到自由市场，换点油盐酱醋，大家都不响。你大张旗鼓，几畦几畦地种，几十户人家就成大片了。大量的葱拿去卖，这就属于“投机倒把”。何况，还影响到了集体生产出工率。这些联系起来看，不是资本主义与社会主义的争夺战吗？就此，百姓家用不起眼的小小香葱，一时臭不可闻，惨遭厄运。“葱家塘”的“雅号”也渐渐褪去一时的光环。

真如“屋檐下的洋葱——根焦叶烂心不死”，“葱家塘”人还是对那些葱心心念念的。直到改革开放后，“葱家塘”才再度起身。

香葱小小，哪家离得了你？你不响，在合适的环境里只管长，可种的人、吃的人却是悲欣交集、酸甜苦辣、百感有加。想来，你的肌体中，夜来随风潜入的春雨是灵魂、是味素。春风润雨让你和着种你育你的人们，携浓浓春情，受春意而悸动，吸足了水分和养分，趁着早露而勃发，让春的舞台徐徐展开。

（载微信公众号“老小孩”，2019年3月25日）

辣椒红了

身为老农民，种几棵辣椒还不容易？静静想来，今年种的这些棵辣椒倒还真有点话头。

那是在3月底新冠疫情中。以往这节候，到集贸市场卖蔬菜的老农民摊头，买回几棵辣椒秧头，种上就是了。今年，封控在家，出不去进不来，住在11楼的我看着几个空花盆发呆，忽萌生出重操老本行自己育苗种辣椒的念头。

季节不等人，说干就干。找到去年收下的已晒得干瘪的几只小米椒，破肚取籽，以温水浸泡一天一夜。在春意料峭的清明脚里，把这几十粒似面包屑的籽均匀地撒到装入腐蚀营养土的空花盆里。覆上一层细泥，让它吃透水。再捡来废弃薄膜铺上，上面加盖一块玻璃，既得阳光照顾，又保温保湿。三天不理会它，第四天揭开玻璃与薄膜。妻探过头来看，泥土上啥动静都没有，问：出了吗？我不是要看籽的动静，是看泥土里水分的情况——太湿了，不透气、易溺死；太干了，不易露芽。植物生长，有其规律。每一粒熬过冬天的种子，都会有一个再生勃发的萌动，需要的是环境和时机。

以后几日，趁晴热，天隔天喷洒些清水。十几天后，针尖似的青苗破土而出。我揭去地膜，任其向上；仍盖上玻璃，保持温度。就这样，每天八九点钟移开玻璃，让其充分享受阳光；傍晚再盖上，防止寒潮暗袭。气候适宜时，晚上也不盖玻璃了，接受露水滋润以练苗老脚。这好比母亲呵护婴儿，时时留意、刻刻上心。疫情里的人儿苗儿都不容易啊！半个月间，1棵2棵3棵，

20余棵辣椒苗密密匝匝布满花盆。辣椒苗太密不行，间苗是必须的。在两三塔枝丫时，留粗去细，留壮去弱，保持适当间距、密度和均匀，让它的枝叶有些许喘息，创造一个适合的生存空间。妻又探头来看，说：弄个秧头这么烦呀？答曰：当然喽！不经心，哪来成长和指望？

半个月后，它已长到了三四塔丫枝，可以移栽了。

阳台上，有的是空花盆，按花盆大小种上，有的1盆1棵，有的1盆2棵，有的1盆3棵，最多的1盆4棵。找来废弃的塑料袋，作为地膜覆盖；寻到矿泉水瓶围住椒苗茎秆，保温保湿；插上几根竹竿或粗铁丝，防止风吹倒伏。以后的日子里，舒心地看着它茁壮成长，静静地等待着它的花期。

大约一周后，一朵朵雪白的花蕾次第缀满了翠绿的茎叶，似星星点点。每一颗星点，又慢慢在花萼基部伸展出6片花瓣。它朴素而精美，柔软而端庄，简单而壮丽，种了多年田的我，倒还没这样仔细观察过。

2022年的夏季，有着历史上少有的频繁、热烈的高温日。我知道，不足半个平方米的花盆是不能与大地并论的，它温差、温度，干湿度变化更大。掉以轻心，极易造成前功尽弃。每天早一次、晚一次浇水，那是必须的。暴风雨来了，它顺着风势摇摆，竹竿、铁丝成了它的靠山。弱小的花蕾紧紧贴着绿枝，倔强地体现着磅礴生命力。雨过天晴后，蜜蜂、蝴蝶的授粉，倒使它花蕾谢了。当然它已完成使命，花落蒂结。一点点、一点点，青青的辣椒挂满了枝头。约摸数一下，一棵上结有数十只。并且慢慢地、慢慢地，由青转红起来了。

我种过不同辣度、不同用途、不同外形和果实状态的辣椒，膨大滚圆的灯笼辣，修长弯曲带尖头的长椒、尖椒，青的、红的、黄的，微辣、辛辣、猛辣。辣椒对气候、土壤的适应性强，种植度广，需求性大，我国有180多个品种。平凡之民，不再种田的老农民，在阳台上弄几个花盆，甚至是废弃泡沫箱种上几棵，观赏、食用，消遣、怀旧，兼而相宜，也让生活多上些许色彩。

那天，妻又探头问，辣椒红了，可以采摘了吗？我点点头。她拿了把剪刀，满脸欣喜地摘了起来。

生活中的一切都是生命最珍贵的馈赠。我收获着与夏日一起绽放炽热和美丽的红辣椒，自然、安然也怡然。

（载微信公众号“老小孩”，2022年8月5日）

小饭店的菜有滋味

不管有事无事，亲朋好友、同学同事到饭店撮一顿已见平常。不像以前，现在吃是不愁了，所以不少人对吃的问题越来越讲究。不过吃来吃去，我觉着还是小饭店的家乡菜最有滋味。

在吃的问题上，我历来反对奢侈铺张、环境排场，也不讲究花头花脑、珍馐名馔，只求吃得随意可口。我宴请朋友是这样子，周围朋友也晓得我的癖好。

那些装潢考究、服务周到、菜品设计精致的高大上餐厅，满足的是宾客脆弱的虚荣心，口服之欲退其次。同样的菜，大饭店总是画蛇添足地增加许多配料、佐料，以显示“绅士风度”，而小饭店里却求原汁原味。其特点也显著。

价廉。小饭店多设于巷尾路边，灯火阑珊处。门面朴素，店堂紧凑。店主身体力行，采购、主厨、跑堂，角色多重，成本开支相对较低。记得数年前五六个朋友去外地，午餐时就近踏进小饭店。菜品写在小黑板上，看看都不错，干脆点了“一黑板”。结果算账不到两百元，却尝遍了当地家常菜。以后，“一黑板”成为我们到小饭店撮一顿的代名词。

食材新鲜。小饭店小本经营，一般不囤积陈货，当天采购当天用。活鱼活虾，现杀鸡鸭，水淋淋的时令蔬菜，猪肉也是当天宰杀的。有的靠近菜场，随要随买。现宰的鸡鸭鱼肉、“活杀”的蔬菜，吃口就是不一样。

做法朴素。比如“捏落苏”，就是把新鲜嫩茄子切成薄片或丝，撒把盐，捏上几把，再淋点酱油麻油即上桌了。却是清香扑鼻，解腻爽口。清炒螺蛳、白煠油豆腐、葱烤鲫鱼、红烧肉、肉皮汤，包的菜肉馄饨、裹的豆沙圆子、做的苦草塌饼。哪一样不是普通无华却可口入味。他不会折腾菜肴的形、色，更没有花式摆盘。

你另有花样、要求，他可尊“旨”随从。家常简单的韭菜炒蛋，可以韭菜是韭菜蛋是蛋，炒在一起，青黄相间；也可以把韭菜切碎搅入蛋中炒，形成饼状，蓬松、清香；还可以韭菜下半段切碎打入蛋中，上半段切成寸把长，分别翻炒后混合，色味兼顾。他程序少、上菜快。响油鳝丝可见油花翻滚，与葱花交织着挑衅你的味蕾，让你争相下箸为快。

他落手也重，重油、重酱、重糖、重盐。虽入味，但与当今健康饮食理念稍有冲突。也有不良者以次充好、假冒伪劣，甚至地沟油之类，有时防不胜防。

有人说，真正的美食是味觉的艺术，而不只是为果腹。我看，再美味的佳肴，若没有饥饿的肚皮，还是不能相得益彰。过去要啥呒啥，有的吃就好。现在是想啥有啥，只有想不到，不怕做不到。故挑精拣肥，忌咸嫌淡的多了。

我赞成“美食的终极意义在于获得幸福感”。人食五谷杂粮而生，经风雨磨砺而长。我等凡夫俗子，骨子里浸淫着柴门烟火，舌尖上充满了旧时味蕾，注定在小饭店的俗食中享受果腹美味，并寻找到乡愁慰藉。

（载微信公众号“老小孩”，2019 年 2 月 1 日）

元旦过后是新年

岁月不居，时节如流。公历新年元旦过后，农历新年的脚步匆匆迫近。

空气中仿佛有人把弦调紧，越来越紧，看不见的手指在空气中弹拨出声音，一种隐约的、躁动的、期待的乐曲围绕一个旋律基调弥漫四面八方。这大概就是年味，这味越来越浓了。

少年时的年味总与某些物质的享受有关。小时候家里穷，过年了，有红烧肉、蛋饺，年糕、圆子吃，让枯了长久没油水的肠胃满足一下鼓胀感；有新衣裳、新鞋子穿，把补了又补还“肉露露”的破衣烂鞋暂且搁一边；有小红包收，即使是正月十五后要交还，过过手瘾眼瘾也好。殊不知或不全知，为了精心装扮那几个日子，祖辈、父母们曾经动了多少脑筋、费了多少心血。这些，在小一辈们看来，已经似天方夜谭了。

人终究会长大。长大了的我重复了数年祖祖辈辈脸朝黄土背朝天的日子后，因际缘终跳出农门成为“非农”，又忝列“公仆”。但一路上，工作忙啊！尤其是新旧年交替时，年度总结、团拜，两会，走访、慰问，乃至新年布局、开局，脚不沾地，大年三十到新年初一乃至节日里必是单位值班。

就这样，日子一天天、一周周、一月月、一年年，如陀飞轮转个不停。如今，一晃退休三年多了。不知是有了年龄的缘故，那个看不见摸不着、只有感觉的时间乃至“年”已过了一年又一年。我们这些人再也熟悉不过的、孩童时嬉戏的地方，青壮年时成长流汗的地方，炊烟袅袅、农田阡陌、小桥老树的痕迹早已难觅，那高楼林立间，虽有绿荫蔽日、花木郁葱，终究是新气象了。周遭的变化真大真快，一代人或一个时代正在翻篇，变成昨日，变成过去，然后再慢慢湮没在历史中。

也许有的人在这段时间很焦虑。这一年的工作状况？收入？家庭？小孩成绩？身体？对自己满意度？何必纠结，不要贪心。世上本无十全十美事，努力了就好。也许，好东西，命是不可多得。又过新年，本身就是世界给你的一份馈赠。人生本无所有权，只有如何用好这个使用权。新的一年，更以未来的面目许诺着你许多的可能。诚如那个微信段子说，我们乘坐的快速 K2019 次列车将到站，请整理好自己的回忆，准备转乘高速——G2020 次列车。本次列车是由心想事成站，发往梦想成真方向的财富列车。严禁携带消极、悲痛、烦恼、忧伤、茫然、无助等危险品上车。请您带上自己的忠诚、激情、感恩、付出、微笑、快乐、健康、吉祥等候上车，所经站点是养心站、快乐站、健康站、长寿站、平安站、友谊站、学习站、成长站、坚持站、幸福站、梦想站，最终到达开心快乐圆满站。祝您旅途愉快，一路平安吉祥。过去说过，过去不会过去。事实上，许多的过去，已经过去。

还好，我们在“三年困难时期”，饿过、苦过；又经“文化大革命”，激荡过、迷惘过；还经改革开放，蜕变过、飞跃过。有这么一个对比，我们能较强感受得到现在生活的美好和甜蜜。下一代没有经历过这些时期，他们少了一份我们所拥有的幸福感、满足感、安全感、获得感。但也不要为他们担心，国家在一代代人的奋斗中愈加强盛。流年笑掷，未来可期。

生命有限。譬如朝露，去日苦多。生命的历程由一个个环扣成，每一环都有其自身的价值，都是不能轻视和忽略的，人的生命之花当在你所有的时空里盛开。

如此而已，新的一年就这样既了无痕迹又众望所归不可抗拒地登堂入室了。我们当以春联、年货、新衣，以回家的渴望、坚守的使命，以物质的和精神上的、工作和生活的人生成果欢迎它、拥抱它，感恩过往，憧憬明天，义无反顾地投入又一个新年。该收的收，该放的放；该做的抓紧做，该乐的尽情乐。并且，亲切地问候一声，新年好！

（载微信公众号“老小孩”，2020 年 1 月 22 日）

“办酒水”的苦与乐

春节期间，参加了好几场亲戚朋友在村民会所办的结婚喜宴，勾起了对吾辈婚宴“办酒水”的回忆。

20上世纪80年代初，在近郊农村，办婚宴是整个结婚过程中最难、最烦的事，这可不像当今，定个好日子，找个酒店，请个司仪班子，最后掏钱就是了。

说难、烦，起码有几个环节。所谓婚宴，总要有吃，那就需要采购食品菜肴，这是第一难。不像如今，拿钱去买就是了，那是计划供应时代，粮、油、糖、肉、蛋，买啥都要凭票。而这票，是每月或每季定量配给的，且少得可怜。如何来满足婚宴几桌甚至几十桌宾客的需要，那是必须挖空心思、日积月累、未雨绸缪、广积善源、多方筹集方有可能办成、办像样的。

一般常规，婚宴要吃三日，第一天夜晚是待媒酒，请新阿舅，“相帮”进场。这“相帮”，一般是宅上的男劳力(也有宅上是一家一人)，来帮助东家做各项服务工作的。正日(婚宴主日)，一般是冷盆8只，如糖醋排骨、油爆虾、熏鱼、酱鸭、冻猪头肉、白切羊肉、白切猪肚、白斩鸡、葱油海蜇、红枣莲心等；再是8只热炒，如炒时件(鸡、鸭内脏)、炒开洋、炒腰花、烧蹄筋、炒鱼片、炒双菇、炒双笋、炒蛋清等；还有“四活灵(囫囵)”，即全鸡、全鸭、全鱼、全蹄；加2道或4道点心，如八宝饭、酒酿圆子、煎春卷、馄饨。不要看菜多，量是很少的，冷盆、热炒基本是光盘的。第三天“请老客”，那是女方“至亲”(即新亲眷)要来的，“相帮”的还有很多活要干完，吃过夜饭才散场。

菜肴食物哪里去集拢来？除了平时省吃俭用，东家讨西家借，亲戚朋友处觅，以米、蛋去市区朋友那里换票证。虾有虾路，蟹有蟹路，动用一切可能。此时隔壁浙江平湖、硖石等地计划已有点松动，隔夜坐火车去，几个人连夜排队还是能买到些猪羊“下水”的。婚宴食物必须在婚宴前二至三天陆续筹齐。早了，因无冰箱储藏易变质；太晚或脱节，厨师可做不出无米之炊的呀！真是快乐并痛苦着。

菜肴有了着落，大功告成。当然还有烦难事。那时农家屋小，施展不开。先请隔壁叔叔伯伯家腾出客堂、厢房、灶间，还不够的话，那就只能借篷布、毛竹,在场地上搭简易棚了。“相帮”的来了,按照预备的桌数,把整个宅基地上的八仙桌、长凳借拢来。灶头不够,用卖蔬菜的铁排篮,或者直接用砖头垒成临时行灶,火头倒是蛮旺的。就是这些燃料也是要动脑筋的,因为煤球、煤饼、煤灰都要凭票计划供应。

硬件齐全,软件也小有讲究。一个地方一般有好几班厨师,虽是农家,也得讲究色香味,那就得早早地请个好班底。道地点的,还要请上茶担,专门负责茶水供应且兼带茶具和宾客热毛巾服务。那捡菜、洗菜、端盘、上菜、洗碗等下手收作都是“相帮”的活了。

婚宴中,当然还有敬酒、敬烟、叫应等环节,这不是难事烦事而纯粹是开心事了!

流水般逝去的岁月总是在不经意间把你请到一场场婚宴面前,在喜庆中令人陶醉,让人忆故添乡愁,也使人更向往美好的生活。

(载《闵行报》,2015 年 2 月 13 日;《本色纯美》,文汇出版社,2016;《俗门俗事》,上海书店出版社,2021)

正月半做圆子

过了年,差不多走完亲亲眷眷,很快就正月半了。我小辰光,再穷,这一天还是要做圆子来吃的。吃好圆子才算送走年。

做圆子、吃圆子的习俗起源何时,说法众多。城里人有称汤圆、汤团的。我地乡俗,自古传下来一直就叫圆子。月半月圆,正月十五做圆子、吃圆子,应是祈愿新的一年月圆家圆人团圆,吉祥如意样样顺。

做圆子,当先要有糯米粉。这糯米粉,现在超市里多了去了,但在未有机器加工的年代,是靠石臼、掿榔头,一掿一掿成千上万次掿出来的。即使有了轧粉机后的一段时间里,也总是觉得掿出来的粉细密、柔润,做出来的圆子吃口好。

搦粉时,奶奶会揉入早晨烧粥时逼出的薄粥汤。这样,搦出来的粉团更有韧劲。经反复揉搦的粉团搓成长条状,摘成一小块一小块,双手经手心搓成乒乓球大小的圆球,右手大拇指从顶端揿入,双手边捏边旋转成碗状,里面放入馅料，在虎口一张一合间，边旋转边捏紧收口。或留尖头或搓成圆形以区分咸或甜。如此这般，一个个圆子在一双巧手的翻飞间做了出来。

馅料(俗称“馅头”)先备好的。一般以咸为主，为肉糜加入水里氽过的斩碎的荠菜或青菜，口味朴素纯真、鲜香扑鼻。考究的，加点冬笋、香菇、地栗。还要配点甜的，豆沙或芝麻沙，甜甜蜜蜜。

奶奶做的圆子，小巧玲珑，个头匀称。排在竹匾里，队列整齐，赏心悦目。在奶奶的言传身教下，经过不断摸索，我这个“团串头”做的圆子也蛮像模像样的。

圆子做到最后，粉团比原先的稍干些了。奶奶就会吩咐取来端午节裹粽子时留下的粽箬，嘱我用剪刀剪成块状，她把圆子放于剪好的粽箬上。我晓得，这是做干蒸圆子的。当场下的圆子盛起来就吃，色、香、味、形俱佳。但为了让在外工作的我的父亲回来时也能吃到，或是为了吃个久长添个念想，来个亲眷一起品尝，干蒸圆子是可以放上一两个星期的。

圆子做好，水已烧滚。奶奶把圆子轻轻放入镬子，用勺子沿边慢慢推移，防止粘贴。须臾，放入时沉没水底的圆子逐步浮上水面。比先前更圆润饱满，晶莹透亮。我直滴口水。奶奶说，呆头聋冲做啥？快拿碗呀！当盛满几大碗，先尝欲快时，奶奶却差我先端到隔壁邻居家去。我只能把馋水咽进肚里，把滚烫的、白糯的、绵软的圆子一碗一碗端去。

时过境迁。在物质丰富的今天，超市里各类圆子琳琅满目，品种繁多。街上也有熟的、生的手工圆子可买。人们吃碗圆子是再也平常不过的事了。可我不大要吃，偶尔吃着，总觉得味道好像缺了点啥。这或许就是乡愁、乡情、乡结作祟吧。

(载微信公众号“老小孩”，2018 年 3 月 1 日)

年节有“礼”

年节时分，人们走亲访友总要伴随点礼物，空着手是欠面子的。

20 世纪 70 年代，我们市郊农村大多还不富裕，一个劳动力每个月在队里的生活费预支才 5 元钱左右。但即使家里再穷，逢年过节亲眷间的走动是不好免的。买两根甘蔗，截成 6 节一捆，其中一节用红纸包起来，寓意两头甜、节节高；6 只或 8 只苹果装在用篾黄编织成的“黄篮头”里，象征平安、甜蜜；7 分钱 1 只的蛋糕，包个 8 只 1 盒，拎在手里也蛮像样；半斤饼干 1 盒，扎个 2 盒也可以。当然，我们跑市区里的亲眷，可以农副产品为礼，自家养的鸡鸭生的蛋，家里奘的糕裹的圆子，甚至芝麻绿赤豆都好。

再馋，亲眷送来的礼是只能看不能享用的。因为要礼尚往来。你来了我家，我家必择日回访。此时，不能以同样的东西作为礼物。故此，大人会对所有的礼物做适当的调整。生活更困难些的人家一般会刻意安排在后面一些跑亲眷，这样可以把人家送来的礼物作为周转，以减少自己的实际支出。记得小时候，有时看着那些好吃的礼物直咽口水也不敢动，忍不住时就凑上去闻个味道。一次，弟弟熬不了馋，把“黄篮头”里的苹果从洞眼里挖了 1 只吃掉了，再送出去时被大人发现了，在一顿教训的同时，只能到水果店再买一只补进去。7 分钱 1 只的蛋糕上撒有 2 粒西瓜子肉，弟弟偷偷地去剥掉 1 粒解馋。还好，这次大人没有看出来。也可能知道了也装了个糊涂。春节里，要过了正月十五，亲眷间基本跑完了，剩余的礼物才可享用。可惜此时，有的苹果已经烂了，有的蛋糕已经霉了，但我们挖去烂塘、剥去霉点，还是吃得津津有味。

那些年节礼物，很多虽不很起眼，也没花多少钱，但情意是深深浓浓的。它增添了年节的味道，固化着亲友间沟通的纽带，体现着人们对美好生活的向往。

（载微信公众号“老小孩”，2018 年 2 月 11 日）

过年包红包

过年，少不了红包。

红包，过去叫压岁钿，源于汉代的“压胜钱”、宋朝的“压岁盘”。

小辰光，大年三十，吃罢年夜饭，即使拮据，父母都会给我们弟妹压岁钿。一角或两角，簇崭新，方方正正用红纸包好。夜里睏觉，舍不得松手，更舍不得轻易使用。夹在书里，每天看上一眼。过完年，弟妹交给我保管，我像是一个大富翁。正月半后，我依依不舍地交还给父母。因为我知道，在这个“一分钱恨不得掰成两爿花”的年代，家庭油盐酱醋日常开销每一分钱弥显珍贵。过年叫“黏过”，意即凑合着过。爷爷对我说，给你们压岁钿，是望你们健康成长，顺顺当当、平平安安。我理解，压岁钿里承载着父母长辈的一片希望和期盼。

秋去冬来，年复一年。如今，父母已值耄耋之年。但每年除夕，仍从微薄的退休金中早早准备好红包，给曾孙辈们“压岁”。

实际上，女儿自大学毕业参加工作后，总是给爷爷奶奶压岁钱。侄女、外甥工作后，也会给祖辈红包以回报。既为感恩，又希冀长辈健康快乐长寿，当属天经地义。

年夜饭时，送来送去、你来我往，虽有繁文缛节之嫌之烦，但接过红包时，父母的眼神里满是幸福和满足感。这是一种仪式、一种象征。一般来说，父母也不舍得用，甚至会加一点奉还小一辈。他们便是在这种似海深情不求回报的付出中走进风烛残年，用日渐瘦弱的臂膀与衰老疾病搏斗，也在后生的成长中获得欣慰和幸福。想来，过年红包，不全是财富上的付出或获取，更多的是精神上的慰藉、享受，核心并非关于金钱。这里有喜庆、吉祥、平安、团圆，有兴隆、旺盛、富贵、长寿，有亲情、情调、氛围、温馨，有寄托、期盼、尊敬、孝意。

从根本上说，儿女是自己生命的延续，孙儿女是再延续。善待小辈就是善待自己。反过来也一样且更甚，给长辈以红包，是为善待长辈、懂得感恩，善待以后的自己，感恩曾经的拥有。

人生的幸福感之一，在于有人愿为你付出，有人获得你的恩惠。心态、情感上的幸福，是真正属于自己的幸福。亲情、孝义是一种自我发挥作用的强大力量，一种有力的动能，红包当是爱与温暖的一种传递媒介。至于重在日常、适应需求，亦是须臾应有的题中之义。此外，社会交际、人情往来之红包，不在本文讨论之列。

时代变新，近年来吃年夜饭时，还盛行微信红包、抢红包，说明传统的红包在变化中有发展。有人说现在年味变了，不如以前浓厚。实际上，多了新时代的新方法、新载体，温饱有加，总有一种美好在陪伴你。

过年有红包，图个吉利，讨个闹热。不要追求数额，量力而行，情到就成。包来包去，发、发、发，开心就好！

（载微信公众号“老小孩”，2020年1月26日）

喜食咸析

发现吾辈多数人喜欢菜肴要咸一点。细细想来，大概是有渊源的。

衣食住行，首要的是解决吃的问题。吾与弟妹均出生于二十世纪五六十年代，当时真正没啥吃。野菜去挑过，泔脚桶里的东西去捞过，牛吃的花仁饼、猪吃的糠做成饼也尝过。生产队100多亩地，种着大量粮食，但要先交足公粮，剩下的才是口粮。

肚皮里没油水，就总是觉得饿。搭上山芋、高粱、玉米、麦头、麦面、麦片、麦粉，虽然能勉强果腹，但过饭的菜还是要有点的。农家屋里，除非逢年过节亲戚朋友客人来，一般不起油镬。油贵不说，还要凭票计划供应。这代人自有活法，那就是各类腌制品。盐是国家专卖，是能保证供应的，一角五分一斤也便宜。农家就有了大量的腌货，腌菜、腌瓜、腌蛋、腌豆腐干、腌鱼、腌虾、腌螺、腌猪头……鸡鸭猪病后治不好，趁奄奄一息时出了血祛了毛也腌起来。

寒冬腊月，农活稍闲，春节临近，生产队会安排车浜捉鱼，这鱼除了供应城市，会留一些分给农户，此“分”实际要上《社员经济往来手册》，到年底结算钱款的。社员们兴高采烈拿回家一般都会腌一点，以备有来客时做个荤腥菜。那时养鸡鸭，一是数量受到管理限制，一段时期养3只以上就是“资本主义尾巴”；二是毕竟要消耗粮食，故不敢多养。于是，就是一只咸蛋，也要一分为四，弟妹四人限量供应。记得有一回，双胞胎两个弟弟各自吃了自己一份后实在不过瘾，联合起来把小妹妹的一份给分享了，妹妹哭得很伤心。但吃到肚皮里不见得让他们吐出来，我这做大哥的，只好把自己的那份给了她，也免了弟弟被大人“吃生活”受皮肉之苦。有时实在没菜，就用酱油淘饭以煞淡气。

久而久之，吾辈养成了吃咸的习惯，到田里去做生活，不吃咸就没有力气。想想也有道理，干重活是要出汗的，盐分大量流失是需要补充的。

大概是那时养成的习惯，又或许是农人的传统基因，喜咸喜吃腌制品成了吾辈嗜好。如今，我等血压、血脂、尿酸偏高，读医书，晓得钠(盐分)摄入量过多，乃是高血压成因之一。但有过这么些经历的人，要改过来也真是难。

（载微信公众号"老小孩"，2017 年 11 月 27 日）

塌饼面饼烧饼

读《新民晚报》2019 年 8 月 12 日薛理勇《"大饼"与"搨饼"》文，60 多年来几乎每年亲历的做塌（搨）饼、摊面饼、熯烧饼的情景犹在眼前。

薛先生写道："南方蓺稻，饭食为主，北方种麦，面食为主……""江南也有少量的麦子种植，上海农家难以把面粉制作成精美的面食，只能把面粉和成面团，或调成浆，放到镬子上煎，炉子里烤，上海人称之为'搨饼''塌饼'。""所以，'搨饼'既可以指这种饼的制作方法，也可以指这种饼的形状。直到今天，上海近郊还把此类的饼叫作'塌饼'。"

对此，我想补一点切身经历。我祖辈几代土著，住在上海西南近郊。小时候起，常随奶奶摊面饼、熯烧饼、做搨饼。

摊面饼，我们乡下，就是把面粉调成糨糊状，加入盐水和葱花，放到稍起点油的镬子里摊薄，稍许，翻一翻，待两面焦黄即可。这是最简单普通的。我们有时到水桥头、垅沟里捉到虾、蟹，或者"乣合周"捕到白米虾，把它搅入面糊，可大大增加面饼的鲜香和色味。实在没啥，可改盐水为糖水，也可在面糊内放入斩细的韭菜，换换口味。笃几个鸡蛋搅于其中，那是奢侈道地了。这我们叫它"面饼"，绝不会称它"塌饼"。至于放到"炉子里烤"，那是北方传过来的"大饼"了。

面粉做的有馅头的叫"烧饼"。至于馅料，那就各显神通了。面粉加适量水揉成团，再捏成一个个小团，像做圆子（汤圆）、做馒头（包子）那样包入砂糖（红糖白糖均可），然后用擀面杖压成薄饼状（擀时表面撒上芝麻），入油镬。我们称之为熯烧饼。乡间最喜欢的是鸡油烧饼。逢年过节杀鸡时，那黄黄的鸡油是宝货，农家用盐把它腌起来。待捉落空做烧饼，那是最好的"焰头"。起油镬慢慢熯成的烧饼，鸡油早已溶化并渗透于面皮，香脆诱人，尝之可口。

啥叫“塌饼”？首先，它是由糯米粳米按一定比例磨制成的米粉做的，绝非面粉制品。米粉内加入薄粥汤和水，搦成粉团，包入肉糜或豆沙，做成咸的或甜的称“塌饼”。工艺最复杂，最有形有味的当属苦草塌饼。清明节前后，从野地里寻觅苦草，洗净后放入适量石灰水揉捏，促其酸碱适度平衡，然后搦入米粉内。此事表述没几句，但真正操作起来烦得很，要把握适量、适度更需凭经验与目测手感。接下来的步骤就一般化了，将搦好的粉搓成一个个小团，左手大拇指居中压入，右手托底并帮助转动，形成小口杯状，放入已调制好的肉糜馅或豆沙馅，双手搭配转动捏紧收口。再轻轻压扁，双手上下交换发出“塌塌”之音，随后入油镬慢慢熯熟即大功告成。刚熯好的苦草塌饼，皮子软糯，肉糜鲜香，豆沙香甜，最关键是苦草色泽墨绿，吃口清香，直抵心扉。当然，还有黄澄澄的饭瓜塌饼、青齐齐的草头摊粞，乃至“种好黄秧，煎烤望娘”的“烤”果等，可称五花八门，另当别论了。

（载微信公众号“老小孩”，2019 年 8 月 20 日）

我喝过的那些酒

对酒当歌，人生几何。古往今来，世间留下数不清的吟酒词令、酒后感言。人们对酒的毁誉描述多了去了。我也是常喝点酒的，多少年来，喝过的酒大概也能载舟了。

有人曾将饮酒的方式归纳为八种：独酌、浅酌、雅酌、豪饮、狂饮、痛饮、驴饮、畅饮。我是“到啥山，刈啥柴”，看场合、环境、心情。自以为酒量一般，态度端正，“八中（种）全会”。

我喝酒，源于父亲。记得牙牙学语蹒跚学步时，祖籍绍兴的父亲常用筷子沾点他正在喝的酒让我尝。多数辰光是黄酒，有时白酒也要上。其感觉，黄酒是酸甜苦辣的混合味，白酒就是辣。还有汽酒、果子酒有点甜，啤酒微微苦香。1972 年我中学毕业回乡务农，逢农闲或有机会上镇，我们几个“团串头”跟着宅上的爷叔、大哥们就上个小饭馆，一起喝点小老酒。那时还是零拷的多，米酒、土烧酒、乙曲酒都喝。也没啥菜，就是一盆花生米、一两元钱的猪头肉加盆几角钱的炒素。但这能驱走农活劳作的疲劳，稍稍放松心情,寻个穷开心。真正喝酒的人,不讲究下酒菜。曾亲见宅上有个叔辈的,把一只船用铁钉视作蟹脚,蘸酱油下酒且啧啧有味,传为笑谈。

我国有八大名酒之说。此说始于1952年在北京举行的全国第一届评酒会。以后又有多届评酒会,茅台、五粮液等都曾名列其中。我是什么酒都能喝的,但有外出必喝当地酒。到如今,全国各大省市都到过了,各地的酒也都尝过了。印象较深的除了茅台、五粮液,有北京二锅头、东北黑土地、新疆伊犁特曲、台湾金门高粱等。有好几次,把酒店的库存都出光了。有机会出国,还背上几瓶。除了喝该国的,在异国他乡喝家乡的酒,味更浓,情更深。

酒喝多了,必有控制不了的时候。一次朋友聚餐,几位酒喝高了,不经意的一句话,竟然触动了另一位敏感的神经,顿时剑拔弩张、面红耳赤,大有掀桌之意。好在友人们快点分别相劝,才算交杯握手言欢。酒逢知己千杯少。喝酒可以体现一个人的性格品行。我曾较长一段时间管过组织人事,有时一次小聚,就能把此人性格特点了解个八九不离十,比开座谈会、搞访谈测评更准更透。有的开怀笑或眯眯笑,有的痛苦哭或无由哭;有的臂膊粗拳头大,一身一体本事,有的低调谦逊讲节奏节制;有的吐沫乱飞似话篓,有的闷声不响只顾喝。真乃千姿百态。有位作家说,在这个美好又遗憾的世界里,你我皆是自远方而来的独行者,不断行走,不顾一切,哭着,笑着,留恋人间,只为不虚此行。人活世上,该自在就自在吧,该潇洒就潇洒吧,各自完美自己的一段生命,这也许就是生存的全部意义。俗话说,宁愿跌折手,不愿滑脱酒。一次,有同桌偷偷把酒洒了,偏偏主宾顶真,另行罚了他三杯。又次,那位又把红酒倒在了桌上的酱油碟子里,被主宾要求将酱油杯中的混合物一口闷了。还被批评态度不端正,弄虚作假。其状尴尬也。其实,酒量与体质有关,更确切地说,与个人体内分解酒精的酶的多少有关。精神饱满时多喝点能压住,萎靡愁苦时以酒浇愁特易醉。于酒,喜好的如鱼得水,厌恶的嗤之以鼻。喝酒多还易误事出事。我曾有三口喝干一斤白酒然后坐地半夜使家人担惊受怕之举,想来真是后怕。

从父亲筷上沾酒算起,喝酒至今起码五十多个年头了,一起喝过酒的人中,有的如日中天事业发达身体康健,也有的可能喝过量的酒,中风半身不遂的甚至岁数不大先走了。如今我六十花甲,对酒是有敬有忧。好在,原来一度时行的"感情深一口闷,感情浅舔一舔"正向"只要感情有,喝啥都是酒"

转化。是的，酒是开启心扉的钥匙，酒能助兴，酒能解忧；酒是米做，滑脱罪过。喝酒适当把握度，做好主人莫贪杯。看来这健康酒我还得小喝喝！

（载微信公众号“今日闵行”，2018 年 2 月 18 日）

饭 局

临近年节，饭局不断。几十年来，我参加过数不清的饭局。

于百姓来说，饮食之道，也是人情融合之道。结婚、生子、升学、祝寿、过节的喜宴，同学、同事、战友的相聚叙情欢宴，求人办事的请托宴，开张开业、功名成就的庆功宴，接风洗尘、人来客往的友情宴，当然也有送别故人的豆腐饭，不胜枚举。

喜欢请客吃饭，并非单纯好吃，而是中国文化的思想内核——群体意识使然。聚在一起，你敬我一杯，我得回敬。你来我往，推杯换盏，沉浸在如此氛围中，其情浓浓。吃过饭了，喝过酒了，碰过杯了，交流就顺畅，关系更进一层了。

看一个人经常混迹于何类饭局，几乎可以洞悉其兴趣、爱好、财富、身份、地位。饭局，某种角度看，也是一个人社会身份认同体系。有人赴会要问清客因何故、同桌何人；有人则不问青红，有请必赴，充分信任；有人非高档不登，有人喜乡野家常。

但凡饭局，有些不是随便吃的。既称饭局，当有饭，重在局。饭有高档、低劣；局则有谋局、设局、布局、开局、当局、大局、格局、伏局、搅局、僵局、窘局、危局、乱局、残局、败局、和局、胜局、结局、散局，似乎贬义的多。历史上，有最暗藏杀机的项羽与刘邦的“鸿门宴”；有最霸气侧漏的曹操与刘备的“煮酒论英雄”；有三国争斗最设计坑人的“群英会”；有北宋皇帝最四两拨千斤的“杯酒释兵权”；有最豪华笼心的“乾隆皇帝千叟宴”，不一而足。现实中，有职有权的，也理应刻刻小心。可能影响到职务、公事的，亦应慎之又慎。一不留神，踏入陷阱，小节酿大错，悔之晚矣。

饭局，有情感融通的社交功能，故有各类讲究。比如环境的讲究，或高雅、豪华，或素颜、简朴；座位的讲究，有的主人坐主位，有的主人傍主宾坐侧位，也有的坐末位；比如谈吐的讲究，一个人高谈阔论、口吐莲花，除非你德高望重，不然招他人侧目；少言寡语、气氛沉闷也让人尴尬。还有敬酒的先后、多少、站坐，菜肴的丰盛、简约，都或隐或显或轻或重地体现着饭局的格调。这些，都要看主人意图、客人尊显、主题轻重而来。所以，有些饭局摆起来、吃起来也蛮吃力、费心、用神的。当然，总体还是开心融洽的多。

传统有“人生在世，不过吃穿二字”之说，国人崇尚民以食为天。不管怎样，饭还是要吃的，几千年遗承下来的饭之局很难消逝。就看去哪里吃，与哪些人吃，哪能吃。

（载微信公众号“老小孩”，2019 年 1 月 21 日）

难忘那些年“呒啥吃”

民以食为天。吃，是人活着的首要。我们这些二十世纪五六十年代及此前出生的人，大都经受过“呒啥吃”的苦，即便是我等不顾春夏秋冬、日晒雨淋霜寒冰冻，侍弄着大片农田的市郊种田人。

最早对“呒啥吃”有记忆的是“食堂饭”。1958 年 10 月初，我宅所属的第三大队以生产小组或生产队为单位分别建立食堂，“吃饭不要钱，敞开肚皮吃饱饭”。惜乎，此等“好事”应了“入不敷出”“坐吃山空”的老话。维持“百日”余，1959 年初，均应“呒啥吃”而散伙。

紧接着，随着整个国家进入“三年困难时期”，“呒啥吃”愈加突出。记得，开始是山芋、饭瓜搭配米饭、菜粥吃。后来，做肥料的红花草弄来吃，甚至是众生吃的猪岁斑、馒头草等野草也搜寻贻净充作饭食。一度还吃过糠塌饼，那是谷粒去皮轧成米粒时形成的壳屑（猪饲料），掺和少量粥做成的饼。

我读小学三年级的那年秋季放学回家时，叶家祠堂校舍隔壁蔬菜地区梅陇陆家塘一片卷心菜刚收净，见不少大人在搜寻菜根，当即加入采拔“哄抢”。塞满书包背回家，剥去老皮，把其中的根芯拌入米中烧熟，糯糯的、酥酥的，省下来了半筒罐米。

那时，宅上人家饭镬里，必是夹杂着元麦连皮碾碎的麦粞，小麦连皮轧扁的麦片，小麦碾成面粉前脱下的皮轧碎的麸皮，大麦带皮轧碎的麦头，还有那山芋、饭瓜、胡萝卜、菜皮。唉，贴着饭镬熯的山芋、饭瓜还真香。

我经常按奶奶的叮嘱，趁饭或粥将烧熟时，贴着镬边将麦头、麦片之类撒于其中。这样，可吸收少部分米水、米香，下咽时不至于太哽喉。开饭时，奶奶总是抢先盛饭。为啥？为的是把难吃的那部分先揽去。她说的“倻爷娘正是费力气时，倻小囡正是长身体时，伲这把老骨头无所谓了”，至今常在耳畔回响。

“呒啥吃”的苦是真正的苦。当年，我们这帮“团串头”，曾到市区踏回当猪饲料的“泔脚”桶里“淘食”，偶有成形的猪肉、鸡块，烂掉大半的苹果、生梨，管它呢！迫不及待去河浜里洗一洗，就着酸馊味下肚。有人发现了“新大陆”，生产队的猪棚牛棚里有“好物事”——花仁饼、菜籽饼、豆饼、油渣。花仁饼，是棉花脱去花絮后的籽，经轧碎榨油后剩下的碎屑，做牛饲料；菜籽饼、豆饼，分别是油菜籽、黄豆榨油后的残渣，做母猪怀孕或产仔后的营养品。殊不知，它们虽均有香味，但花仁饼根本就不能下咽；菜籽饼、豆饼能吃一点，但人的胃和众生的不一样，嚼时香喷喷，等一歇，腹中绞痛如刀割——消化不了；还有那个油渣，吃了就滑肠。以后学乖了，少量弄一点，菜饼、豆饼、油渣搭配着解解馋。当然，这个动作也算“偷”，要与饲养员斗智斗勇才能“享用”一点点。

直至“文革”时期，说是“全国形势一派大好”，实际上还是“呒啥吃”。当时，严格实行计划经济。耕田，要种水稻、棉花，计划面积一分也不能少。稻谷要先交售公粮，完成统购计划是绝对不能打折扣的。剩下的不够吃，只能在零星什边地上种些山芋、饭瓜。俗称八节米的玉米，从嫩吃到老。还压缩芦粟，多种发粟。发粟即为高粱，也能作粮食填肚皮。有人去城镇人家以粳米换籼米，出发点是籼米涨息好，是以量来撑饱肚皮。他们也晓得，籼米容易消化，几担稻挑下来，肚皮早已瘪下去了。但为了增加一时的饱腹感，忍一忍值得。那时烧饭下米，家家都有自定的量具，计量着也计算着，就怕前吃后空，否则真要“吃饱冷水合扑睏”了！

我回乡务农时，娘是大队油粮员。她响应上级号召，不但自己“闲时吃稀”，还试着吃“两头攀”，就是改“一日三餐”为“两餐制”，以节约粮食，常常饿得肚皮“咕咕叫”，眼睛里直闪金星。好在父亲是铁路工人，粮食定量高。

尽管他劳动强度大，体力消耗多，还是常常省下点给家人，不让我们饿得像野狗。

朱子有家训：一粥一饭，当思来之不易；半丝半缕，恒念物力维艰。直至如今，我们这些辈苦过来的人是容不得浪费的。在丰衣足食的当今，真不能忘记且常得提提那些年"呒啥吃"的苦。

（载《闵行老干部》，2020 年第 9 期）

使牛

麻雀叽喳

我们这代人一定不会忘记那些灰不溜秋、貌不惊人、经常叽叽喳喳的麻雀，尽管它曾与老鼠、苍蝇和蚊子一起被列为"四害"。

1958 年 4 月 27 日，作为孩童的我由爷爷领着到市中心姨妈家走亲戚，正逢上海全市开展连续三天的大规模灭麻雀活动。一路上，只见到处是站在阳台、屋顶等高处的人，有敲铜鼓的，有的手里拿着京锣、钹子以及铅桶、脸盆、钢精锅子等使劲发出声响的，有的挥舞着红旗，那场面惊天动地。被赶得筋疲力尽的麻雀没有停顿下来喘息的机会，更无力叽喳，纷纷掉落。据载，全市有 580 万市民参加，消灭麻雀 62 万只。这是一场全国性的消灭麻雀活动。这场活动农村也参与了，但毕竟地广人稀，加上麻雀非凡的繁育能力，它们叽喳着，在天地更广袤的农村继续繁衍生息。

当然，追杀不断。我跟随宅上叔叔、哥哥去掏麻雀窝。猪棚、牛棚周边独多乱柴瘪谷，是麻雀们觅食嬉闹的好场所。晚上，猪、牛棚屋檐下的空隙，做屋椽的毛竹稍孔中，都是它们的栖息地，一抓一个准。沪闵路边茂密的香樟树，它们也喜欢。我们用弹弓，后来又有赶时髦者买来气枪，到香樟树下打麻雀。在手电筒强光照射下，抬头望上去对准它白乎乎的肚皮，一打一个准。大概麻雀夜里不敏感，打下一只，旁边另一只仍莫知莫觉。

寒冷的冬季，特别是雪后，是麻雀觅食的困难时期。我们用扫帚扫出一块净地，撒些金黄色的谷粒，再用竹竿撑起半掩的筛子或筤（音“dá”，竹编农具器物）。生性胆小、敏感度颇高的麻雀既警惕，也犹豫，终因抵不住诱惑，叽喳着进入设伏圈，躲在暗处的我们拉动由绳子牵着的竹竿，筛子或“筤”顺势盖下，欲觅食的麻雀乖乖就擒。哦，麻雀蛮有骨气的。有时把它养起来玩，逗它，它也不叽喳，喂它，它不吃食，宁愿饿死，尚有“士可杀不可辱”的气概。

这都是小打小闹，隔壁宅上一帮擅猎者，用长杆“天网”，那一网就是数十只。

“谷雨”落谷播种，“寒露呒青稻，霜降一齐倒”的水稻灌浆成熟时期，生产队里都要派我们这帮“学生活”的“小团串”赶麻雀。我们在秧田、稻田周边扎上稻草人，头上戴顶破草帽，身上披件破衣裳，手里拿根破竹竿，再系上红黄布条，让其随风摇曳，吓唬麻雀。再是拿铁皮畚箕、空洋桶罐不停敲击，并拔直喉咙发出“嚯嘘嚯嘘”吆喝声，不让麻雀食我稻种稻谷。麻雀叽叽喳喳来，叽叽喳喳去，几个来回渐渐胆子大了，跟你打起了游击。“敌驻我扰，敌进我退”，忽东忽西，忽聚忽散，抗日战争中就有仿照麻雀觅食方法而创造的“麻雀战”。赶麻雀，看似轻松自由惬意的活计，一天下来脚瘫手软喉咙发毛。

该用“重武器”了，有人发明了“小钢炮”。觅来 1 米长、0.8 米左右口径的无缝钢管，底部用钢板焊密，底部往上 0.1 米处钻一小孔。在炮管往上三分之二处焊上钢筋托架做炮架，活脱脱一门“小钢炮”。从化工厂购来“电石”，取少许装入炮管，加入几滴水。稍许时，在小孔处点火。电石与水在火的作用下发生化学反应，产生气体膨胀，发出强大的声响。麻雀听到，吓得四处逃窜，要过一两个时辰才能重新集结。这个易移动的“小钢炮”，一度在保卫谷种和丰收果实中发挥了重要作用。

对麻雀，清代文人李调元曾有“食尽皇王千盅粟，凤凰何少尔何多”的感叹，可见其曾盛。当代文豪郭沫若亦有诗曰攻打麻雀“毒打轰掏齐进攻，最后方使烈火烘”，可知与麻雀过招，无所不用其极。

唉，麻雀多了，被当作“四害”而攻之。后来麻雀少了，听不到叽喳声了，庄稼作物的病虫却多了，甚至带来生态的某些不平衡。人们这才发觉，麻雀益处比害处多，是益鸟，需保护；才懂得，万物皆有灵，人与大自然需和谐共生、生生不息。这样一晃，一个甲子年了。对此遭际、命运，麻雀们怎么想的，我当然不晓得。但有一点，他们不抱怨（抱怨也没用），只是平静地接受发生在自己身上的一切。苦也好，乐也罢，叽叽喳喳，过好那一天又一天并不太长的生命。

（载微信公众号“学上海话”，2019 年 10 月 21 日）

曾经斗鼠

极不平凡的鼠年终于翻篇，在充满牛气牛劲的牛年新春里，倒让我想起那些年斗鼠的事。

20 世纪 50—70 年代，我住的是曾祖辈传下来的绞圈房子西厢房一角。老屋潮湿阴暗，老鼠视为天堂，人与鼠同居一室不足为奇，甚至引发疾病鼠疫。《莘庄乡志》有载，1952 年，政府曾普及鼠疫苗接种，1953 年，基本消灭此类烈性传染病。

我清楚记得，小辰光睡觉时，梦中觉得身边似有活物。一摸，毛茸茸的老鼠迅速掠过。半夜，时有屑粒束碌的声响，那是老鼠上蹿下跳觅食兼而开展游戏活动。动静再大点，则是家猫正与鼠类进行你追我逃的大战。听说老鼠喜咬新生儿，我常盯着才两三岁、熟睡的弟妹守护半天，直至自己迷迷糊糊。虽家徒四壁，但那点有限的食物、衣物，甚至破旧的橱柜，都留下被老鼠破坏的齿痕。

为驱鼠捕鼠，动足了脑筋用尽了心思。养猫是首选，先是一只，再添两只。大概老鼠实在多，捉不过来，猫鼠大战不停上演，老鼠仍是猖獗。我跟着爷爷辛辛苦苦编押出来的柴米屯，不长远就被老鼠啃了个洞，心疼又生恨。用缸和甏存放计划着吃的宝贵大米，盖缸和甏的木盖，又被咬了洞。到镇上国药店，买了 4 分钱一包的老鼠药，嗅觉灵敏又狡猾的老鼠就是不上口。拌上些麻油增加香味，还是不上当。买来鼠夹鼠笼，它似乎“心有灵犀”，或视而不见无动于衷，或智勇双全脱逃有术。鼠笼要么不钻，要么钻进去后不知它用了什么办法脱逃了。鼠夹，勾上它喜欢的喷香油条作为诱饵，开始偶有所获。那天早晨醒来一望，被夹住半个身体的老鼠还喘着气，吱吱叫着，小眼睛可怜巴巴的，似乎求助你放它一马。真的把它从鼠夹上取下来，却一挺脚咽了气。把它交到学校，得到了老师的口头表扬。这鼠夹用了几次后，又不起作用了。爷爷说，大概是鼠夹上有了同伴的气味，“前头打滑，后头扎滑(前车之鉴)”。他让我用热水泡，再放到日头里晒，再用，效果确实有一点。一次，我见一条蛇盘在梁上，吓得大惊失色。祖母告诉，这是家蛇，不伤人。它正帮着捉老鼠呢！一次掀开米囤勺米，快要见底的米囤里一只老鼠爬不上来正在打转。我与弟弟几个大惊小怪，就如何捉住它商量了半天。用竹竿戳，用擀面杖敲，用扫帚拍，无济于事。爷爷从灶间拿了把烧火钳过来，瞅准时机一钳，手到擒来。

再次遇集上镇，见一“卖拳”者，打了一通猴拳，练了剑扎喉、吞铁钉等武功，卖了自制伤膏药后，又卖起了鼠药，号称“大老鼠吃了跳三跳，小老鼠立马就掼倒”。我随围观的人群花了一角钱买了两包，返家拌入米粒，放置于角落。隔了两天，倒真是见两只大鼠躺倒于地。可不经意间，自家养的两只鸡进来啄了这拌上鼠药的米，一歇歇就单腿打转。奶奶见状，即刻吩咐我如此这般。把火上烤一烤算是消了毒的剪刀做手术刀，破开鸡食囊，清除所有食物，用温水冲过，以缝衣针缝合，伤口处涂上红药水抗感染。再找来抗菌药，扒开鸡嘴让其服下。过一歇，一只鸡奄奄一息，慢慢闭上双眼，另一只倒真是被救活了。

还有个灭鼠的办法——“直捣黄龙”，以水灌洞，掘洞、填洞。掀开地搁板，满地鼠洞纵横交错。往洞里灌水，几提桶水下去，老鼠叽哩咕噜窜将出来。尽管做好了围栏准备，只逮住了几只，众多老鼠逃之夭夭。在掘洞中，还捣到一窝出生不几天、粉粉嫩嫩的小老鼠，按宅上爷叔指点，把它浸泡在芝麻油里，成为治愈烫伤的良药。我们又找来碎砖烂瓦塞满洞穴。多管齐下，那老鼠似乎收敛了往常的嚣张，清静了一段日脚。直至20世纪70年代初，普通农家也能用上水泥，我们把屋里的烂泥地改造成了水泥地，这斗鼠的日脚才算越来越少了。

（载微信公众号“老小孩”，2021年2月12日）

会捉老鼠猫不叫

那时旧屋老鼠多，我就曾养过猫，主要是捕鼠。从我养过的猫身上发现有许多值得人学习的品质呢！我尤看重那不响的猫。

不响，是苏浙沪一带方言，意为不言不语不吭声。似是中性词，看何语境，可褒可贬。民间有谚语，不响最凶。猫亦然。

一天到晚叫个不停的猫是吓吓老鼠的，老鼠不一定真的怕它。老鼠知道它在哪，也知道它除了唬两声，做几个花拳绣腿的动作，没有真本事。一声不响的猫，看似漫不经心、煨灶一般，实际它在麻痹敌人，它在蓄势突击。一旦瞅准时机，它会冷不丁蹿将上来，死死咬住老鼠，很少有扑空的时候。

猫的眼睛会说话。警戒、愤怒，焦虑、困惑，悲伤、忧愁，顽皮、喜悦，尽在那晶莹透亮、深不可测、变幻无穷、聪慧多情的眼眸里。

猫更用行动说话。它奔跑无声，动作敏捷。一旦发现目标，它不会跟你要这要那，讨价还价，而是以迅雷不及掩耳之势即时出击。即使天敌夺路而逃，它也会穷追不舍，不达目的不罢休。

猫很诚实。饿了，围着你转要吃；饱了，白天倒头就睡，晚上则竖起耳朵，站岗放哨尽责。

猫能忍耐。鱼是它最喜欢的主食，一次晚间，它竟将一条不小的鱼拖回来献给主人。非目睹还真难以令人置信。这要承受多大的忍耐力。

猫有尊严。你不去惹它，它不会无缘无故地惹你。你与友人聊天，它坐佛一般旁听不响。

猫爱干净。吃东西优雅自在，吃完食物盘子是光光的。还不停地舔手、擦脸，把自己打扮得光鲜亮丽，且是本质的朴素的美。

猫会逗乐。放松时很有童真童趣，你逗它玩，它嬉笑打滚逗你开心。

人呢？有的人整天咋咋呼呼，叽里呱啦，好像一身一体的本事。其实，很多时候恰恰相反，“五斤吼六斤，一塌刮子十一斤”。喉咙粗不等于实力强，面子上狠底子薄，真正的“洞里凶”“纸老虎”。

不响，是人的性格，也是人生的一种态度。不响，不等于软弱，也不是无能，抑或是一种智慧，一种等待。只要不是那种因为响不出的不响，可能就是高深、神秘，不暴露，让人吃不准，充满进退自如、后发制人的玄机。这个不响，就有狡猾的味道了。不过，有时真的沉默是金。能捉到老鼠的猫才是好猫。民间谚语“会捉老鼠猫不叫”是有道理的。

（载微信公众号“老小孩”，2017 年 7 月 28 日）

与蚊过招

盛夏，除了气温高，最惹厌的是啥？对我来讲是蚊子。一叮一个肿块，痒了挠，挠狠了破皮，弄得不好会溃烂。

当年，我们农村蚊子多。小辰光，吃过夜饭乘风凉，一把蒲扇是标配，扇风赶蚊两相宜。回乡务农，一早出工，就有蚊子叮。“双抢”大忙，出早工，开夜工，与蚊子打交道是必然的。挑担等全身动个不停的还没啥，最难受的是拔秧种秧等部分动部分不动的农活，蚊子聪明得很，随时随地会来你不动的部位叮你。不过那时多数是草蚊子，痒一息就好了。涂点“龙虎牌”清凉油、“六神牌”花露水，已属奢侈。

收工回家，草草弄口饭吃，汰把浴，稍稍乘会凉，拖着疲惫的脚步进屋睡觉，先要在蚊帐里赶蚊子。在还不曾有条件装纱窗的屋里，没有蚊帐是难以入睡的。但蚊子总是找寻到隙缝或破损处钻进来，有时半夜被嗡嗡作响的蚊声吵醒，不得不起身拍蚊。此时的它，早已一肚子的血，动作笨拙，拍上去一拍一个准。也有刚入睡就被蚊子吵醒，它还没有吸到血，身体轻便，那就要与它周旋一番了。

后来有了墨绿色的“三星”牌蚊香，临睡前点上，蚊子少了许多。为了节约，可买断裂的蚊香。也可买褐色纸卷盘香，里面包裹的是除虫菊脂等驱蚊中草药。慢慢又有了防蚊霜、风油精，涂上一层可抵挡一两个时辰。

雨后的傍晚，蚊子最喜成群结队，乱跳“狐步舞”。我们用一根铁丝围成圈，去寻蜘蛛网粘在圈上，再舞动此圈粘蚊。家里的脸盆，也是灭蚊工具。内侧稍湿水，涂上薄薄的一层肥皂，对准蚊群用力甩动，肥皂的黏性能粘住蚊子。脸盆里放水加点洗衣粉摆在家里，蚊子会投入其中被粘住。逢队里放露天电影，提前在上风头拢些麦芒、瘪谷，堆成小堆燃上，又不让成旺火，以此烟驱蚊。有时加上些晒干废弃的菖蒲、艾叶、薄荷、川芎茎叶、番茄茎叶，驱蚊效果更佳。有人不解恨，在驱蚊堆里洒上农药“六六粉”，熏得蚊子四处逃窜，不过刺得人眼睛发辣流泪，喉咙也直发呛。

慢慢晓得，蚊子是“冷血动物”，30—35度是其繁殖最快的温度，阴暗、潮湿、积水是蚊子幼虫（孑孓）最适宜的温床。但江南水乡农村里，生产、生活又哪离得了水！不过，屋里及周边不用的缸缸甏甏、坛坛罐罐，倒真是应该让它底朝天的。除“四害”中，我们家家户户检查卫生，消灭积水点是重点。

有人说，蚊子叮人与血型有关。专家称：个体吸引蚊子的程度与个人体质有关。蚊子根据人或动物呼吸产生的二氧化碳以及汗液中的乳酸等物质来找到吸血目标。因此代谢较旺盛的人较容易吸引蚊子，而血型等个体差异影响并不大。哦，大概我容易出汗，蚊子就喜欢叮。

近些年来，我觉得蚊子愈加凶猛。只要一叮，就一个肿块。仔细看，身体是白点黑褐色的，俗称“花蚊子”，学名“白纹伊蚊”。过去那种“草蚊子”，学名为“淡水库蚊”。产生条件、生活习性、凶猛程度、造成影响都有一些差异。过去“草蚊子”多，如今“花蚊子”增速很快。

过去田里干农活时，形容精乖的人，蚊子飞过都能看得出雌雄。这只是说说笑笑抬抬杠而已，但真正的专家可从来没有放弃过对蚊子的研究。

据了解，中国天气网近期推出了“全国蚊子出没预报”，发布了蚊子出没指数，以红色、橙色、黄色、绿色依次揭示出24小时内蚊子的出没情况。随手一查，我地蚊子出没指数达到74，属“较多”。

蚊子似在进化变异，现在防蚊驱蚊灭蚊的手段也在进步。物理的，纱窗纱门轻便灵活。化学的喷雾剂，防蚊驱蚊液、膏、贴五花八门。还有电子的蚊蝇拍，电子加药物的驱蚊手环、电蚊香等。我想，减少蚊子的滋生地才是根本。

（载微信公众号“学说上海话”，2019 年 9 月 13 日）

那时，兔子不是宠物

不知道何时起，有人把兔子当宠物养。二十世纪六七十年代，首要的是填饱肚皮养活人，没那么多闲情逸致养宠物，兔子是作为“众生（家禽、牲畜的总称）”养的。

那年，我差不多 10 岁，通过卖废品获得了 1 元钱，跟着宅上爷叔到镇上的集贸市场捉回了一对灰青兔。随便在羊棚间拦上一角，每天放学后割回些嫩草投放兔棚。半年后，兔子长到 3 斤多，卖到食品收购站，5 角 2 分 1 斤，一对兔子净赚了 2 元多钱。

这个不需要耗多大投资和神思的“懒仆生活”，能贴补点油盐酱醋铜钿，对 1 个月只有 3 元钱预支的农民来说，也是莫大的欣慰。随着年岁增长，慢慢地对养兔有了些经验，就多捉几只幼兔，且多只雌兔配一只雄兔，让其自然繁殖。

一天，我放学回家割了兔草进羊棚间，见到一摊碎泥，兔子在打洞。懂行的兄弟告诉我，兔子怀孕快生产了。不几天，一窝 6 只小白鼠般的可爱的兔宝宝诞生了，我的内心一片欣喜。

自己养的众生，总有那么些情愫。

兔子喜欢新鲜的草、叶片厚实的草，我就尽量投其所好。割回的草，稍稍挑拣，猪岁斑、小蓟姆等，先满足兔子，余下的、老一点的给羊吃。小蓟姆叶片边呈锯齿状，稚嫩的兔唇会否划伤？仔细观察，它吃得正欢。兔子也喜欢吃胡萝卜，但先要满足人吃，只是到了冬季，青草少了，在给它吃夏季备下的草干时才给它补一点。兔子不能吃沾有露水的草，吃了会“拆烂”，就是得肠炎。不过不小心得了肠炎也有办法，就是捉住给它喂“土霉素”。捉兔子也有讲究，多数人捉它长长的耳朵，容易伤其耳根，且被其脚爪勾拉。我是按熟手教的，一把揪住它的背，然后随你怎么弄它，观察它的皮肤紧密度，辨别雌雄及雌兔的奶腺发育度，给它喂药，它也乖乖的。

专心吃草时兔子很呆萌可爱。面带微笑，绯红的眼睛定着神，咀嚼满是节奏感。这大概也是有人喜欢当宠物养的一个因素吧。

兔子胆小，生性敏感，尽量少去惊扰它，跑动过多出了汗易得病。它也怕热，肺活量小，还缺乏汗腺。

不知不觉中，到了20世纪70年代后期，传来消息说，养长毛兔比养肉兔更赚钱，当然要求也更高。棚舍必须清爽。于是，觅来旧铁丝、零头钢筋、铁皮冲件废材、竹爿片等，浇筑薄型水泥板，筑成笼子。每笼1至2只，层层叠叠，充分利用空间容积，提高密度。每天，像女人梳头，为兔子梳理一番，防止长毛起球打结，保证毛绒等级品质，以期卖个好价钱。饲料上，不单吃草，还根据不同生长期的营养需要，掺入小麦、麸皮等精料，更有人将自己舍不得吃的麦乳精给兔子增加营养和能量。每天观察兔情，那是必须的，甚至捏捏它颗粒状的排泄物，还要闻一闻，看看、辨辨它的生长状况。

功夫不负有心人，“零碎驳趸当（积少成多）”。依着兔子，宅上不少人骑回了崭新的永久牌自行车，有人家常年漏雨的草房得以改成新瓦房，更有平房翻建成了楼房。

多少年过去了，直至年过花甲的现在，我还是不知道兔子能否辨得出草味、食味，但我晓得，在养兔人的心里充盈着那些日子里的种种甜酸苦辣。那些年的兔子，不是宠物，胜似宠物。

（载《新民晚报》“夜光杯”，2023年2月12日）

养鸭时光

当今有人闲情逸致，把鸭子当作宠物养。也有好事者在“口袋公园”河浜里放养了几只鸭，说是增添了一处灵动活泼的场景。这让我想起了小辰光的养鸭时光。

乡下头的小团大都养过鸭，我也不例外。开春后，从挑着宽大的鸡笼鸭笼走村串户的小贩手里，或者直接从孵坊里买来几只出窠没几天、才拳头大小的幼鸭，在灶间里拦出一角作为鸭舍，你就多了一帮“小伙伴”。这帮“小伙伴”能有多少？刚开始，我试着养了3只全身白亮的“北京鸭”。后来高峰时养过10几只，多数是灰白相间、被称作“娄门鸭”的麻栗鸭。

不管哪个品种，刚捉来的幼鸭都挺可爱的。黄毛茸茸柔柔，小嘴黄黄扁扁，吃食时头颈一伸一伸，一对小眼睛像嵌着两颗黑色的小宝石亮闪闪的，耳朵长在眼睛下面，以绒毛遮掩，没有耳垂，听觉可灵敏了。

初始几天，喂它吃米饭粒搭少许米糠，拌入挑来洗净、切碎，俗称“猪岁斑”的野草，看它倒也吃得欢。大人告诉我，要想让它长得健康长得快，该给它吃荤腥“活货”。于是，我拎个提桶、掮把铁锴到浜滩边去翻蛐蟮。一条大一点的小鸭吞不下，就用剪刀剪断，还去捉蛤蜢（蚱蜢）、挖蚕蛹、摸螺蛳。看它们你争我夺、狼吞虎咽的快活样，我也喜滋滋的。

10多天后，我放学后就赶着它们到水渠、河边自己觅食，放松戏耍。甫入水，天生是游泳能手的鸭子们扇动着翅膀，鸭蹼在水中划动，自由自在地游弋，犁开一条条金光闪闪的水路。黄色的毛、嫩红的掌，与一汪碧水、翠绿野草、岸边垂柳，构成了一幅悠然的、生机勃勃的画面。有时，它挺直身子，在水中抖动；有时，它双脚倒立，扎入水中，溅起水花晶莹；有时一个猛子，在几米外蹿起，舞动双翅，嘎嘎叫上两声，似乎在炫技。骆宾王的诗句“白毛浮绿水，红掌拨清波”虽然是描绘鹅的绝唱，在这时用来写照鸭子，同样适宜。还有苏轼那“竹外桃花三两枝，春江水暖鸭先知”……

为便于指挥、调度，我到自己竹园里斩了根细长竹，竹梢上扎一布条，稍一挥舞，像队旗飘飘，亦如军旗猎猎。慢慢地，鸭子们听懂了“口令”，“噢嘘”是催赶，“嚯嚯”是唤回。一个多月后，鸭子进入变声期，幼时统一的“嚯嚯”声变成“嘎嘎”声，雄性沙哑、雌性粗放。

这时的鸭子食量大增，常常像吃不饱的“饿煞鬼”。我从河里摸蚌、耥螺蛳，敲碎后让其食用。正好也进入车田耕翻插秧时节，种过蚕豆、小寒、麦子、菜籽的旱地放水灌溉后，大量的蛐蟮涌出地面，那是鸭子们最欢快的时刻，也是日长夜大的时段。我把一时吃不完的蛐蟮捡拾起来，用桶、用缸拌上干泥块养着，备不时之需。

“入伏”后的后浜头是最闹猛的。小河中，我们与鸭子或轮流“坐庄”，

“你方唱罢我登场”；或嬉戏共舞，“我被人驱向鸭群”。

鸭子也有撒泼胡来的时候。它们欢喜刚种上秧的水田，农人却绝对禁止它们插足。刚插的秧苗还没在泥土里定根，鸭子没头脑地进入，会弄浮秧苗。可刚刚列队摇头摆尾行走在田埂上的鸭子，一见到秧田里欢蹦乱跳的“鸽端”等可食之物，便一窝蜂冲进去。无奈，喊“噢嘘”、挥长竹、丢泥爿，好不容易把鸭子赶出来，还要忙乎着下水田去把歪倒、飘浮的秧苗补正。也有睁一只眼、闭一只眼的养鸭人家，任由鸭子“倒贱（损害）”秧苗，故有“针尖对麦芒”者，为防鸭子闯入，采用极端手段，在稻田里撒上拌有剧毒农药的麦粒，鸭子一旦食用，那真是“一脚去（没救）”了。

乡下俗语，“鸡怨家，鸭朋友”。几户人家的鸡是走不到一起的，有时还相互斗啄。而鸭子不管谁家的，往往成群结队玩得欢，到天色渐暗，在主人的呼唤下，才依依不舍地回到自己的棚舍。俗语又说“牛吃稻柴鸭吃谷，各人修个各人福”。事实上，很少有将稻谷喂鸭的场景，因为那时人也吃不饱肚皮，哪有“鸭吃谷”的福分。

约摸 3 个月后，经历过蜕老毛、长新毛的磨砺，鸭子成年了，也为辛劳了一季的农民农忙后的枯肠补点油水提供了可能，那最肥壮的雄鸭或许就成了“盘中餐”了。多数情况下，雌鸭都要让它成为“蛋髭”产蛋的，直到两三年后随着产蛋率的降低而被淘汰。

至今几十年过去了，年少时那充满童趣、又为家庭生活负重稍做分担的养鸭时光仍在眼前晃动着。

（载《闵行老干部》，2023 年 7—8 期）

地下有蛐蟮

大热天，一场雷阵雨后，几条蛐蟮在小区路上艰难地扭动身姿，这是蛰伏在土地内的蛐蟮爬出来透口气。我把它们拨回路边，也让记忆激活并闪回起来。

说到蛐蟮，大多数人是熟悉的，城里人叫它蚯蚓。乡间地头，只要翻开土就有它。它没有脊椎，没有牙齿，又聋又盲，仅是一两指长的柔软蠕虫，身貌丑陋，体肤有黏液，作用顶多是松松土壤、钓鱼作为饵料和喂饲鸭子。

那些年，农村的人少不了养些鸭子，鸭子最喜食的当数蛐蟮。开春后，农人落谷播种需在旱地里放水车田，经过一个冬季蛰伏的蛐蟮浮出水面。赤足在早春冰冷刺骨的田里捡拾蛐蟮，从孵坊内刚捉来的小鸭正好食用美味。刚孵化出不久的小鸭是吞咽不下“一虎口”长的大蛐蟮的，就要用剪刀剪成小段，再拌些莴笋叶，也算是荤素搭配。待早稻秧苗壮时，蚕豆、小寒已采摘完，田里收干净，一放水，蛐蟮层层叠叠，一抓一大把。赶一群“潮头鸭”在水田里，那是它们欢快觅食扑腾的好时节，仿一句名言叫“春田水暖鸭最欢”。这也要瞅准时机，放水车田半个钟头间是蛐蟮最多最好拾的，拾回去也是最能养活的。待吃足水分，要么奄奄一息、爬向田岸，要么舍生取义、腐烂成肥。

蛐蟮是传统的钓鱼饵料。不过这个蛐蟮是细小的红蛐蟮，生活在牛棚、猪棚周边。我挖过它，养过它，以它钓过鱼，还在脱离田地后买过它。以它钓鲫鱼再好不过，但钓菜花塘鳢鱼，它不如青蛐蟮。那是后话。

做农人时关心的，主要是青蛐蟮。它们的有无、多少，能反映出地力的肥瘦。资料表明，这一条体重不足30克的生物，身体结构已经高度适应了地下生活。它们的活动改变了土壤中各种成分的比例，提升了土壤吸水与保水的能力，丰富了土壤中的营养和微生物群落的多样性。可以说，蛐蟮的活动让土壤更加适合农业种植，它们与人类共同协作，从大地上攫取赖以谋生的资源。

蛐蟮有极强的再生能力，耕翻、松土让它断成几截，它照样能愈合生存。可能有人不知道，它会发出“唧唧唧”的声响，很像赚绩（蟋蟀）叫，时而高亢、时而低沉，时而连续、时而间断，发声过程中还可以不断变调，堪称大自然最出色的歌手。实际上它没有发音器官，是在地底下身体与土地摩擦时的鼓胀声。

蛐蟮干还是很好的中药材，称“地龙”。我国最早的中药学专著《神农本草经》中收载的67种动物药中就有它。具有清热、定惊、通络、平喘、利尿的功效。有一段辰光，蛐蟮多到捉不完，鸭子吃不完，只好放归大地。一趟到镇上去，我有心到国药店请教，是否收购地龙干？药师说，要的呀！只是一定要品质好！于是，趁车田，捉来一提桶蛐蟮，用剪刀从头到尾剥开，以清水洗净，摊在竹箕里晒。一弄才知，这东西很难晒干。早晒出，夜收拢，大概晒了起码10个日头才硬板干爽。交到国药店，换得了差不多3元钱的收益。故伎重演，可惜，要么落雨多、日照少，发霉了；要么晒在外头，逢雷阵雨来不及收进，一包烂污。大伏天里，我还不顾大汗淋漓，尝试着在低矮的灶披间里用煤球炉烘干，一不留神烘焦了，前功尽弃。以后，就不弄了。

资料显示，从饲料应用看，它富含高蛋白，适合动物食用；从食品应用看，日本等一些国家早已制成美味食品；从环保应用看，它能处理垃圾及废物来生产优质有机肥料，还能清除或减轻土壤的重金属污染。

再见蛐蟮，散发点感性。从另一个角度去想，丑陋的、不起眼的、平凡的蛐蟮，其品格还值得人类敬佩：不知疲倦，不顾劳累；不图享受，不求索取；自食其力，自我愈合；无怨无悔，无私奉献。一呼一吸、一伸一缩、一退一进间，生命搏动延展，大地得以富饶。

自然界的美，在于它的广袤无垠，也在于它的最细微之处。我们已经进入了太空，对浩瀚的星空进行探索，而地底下许多未知也等待人们去揭开神秘的面纱。由蛐蟮，我感受到了大自然在无声中给人们的万象与启迪。

（载微信公众号“老小孩”，2020年8月6日）

捉黄鳝

小暑以后，直至秋分，只要有心、用心，市郊农村稻田边、河沟里，都能捉到黄鳝。那时还没有养殖，肯定是野生的。方法嘛，有多种。

常见的是钓。到车行，拾一根自行车废钢丝（辐条）。一头用砂轮磨尖，弯成鱼钩状，另一头绑根尺把长、筷子般的竹爿。到田里随便挖几条青蛐蟮，穿装在钩子上。“小暑”以后，趁农活间隙，去沟渠河边寻觅鳝洞。洞口留下点状脚印的是蟹洞，光滑且临水平面的才是目标洞穴。观察一番，把钩子轻轻地顺洞探入，近底时稍稍上下左右逗引。洞穴内的黄鳝甚是警惕和狡猾，需要耐心周旋，让它确认是食物在不经意间撞上门。如果一不小心戳痛了它，它就蜷缩不动，死活不理你了，让你留下些许遗憾。搞得好的话，几分钟，就会把咬钩的粗鳝从洞里拖出来。

钳夹也有效。寻两根半米长毛竹爿，头部近“一虎口”处削成薄片，用锯或刀弄成锯齿状。两根合起，在头部三分之一处打个小洞，穿入螺栓拧到张合自如成剪刀状。这个工具成了，称鳝夹。入夜，打着手电沿稻田岸巡查。酷暑之夜，黄鳝会在田岸脚平躺蛰伏乘凉。瞅准时机和部位，眼明手快，用力一夹，它就在锯齿钳的钳夹下动弹不得了。讲不定昏光中夹起的会是一条水蛇，让你稍稍一惊。

文雅的捉法是用鳝笼。这个比较专业，由竹匠用毛竹蔑编织成手臂粗直径、L 形的圆笼，一头入口处做成只能进不能出的倒戗。里面穿一条蛐蟮作为诱饵。太阳落山黄昏头，把笼子放置于河塘内的鱼窠草（水花生）里，用一把长柄铲，随便垦一块泥爿压住笼子。一路过去一路放置，再抽支烟，两三个时辰后，循原路用长钩子钩回竹笼。运气好的话，差不多一半的笼子里都有了收获。

最为神奇的是徒手捉。那时我刚结婚，丈母家宅上有一绍兴籍女婿，捉鱼捉虾都是能手，最精到的是捉黄鳝。夏夜，一个人背一叶小舟，专拣河汊里鱼窠草兴的地方去，没有任何捕捉工具。小舟轻轻地放入草丛，草丛中素雅的白花与天上星星交映，也有蚊虫在耳畔嗡嗡。他无暇顾及，专心致志，乘舟双手拨草前行，不知见到了什么，忽停住，用手缓缓搅动水花。瞬间，就把一条粗壮的黄鳝顺手甩入船舱。再前行，故伎重演，手到擒来，令人眼花缭乱。后来才弄明白，雌雄同体的黄鳝伏季里产卵于水草间，他找到它的产卵地，搅动水面时，警惕性特高的黄鳝认为有外敌入侵，本能奋力保护刚繁衍的后代。说时迟，那时快，一瞬间，黄鳝乖乖就擒。一夜天，总要捉个十几斤，且似乎永远捉不完。

“直捣黄龙”大概是最无技术含量、最费工夫的捉法。秋后，收割后的水稻田只剩稻根子，水渠、大明沟里的水快要干枯，握一把平时开沟用的“挨扦”，一路找寻黄鳝留下的蛛丝马迹。忽发现一摊薄泥似与众不同，轻轻地拨开，一个大拇指粗的洞穴展现。此时，只要费力去挖，直至洞底，必有一条大鳝让你觉得工夫没有白费。

往事如烟。如今，满是河汊水草的水乡场景，有艰辛、有遗憾、有收获，有趣、有味的捉黄鳝过程已成过去，黄鳝只能“碗里捉”了。

（载《上海老年报》，2020 年 10 月 8 日；《三冈水》，2020 年 9 月号）

丮合周

看到题目上这三个字，不要说 20 世纪 80 年代后出生的后生们不知所云，就是年长些的大都市城里人，也云里雾里吧。可这确确实实是我们市郊水乡这代及上辈人再也熟悉不过且大都见过、做过的事。简单地说，丮合周是捕捉小鱼小虾等河鲜的方法。

“丮(音‘笃’，动词)”，原意为丢，或用指头、棍棒等轻击轻点。这里指抛出去、甩出去之意。“合(音‘鸽’)周”，是一种带有长竹竿、口沿半圆形的小渔网，将其抛入河中后慢慢往回拖，能捕捉到鱼虾、甲鱼、河蚌等。挚友褚半农所著《上海西南方言词典》《莘庄方言》，均收入了此词条。

江南水乡多河浜，那时水质好，河虾也多，用丮合周捕捉一般不会空手而归。此法虽无多大技术含量，但要有收获也得费些神思和工夫。

我先后有过两个合周网，一小一大，都是自己做的。

先做的是那个小的。用一根毛竹爿弯成半圆弓形，两头以一根树条做网口横档。寻到一顶夏布质地的破蚊帐，拣完好处剪成网状，留以一定幅度网兜，把它固定在半圆形的框架上。到家西头竹园里斩一根粗壮长竹，削去枝丫、梢头。在网兜框架两侧绑上两根细竹竿，与长竹竿构成三角形辅助支架。这算是制成简易的捕捞工具了。

甫成，就掮起合周网，兴冲冲地到后浜头试试效果。第一网，做个虎势丮出去，顺着竹竿使力压到浜底，双手轮换往回拉近浜滩，出水后顺势一颠，让网罗之物倾于岸上。此时此刻，混杂在水草中的两枚鳑鲏鱼闪着银鳞，几只白米虾活蹦乱跳，多颗螺蛳静静躺着。它们似在不明就里地提问：谁搅了我的春梦？如此几番，吃夜饭时，家里的小台子上算是有了点鱼鲜荤腥味。

好景不长，没用多少日脚，那个破蚊帐做的网就彻底破烂了。咋办？工欲善其事，必先利其器；办法总比困难多。凭线票(那个年代凭票购线)，买来几团鞋底线。再觅来几片毛竹爿，制成织网用的网梭(俗称“网针”)。其长约一“虎口(十几公分)”，中间抠成一个绕线、过线孔扣。一头尖，另一头修成两个挡线脚。用纱皮打磨一番，使其光滑。按大致尺寸和网目，大约用了一周时间的早夜，学着织成合周网。还从“杀猪作（屠宰场）”讨来若干猪血，将新织成的网浸泡在猪血里，放到大锅里蒸，使之结实耐用。

如此这般，新的合周网诞生、启用。比起原先那个，尺寸大了，分量重了，结实、牢固度高了，[illegible]出去也更费力了。产生的效果如何呢？

那日，春光明媚，菜花正黄。把合周网丟出去，它即靠网身的自重慢慢沉到水底，轻轻地往回拉的时候，忽听“轰隆”一声，紧拉紧赶。拉至岸上一看，一条带着漂亮花斑、斤半把重的肥壮鳜鱼张牙咧嘴、脊刺展开、气势汹汹，可已是囊中之物，再蹦跶也无济于事了。有点可惜的是，这条鱼最终未能成为捕获者的盘中餐。因为囊中羞涩，自己舍不得享用，隔日上集贸市场换回了些许猪肉，让那枯肠沾了点久违的油水。

时过境迁，初夏已临。那年少时，初春、晚秋、冬末三季丟合周的情景时而浮现，大概也是乡情、乡结与劳动、勤劳结合起来留下的烙印吧。

（载微信公众号“老小孩”，2023 年 5 月 6 日）

闲话“驐”事

见友抱了个小狗上宠物医院，我无意间顺便问了声，做啥去？其一笑答，做绝育手术。别过后，脑海里忽然闪出现在不大讲的“驐”字和“驐”事。

“驐”，字典上标音 dun（敦），本地方言 den（登）。啥意思？阉割，割掉牲畜的睾丸或卵巢，净身、去势。如驐猪、驐狗、驐鸡鸭等。

过去农耕时期，阉割家禽家畜，不管雌雄，统称“驐卵子”。是常事，也绝对是个技术活。我们公社里兽医出名的钱师傅、老王，村里的小阿友，都是行家好手。

那个时候，禽畜是重要的集体或家庭财产。所以，兽医也绝对受到尊重。兽医交道打得最多的众牲当是猪猡。集体化时期，一个生产队总有几十头乃至百余头猪。而当小猪猡二三十斤重时，是驐卵子的好时段。再小，抵抗力差，易感染，影响发育；再大，发育趋于成熟，伤害会重。那为啥要“驐”？是让众牲丧失欲望和功能，一门心思长肉长膘。否则，被雄雌激素触发，“起叫”、拆棚、追逐斗殴样样来。

那天，饲养员无意中透露，兽医要到养猪场来做“騸”事，我们一帮“囝串头”早早候在那里待观摩。

一歇，兽医骑着“老坦克”到达。边接过饲养员递上的烟过“念头”，边从医药箱内取出几把早已高温消毒过的手术刀摊在纱布上。丢掉烟蒂，说一句“上手”，即让饲养员捉来小猪将其放倒，揪耳拽腿，侧卧摁住。兽医在小猪腹部近大腿根部用酒精棉花擦几下，操手术刀准确、适度地划开一两厘米的口子，左手一捏一挤，两个肉嘟嘟的卵蛋就显了出来。往光亮的皮囊上再轻轻地划上一刀，顺势一挤，裹着白衣的猪卵子“哧溜”一下凸现。切断精索，一抹红药水消毒。提起后腿，轻轻晃动，算是复位。

整个过程一气呵成，不满两分钟。我们瞪大双眼，大气不出，惊叹不已。

如果是雌的，则难度稍高些。见他用刀划个口子后，先用手指伸入创口探明卵巢，再用手术刀另一头的弯钩插入，勾出一团“花花肠子”，此乃输卵管。切断后照例抹上红药水，提后腿一晃复位，把猪归入猪圈。无论雌雄，只要不是太大，无须缝合。

只几支烟的时辰，一窝 10 只小猪全部“騸”好。饲养员在小猪耳朵上剪个口子，算是做了“记认”。

也有社员借机提着家里的童鸡、童鸭来，请兽医帮忙“騸”一下。敬支烟、送包烟、给个一两角钱，都笑纳后顺手而为。

兽医收摊时，将“騸”下的“成果”串上钢丝，收纳而去。说是放上大蒜等去腥物小炒，是难得的下酒菜。

散开来想去，封建时代的太监宦官称“阉人”，也都是做了“騸”的手术的。去雄性特征，断情欲冲动。据说明太祖朱元璋曾为屠夫兼騸匠作联：“双手劈开生死路　一刀斩断是非根。”通俗、形象里含“皇”气、浩气、煞气。

人类进入现代文明，“騸”的技术亦越发先进。很长一个时期实行“计划生育”，“绝育手术”本质上就是古代传下来的“騸”。

小辰光乡间“发小”吵闹，有时也骂“騸脱侬只小卵”。这要看语境，有时属戏谑，有时含刻毒。

20 世纪 70 年代前后，发展副业兴养鸡。肉质细嫩鲜美、大受欢迎的浦东“九斤黄”等，大都为“騸”鸡。

“騸”部首为“馬”，想是古代以“騸”马为要，而造出此字的。

实际上，除了“皺”，本地话还说“xian”（音“先”）。一般小字典无此字。同乡好友褚半农在《上海西南方言词典》《莘庄方言》内用了“扌”手旁加“先”字，让此方言保留。

（载微信公众号“老小孩”，2021年8月9日）

昔日卯时会

卯时，我国古代计时法，指早晨五点到七点。此时要约会、聚会抑或开会？是的，要开会。

卯时开什么会？为啥要在卯时开会？因为，农业生产必须依时令、节气、气候进行，不然，老天爷是要给颜色看的，甚至颗粒无收。所谓“只脱时辰，不脱日脚（必须在某日做好某事）”，乡村俚语“戳牛皮要看天气”话糙理不糙。农业生产中，此类谚语很多，如：“寸麦勿怕尺水，尺麦怕寸水”“麦熟过顶桥（麦子成熟快）”“六月勿热，五谷勿结”“白露里的雨，到一处坏一处”，等等。所以，每到农忙时节的关键时辰，借出工之前的短暂时间，到田头开个生产现场会，就顺里顺章且有必要了。

记忆中的卯时会还不少。如：黄梅雨季，要开沟排水。看似简单，也有窍门。麦田、油菜田、棉花田、水稻田，不同的作物有不同的要求，有的要上宽下窄，不易塌陷；有的要上窄下宽，可充分利用土地面积。这就有了开沟的卯时会。本地谚云“棉花靠塔，水稻靠挖，三麦靠压”，是说棉花要塔（锄，松土）“莳里着个洞，赛过下膏用”，关键辰光松土，赛过施肥；水稻靠挖，及时耘稻，促进根系生长；三麦靠压，冬季要用浇泥浆或用推花榔头拍压，促进根实茎粗。故，这几个时令中往往要开卯时会。再如“稻谷不登场，药水还要打”。某年国庆期间，水稻经抽穗扬花灌浆，看上去丰收在即。逢节日，笃定休息一下。没想到，那个叫“稻飞虱”的小虫趁机发势。还好，大队长节日不忘一早兜田头，及时发现，立马通知各队队长和植保员开卯时会，喷洒农药把虫害压了下去。

卯时会，是短会，针对性强，及时有效解决实际问题。这种做事的作风，对当今是不是还有一定的值得借鉴的意义呢？

（写于2018年7月10日）

记得那年学种秧

在这个“赤日炎炎似火烧”的酷暑，我孵在空调间，回想当年这个时节学种秧的事，依旧历历在目。

那年我14岁，读完中学回乡种田。虽说“种田没有老师傅”，事实上种田也要学的，学徒工的工分是起步的“三分工”。

记得那天，喇叭头里气象预报的温度是36度。东边的天还没有完全泛白，我就随着仓库场角上“铛铛”敲响的铁板声下田了。

开早工拔秧。这是种秧的前奏。跟着男女老少下到秧田里，我学着老农的样，两只还算稚嫩的小手紧紧贴住秧田的泥面，抓住四五株苗五指联动不轻不重地拔起来。“唏唏嗦嗦”左一手，右一手，左右开弓。两只手里都抓得满把了，就交叉合并为一大把，在水里捋净秧根上的泥土，再捏住秧腰“扑扑”上下晃荡几下，使其齐崭。然后左手捏紧，右手抽一根先前备好的稻柴，不紧不松地扎实，排列于身后。

到天透亮时，蓦然抬头望，前头是一片茁壮的待拔秧苗，身后俨然卧着一条蜿蜒绿色长龙。虽然时有小虫“猛乓子”叮咬，也偶有蚂蟥吸附脚板、小腿或钻入皮肤，农人们习以为常，坐着拔秧凳，有说有笑。这毕竟是大忙中难得的不喘粗气的活。

随着上午连下午的挑草河泥、塮肥下“膏用(肥田)”，大拖拉机、小拖拉机耕翻，使牛划田，下午3点多钟，待种秧苗的水田被老农整理得平如镜、白似银。挑秧的男将已将早晨拔的秧把均匀地抛在水田里，几个手脚快的女将绷起秧绳。队长一声令下：可以种秧了！

似乎是约定俗成，种秧的人们顺着风向来到下风头岸脚，十几位秧女“扑扑”接龙着下水田，男人“老烟枪”笃悠悠把两支“劳动牌”香烟接起来抿于嘴唇点燃也下了田。队长不让我等这帮“学生活”的“团串头”跟上去，而是要我们靠田岸种。后来才晓得，你新手种秧速度跟不上大部队，就要被“关”在中间，到时进退两难。而让人家“救”，是很没“落场势(面子)”的事。靠田岸边，虽可“出入自由”，但偶有“犁筋”牵绊，熟手也嫌弃的。

看着老队长他们，左手抓起近旁秧把，右手把扎在秧腰上的稻柴轻轻地一拉，然后把左手的秧苗，以右手拇指、食指、中指敏捷地拈分，让四五根秧苗合成一撮，右手食指、中指贴住，往水田里插去。不深不浅，不偏不倚，左右默契。在右手指撩起的水花不间断跳跃中，秧苗于双腿左、中、右各两株，笔直挺立，行距株距匀称。人的身体亦随双腿自然缓缓往后移动。当然不能乱动，不然会产生“脚迹壳”影响秧苗入地。我跟着、学着，慢慢有了点感觉，也移动着种到了大田中央，但腰酸背痛的不适也随之袭来。

忽然，乌云遮天，一阵风吹来，落起“阵头雨”。已经种到田岸边的人迅速穿起塑料雨衣、雨披，转到头上去另起一行。在田中央的则继续弯腰曲背、头也不抬地双手右左右左不停歇，直至到岸。

就这样，种完一行又一行，逐步把水田均匀地铺满了绿色。环顾四周，夏风吹动着嫩弱的秧苗，微微抖动。雨过了，天蔚蓝，云白的。人、秧、绿，在水田中缓缓移动铺展；汗水、田水、雨水，在交织着时时流淌凝结。对此场景，或许让文人生出诗情画意，而农夫却有苦无从说。就这样，草草吃过夜饭，亮起“太阳灯”再种，直到完成当天的计划任务才拖着疲惫的身躯收工。就这样，在以后的一个又一个早晨、白天、夜晚，因长期浸泡于三四十度含塀水氨水等易腐成分的水中摩擦，手脚破损、溃烂司空见惯。

之后，我曾读到布袋和尚“插秧诗”：“手把青秧插满田，低头便见水中天。六根清净方为道，退步原来是向前。”看似浅白平易，却饱蕴禅机。一晃到如今，50 多年过去了，也 30 余年不种秧了。时代在飞速前进，生命在后退中逐步耗去。然而，对“汗滴禾下土”“粒粒皆辛苦”的体会，对“后退即前进”的哲理，认识却愈加深刻。“这不过是个开场”，当年高温下学种秧的情景，连同一路走过来的感悟，是为人生不可或缺的铺垫。

（载《三冈水》，2022 年 9 月）

乡间冬日即景忆往

抄脚炉

相比于北方，南方的冬天是湿冷，感觉上比北方更冷得难熬。靠啥取暖御寒？过去，市郊农家是离不开脚炉的。

脚炉由黄铜制成，盖子上有多眼小孔，还排列成花絮状。因经年使用，泛着淡淡的黄光，锃锃亮。早晨，乡民烧好早饭，第一件事就是把灶肚里未燃尽似炭状的花箕柴抄到脚炉里。有条件的，脚炉底里放上砻糠或木屑，使脚炉里的热量更持久些。刚抄，会冒阵子烟。一歇，烟尽了，就可盖上炉盖，让其慢慢延烧。烘脚烘手烘衣裳，暖烘烘的。几个时辰后，热量稍减，随便找个竹爿，沿炉边轻轻翻动，火又弥漫了，热量上升。脚暖了，周身就不冷了。

嘴巴馋时，可在脚炉里煨上几粒玉米。把橙黄的玉米粒埋入灰内，一歇歇，“扑”的一声，玉米粒破灰而出，黄色的衣爆开，露出雪白的梅花状的肉，甚是养眼，很有乐趣，喷香扑鼻。

到夜里睏觉前，把脚炉放入冰冷的被窝里焐一歇，待会儿上床就不会钻冰窖了。脚炉取出被窝，还可让它再发挥余热。把布鞋、棉鞋放在脚炉上烘着，到明朝起来，穿进去是暖暖的、干燥的。脚炉，真是彼时节能环保取暖找乐的好器物。

脚炉也烘被

乡间冬季取暖用具中的脚炉，当主要以脚取暖为主。类似的还有手炉。而被窝取暖，大多用汤婆子。安全、温和。但我小时候，确实用脚炉烘被，这也许是不得已而为之。一是要用的人多。我有两个双胞胎弟弟，再有一个落脚妹妹。都要用，那小的要优先。二是穷，人手一个买不起。我做兄长的，只能用个破脚炉。说是破，那是因为摔裂了，又不舍得丢弃，就请铅皮匠补了块铁皮继续用，以致烘被窝时不小心会钩破床单。三是弟妹幼时，如尿床了，没空换洗，就局部洗净后用脚炉烘干再说。

脚炉烘脚，天经地义。烘被，确有一定危险性。所以，要随时观察，随时移动。一个忽略，就会烤焦床单。一般夜里睏觉前，稍稍烘一下，待人钻进被窝时就取出。有时暖烘烘的舍不得取，睡着了，或者睡梦中脚一蹬，脚炉翻了，那就闯穷祸了，又一阵子手忙脚乱。

搓稻柴绳

寒冬腊月，农活相对闲了些。事实上，农人是闲不住的。除了罱河泥、浇泥浆，冬翻等侍弄泥土的活，还有一项常规必做的活，那就是搓稻柴绳。

把秋收时脱粒后收藏的上好稻柴脱去近根部的柴壳，浸水一两个时辰，取出后用木榔头轻重适度地敲一敲，使其柔软。按照粗细需要，以两三根稻柴为一股，两只手捏成两股，在两个手掌间呈螺旋状朝一个方向使劲搓紧。临近三分之二时再左右交替不断添加新柴，使之不断延伸。如此这般，用稻柴手工搓揉而成的绳索在搓绳者身后不断延长。

搓稻柴绳貌似简单轻松，其实不然。一是要用暗劲，否则搓出来的绳蓬松不结实，不经用；二是手掌皮要老到，初学者往往会搓破皮。待操练久了，手掌慢慢磨砺得起茧了，功夫到了，搓出来的绳才紧实挺括，粗细均匀，经久耐用。当时，生产队里规定了每个劳动力的基本任务，然后记上工分。队里用它搭小蚕棚、豇豆棚、丝瓜棚等蔬菜棚再好不过了。

搓绳再绞索

手搓的稻柴绳有小手指粗，主要用于蔬菜搭棚、捆扎。20 世纪 70 年代前，还在耕牛耕地时期，需要更粗些、牢固些的犁耙家什用的绳。那称“索”。“索”搓不起来，要两个人配合着绞。

先把稻柴脱去根部柴壳，浸水一两个时辰，取出用木榔头敲软。然后，一人为上手，配一下手。上手坐实，取柴五六根对折，中间穿一虎口长的木棍。下手双手不断转换木棍朝一个方向绞动，上手如搓绳般不断添入新柴，使绳索延伸。

绞索时上下手需密切配合，谁也不能差野心。越到后绳越长，越吃分量。如果谁一个忽略一松手，那绳索则瞬间反弹，扭成麻花状，前功尽弃了。

这绳索绞到一定长度，需再对折，利用反弹扭力，顺着原来的纹路使劲辫入成双股。这叫辫索。此时不再添新柴。

在那个还少有塑料尼龙绳使用的年代，用稻柴编成的绳索在农业生产中发挥着不可或缺的重大作用呢！

舂　粉

过年前，乡间必要煐糕，慰劳自己，讨个吉利。那时还少有把米碾成粉的粉碎机，只能人工操作。

把隔夜浸泡、淘洗干净的粳米、糯米，按一定的量倒入尺半大小石头凿成的石臼里，用木柄上端加上石块的舂杆使劲舂，使米粒粉碎。到一定程度，勺出用细密绷筛筛出细粉，其余再入臼舂。循环往复，直至全部成细粉。这样做，少量的米还可以。米多的话，既吃力，效率也低。

乡间自有智慧在。不知是哪朝哪代传下来的，乡民把石臼埋入地下三分之二，后方制成跷跷板状的踏板，中间按木轴，前方头部装上舂杆。舂粉者站在这翘板上，一脚向后用力，使舂板上升，另一脚向前用劲，使舂杆落下。利用这杠杆原理，舂粉自然省劲多了，效率也高。

人们边舂粉，边说笑，边期望着米粒快点变成细腻光滑的米粉，回家再经过溲粉等工序，炭出又香又甜又糯的方糕、桶蒸糕来，快快乐乐过春节。

炭糕阵仗大

炭糕工序复杂，阵仗蛮大。先是溲粉，即把颗粒状的白糖溶化于水，将糖水拌入米粉。再把半干半湿的米粉用比绷筛稍粗些眼子的竹筛筛过，成芝麻粒大小的糕粉，这也叫茄糕粉。

制糕模具叫糕蒸。在糕蒸底里铺上一层细竹帘，再铺上一片湿布，将溲过的糕粉均匀倒入，按糕蒸的分隔点加入馅料。这馅多数是豆沙。豆沙已在隔夜利用灶肚里的余热用瓦罐煨熟，取出后沥去豆衣残渣，拌入适量猪油、冰糖，在镬子里炒过，逼去多余水分，使其甜香糯。放好馅料，上层再覆盖足量的糕粉。考究点的，撒上些许枣泥、葡萄干、胡桃肉、红绿萝卜丝。再使劲按压模板，就成型了。这些动作欢快、愉悦得如惠风和畅。

此时，灶火正旺，水已滚烫。可上镬蒸糕了。在众人的期盼中，刻把钟，一锅热气腾腾的米糕出笼了。氤氲的雾气，映衬着炭糕者豁然、甜蜜的笑容。在出镬糕面印上植物制成的“一品红”作为点缀，并迅速取起糕蒸翻入早已备好的帘子上，又把下一笼放入镬中。这是方糕的做法，不过桶蒸糕也大同小异。

古法手作，才有浓郁的年味，才能让品尝者感悟那传承着的历史的醇厚味道。

（载微信公众号“老小孩”，2018 年 1 月 21 日、1 月 26 日）

冬日弄土

泥土，农人与它一辈子打交道，离开它不能生存，它是命根子。相比之下，春天泥土的清新、芬芳，夏时泥土的炽热、奔放，秋季泥土的成熟、雅致，冬日泥土却别有一番风姿，它内敛、蓄势，孕育着来日的奋发。别说冬闲，农人对冬日的泥土自有独特的侍弄。

冬日的泥土，除了越冬作物，看上去都是荒芜的，残草枯叶，凄凉萧条，但不要责怪它，这是它在休整，相信过不了多久，定会绽出一片葱郁新绿。此刻，农人们照样是忙碌的。

首先是翻耕。农人惜土如金，也了解土地的脾性。一般都要排好茬口，或轮作或套种。对留出的秧田、麦田垅（按垅种植麦子，待麦子收获时，垅里套种的西瓜甜瓜正好爬藤），冬日里是要进行翻耕的。让土地经受霜雪冰冻的洗礼，冻死病虫，感受阳光紫外线的照射，土地会变松变肥，使得其中的元素更适合作物的生长。

冬日弄土，最有计划成规模的是开河，因为水利是农业的命脉。我参加过有数十万大军参战的市级淀浦河、大治河，数万人上阵的县级竹港、横沥的开挖疏浚和后勤保障，公社级的就更多了。从20世纪70年代到90年代，冬日里没有停过一年。开挖疏浚河道的泥土丰富多彩，不同的地域、等层，有褐、黄、紫、黑等颜色；有熟土、僵土；有青紫泥、流沙泥。不同的泥土有不同的特点，用不同的开挖方式，也有不同的去处。农人们沉浸其中，饱尝着侍弄的酸甜苦辣。

冬日，是平整土地的好时机。60年代初，上海市郊许多农田还是七高八低、七大八小的。突兀高出的称高亢地，它灌不上水；低的排不出水的叫“箱子田”（低洼地）。这都会影响种植继而影响收成。农人们借冬日，做局部平整。这可是个力气活，即使是寒冬腊月，内衣还是湿漉漉的。人们用最古老、传统的铁搭坌地把泥装入畚箕，一担担地挑走。有人手上虎口裂开了，有人肩胛磨破了皮。到60年代末才有了拖拉机的帮忙。

庄稼一枝花，全靠肥当家。刚平整过的田地，肥力更是贫瘠不足。冬日，最传统、最经济、最有效，也是最费劳力的办法是“上河泥”。一种是罱河泥。农人撑着小船，捋着冰冷的甚至结有薄冰的竹篙，用罱网把日常世久积存在河底的污泥罱入船舱，满舱后用滑抄拷到沿浜的滩基里，再用粪桶挑到田头，对已种的麦子油菜等作物浇上泥浆。这对作物来说，既上了滋补品，又盖了棉被。再一种方式是车干河浜，男女老少齐上阵，干湿河泥都上岸。当时有沪语歌曲《社员挑河泥》唱响市郊：“社员挑河泥，心里真欢喜，扁担接扁担，脚步一崭齐。挑过小麦地，穿过油菜地，菜花蜡蜡黄，花香醉心里。眼看小熟长得好，我伲浑身添力气。为了水稻大丰产，勿过清明就运肥。勿怕汗水湿透衣，劳动号子震天地，今朝挑来千担肥，粮食丰收在眼前。”虽然其中的描摹有商榷之处，但确实，社员头上冒的是热气，脸上、背上流的是汗水，冻得红肿的手指，手掌里满是裂开的坼纹，嘴巴里喘着粗气，可眼睛里分明看到的是土地的回馈。

乡村冬日的泥土是悄无声息的。它腾挪着方位，变换着身姿，或躺着、或卧着、或依着、或撑着，既有挪移的生疏，又有翻腾的喜悦。是的，土地无语，但土地有情。农人甘与土地为伍，与之亲近，说到底是为了生存。冬日弄土是善待它、感恩它、回馈它，让大地上的人更好地生存。我当年感触没有这般深，只感叹农人苦、累，及至有了这般感受的时候，这里已经逐步深度城市化了。

（载《寻乡记》，上海书店出版社，2019）

节气及其他

种了半辈子田，如今也成“城里人”了，但随着年龄的增长，对节气的概念却愈发在意且清晰。

农历二十四个节气，是老祖宗留下来的。据称形成于春秋战国时期，按地球绕太阳公转位置划分、设定。它反映季节变化，指导农事活动，影响千家万户衣食住行。当然，在现代城市，生活在钢筋混凝土里的人们并不太敏感了。大致是天气热了、冷了，晴了、雨了的粗概念。实际上，有心去想，就会觉得，这节气如同这世界上的一切东西，都是有根有脉、有因有果的，不能想当然瞎来来。

节气有起承转合，且充满禅机。每一个节气，都大有话头。随便讲一个属于春季的“惊蛰”，一声惊雷来之前是有许多铺垫的。先是“立春”了，冰冻融化了，有了点“雨水”滋润了。一声霹雳，无疑是春天提炼出的一颗灵丹，它使沉睡的草木、庄稼作物及蛇虫百脚那些个生灵们开始萌动，伸展手脚，让该醒的一切都醒了，大地回春了。再如夏季的“小满”。有“小暑”就有“大暑”，“小雪”之后是“大雪”，“小寒”随即是“大寒”，而跟着“小满”的是“芒种”，没有“大满”。为啥？古人说了“谦受益，满招损”。

农人对节气是敬若神明的。很多农谚与节气有关。“白露”里的雨，到一处坏一处，是说此时的雨水对作物影响大；“寒露”吼青稻，“霜降”一齐倒，是说该是收获的季节了。印象中最艰辛最疲惫不堪的是“立秋”。彼时市郊农村盛行“三熟制”（一年种“麦——稻——稻”三季粮食作物），不种“立秋”秧是铁律，就是晚季稻必须在“立秋”之前种下去，否则，老天爷是会给你颜色看的，那就是稻穗不低头，瘪谷多、产量低、品质差。“立秋”前夜注定是个难眠之夜。农人们踏着滚烫的水赶着插秧，汗水早已把衣裳湿了一遍又一遍，热辣辣的太阳晒下来，背脊上尽是白白的盐花纹。夜幕降临时，田头早已拉起“小太阳”（一种高亮度的碘钨灯），回家草草划口茶淘饭，就着酱瓜充饥。又随着急促的哨子声赶往田头，一场决战就地打响。耳边是嗡嗡嗡作响的成群的蚊虫，水田里的水还是烫呼呼的，连日浸泡熟透的手脚已经溃烂，顾不得这些，强忍着，直至插完今年最后一棵秧。

人生亦如节气。如今我满甲退休，这是个多么值得庆祝的庄重年份！其实，也很自然，它是生命整个过程的转捩，承接，继延，刷新，起承转合又一春。

萝卜干饭

“萝卜干饭”是本土人过去的、传统的讲法，说白了相当于“基本功”。为啥讲是“萝卜干饭”？我揣测：一是最基本的，过去穷，没菜吃，萝卜干总是有的；二是痛苦的，萝卜干没油水，少滋味，只能解解淡气；三是枯燥的，日复一日，甚至年复一年，很多时候是简单重复。

我种过田，老农讲是“种田没有老师傅”，实质上大有基本功和学问。单讲水稻，从选种落谷育苗，到移栽管理，再到收割，每一个环节，基本功扎不扎实、硬不硬，最终都会体现在收成好不好上。比如浸发谷种，得掌握温度和水分，不得法会烂谷烂芽；落谷了，经浸泡、稍露白芽的一把谷种抓在手里，洒出去均匀落到泥土里，不密不稀，不轻不重，不深不浅，是到位了；比如种秧，弯腰，左手捏一扎秧，用拇指稍稍分出四五株，移交给右手，右手握住根部二三分处，三个手指稍用力将秧苗插入水田，同时双腿一前一后慢慢后移，再种另一行，看上去笔挺、晰爽，是好手了；比如割稻，屈背，左手握稻秸三四株于齐腰处，右手握镰伸至根脚稍上部，用力拉动，割下后每两把交叉置放，这是道地了。这样便于让阳光晒干，再行捆稻等后道工序。这些多了去了的农活，其实都是软硬功，不用力不行，用劲过度也不行，其中都体现了“萝卜干饭”基本功。

毛泽东曾亲自为农业制订了“八字宪法”——土肥水种密保管工。简单地说，土，是改良土壤，因地种植。肥，是合理施肥，提高肥效。水，是兴修水利，合理用水。种，是培育推广良种。密，是合理密植。保，是植物保护，防治病虫草害。管，是田间管理，精耕细作。工，是工具改革。这八字其中的每一个字都能讲个子丑寅卯，甚至都能写成一部书，是农业基本功和技术的高度概括与升华。

我做过钢筋工，轧、拉、弯、布、扎，都大有讲究。手艺活更加看重基本功，我曾接触到竹匠、木匠、泥水匠，箍桶、搭碗、铅皮匠，铁匠、铜匠、钟表匠，还有车工、钳工、刨工、铣工、磨工，哪一个行当都有它独特的规律，都有这个行当的秘诀。过去说，三百六十行，行行出状元。不吃三年“萝卜干饭”，恐怕是难成状元的。看中央电视台《挑战不可能》节目，气球上切豆腐、开叉车起瓶盖，都有基本功加独具匠心。当今弘扬“工匠精神”，着实大有必要。

我们欣赏艺术，无论文学、绘画、音乐、舞蹈、雕塑、建筑、摄影、戏剧与电影，在语言、声音、文字、线条、色块、眼神、肢体等表达形式中，每一门都含有其基本功，来展现其审美、认识、教育、娱乐等功能，实现其艺术价值。我从事行政、投资经营，都从中体会到了“萝卜干饭”对方向性、艺术性、技术性等方面的影响。

《孟子·告天下》说道:“天将降大任于是人也,必先苦其心志,劳其筋骨,饿其体肤,空乏其身……”国学大师王国维在他的《人间词话》里说,古今之成大事业、大学问者,必经过三种之境界。“昨夜西风凋碧树,独上高楼,望尽天涯路”此第一境也;“衣带渐宽终不悔,为伊消得人憔悴”此第二境也;“众里寻他千百度,蓦然回首,那人却在灯火阑珊处”此第三境也。我理解为,不畏艰难,目标高远;坚定不移,孜孜以求;千锤百炼,终成正果。这也从更高层次印证了吃“萝卜干饭”的基础性、必要性、重要性。

宋代陆游说:“古人学问无遗力,少壮工夫老始成。纸上得来终觉浅,绝知此事要躬行。”现在,我们很多时候忽略了这一点,以为掌握了一些知识,懂得了一点理论,就能够操作事情。事实上,往往或只是皮毛,或盲人摸象只一隅,或根本就风马牛不相及,完全两码事。一个人经过最基本的、基层的、直接的锻炼,往往是打了地基的。能够把基本点、聚焦点、着力点、关键点、落脚点强制性、综合性地集中在某一个点上,然后以更大的精力和更多的时间投入其中,这样养成的素质,与半路出家,只知其一、不知其二,是完全不一样的。

有这么两句话:“简单的事情重复做,你就是专家。重复的事情用心做,你就是赢家。”前一句说的是,简单的事情,翻来覆去地做,做熟了,做精了,你就会因为熟练而成为专家;后一句是说,重复的事情你用心去做,就会发现其中的规律和道理,就会运用自如,行云流水,左右逢源,成为赢家。所以,年轻人上手一样活,先吃它个三年“萝卜干饭”,当是大有裨益的。

(载微信公众号“老小孩”,2019年9月19日)

朝远望

生而为人,人生在匍匐着前行。每一个阶段、每一年、每一天、每一个空间,似乎都有一些难题。家里有人得病总是让亲人心挂挂的,可哪家没有点麻烦啰唆事。无法回避、不如意的事情还真是蛮多的,说来就来。

总是要面对。有人期待突然的改变,以为那一刹那到来后,一切都会彻底改变。哦,不是的。一口吃不成胖子,一夜成功、一蹴而就的事少有。你若没有慢慢摸爬滚打跌撞过，那一刻就难以到来。浙江杭州灵隐寺内有副对联，“人生哪能多如意，万事只求半称心”。这并非无奈和消极，而是豁达和智慧，知足常乐，随遇而安。立足当下，朝远处看，安然地前行。

记得小时候，奶奶让我端一碗馄饨到邻居家。我眼睛总是盯着那手里的碗，没走几步就晃出来了。奶奶说，你别看眼门前，要朝远望，心里平了，手就不会晃了。果真如此。

宅上西头有座才两虎口宽的垅沟桥，从这里走可抄近路。我盯着那窄窄的渡槽，瞟着深处湍急的河流，就是迈不开步子。宅上阿哥说，胆大点，朝远望，向前走。如此，以后就如履平地。

长大些，学农活，牛耕犁田。初始，我对犁的深浅总是掌握不好。老农说，朝远望，凭手上的力感觉深浅。虽然犁起的泥块高低起伏，脚下踉跄，但看远了，犁头深浅均匀了，牛也拉得舒坦。

家里翻修房子，上梁时，木匠师傅在长 4 米、宽不足 10 厘米的桁条上，从这头走到那头，身轻如燕。休息时，我问师傅何来神功。师傅说，保持平衡，朝远望，久练成功。试试看，多走了，你也行的。后来也真试过几回。

队里干活，挑粪担水，总是溅出来。队长说，朝远望，踏稳步子，随着节奏走。一试真灵。

从科学的角度看，这可能是一种平衡能力。再深究，其实也蕴含着心态、定力、节奏、积累等某些人生哲理呢！其中，朝远望，是必须的。

朝远望，这句话是值得奉为圣经的。盯在近处，顾这盼那，缩手缩脚，杞人忧天，总是怕、怨，迈不开步子，却改变不了事态。且久而久之，容易变成悲观，看什么都是灰色的。朝远处看，心无旁骛，心地坦然，勇敢面对，一路就走得平、稳、顺。即使有许多坑坑洼洼，有时会踉跄，但终究还是迈出去、走过去了。英国著名散文作家培根言：命运如同市场，如果老待在那里，价格多半会下跌。从 21 岁起就罹患肌肉萎缩性侧索硬化症（渐冻症）、后来全身瘫痪乃至被彻底剥夺了说话能力、76 岁离世的英国科学家霍金也如此展示自己缤纷灿烂的内心世界——永远抬头看天上的星星，而不是你的脚下，这是第一位的。

我想，每个人都是命运的游子，都有自己要走的路。生命注定是一次单程旅行，我们在亲人的祈盼和欢笑声中诞生，又在亲人的哀伤和哭泣声中逝去，很多东西无法逆转。不管你是否察觉，生命都一直在前进。无论你在哪个年龄段、身处何方、坦途或逆境，心境是最要紧的。莫为浮云遮望眼，风物长宜放眼量。时刻拥有乐观的心态和快乐的心情，也是一种能力。与其过分神伤于过往，不如乐观地不辜负当下的每一分、每一秒。朝远望，脚踏实地，一步一个脚印走去，当是新天地、好风景。

（载微信公众号“老小孩”，2018 年 6 月 23 日）

台风来时

正逢周末，家人团聚刚想吃晚饭，在消防部门工作的女婿的手机忽响起：台风警报升级，速返局！差不多同时，在水务部门工作的女儿也接到了同样指令。夫妻俩急匆匆出门而去，消失在茫茫风雨中，空留下我等。看着桌上剩饭残羹，思绪飘回那些年……

最早直接见识台风，还在 20 世纪 60 年代。那时宅上还有些草屋，我正在发小家玩耍，忽狂风呼啸，暴雨如注，发小家的草屋毛竹架子吱吱作响。少顷，屋外是大雨，屋内落小雨，脸盆、脚桶、提桶如数出动接漏，也无济于事。后来外头雨停了，屋内仍滴潸不止。此景，当是纪实版的“茅屋为秋风所破”。

回乡务农，每天劳累，逢风雨正想好好睡个觉，时称“外国礼拜”，即上天赐给的休息日。忽闻仓库场头的钟声敲响，队长要求青壮年马上出动开沟排水。穿上蓑衣、雨衣到田里，只见须臾离不开水、但不能过量水、正在孕穗的水稻淹没水中。二话不说，赶紧开“缺口”排水。风雨中，那刚引进试种的新疆长绒棉已经倒伏，即将成熟的龙华水蜜桃被风吹落满地打滚。除了心累、心疼，还有心塞、心寒。

在广播站工作，最怕的是台风刮倒线杆、刮断线路。是时，我这个编播员也随线路员搭档巡查，逢断就接。有时，广播线与电力线纠搭上了，冷不防触你个心惊肉跳。弄得不好，电的回路还会烧坏扩音设备。

到政府工作时，印象最深的是“9711”号台风。走向变幻莫测，又值高潮汛，属风、雨、潮“三兄弟”碰头。尽管做了大量的防御、抵抗准备，但基础设施十分脆弱。半夜时分，台风袭来。特别是那淀浦河狂潮，助着风威、趁着雨势，很快越过建设中的、支离破碎的防汛堤，漫向大田、村庄。高于上海平均海拔一米多的莘庄尚且如此，其他多地更是灾情严重。我与一方总指挥、副总指挥在“望洋兴叹”中，启动高一级应急预案。在颛桥工作时，几个新开发的住宅小区地库入水、水漫“金山”，几处隧道涵管积水待排，虽调动多辆消防车应急处置，然杯水车薪，汪洋一片。

窗外，风声呼啸，雨点噼里啪啦。看电视、手机，信息通畅，卫星云图监测一路到位。我相信，有不断增强的抗台设施和能力，有各级政府部门的扎实工作，有各行各业多少人的枕戈待旦、彻夜无眠、辛勤努力，台风的负面影响将降到最低。不同人共同为抗击台风“发力”，必将产生真正的“魔都结界”。亦将赶走炽热的暑气，带来清新的空气，迎来明天的风和日丽。

（载微信公众号“老小孩”，2018 年 7 月 22 日）

赤脚大仙

过去大热天，谑称众多上身裸露者为赤膊大仙。有否赤脚大仙？回答是肯定的，且更有“来头”。

相传，“赤脚大仙”是天上一位不穿鞋的神仙。宋真宗无子，请方士祭天，上帝遂命赤脚大仙下凡，即为仁宗。后用来戏称不穿鞋袜的人。我等农村人，从养出来新生儿起就多赤脚，三四岁就着地滚爬走跑。当今科学研究说儿童多赤脚能健脑益智，那时的我们只晓得从老祖宗传下来就是这样的。

我读小学时，逢落雨天，只要不是最冷，也是赤脚去赤脚回。一次秋后，因学校有集体活动，我穿了一双七成新的布鞋出去，回来时雨落个不停，舍不得湿鞋就脱了下来，硬是在冷冷的秋雨中跑回家，倒也不觉得有啥。

回乡务农生产劳动，无论男女老少哪个没赤脚过？谷雨时节春寒料峭，农事要做秧田落谷播种，就要赤脚下田。随着气温逐渐升高，需下水田劳作的农事愈加多了，更是每日赤脚的。不是刻意要做啥“赤脚大仙”，而是生活所迫而为。

那时还种双季稻（不像单季稻经过搁田，田里是干硬的），因着季节，时间更替紧凑，割下的稻还在水田里，下田挑稻仍是拔一脚陷一脚的，穿雨鞋有诸多不便，只能赤脚上。我生产队仓库场在沪闵路边上，挑稻从田头到场头要经过边上全是碎石子的公路，不可能停下担子再穿鞋子，只能硬着头皮咬牙坚持。就这样，从烂污泥的酥软到碎石子的烙痛，慢慢练成了一双“铁脚板”，估计彝族的那个刀架我们也可以上得了。

收完稻，女劳力拔秧，男劳力就去挑肥，一边挑一边已在灌水，当然又是拔一脚陷一脚的赤脚“生活(活计)”。中午，拖拉机在冒着黑烟耕地、耙田，我们紧跟着“水落拔”整地。接着老农驾牛划田，我们去挑秧。光滑狭窄的田埂，赤脚十趾扣地才能走得稳。赤脚肩挑重担，时有被田里或田埂上的碎碗爿、碎玻璃划破(疑是以垃圾沤肥时混入)，田岸旁找棵蓟莓草，揉碎敷上伤口止血，身上破衣裳上撕下个布条扎紧，又马不停蹄无事一般挑担不止。直到收工回家，才弄点红药水、紫药水消毒。可到明朝，又得照常下水田劳作了。不仅我是这样，大家都是这样。

火辣辣的日头已经西斜，看上去差不多了，队长一声令下，男女老少排开阵仗，挨着下田，在如镜的水田里插起秧来。不一会，天色渐渐暗下来了，蚊虫叮起来了，肚皮早就咕咕叫起来了，电工也已把照明的“小太阳”灯拉起来了，唯有坚持，快点把当天的计划任务完成好，实现“早上一片黄(割稻)，上午一片黑(施肥、耕地)，下午一片白(灌水耕田、整田、划田)，晚上一片绿(插满秧)”。

因炎热水烫，整日赤脚浸在水里，不少人脚丫溃烂，但季节不饶人，“轻伤不下火线”，必须硬着头皮干。无非收工后，到“赤脚医生”那里要点紫药水消消炎，扑点滑石粉干燥一下。至于被蚂蟥叮咬头钻进脚背、脚块子，那是小事一桩不足为奇了。刚吸的，可以撸去它。钻进皮肤深了，周边拍几记，拔出来，出点血一息就好了，并不疼，也不大会发炎。那时的大队卫生室医生因常会背着药箱、卷起裤脚管到田头巡诊，故被亲切地称之为“赤脚医生”，并有彩色故事片《春苗》歌颂之。进驻学校的协管校长和老师亦被叫作“赤脚校长”“赤脚老师”。文艺宣传小分队到田头演出鼓劲，也赤脚下田。我公社插队女知青赤脚在秧田表演钹子书的照片，曾风靡市郊。

后来有工人、知识分子下乡支农，亲身体验了农村苦、农民苦，发明了轻薄的“水田袜”，才使得农民的劳动保护程度有了点提高。不过，许多农人多数辰光仍是赤脚，一是舍不得花这双“水田袜”的钱，二是嫌麻烦，三是牢固度不够，破了又不好修补，只是苦了阿妈娘给的这双“肉鞋”。

“大仙”者，高深、潇洒、快活，我们这些“大仙”却平俗、无奈、调侃自嘲而已。我们这一代的农村人，哪一个没有过赤脚劳作的经历？冷热煎熬，崩坼开裂，饥寒交迫，脚瘫手软，血赤琳琅，痛心痛肺，才走到这“鞋袜高阁（不愁吃穿）”的今天，没有时代的进步、命运的眷顾，也许还得赤脚下去，当然也根本成不了“大仙”。

（载微信公众号“学上海话”，2019 年 10 月 17 日）

割稻功夫

在金秋十月这个收获的季节，刷微信，见“奔八”的原生产队老队长在旅游中的内蒙古虎背熊腰弓步割麦；又见同龄“奔七”的原镇小学老校长在隔壁松江农家帮工割稻。于是，我脑海中顿跳出少壮时割稻的一帧帧画面。

农村的小囝从小到大，少有哪个不割过稻、麦的。那年我读完中学回乡务农，即进入秋季收稻汛。早早里，用磨刀石和砂砖，把月牙状的鋧（镰刀俗称，音“见”）磨得飞快。因七八岁起养兔、养羊割草的缘故，这磨刀的功夫已熟门熟路。多数人以大拇指试刀锋，我只需将刀口直瞄一眼，不见钝口白光，即知刀锋可以了。有时晓得要割硬头，磨鋧时在水里加上点盐，使刀锋钝化稍稍减缓。

那时还是“公社化”时期，听出工的钟声敲响，随“大部队”不紧不慢走向稻田。

说是秋风送爽，事实上“秋老虎”仍不时肆虐，大地热浪似退未消，迎面而来的都是热风。广袤的田野里，低垂着头的晚稻随风你推我搡，似乎十分惬意地享受着它最后的日光浴。

多数写文章的人对割稻的描述充满了诗情画意。于我，那时的心情是杂糅的。既有十三四岁成为“农民伯伯”、可以挣工分自食其力的自豪，也有从此丢掉书包、无学可上的悲哀；既有毛头小子的热情、冲动，又有工作、工种别无选择的无奈；既有参与收获的喜悦，又有“汗滴禾下土”、付出与回报不对等的苦涩。那时的称呼，工人为“老大哥”，解放军为“叔叔”，而农民贵为“伯伯”，辈分最高、日脚最苦、收入最低、保障最少。

如果不是为了交公粮、挣工分、寻饭吃；如果不是自己亲手经历了那些落谷、拔秧、移栽，耘稻、拔稗、施肥、除虫等多道工序；如果不是“好白相”求新鲜……相信没有多少人愿意头顶烈日下到稻田里去。

遐想，不，瞎想着，已到了该割的那片稻田。随着老队长（那时还是要英姿飒爽的“铁姑娘”）第一个下田开割，二三十个青壮劳力次第挥镰，我等“三分工（低等级）”也陆续跟进。

割稻，说简单，很简单，割下来就是；说复杂，也确实蛮有讲究的。好脚式的老农，左手握住距稻秆根部尺把的地方，右手握鋧在根部两寸的地方，钩住顺势一拉，就“唰”地割下来了。4 棵、4 棵，一把；再 4 棵、4 棵，又一把。然后成交叉状横放在身后稻根上。这样剪刀式叠加的稻把，有利于下道捆稻的工序，更有利于接受阳光对秸秆的光顾，逼去水分，减轻挑担时的载重量。有人一把把大小不一，有人不成“剪刀式”叠加，那是要被老农教训的。

割了一垄又一垄，割了一垄再一垄。鋧钝了，“刷刷”声没有了刚开始的清脆、爽快。

天地之间仿佛是个大蒸笼，风吹在稻浪上，就是难得吹到面孔上。脸上火辣辣的，汗水淌进眼睛里又辣又涩，流到嘴里又咸又苦，挂在脸上又黏又痒，后背衣服早就湿透了，成为“盐花纹”。布满锯齿的稻叶，时不时把手臂割出横七竖八的血印。那个腰，弯下去，不想直起来；直起来了，又不想弯下去。

抬头望，未割的、摇头晃脑金黄的稻，割下横躺铺摊着的青色的稻，头戴草帽或扎着头巾，穿着花布、老布各色衣衫递次弯腰割稻的人，无论色彩、层次、动静，如果现在以“无人机”拍摄，定是“大片”。可那时，哪有这份心思、心情。

日头终于慢慢在地平线那边落下去了，才稍稍有了一丁点凉意，可那个“猛乓子（学名‘蠓’，又名‘小咬’）”却活跃起来了，劈头盖脸盯着你，赶也赶不走，又痒又烦。在疲惫劳累中，割破手、脚，似乎是家常便饭不足为奇。直到当天的“生活”做完，才拖着沉重的双腿走向家的方向。

如农谚云“寒露呒青稻（可开割），霜降一齐倒”，这样的日脚前后要月余。当然，收稻汛的“三秋”，割稻仅仅是其中一环。

无数个割稻季节已经远去，但那段割稻的苦乐年华任时光流逝却也常

“在线”。或许正是那些历练，孕育、铸就朴实无华、坚韧不拔的品行。难怪同代的老队长、老校长等老农人，七八十岁了，还要体验一把、回味一番。

（载微信公众号“老小孩”，2023 年 10 月 25 日）

挑担年华

种田人，少不了挑担。挑担靠肩胛，先要练肩胛皮。想我 10 多岁人还没扁担长，就帮大人挑水、挑粪。挑不起一担桶，就装半桶。14 岁读完中学回乡务农，初生牛犊不怕虎，啥个重担都挑，靠肩胛挣工分。初练，薄薄的一层皮，扁担搁上去就硌痛，时间稍长会起泡，会磨破皮。破了再磨，经过一次又一次地磨压，肩胛皮就厚了，就有韧性了，就耐磨耐压了。

挑担当然要练肩胛肉。皮连着肉，随着皮的增厚，皮下的肌肉也会变得有弹性，出现硬邦邦的栗子肉。夏天赤膊，常用一个肩胛挑担的人，这个人的这个挑担肩胛就高。这不是生来就畸形，这是劳作、生活压迫出来的印记。

挑担更是练骨头。皮肉里面是骨头，肩胛骨还联系着腰椎、脚骨。俗语“骨头极细，力气有兮”，说的是虽然骨骼不很粗壮，但经长年累月的磨炼承压，筋骨硬挡。我挑担时尽管骨骼尚未完全长成，但看着奶奶颤颤抖抖亦步亦趋地挑担，作为大孙子只能义无反顾地去承担。所谓“穷人的孩子早当家”，这个“当家”先要能挑起担子，现实的或是责任使命的。

一年 365 天，不管天好雨落，农民没有休息日。

寒冬腊月，冰天雪地，要罱泥浇泥浆。沉甸甸的、从河底罱起来的泥浆，从浜滩边的泥潭里用粪桶挑起来，一脚高一脚低向着麦田泼洒开来，为麦苗盖冬衣、保水分、增养料、施压力，促其苗壮。再有，兴修水利开河、方便通行筑路、平整农田土地，在机械化不曾普及的二十世纪六七十年代，只能靠肩胛。

春暖花开，农民顾不得欣赏大好春光而忙于春耕。挑塮挑肥，虽黑虽臭，但这是为土地垩足基肥、垫足养分；挑谷挑种，育苗移栽播下希望。待禾苗茁壮成长时，我们也挑化肥，雪白的是碳酸氢铵，灰色的似水泥状的是过磷酸钙。这是为作物追肥。

夏暑炎热，时值推行的双季稻已经成熟，割下后用传统的担绳捆扎不便，就设计出了用毛竹片或铁丝制成的夹子挑稻。上午割稻，下午挑稻，傍晚又在收拾好的田里挑塳，晚上耕翻，第二天清晨就是拔秧挑秧种秧了。在水田里挑塳挑秧，被蚂蟥叮、被蚊虫咬是常态。有时被碎玻璃、碎碗片割破，既流汗还流血。尽管痛，破衣裳上撕条布扎一下，也没太当回事。偶尔被蛇咬。如果是火赤链，那就要快点当桩事体。轻微的可以近点到大队卫生室处理，严重的要到专治蛇伤的松江华阳桥去看。那年我弟被蛇咬了，腿上清晰印着4个蛇齿印。我连忙用绳扎住其伤口上部，防止向上扩展。然后骑着脚踏车，带上他赶到华阳桥医治。还好及时控制住了。

秋风起，霜降临，晚稻收割了，又是扁担不离肩的日脚。晚稻比早稻长，挑稻用担绳捆扎。装担时也有点小讲究，三五个稻箩为一皮。不能捆成一球，既难看又难挑。要减少宽幅、增加高度，但也不能让沉甸甸的稻穗拖地。这样，既有形又借力。

挑得多了，老农指导、自己摸索，慢慢成熟。挑担要会转肩，左右肩轮着用。扁担软硬长短要适中，五六十斤，七八十斤，选用毛竹扁担或小树扁担，轻巧、弹性足。一百斤朝上，必须是树扁担，榆树为上。可以是略微朝上弯曲的，称翘梢扁担。负重后一步一沉再一弹，可借弹力稍稍减轻实际负重。

挑过担的人都晓得，挑担是苦难的，途中卸肩胛(撂挑子)、不吃硬的"黄牛肩"是被人小看的。"能挑千斤担，不挑九百九"，吃足分量的挑担中，农民滴下的是汗水、是付出。挑担苦，但也能苦中寻乐。重担挑到目的地，空身再出发时是轻松的、欢快的，因为担起的是收获、是梦想。农人有熟语:"看人挑担不吃力，自上肩胛嘴要歪。"后来逐渐体会到，千万不要小看挑担。遇担要承担，决不能卸肩。挑担是负重，是磨炼，是付出力量和汗水，是承压苦难挑起希望。担子愈沉，磨砺越坚。

如今我曾经挑担负重的这方土地早就城市化了，也好多年不用上肩挑担了。但那些年担不离肩、负重不息的烙印仍深深地刻在肩胛骨里，它帮助我承受人生的负重，任凭岁月蹉跎流逝，怎么也磨灭不了。

(载《寻乡记》，上海书店出版社，2019)

牛年话耕牛

庚子鼠年见尾，辛丑牛年脚步蹬蹬。牛年来了，自然而然地联想起牛的话题。

最早与牛亲密接触是六七岁时。20世纪60年代前，农村还没有通电，稻田灌溉都靠水车。水车有牛赶车、风打车、脚踏车几种。纯靠人力的脚踏车取水少，人也吃力；风打车要看风力、风速，一个不得法就要翻车；牛赶车比较稳定，只是阵仗大。我家西头就有牛车棚，6根石柱呈圆形分布，10米左右直径支撑固定，上面盖上稻草，防雨遮阳，四周通透，像个凉棚。里面中间竖起独木转轴，下面连着六七米直径的一个大转盘。牛被套在水车的横杆上，蒙上双眼，让其沿车棚不停地兜圈，通过牵动大转盘带动拨陀，并由此连动水车，让连头和板子通过水槽上下转动，把低处的河水戽到岸上的水稻田里。大热天，一帮小囝到车棚乘凉，盘腿坐在30厘米宽的大转盘上，边嚼顺手攀来的芦粟，边拣几块碎泥块，着一种叫“移大马”的棋。煞是轻松惬意、自在有趣。在滴笃滴笃牛蹄声里，在淅沥淅沥流水声里，在碧绿生青的稻田一角，满是童年里的诗与画。

在还谈不上机械化的60年代前，耕地主要靠牛。夏季犁水田，秋冬季犁旱地，让土地翻卷成一条条乌龙。犁了再耙，春秋是旱耙。耙刀分两排交错排列，人立于耙上，以牛拉动，把泥块细化。水田还要用到“划”（也有称“戗”的），“划”宽3米左右，齿牙由榉树等坚硬树材制作。牛做牵引，人扶“划”，高处用力，低塘放松，让水田平淌。有经验的老农加上听调教的牛，可以把一块块田的水平控制在2厘米之内，达到“水平如镜”的境地。一年四季，牛的潜能总是发挥到极致。它们默默无闻、任劳任怨，服从农人的使唤。

在80年代前，牛作为大型生产工具受到器重和保护。专职饲养员的堂伯曾因母牛产下小牛而被奖励300个工分。我做了那么多年农民，只见过一次宰牛。那是队里用了10几年的老牛，做不动生活了，多次生病也未见好转。到公社兽医站，请兽医诊断。兽医用听诊器听听牛腹，触摸几个关键部位，掰开嘴看牙，推算寿命。又了解到已有小牛备用。最后，慎重做出“准予淘汰”的诊断书。逐级报到大队、公社,得到批准。那天,通人性的牛,拳头大的眼睛里充满无奈的湿润,在场的农人怜悯之心油然而生。队长找了块布盖住了老牛的头。夜里,分得的那块老牛肉熬了又熬,味道酸甜苦辣五味杂陈……

牛吃的是草,干的是重体力活,农人善待着它。牛大概知道吃草的重要性,饲养员也总是让它吃得肚皮滚圆。秋收后,饲养员早早把优质的晚稻秸秆精心挑选收藏。相对农闲的冬天,把稻秸秆用料刀铡成寸把长,拌入按计划供应的豆饼、花仁饼,让其长膘。所谓“牛吃稻柴鸭吃谷,各有各的福”,没有青草的冬天,牛就是靠稻柴、草干积蓄着能量。

牛承受着巨大的体力消耗,一个农忙下来,总要瘦一壳。大忙中,几塘田劳作过,农人适时让它歇歇。性格温和的黄牛安详地在草堆旁细嚼慢咽,4 个胃不停反刍。水牛则狼吞虎咽一番,不消停的虻蝇凑来吸血,靠牛尾巴赶得不耐烦了,冲到河浜里洗个澡,全身没入水中,然后露头喷出一口长气。偶有长脚白鹭立于牛背,好一幅乡村野趣图。

农人会养牛、用牛,最根本的是懂牛。民间有“牛不见天,马不见地”的俗语,说它只知地厚,不知天高;只管埋头劳作,不罔顾左右看路。因是牛眼睛内玻璃体如凸透镜,能让其看东西时放大,看到人就如一座山,故能听人使唤。穿过牛鼻孔的缰绳是信息传递的纽带。驾驭者左手一拉,这是向左;轻轻地一甩,唤一声“撇”,那是向右;拉紧牛缰绳,叫“负”,则为“停止”。

牛也有人一样的喜怒哀乐。千万不要以为人独大,盛气凌“牛”。牛有牛劲,也有牛脾气。见到生人、当它认为对方不友好或觉得会受到伤害时,会摆出一副攻击的目光和架势。还真别不把它当回事,此刻去接近,它会踢脚、甩尾巴,更会用两只锋利的角顶撞过来。

熟语有“黄牛角,水牛角,各管各”,水牛与黄牛确各有千秋。水牛体大力粗,性子也暴烈些。黄牛相对温顺老实,耐力却很足。有一点相同,只要是套上了轭头,下地了,干活了,都十分顺从、敬业。有了拖拉机耕田后,牛们稍稍省力了些。却也有过多次,老牛帮“铁牛”。那是拖拉机陷在水田里,任凭引擎轰鸣急叫,排气管冒黑烟,轮盘光打滑,身体不动弹。队长喊我牵来水牛,套上轭头,用绳索牵挂拖拉机。一声使唤,拖拉机爬出了困境。队长哈哈一笑:“拖拉机”真正“上巴(名副其实)”。

宋代李纲有咏牛诗,“耕犁千亩实千箱,力尽筋疲谁复伤?但愿众生皆得饱，不辞羸病卧残阳”，足见耕牛的精神与艰辛。当代诗人臧克家亦以诗咏老黄牛“块块荒田水和泥，深耕细作走东西。老牛亦解韶光贵，不待扬鞭自奋蹄”，意境深远动人。实现机械化的当今市郊农村已少见耕牛了，但“孺子牛”“拓荒牛”“老黄牛”精神，却永存并不断焕新。朗声唤：“初生牛犊不怕虎”，“牵牛鼻子”，“执牛耳”。让极不平凡的庚子鼠年翻篇，祈辛丑牛年扭（牛）转乾坤、牛气冲天。

（载《三冈水》，2021 年 3 月）

“触电”轶事

电，当今日常必用、太过平常的那个东西，在我等儿时的二十世纪五六十年代，可是个稀奇的物事。

60 年代之前，我们上海市郊西南农村照明还用“油盏灯”。1962 年，家乡农村才通了照明电，实现了“种田不用牛，点灯不用油”的“梦想”。稍后，又通了 380 伏的动力电。水稻灌溉从“脚踏”“牛赶”“风打”车水换上了抽水机，稻麦脱粒从“稻床”“打锏（枷）”改用了脱粒机，扬麦扬谷由自然风变成了鼓风机。电的力量使劳动强度减轻，效率大幅提高。

但是，农民对这个看不见、摸不着的神奇物的使用知识却相当有限。一次，我们村正在“望田头”、欲立定小便的老农，看到躺在地上的一根电缆线正“嗤嗤”冒烟。他计上心头，就地解开裤裆以小便浇灭。想不到，顿时被破损电缆处由水产生的导电当场击倒。此事，大队书记还在当时华东六省一市农村安全用电会议上作为案例介绍。我也曾因棉田抗旱排水泵、“三抢”大忙“开夜工”拉“小太阳”灯等多次触过电（被电击），差点要了命。

改革开放后，随着工业及乡镇企业蓬勃兴起，电力供应不足的问题十分突出。镇属、村办上百家企业，不少是用电大户。有的涉及产品出口创汇，要按订单赶时间。但临时断电、突然停电、计划让电是常态。政府专门组成用电管理部门，协调电力供应和使用。一次，一家产品出口企业为赶任务，在应该让电的时段没拉闸，被巡察的供电部门逮个正着。企业罚款、写下下不为例的保证书，基层政府求情并做担保才了事。

那时，我已在广播站工作。作为与医院、邮电等同样重要的单位，配备了两路电源。一路停电，可切换另一路，另有燃油发电机备用。照理，广播线是单路传输的低压电，对人体无感应。但在一次台风期间的查线抢修接头中，我忽被广播线触得跳起来。老站长告诉我，或许是广播线与高压电力线相距较近产生感应，或许是风雨中两线偶有碰擦，所以必须时刻绷紧安全这根弦。

90年代初，偶尔得悉供电公司施工任务重、人员紧缺，拟有条件开展线路架设工程外包的信息。我报请政府领导出面协调，在上海首创供电公司与广播站合作建设供电工程项目。进行了严格的技能培训后，很快以技术过硬、质量过硬、安全过硬、作风过硬和特别能吃苦受到肯定。除了加快了本镇的供电项目建设，还参与了30万吨乙烯、彩色显像管厂等市重大工程建设。广播站也将“创收”用于传输线路、机房设备更新改造，发展通讯员队伍和提高职工收入，时称“华东第一站”。

那天，我正伏案赶稿，一阵急促的电话铃声打断思路。接听，电话那头传来哭丧声：“出事了！阿华从9米杆上摔下来，人昏迷不醒，已就近送市五医院急救！”我扔下电话，骑上两轮摩托车风驰电掣，半个小时赶到抢救室。与医生商讨对策后，立即转送市电力医院。还好，只是几处骨折，生命无虞。

1995年五一国际劳动节，我调任镇政府办公室主任。那天正借休息日做办公转入新大楼全面搬迁，忙得团团转。接任我的站长打来电话说，闯祸了！线路班小王从电杆上摔下来，人昏迷，头部口眼鼻耳均有出血，刚送区中心医院抢救。我简要向分管领导汇报后即赶到医院，只见理发员正为躺在手术室门口移动病床上的伤者剃发。医生告知，伤者头颅大出血，拟做开颅手术。我与站长紧急商量后，冒着巨大风险签字，转送华山医院。终经有效抢救，不经开颅手术而得以康复。

从无电到用电，从安全用电到计划用电，从工程建设架空线路到入地电缆，与电接触喜忧中，更多的是见识和体会到了它的神速发展变化。我曾去新安江水电站游览，也多次观摩长江三峡大坝底部的庞大发电机组；到新疆体会风力发电，在秦山参观核电站。看家门前始建于清末的沪杭铁路，从蒸汽火车头到内燃机，很快又进入电气化。汽车，连得普通的助动车，也从用油转为清洁环保的电力新能源。现在的电，无所不在，无所不能，再也不用为用电而发愁。

19 世纪爱迪生发明第一盏电灯，法拉第造出第一台电动机，伏特发明第一块干电池，距今不过 200 余年。但电在改变世界、改变生活中的作用无法估量。是的，电能的运用与国家发展、百姓生活是紧紧联系在一起的。特别是对我等伴随着新中国成长的人，目睹并感受、享受着电的风云变幻，真感叹“人间正道是沧桑”“天翻地覆慨而慷”！

（载微信公众号“老小孩”，2019 年 8 月 31 日）

种田人的改革

大伏天，窗外热浪滚滚，我孵在瀴嗖嗖的空调间里，思绪飘忽，回到了过去曾洒下无数汗水的这一片土地，想起了农村的改革巨变。

1978 年末，安徽省凤阳县小岗村 18 户农民冒险在“大包干”的“生死契约”上按下了血红的手印。这悄无声息的举动，事实上拉开了中国农村改革的大幕。

实际上，1977 年 1 月我被调公社广播站工作时，农村改革已经暗流涌动。一些队悄悄地搞着“小段包工”“定额计酬”“拔秧讲板头，种秧讲行头，割稻讲块头，捉花讲斤头”，论板头、行头、块头、斤头记工分，多劳多得，劳动生产率有所提高。但这是不是与社会主义相抵触？许多人心里没有底。

20 世纪 70 年代末 80 年代初，党的十一届三中全会后，改革春风吹遍神州大地。1983 年，推行家庭联产承包制，根据生产队土地总面积、总劳力“分田到户”。但乍暖还寒，阻力重重。多数人赞成，也有不少人疑惑想不通。

这段时间，我随公社、大队及生产队干部，没日没夜跑田头、走场头、到社员家里头，做了大量的调查研究工作，并通过广播广泛宣传动员。没多久，作物长势、收成等事实说了话，社员也尝到了甜头。

到 1985 年，延续 10 多年的双季稻被淘汰，“三熟制”改为“两熟制”，“三三得九，不如二五得十”，农民生产强度及地力利用得到合理调整。随之而来的是经济作物的扩大种植和养殖业的发展，农民的收入有了明显提高。

此时,社办、乡办、镇办、村办及队办工业得以蓬勃兴起。到了90年代中期,农田向适度规模经营和合作农场转化。几十年间,农村耕作制度、作物品种乃至科技水平、生产经营方式不断改革提升,生产力与生产关系得以相互促进。

再后来,大量的农田被建设征用。集体产权制度改革等生产关系亦进一步变革,农民既能享受到土地流转收入,又能成为股民拿到村集体经济分红。

曾清晰记得,那些年,针对集体资产家底不清、产权不明、管理不透明的状况,为适时推进村级集体经济改制,我这个土生土长的在任镇党委副书记,曾会同相关负责人到多个村,召集各种类型的座谈会,找每一个党员、干部谈话谈心,并接待上访群众,晓之以理、动之以情、导之以行、解疑释惑。历经数载,终得推进。

至今,生我养我的公社、乡、镇已几无耕地,迈入城市化了。没了土地的失落感,伴之更浓郁的当是生活的幸福感。

(载《四季》,2018年冬卷;《寻乡记》,上海书店出版社,2019)

农人与工业革命

首先说明,这并非是经济论文,而是作为曾经是一个老农民的我,对涉及工业革命的一些经历、见闻和感受。

在人类漫长的发展历史中,生活就是衣食住行,生产就是春种秋收、男耕女织。

记得小时候,所穿衣服大致是洋布土布各半。洋布是镇上店里所买,土布是农民自己从种植棉花到纺纱经织一手制作的。老辈人基本以土布为主,最有特色的服饰是纽扣在一侧的老式中装"大襟衣裳",裤脚管和腰围很宽松的"袋头裤",身上可围一圈的"围(音'余')身布襴""围身头",妇女夏天用于遮上身前部的"肚兜"等。填饱肚皮的当是江南传统谷物,因不足时常要夹杂着大麦粉、元麦片、山芋、饭瓜之类及小麦轧出来的面粉。彼时碾米、磨粉也是麻烦事,要拉着拖车走几里路朝西穿过小镇翻过石桥到镇西,或者上南去徐家湾桥的加工场。住房因着国民党溃逃大陆时放火烧毁了不少,未被烧毁的老屋墙外打有防偷盗的枪篱笆,里面覆有护壁板。宅上几户贫困家庭还住在草房里。家门口的一条土路,逢雨泥泞不堪。平常出行主要靠双脚,装重物得借用队里仅有的两辆拖车或用船。到我10岁时,才有了一部公交徐闵线,且站头朝东或朝西要走上两三里。

我孩童时,种植水稻的灌水工具还是脚踏水车、风打车、牛赶车。水稻脱粒在稻床上甩,麦子脱粒用械打。轧稻机没有电力,是用脚踏产生动力使其转动的。我们队因靠着沪闵路,把麦子摊到马路上让驶过的汽车碾落。

第一次工业革命于18世纪下半叶起源于欧洲,主要发生在纺织、冶金两个传统行业,使蒸汽机动力代替人力畜力。当年于我辈还沾不上边,“点灯不用油,耕田不用牛;楼上楼下,电灯电话”只是农民的向往。

不过,很快进入了由内燃机、电动机代替蒸汽机的第二次工业革命。20世纪60年代中期,在一宅基人的欢呼声中,我的村庄通电了。又及,“老太婆看见六样机,抽水机、脱粒机、拖拉机……”的沪语表演唱风靡沪郊,伴随着的是农业机械化的逐步推广运用。

70年代后期,乡镇企业蓬勃兴起,农业机械化水平大幅提高。我们经历了插秧机、收割机从试制到逐渐成熟的过程。

此时,我被抽调到公社广播站工作,有幸参与、见证了全公社工作与变化的方方面面。

第三次工业革命是以原子能、电子计算机、空间技术的广泛应用为标志的信息控制革命。当年(1972年),美国前总统尼克松“破冰之旅”访华前,在我乡建起了外观白色、状如巨大铁锅的国际地面通信设备,神秘且稀奇。

80年代初,为适应乡办工业和房地产开发外出及通信联络需要,这两个单位的老总在配备轿车的同时,还花万余元购置配备了如砖头大小的“大哥大”手提电话。谈生意、吃饭时往桌上一放,惊艳四座。出门往胳膊下一夹,派头羡煞旁人。我们搞广播的,低档仿效。在高处装个发射接收天线,弄了个对讲机类的东西,也能覆盖千余米,通信联络方便许多。

当时,广播站的播音员兼职公社打字员。左手移动倒放着几百个铅字的字盘,右手把选中的字通过键盘敲击蜡纸。我看到后也尝试了一下,发现要背熟字盘、手眼协调,还真不那么简单。遇上冷僻字,还要到备用字盘内用镊子钳到所用的字盘。一旦有错，还要用散发化学怪味的修改液涂抹重打。那时县政府离我工作的广播站很近，办公室主任常带来领导的讲话稿让我复写誊抄。到1993年我进入乡政府工作时，办公室文印部门有了文字处理机、激光打印机。

近40年来，变化更是目不暇接、眼花缭乱。

1985年，我的老宅拆了，莘松高速公路在这里作为起点开建。很快又延伸到了杭州，称沪杭高速。没过几年，此路就直通祖国边陲昆明成G60沪昆高速。从小一直走的沪杭铁路上，从蒸汽机车到内燃机车又很快成电气机车了。朝东还建起了地铁1号线，后又上南建起了地铁5号线。至今，上海已有15条线路，660千米里程，日客流量达数百万人次。20世纪70年代我为拥有一辆自行车费尽心思，如今买小汽车已是手到擒来。

呵，正是托中国改革开放的福，使得我们这样的普通人有机会享受到人类过去300年来以工业革命为动力的发明和创造。

当今世界，充分利用通信技术和网络空间相结合的手段，将制造业向智能化转型的第四次工业革命已经开始。2009年后，我在资产投资经营公司工作的5年间，参与了紫竹科学园区、莘庄商务区等现代工业、服务业等领域的投资建设，逐浪于第四次工业革命。

即使退休了，我这个花甲老人，也与下一辈、再下一辈一起，用智能手机这部小电脑，一览天下、一通世界。用农人的话，这小小的手机，可称为“仙人家什”，无事不晓，无所不能。

呵，这些记忆的碎片一定是散落并镌刻在我们这前后一两代人心中的。在享受三四次工业革命成果的同时，真还期待见识和用用更新的东西呢！

（载《春申扬波　晚霞逸彩——闵行区春申晚霞博文选编〈二〉》，

闵行区老干部局编印，2018）

由《繁花》想到乡镇企业曾经“似锦”

2024新年伊始，电视剧《繁花》，在中央电视台和东方卫视热播。《繁花》镜头里的20世纪90年代，既是中国改革开放后迎来的“黄金期”，也是乡镇企业蓬勃发展时期。

据《闵行区志(1992—2011)》记载：20世纪90年代初，上海县乡镇工业迅速发展，1992年，上海县乡镇工业总产值增长速度达到54%。1993年，镇、村两级共有工业小区36个，占地248万平方米，落实项目211个，总投资29.6亿元，其中吸收外资2亿美元。镇村两级共有工业企业1 304户，其中镇办341户，村办963户。全年完成工业产值91.96亿元，其中镇办完成42.28亿元，村办完成49.68亿元。全年实现工业利润6.09亿元，村办完成3.43亿元。如地处马桥，以生产“蜂花”洗发水、护发素闻名的全区重点骨干乡镇企业上海华银日用化学品总厂，年产值达1.53亿元。

再如我工作的莘庄，80年代末，采取“三举并进”的策略：一是借鉴江苏、浙江经验，创自立产品；二是发挥地处近郊优势，借助市区大工业设备全、技术强、产品销路广的有利条件，争取联营；三是利用现有厂房、劳力，依附全民企业，做长期的协作加工。从而起到了五个方面的作用：一是与市县近百家工厂保持城乡联营及协作关系，成为市县工业的得力助手；二是用工业积累支援农业生产，提高机械化程度；三是缓和人多地少矛盾，就地消化农村剩余劳力；四是产品适合市场需求；五是工业利润为农业人口文教、医疗卫生、养老优抚等提供福利资金；同时，为国家缴纳税金和获取外汇。到90年代初，据《莘庄镇资料汇编》，1992年，莘庄乡社会总产值30 125万元，工业产值达23 400万元，比上年增长53%；利润1 476万元，比上年增长18.6%。1994年，全镇工业企业已发展至166家，职工9 586人。工业产值实现71 761万元，比上年增长56.4%；利润3 518万元，比上年增长39.9%。真正成了经济发展的“支柱”。东吴村与上海异型钢管厂联营的挤压分厂，因“异钢股份”的上市，村级获益2 000多万元。

《繁花》中的爷叔形象，在乡镇企业发展中也有，他们起到了“老法师”“牵线搭桥”“指点迷津”的作用。如我所在村，在供电、化工、蔬菜批发加工等行业，依着他们的资历、专业、社会关系等优势，为乡镇(村)企业发展做出了独特贡献。

这个发展过程中的乡镇企业家们，大都是“拼命三郎”，后来被归纳成“四千精神”，当年实是常态。正是因为“走遍千山万水”，这才打开了市场的大门；正是因为“说尽千言万语”，这才找到了合作的可能；正是因为“想尽千方百计”，这才找到了解题的密码；正是因为“吃尽千辛万苦”，这才迎来了蜕变、腾飞的机会。

因乡镇企业发展需求，我也曾随乡镇企业家多次出入于黄河路类似剧中“至真园”之地，满街霓虹闪烁下，怯生生尝过大龙虾、象鼻蚌刺生，咬过椒盐大皇蛇、“霸王别姬”，也啃过鸡脚爪，吞过干炒牛河、船王炒饭，这也都因着时行的招商、合作中讲究的“派头”“噱头”“苗头”，“人面”“场面”“情面”。这几个看似简单的俗语双音节词，联系起来却精妙归纳着彼时上海商业社会的风貌，也诠释着乡镇企业跻身市场经济浪潮的艰辛途径。有时，一顿饭铟胜过一头牛的价值，而换来的可能是企业的生存、上百人的生计，也可能是竹篮打水一场空……

改变命运，需要时代机遇，也需要个人奋斗。时代脉搏与个人拼搏如何同频共振，是个永恒的话题。走入新世纪，伴随数十年来市场不断变化，技术不断升级，乡镇企业有的退场，有的从“改制”得益。不少经营者积极拥抱变化，“接棒”不断奔跑，“蛋糕”越做越大，在新的“江湖”中争得一方天地。尽管花开花落，但大量的由乡镇企业蜕变而成的“规上”企业（年产值 2 000 万元以上）抑或小微企业的“繁花之势”还将继续。

电视剧中的角色通过勇敢迎接挑战，抓住机遇施展才华，反映了在过去的时代浪潮中成功立足的精神。这种精神可以激励当今的人们在面对困难时保持坚定信念，勇于尝试，不断成长。

（载《档案闵行》，2024 年第 1 期）

留痕“老土地”

60 余万字、300 多幅图、800 页纸，倾注着父老乡亲期望和吾等一腔深情的《莘光村志》付梓之际，不禁回头望望跨入参与撰稿第 4 个年头来的那些日日夜夜。

那年，我刚退休，本想安度晚年，但村里“老土地”上的“老书记”“发小”金其兄说，一直有个归纳整理本村历史的念头。当时，镇党委、政府亦在酝酿续编“镇志”，曾是老同事的镇党委领导几次找到我，也与本土方志专家褚半农多次磋商“如何弄”。就这样，我没有二话，一口答应，一起动作，一头扎入了“村志”的编纂。

如今回望这4年，补记几点于此：

一是很值得。

从可追溯的祖宗X代，至吾代直至孙辈，一直在生我养我的这块“血地”上劳作、生活、繁衍，当然对这块土地满怀深情。虽几经动迁、进入城市化，建置沿革、土地、作物、建筑物乃至人们的生活方式发生了翻天覆地的变化，但土地终究还是江南古镇莘庄东首的这块土地，版图上的地理经纬方位仍然，眷恋之情则有增无减。这些，值得有人把这里发生的一切做些许留存。

亦如现任镇党委书记吴敏华在“序”中所言：《莘光村志》反映的是一个上海近郊普通的行政村、农业、农民半个世纪的历史与现状，它犹如一幅浓缩的乡村画卷，记录了在中国共产党的领导下，莘光村五十多年来翻天覆地的变化。“村志”的修成，赋予我们的不仅是丰富的史料，更多的是历史的启迪和时代的鞭策，也为莘庄镇、村史志文库又增添了一份宝贵的内容。定会让更多的莘光人在同根同源的追溯中，增强热爱家乡、建设家乡的认同感、归属感和凝聚力。用不懈的追求、澎湃的活力、宽广的胸怀，造就和遇见莘庄更加美好的未来。

二是努力了。

10多位平均年龄70多岁的老人，在村实业公司和党支部的领导下，尽心尽责、尽力而为地做起了这件事。年逾九秩的大队老会计、老支书瞿明江，把几十年收集的各种资料、报表和文字记叙献了出来；耄耋之年的大队老会计、两届区（县）人大代表李锦祺，将几十年来登门拜访、户籍搜寻得来的全村家谱、人口变化等原始资料如数奉出；解放军总参某部正团转业干部赵明江，继自费编印出版了村宅（生产队）志《追溯赵家塘》，又全身心投入《莘光村志》的编写，劳神编制300余幅照片、图表；大队老会计朱勇平精心梳理各类报表数据。这都是“村志”的地基、梁木、椽子和砖瓦。担纲主编、担任了13年村（大队）支书的瞿金其，更是从总体统筹到具体撰写都全身心投入，用呕心沥血、殚精竭虑形容不为过。同乡挚友褚半农先生从专业角度做了悉心指导并倾情作序。我虽较长一段时期从事文案工作，实无志书编撰经验，并尊重兄长、老书记担纲，重在参与，被封以“特邀”，能使上一分劲、出上一分力，足以自慰。

村志以16章128节“综述”“大事记”等篇章，着力记载了1949年5月莘庄解放至2004年撤销行政村建制，55年间的史实钩沉。各生产队（村民小组）都由本宅或老师，或会计，或资深人士专章专篇予以综述；全村各户“家谱”独立成章录入。这或许都是此村志的特点、亮点。

村志也补录了撤村后至完稿时的非凡事项。如马家塘马俊杰2019年参加庆祝中华人民共和国70周年阅兵并获先进个人；更有李家塘张军萍2021年获得全国优秀共产党员、全国抗疫先进个人“双冠”英雄，又在2022年被推选为党的二十大代表。真为莘光“星光”璀璨夺目而自豪。

端详着厚厚书作，嗅闻着阵阵芳香，顺口凑成十句话：一帮老头（平均年龄72岁），两袖清风（不取分文），三易其稿，四度春秋，五彩缤纷，碌碌（六）无为（不求有功，力求少过），七窍生烟（受疫情影响，寻找史料多舛），八面来风（得到多方支持，全国著名书法家刘一闻先生题写志名），九九磨砺，十分尽力。

三是有遗憾。

诚如过去说“电影是遗憾的艺术”，编志何尝不是。依个人浅见，尚需细磨加工之处还有不少。如，纲目结构上虽几经修正，但如何更趋合理有待推敲精凿；史料收集、记叙上，全方位、多角度、精准率尚有不足；遣词用语或有不够准确、练达。不管怎样，“癞痢头儿子自叫好”，“丑媳妇总要见公婆”，这本凝聚着编纂者心血的“志”总算是完成了。

（载微信公众号“老小孩”，2022年10月22日）

故土曾苦难

故土莘庄，现在越发美丽了。

可故土是有过苦难的，尤其是那70年前。自我懂事起，祖父就告诉我他经历过的那些苦难。其实，这苦难并非奇特深奥，就是为吃、为住、为活命。

为吃。绝不是要吃啥吃啥，而只是为了果腹，吃个不饿死。照理，江南水乡，大片平原，泽土肥沃，秋季播麦，春夏种水稻，吃个饱不成问题。但生于清朝末年、在20世纪40年代正值青壮年的祖辈们就是吃不饱。

因为，1937年淞沪抗战爆发，日本侵略者铁蹄践踏上海。1941年至1943年间，日伪政权为镇压抗日力量，实行严禁粮食等物资流通的“清乡切块”毒计，在交通要道筑篱封锁。这篱笆在我祖宅西首、横沥港东侧沿线，往北直伸漕宝路七号桥再达吴淞江，往西沿沪杭铁路至江家桥随茜蒲泾、女儿泾到黄浦江，东过翁板桥、朱家行、港口过黄浦江直抵东海边。其间，在莘庄横沥木桥和朱五家两处各设小检问所，莘庄镇上设大检问所。乡民出入必须出示“良民证”，要被搜身盘查，还得给日军叩头行礼。为求不饿死，常有人冒险越篱贩米，俗称“钻枪篱笆”。祖父弟兄几个，手提肩背，或将米灌入裤脚管，或掷扎腰间，趁夜色掩护，多次穿越过这道生死线。少量带一点，发现后遭毒打、被狼犬咬是免不了的，不少人还就此丢了性命。1942年的一天，冯家旗杆贫苦农民姜大弟越篱时被日寇发现，腿部中弹，出血难止，经同伴背回家时已奄奄一息。还算命大，活了下来。我曾听他诉说死去活来的苦难亲历，亲见他腿上的累累枪弹疤痕。1942年7月，莘庄5位渔民驶5条小船，在新桥购得150石大米，深夜行船欲运梅陇，在马家油车被日伪军发现，押至莘庄大检问所囚禁。结果，3人被杀，2人费尽周折才得以幸存。据《莘庄乡志》记载，1937年至1943年间，惨遭日寇残害致死、有名有姓、有罹难经过的乡民达26人。

抗日战争胜利后，祖辈、父辈们盼着能吃口饱饭、安居乐业了，可好景不长。

1949年初，国民党军队负隅顽抗解放大军的南下。为加强外围防御，“固守”上海，在莘庄强拉民工构筑混凝土碉堡4座。是年5月12日至15日，更是以清除障碍为由，强行焚烧大量民房。我清晰地记得，祖宅残留部分满是被火烧焦的炭痕。爷爷告诉我，老祖宗留下的绞圈房子大部分被国民党军队烧毁了，这剩下的是我们趁着军队点燃房屋未曾全部烧光离开时，冒着生命危险灭火保下来的。我的大伯家就因被国民党兵守着而无法施救，眼睁睁看着祖屋被尽数烧成一片灰烬。仅我宅上，有34户人家116间房屋被烧毁。莘庄有14个村宅869间房屋被付之一炬，致使226户家庭痛失居所，有的去亲戚家暂且栖身，有的颠沛流离、风餐露宿在颓垣断壁之间。

我的祖辈父辈乡亲们趴在世代居住过的房基旁哭得死去活来，惨象凄悲。

祖父告诉我，此前3个月到半年间，曾有几次两三个带有北方口音的人来祖宅最西头的我家讨水喝，与读过私塾、偶翻《申报》的爷爷聊了很多。祖父确定他们是解放军侦察兵，只是相互心照不宣，心里是期盼着解放大军早点来。

新中国成立后，经历过日寇铁蹄践踏和战乱之苦的百姓们倍感翻身的幸福。在党和政府倡导下，从单干到互助组，再从高级社到人民公社，奋发生产，吃上了饱饭，有的把草房翻建成瓦房。梦想着"大跃进"。不想，没过上多少好日子，1959至1961年进入三年困难时期，不少乡亲们又吃不饱饭了。直到1979年改革开放，乡亲们的日子才真正好起来。

（载微信公众号"老小孩"，2019年5月18日）

亲历坠机事件

1999年4月15日下午3点多，难得有公差的我从厦门考察取经返沪，航班顺利抵达虹桥机场，办公室同事接我回镇政府机关。我刚回到办公室处理事务，忽听远处传来一声闷响，大院人声嘈杂。看窗外，天空中随霏霏细雨飘来的阵阵烟雾中夹杂着些许破布。打开窗户，焦烟味随南风扑鼻而来。

"哪里着火啦?"这是我的第一感觉。那个方向，有几家服装、毛纺织企业，也是人口密集的老镇区。我时任党委委员兼组织人事科长、党委政府办公室主任，马上去电安全办，回答是"尚未接到相关报告，正在了解情况"。再打电话给公安派出所，值班同志告诉我：正要报告，沁春园区域发生飞机坠落事故。我立马跑到党委书记办公室，有关同志说，领导刚赶去现场！我随即驾车前往。不想，车辆行驶到七莘路、莘松路口即被拥堵。我掏出时为先进的摩托罗拉模拟手机，发现没有信号。忽然，BP机跳出了书记发给我的一条信息：我去一线，守好机关!

随即，我调转车头，返回机关。尚未落座，即向区政府报告。并按领导要求对有关方面做出相关指令。片刻，桌上的几台电话铃声大作，此起彼伏。有国内新闻单位的，也有境外媒体；有韩国领事馆，也有外事部门。大都是询问具体情况，我以“事件在紧急处理中，其他暂无可奉告”作答。随后，有人捡来了飞机破损铝片，有人找到了机上载着的五金工具……各方信息不断汇来。

看着窗外雨势渐大，想到前方一线一定在浴血奋战中，我心急如焚，肚子也不觉得饿。直至夜深，书记、镇长等领导才满身泥水地陆续返回。这段时间，公安、武警、消防、医疗急救等方面在事故现场进行了抢救伤员、保护现场、疏散安置被损毁房屋的居民、防止次生事故发生等一系列应急救援处置。

我们在食堂匆匆充饥后，又到区中心医院探望抢救中的伤员，陪伴有关家属到太平间认领遇难者遗体，到临时安置点安抚因房屋被毁损的疏散居民，对接下来清理事故现场、接访等善后处置做出安排。

后来才知道，妻子一度为我急得不行！她知道我去厦门当天下午乘飞机返回，4点多钟听闻飞机失事，急忙打政府办公室电话。接电者告诉她“他在沁春园”即挂了。再拨打，已无法接通。妻疑为我返程的飞机坠毁，心急如焚赶来。有人告诉她：坠落的是货机，见到他了！他在忙！惊魂一场！

若干年后结为姻亲的男亲家，时为消防支队指挥长，带领广大消防救援人员义无反顾冲在抢险救援一线。公安、武警、医疗急救，社会方方面面以及个人群众都以不同方式参与抢险救援行动。

后来的资料显示：1999年4月15日16时01分35秒，大韩航空6136号货机（KAL6316）从上海虹桥机场起飞前往韩国汉城，约3分钟后在莘庄镇莘西南路西侧的建筑工地附近坠地爆炸，导致附近百余户民房被损，8人死亡（包括机组人员3人，地面人员5人），42人受伤。上海市地震局亦于1999年4月15日下午4时04分35.2秒记录到一次1.6级地震。这就是震惊中外的“4.15”大韩航空公司MD－11货机坠毁事件。

该事件经过两年多的调查，2001年6月5日，韩国建设交通部称机组人员对飞机高度的认识错误（英制和公制的认识错误）造成了飞机的坠毁。2001年4月，上海市第一中级人民法院判决大韩航空公司赔付不幸遇难者家属每户90—113万元。

（载微信公众号“老小孩”，2019年4月6日）

曾经“参创”

国庆、中秋长假，漫步于和美的、已在此工作生活了一甲子、最近入围全国文明城市的故乡热土，欣慰的同时，想起以前那些年曾经参与创建付出的艰辛，感触良多。

非一朝一夕之功。近20年间，从中央到地方基层政府，都建立了非常设的精神文明建设委员会并设办公室，在党委统一领导下总揽创建全局。如我，长期在镇工作，作为党委分管领导兼任文明委副主任，主抓创建。个中滋味，一言难尽。比如说，认识的问题。改革开放以后有一段时期，人们强调经济基础，注重经济增长，倚重物质文明，所谓“三六九，抓现钞”。这并无不当，只是割裂了物质与精神的关系，有时往往造成“水牛皮，黄牛皮，两层皮”，各管各的。搞经济的领导说，文明创建是虚功，你们去弄吧，我们要的是实实在在的阿拉伯数字。搞创建的呢，有时缺乏互相促进的融合关系，单打独斗。又如，经费保障问题。要满足人们的公共需求，硬件建设是根本。但经济要发展，投资用钱非常重要。无钱办事，巧妇难为无米之炊，心有余而力不足，口袋不富脑袋难富。再如，表面与实质的问题。环境整洁优美是一个方面，但道德层面是否达到一定程度的表里如一了呢？故此，文明创建要经过长期的认识，上升到行动上的统一，再长年累月、不懈努力，久久为功。

非一人一役之力。文明创建，需要全面动员，全民参与，这也有个从被动到主动，从抵触到接受，从少数人到大多数人的过程。创建中，我曾组织拆违综合整治，也曾牵头举行大型公益活动；曾站路口维护交通秩序，也曾爬楼道清理乱堆杂物；曾捏着火钳捡过垃圾，也曾手握铲刀除去乱招贴；曾遭遇到不解责难，也曾接受市领导的嘉勉。“战役”亦是一个接着一个，是一步一个脚印走上巅峰的。先是一个个单项的，如卫生镇、经济强镇、平安镇、民间文化艺术乡镇、计划生育先进镇、双拥模范镇等；再是综合性的，如综合实力百强镇、区级文明镇、创建市级先进镇。还有一个综合协调的问题。地域内的一些区属、市属乃至中央部门单位，往往很“牛”，“大象屁股推不动”，有时真奈何它不得。故需通过多种渠道多种方式，赢得互相的信任依赖支持。这些，也都应了古语：不积跬步无以至千里，不积小流无以成江河。

非一时一事之举。文明创建包括思想道德建设和教育科学文化建设，渗透整个物质文明建设，体现在政治、经济、社会、文化生活各个方面。它反映城市整体文明水平。考核指标有几个大类、上百项分类，内容、内涵极为丰富，摘取全国文明城市这个综合性荣誉桂冠实属不易。有人说，冒出一个暴发户或许只要三个月，但养成一个贵族起码得有三代人。在人的头脑里搞建设是难事。事非经过不知难。所以，创建初成并不意味着可以一劳永逸，高枕无忧，坐享其成。它需要长期、长效，持恒、持久，并不断赋予新的含义。整洁、有序、和谐、美丽的工作、生活环境一定是人们向往的。

（载微信公众号“老小孩”，2017 年 10 月 6 日）

来了，又不乱来的这场雪

农历丁酉年腊月初九晚，期待着“来了，又不乱来”的这场雪终于纷纷扬扬起来。我踏雪与朋友小聚，围着红炉小酌。心中还念叨，在消防部门工作的女婿、水务部门工作的女儿还在岗位上忙碌着呢！

早晨朦胧中，听到住宅小区内有扫雪的声音。拉开窗帘一看，哇，大地一片银装素裹。

照例出门晨泳去。门口，物业管理者在门口阶梯处铺上了防滑草垫。保洁员已把小区道路清扫干净，在明媚阳光的照耀下，更显得宁静。

驾车上路，马路干道上，已少有积雪遗存。是环卫工人早起扫净了。

一切是那么井然有序。这就是精细化城市管理的点滴，体现着的是城市的温度。

微信朋友圈中，不断传来咏雪美文美图。

我感叹着，感悟着，感动着，60 多年来，见过无数次的雪，在雪域高原西藏，在“千里冰封、万里雪飘”的北国，在这个生我养我的江南农村小镇……这场雪却特别，“来了，又不乱来”。

回家看新闻，早晨 5 时 14 分，上海暴雪黄色预警撤销。上午 10 点 09 分，道路结冰橙色预警解除。喔，我的心底里激起温暖的涟漪，并升腾出一个念头，就用这支拙笔，写下这段小文，感谢昨夜今晨那些彻夜忙碌着的辛勤付出的可亲可敬的人！也为善在生活中发现美、传播美的使者赞一个！

（载微信公众号“老小孩”，2018 年 1 月 27 日）

三进母校

我和许许多多的莘庄人一样，在读完小学后顺理成章地跨入了莘庄中学的校门。但是，美好憧憬很快像肥皂沫般地破灭了：“文化大革命”开始了。我睁大眼睛，迷惘地看着校园内外的一切。班主任钱宗和老师性格平和，使我们班级不合时宜地相对平静。很快，4 年过去了，算是中学毕业了。

此后，祖国大地出现了春的气息，每当经过校门，总要深情地瞥上一眼，她那熟悉的身影，琅琅读书声，校园中欢歌笑语，总会勾起我那不尽的情结。

党的十一届三中全会，吹醒了沉睡的大地，我这个农民也躁动起来，第二次跨进母校，参加初中、高中文化的补习。昔日同学，又成同窗，可我们已是为人之父(母)了，真是感慨万千。我们这些“老五届”，没有“老三届”的艰辛、成熟和知识基础，可有着比“老三届”更多的失落。当缕缕白发开始悄悄爬上两鬓，终于拿到了货真价实的大红毕业文凭时，心中自然交织着伤感与喜悦。

第三次正式跨进校门是在 1996 年。我随有关领导去向母校祝贺，向辛勤的园丁们表示慰问。因为母校的教育质量又创历史新高，当年为大专院校输送了 140 多名毕业生；因为母校快 40 岁了，该系统地回顾一下走过的历程了；也因为当地党委、政府对教育充满着关注和期望。

难忘母校，她得意时喜，她失意时悲。40 年了，母校依旧，朴素、平凡，像母亲，但她孕育着勃勃的生机，像校园里那棵不老的青松。祝愿她常青、旺盛。

（载《莘庄中学校庆纪念册》，1997）

"从经"后的几次考试

春节长假一过，又开学、开工啦！不知咋地，我的思绪忽地闪回到在工作岗位上最后几年时的几次考试。

当时想来蛮突然、反差蛮大的。年过半百又三岁那年，长期从事基层党建、行政工作的我，180 度转岗经济，被提任主职区资产投资经营公司。

只在生产队劳作时当过记工员、出纳，从事广播时办过"三产"小公司，无直接从事经济工作经历的我，对新职乃一张白纸。同时，公司又是资产、资金多而优质资产、有效投资不多，人员不多而人心不太齐。诚惶诚恐，一副重担呢！

怎么办？上下左右四处求教，远近内外八方纳策，硬着头皮上场，对症开方下药，使出浑身解数，竭尽全力答好这张考卷。

好在曾长期接触过经济工作，好在还有分别在工作过的两个镇兼任过商会会长的经历，好在学过法律还有点功底，好在领导、同事们的信任、帮助……内部管理、凝心聚力的问题，对自以为有一定经历、内敛低调务实的我不算太难。业务方面，公司有初创时的骨干班底，有海外归来者，懂经济、善投资经营者不乏其人。关键是把准方向用对人；调动各方面的积极性，形成团队力量。

功夫不负有心人。通过几个月的磨合，一个风清气正、活力四射的公司形象逐渐呈现。

若说这是无形的考试，也真是迎来了几次正儿八经的考试。

作为资产投资经营公司的法人代表，加入代表区国资投资的工业园区、科学园区、商务区等园区的董事会，只需报去调整董事名单，经董事会通过即可。而对公司投资的银行、保险公司作为股东加入董事会，成为银行、保险公司的董事，必须先经过国家银监会、保监会的资格考试。虽然工作经历中各种考试常有，如早些时候的普通话、计算机、法律，后有应急处理、危机公关能力等，但对某项专业度和层次都较高的培训、考试还倒真没有碰到过。再是毕竟有了点岁数，于数字的敏感度不那么强了，对提供的资料不可能全部死记硬背，只能择其要，以理解为主。忙于事务，考试前的培训也无暇参加。相关人员告诉我，有人考了三次才取得“资格”，这让我又平添了几分负担。

那天一早，我在保险公司董事会秘书、办公室主任陪同，搭乘头班东航飞机到北京，由国家保监会来车接至位于著名“金融街”的保监会办公大楼。用过午餐，径到设在小会议室的考场。

因新近递补仅我一人，故偌大的会议室考生仅我一人，某处长亲任考官。

硬着头皮端坐，背脊微微冒汗。用一个多小时，终于闭卷做完了三大张试卷。稍稍喘口气，处长说接下来是面试程序，随便谈谈，不用紧张。事实上，问答之间额头上还是沁出些许汗水的。傍晚返程，遇航班延误，到虹桥机场已是半夜时分了。

若干天后，2010 年 8 月 18 日，中国保险监督管理委员会发出批复：经审核，×××符合《保险公司董事、监事和高级管理人员任职资格管理规定》的有关要求，核准上述人员担任你公司董事的任职资格。

作为上海银行闵行村镇银行的发起人、出资人和股东董事之一，这又一场考试是在上海浦东陆家嘴的上海银监会进行的。那天，闵行村镇银行喻行长亲自陪同前往。

银行与保险有相似之处，又各有专业特点。但经历了北京那场国家级的考试，似乎有了些底气，当然也获得通过。

参加这些考试的同时，我热衷于与阿拉伯数字结缘。每月甚至每周，总要对“资产负债表”“利润表”“现金流量表”过上几目。熟记三张表，弄清这三张表之间的勾稽关系，从枯燥的表中看出些蕴含着的名堂。从而从容接受投资经营中的一场又一场考试。

这个阶段，我还与稍后几天调来公司的副总一起参加上海市“高级职业经理人”的培训。这个设在上海交通大学华山路本部、由上海卓越管理中心举办的每周一天、为期六个月的培训，于我着实得益匪浅。

参加结业论文答辩那天，教授和“大牌”“老牌”高级职业经理人问完几个基本问题后，就我“侧身转岗”“持续深学、接受考试”的事充满兴趣地和他们聊起天来。数周后，由国家人力资源和社会保障部印制、上海市职业技能鉴定中心签发的“高级职业经理人(一级技师)资格证书”授到我手上。

在公司“从经”期间，投资部、资产部、财务部、内部审计室、办公室这些部室长大多年纪比我轻，但在投资经营管理方面均有其特长。我不耻下问，他们非但没有低看我这个“门外汉”，反而觉得“老总”高看“部下”，彼此心心相印，相互的信任度日益加深。

人生中处处有考试。经过了无数次有形的、无形的考试，“从经”后的几次考试，究竟实质性、根本性的试卷答得如何，由不得自己评说。只是自己觉得，尽心尽力尽责做了点该做的事，也丰富了一些人生阅历。一晃离开公司10余年了。这些年来，事业蒸蒸日上的老同事们时不时叫上我这个老“老总”参加他们的小聚，这大概是一种勖勉吧！我感激、感恩这些考试和5年多的这段“从经”经历，难怪常会魂牵梦萦。

(载《闵行老干部》，2024年1—2期)

第三章　人生如水

老镇即景

淀浦新景

阿弟卖螺蛳

阿弟 14 岁中学毕业别无选择回乡务农，属“学徒”，为最低等级的“三分工”，劳作一天，计工分，有收入两角多钱。20 世纪 70 年代初的大农业时代，沪郊农村一个正劳力一个月的预支生活费一般为 3 元钱。为贴补家用日常开销，阿弟学着宅上精明的叔叔哥哥样，每天收工后到河浜里耥螺蛳。一个礼拜能集成廿几斤，待礼拜日上集市，换来点油盐酱醋钱。

这是阿弟第一次上集市卖东西。一早 4 点半，那只鸡啄米图案的闹钟催醒了阿弟。阿弟一跃而起，拎起一篮头隔夜称过的廿五六斤重的螺蛳，到水桥头再过遍水，让它清爽点。然后放上那辆“老坦克”(自行车)的书包架，用绳索捆绑定当，冒着初春的瀴嗖嗖的寒风上集市去了。“路上当心点啊!”爷爷道。“不管卖得脱卖不完，早点回来喔!”奶奶又补了一句。这嘱咐声，在墨出黑的夜的空气里颤抖着。阿弟的身上有点冷，但心里是热烘烘的。

有人说“清明节前的螺蛳赛过鹅”，阿弟是充满期盼的，又是忐忑不安的，毕竟是第一次。而且，不是去附近的镇，近处货多，卖不起价。要到九里路外的市中心边缘的市场去，那里货少，卖得起价，卖得快。这是阿弟老早就打听好的。想到此，阿弟脚头轻，脚踏车踏得飞快。“咕嘟”，不好！链条断了？停车一看，一场虚惊，是脱链了，装好再骑。

一个多时辰，看得见集市前的灯光了，漕溪新村市场就在眼前了。此地一段的马路还是用石块铺就的“弹街路”，踏得过快，篮里的螺蛳会颠出来。阿弟小心翼翼，匀速前行。突然，笼头一别，撞到了一个凹潭。阿弟把紧龙头，可还是迸不住要倒下，赶紧用脚撑住。但由于车身倾斜过度，篮子里的螺蛳还是“嗦碌碌”撒了一地。阿弟心慌意乱又心疼。别无选择，索性停好车，把撒落一地的螺蛳用手撸拢来，捧回篮里。收作停当，掉转笼头往回骑。为啥？刚刚经过的漕河泾港旁边有个水桥，可以把弄脏的螺蛳再汏一汏，弄得鲜亮点。再往前，自来水龙头都是上着锁，不能用的。

终于到了。此时东方已现鱼肚白，天已亮了，市场人声嘈杂。阿弟叫声爷叔伯伯，找个空当，取出秤杆。那个胖嘟嘟的阿姨踱到摊头前：“货色还新鲜,只是小了点。几钿一斤啊?”“自己耥的。小的鲜嫩。一角二吧!”阿弟答。胖阿姨说:“反正自己耥的,一角一斤吧!”阿弟正想着,第一单生意,一角就一角吧。胖阿姨已自顾自拣大的往篮里装了。称完三斤,胖阿姨随手又抓了一大把。言谈交易间,四周已围了一大帮人,直往篮里装。阿弟窃喜并忙碌着,称秤都来不及了。“咔嚓”,不好!秤杆被拥挤着的谁人踩断了!这下可糟了!欲找事主无人承认,阿弟欲哭无泪。隔壁摊主看到了阿弟的窘境,慷慨地说,拿我这杆秤去称吧。就这样,阿弟卖完了剩下的螺蛳。用袖子擦一下额头上沁出的汗水,清点一下收入,一共两元零六分。阿弟谢过隔壁摊主,对了,还该领一下市面。喔,其他摊头上要卖一角五分一斤呢!实际上,平均下来,阿弟的螺蛳一斤只卖了八分钱。阿弟有点沮丧,糗事接二连三。也有欣喜,螺蛳卖完了,秤杆么回去或可寻块薄铜皮包起来,不影响使用的。这才觉得肚子在叫了。花上七分钱,买了一根油条一只大饼,跨上脚踏车边哨边骑车回家喽!东方的太阳已跃上城市的天际线,灰蓝中衬出通红、绚丽。

这个当年卖螺蛳的阿弟,后来经营过数十亿国有资产,亦即是当今刚退休的笔者。不经时光,不知岁月;不经历练,不知艰难。人生的苦难及经历当是成长的财富呢!我们这代人多数是这样走过来的。

(载微信公众号“老小孩”,2017 年 8 月 21 日)

宅上多孪生

在莘庄镇东首沪闵立交处,有一个在城市化进程中逝去的叫西李的村庄。它从新中国成立初期建立互助组、合作社到 20 世纪 90 年代末的消失,一直是一个中国农村最基层的组织单位——生产队(村民小组)。整个宅基从解放初的 30 多户人家,到改革开放城市化中动迁转为居民入住小区时的 60 余户。

就是这个看似普通不起眼的村宅,有一件事值得一提,那就是这个小小的村宅竟然同时有 6 对双胞胎。

还是在 1949 年之前,这个宅基就有过一胎男、一胎女的两对双胞胎。不过一胎女的生下来不久,其中一个就夭折了。

1949 年之后，从 1959 年到 1986 年 20 多年里，又有 5 对双胞胎相继出生。其中 3 对为“龙”1 对为“凤”，另 1 对为“龙凤胎”。在其中，有 1 对双胞胎中的兄长又生了双胞胎兄弟。

在 20 世纪 60 年代到 80 年代这段时间里，是宅上最闹猛的辰光。双胞胎时常同进同出，引来众人好奇的目光，由于他们（她们）确实长得像，加上服装又一样，宅上的人经常分不清大小，只有问他（她）本人：“侬是阿大阿小啊？”到长大成人后，穿着打扮有些不一样了，认起来比小时候就容易些了。其中轶事趣闻还不少。比如，有人刚在镇上碰到穿得山青水绿的某兄，一支烟的工夫到宅上，又见他一身泥水的在罱泥沤肥，搞不懂该兄竟有如此“穿越”时空之功，待搞清是一个模子出来的兄弟两个时，惊叹：太像了！双胞胎的习性也很是相同，一歇两人在嬉笑吵闹，搞得不可开交，一旦有外人介入，他们往往马上会结成同盟一致对外。一人有个伤风咳嗽，另一个人也会精神萎靡。

说这个宅基有啥不一样，也讲不出多少，一条通黄浦江的小支流贯穿东西，村民就是生活在河两岸。原来喝河水，后来在河南河北各打了几口水井喝井水了，到喝上自来水后特别是动迁居住进住宅小区后就没有再生过双胞胎，不知道这跟饮水有无关系。

有资料记载，我国双胞胎的概率是 89∶1。西李，这个村宅多胞胎出生率为 10∶1，应该不多见吧。医学专家表示，一般情况下，一对夫妇是否会生双胞胎，主要取决于遗传因素；双胞胎多发，一定程度上会跟当地饮食、水源、周围环境等条件有关。

把这些记下来，也算是对在城市进化过程中逝去的村宅的追忆；更想让我们每一位地球人关心我们的生存环境，并且从我做起，从身边最细小的事情做起。

（记于 2013 年 12 月）

瓜棚望夜

夏日，队里种的数十亩西瓜、黄金瓜熟了，总有偷鸡摸狗者光顾，故队里总会在此时，在瓜田里选一处能顾及整个瓜田的绝佳处，搭一高棚，安排人员望夜。青壮劳力白天劳作辛苦，一般安排责任心重的老人，于是，十一二岁的我就缠着爷爷，陪他望夜。

黄昏，吃过夜饭，到水桥头汏过浴，卷一张残旧的篾席，背上已打满补丁的蚊帐，穿过有一阵阵蛙声一路陪伴的稻田田埂，爷爷养的狗阿黑兴冲冲跑前殿后撒着欢。一会儿就到了瓜棚。爷爷早已拎个茶壶在喝茶了。摊开篾席，挂起蚊帐，先听他讲故事是必须的。讲上几段意犹未尽时，他提着4节头手电巡查去了。我在望野眼中遐思，望月亮与星星的对话，望风与云的缠绵。

此时的夜，星月当空，凉风滑爽，枝枝叶叶在无声拔节扩展，萤火虫发着幽幽之光，青蛙、蛐蟮奏起交响曲，纺织娘和着多情的女中音，竹蛉、草蛉还有马蛉都在叮呤叮呤。我在诗一样的氛围中仰望闪烁的星空，盘点着熟悉的星星，回味着爷爷讲的故事，渐渐进入梦乡。

半夜时分，只听得阿黑狂吠起来。“不好！有偷瓜小蟊贼！”爷爷打着手电赶了上去，我也揉着睡眼跌跌撞撞跟了出去。原来，是捕鳝者在瓜田边的稻田里收他的鳝笼。爷爷与他点支烟交谈起来，我也长了见识。所谓鳝笼，其实是一只L型圆竹笼子，它用竹篾片做成，两头出口处都有一个外大内小的“倒戗”(逆差)，中间的弯道里装上蚯蚓作为诱饵，待等黄鳝觅食钻入弯笼后，却再也退不出来了。那为啥半夜收？因为如果时间过长，进笼的黄鳝会被闷死，所以捕鳝者一般在下笼后两三个钟头要收起一次。这很辛苦！真是一场虚惊！

回到望夜棚，睡意已无。觉得嘴干，问爷爷要茶喝。爷爷问，为啥不要求去摘个瓜来解渴？我明白，这一瓜一果都是生产队集体的，是社员们花了很多心血才凝结成的。我想，这是爷爷考验我吧？故吃惊地瞪视着他。爷爷宽慰地笑了，说这囡长大了，懂事了。

此时，一阵狂风刮来。爷爷抬头看天，说声大概要落雨了，回棚吧。果然不多时，随着几声雷响，豆大的雨点倾盆而下。雨夜中的瓜棚别有一番风情。雨点，时而急促像马蹄奔腾，时而温柔如缠绵倾诉。瓜棚，如江湖中的一叶扁舟，像海洋中的一座孤礁。风推着雨，雨携着风，风雨一片茫茫。我与爷爷静坐着，感受着大自然的浸润与洗礼，让我有了快点成人的紧迫感。

渐渐地，风轻了，雨稀了，东方出现了鱼肚白，生产队出早工的钟声已经敲响，我和爷爷，噢，还有阿黑，披一身晨曦，回屋里吃早饭。上午还有许多农活要干呢！

在农间劳作中，后来又有过很多个望夜，如夏季抗旱时的灌溉望夜，秋收后的看守稻谷、棉花的望夜，冬季车浜捉鱼和开河时的抽水望夜。然而，此次瓜棚望夜虽然过去50多年了，但在我脑海里，依然是那样清晰。

（载微信公众号“老小孩”，2017年7月5日）

逼出来的“三脚猫”

沪语俗语“三脚猫”，大概指懂的东西多但不精者。我父母养育了4个子女，我是长子。从牙牙学语到成人成家直至今日退休，一路走来，过去家庭生活中的很多事我是全做过来的。虽像“三脚猫”，却大都是逼出来的。

泥工木工，大工小工。20世纪60年代初，才七八岁时，我就束个花袋背只草篮到路边浜滩割草喂兔喂羊，掮把铁锴到田里翻蛐蟮喂鸭，用网兜捉各类叫不出名的虫子喂鸡。稍大些时，为了多养点牲畜，想搭个羊棚猪棚，这就涉及泥工木工。请匠人要付蛮贵的工钿，只能自己来。早早收集拢不管大小的各类砖块，捣好不厚不薄的泥浆。模仿着人家，弄根皮管子灌满水作为水平线，用一根细绳吊着半块砖头做垂直线，便右手泥刀左手砖上手了。这算大工。俩双胞胎弟弟帮看搬砖、抄泥做下手当小工。羊棚可以砌成单壁，俗称五寸墙。猪猡喜欢拱墙，要砌成10寸墙加固。但为了省砖，我把它三竖一平砌成当时刚流行的空心墙。几个时辰下来，墙居然砌到随人高了。砌到一人一手高，可以上梁了。这也只是用杂树和毛竹将就。梁上好后是用竹梢做椽子，再盖上芦席代替瓦片。最上面铺上牛毛毡和稻柴，一间养牲畜的房子算是大功告成了。此后引申开去，弟兄几个长大了，住房日益紧张，在老房子上搭个披也自己上。买不到砖头且为省钱，我淘来煤屑加化工厂废弃的电石污拌和后，倒入事先做好的铁模内，敲实晒干。地坪也是用煤屑加电石污土水泥铺就。最后的内部粉刷以至拉电线装电灯，都是自己弄的。

麦钓、织网，捉鱼摸蟹。二十世纪六七十年代，食品匮乏，养的猪羊鸡鸭先要交售给国家，剩下的也根本舍不得吃，眼光就盯到野河浜里。拷浜头，是硬上的方法之一，没有技术含量。还可以巧干，比如：把毛竹与竹梢丫处的最有韧劲的部分削成牙签状，弯曲成紧弓形，用浸泡过的麦粒固定，中间系线成串，趁黄昏轻轻引入河中。过一两个时辰去收，就会有鲫鱼上钓。这叫麦钓。用麻线或鞋底线织成三角形的螺蛳网，固定在长竹上。沿河滩一推到底再收起，可将河浜底蛰伏的螺蛳纳入网中。深秋至冬季，我把自己早早织成的口沿半圆形的小网扎上长竹，抛入河中，压到河底后慢慢往回拖，往往能捕捉到冬眠的鱼虾、甲鱼、河蚌等。秋季，用竹帘做成蟹簖，横于河中，近两岸处设退簏，鱼经过进入其中后可瓮中捉之。蟹因无法通过而爬到岸上，被守候者手到擒来。这许多种手段都随季节反复使用，屡试不爽。目的只有一个，能填填肚子、解解馋，偶尔到市场换点酱油盐醋铜钿。

扎底修鞋，纺纱理发。弟兄仨 10 多岁时，闲不住的男孩常到处跑，鞋子常常裂开了花。作为长孙的我看到奶奶就着昏暗的灯光扎鞋底，手劲软眼光差，就想搭把手。她笑笑说，老话说了男做女工，越做越穷，免了吧。在我的坚持下，奶奶让我扎。这也是个软硬功，要用手劲也要巧劲。就这样，一双双新鞋加快了制作，勉强跟上了磨损的步伐。为使鞋底更耐用，我尝试用自行车的外胎皮为新鞋钉鞋掌。从废品站淘来铁制的鞋撑，将鞋子套入鞋撑，用鞋钉沿车胎皮四周钉密，再用剪刀或刀片沿鞋底切割整齐，此鞋就耐磨多了。有时雨鞋破了，就买来胶水、锉刀，用自行车内胎补漏。塑料凉鞋坏了，在煤炉上烧红铁片做胶合。看到奶奶日日夜夜纺纱织布，我又耐不住试着在脚踏纺车上将棉絮条纺成一根根细细的纱线。经过浆洗浸染经布等工序上布机织布了，我也忍不住上机，让梭子左右穿插、撞实。只是要编织成花样实在弄不了。年少时头发长得特别快，到理发店理个头要一角五分，即使走村串户的来理发也要一角钱。那就买来剃头夹子自己剃。先从爷爷开始，挨着俩弟，再是父亲。大算小算也是省下了钱。再有家中的一辆自行车拆装修理都是自己弄。补锅搭碗也要弄弄看。还用大的饼干箱斜对角割开，可敲成两只铁皮畚箕，经久耐用。

工作生活中逼出来的“三脚猫”还有很多。工作中，农工商什么行当都做过。生活中，从绣花、结绒线、小扎钩到做圆子做塌饼裹粽子，虽手脚笨拙，却也都尝试过。这也是生存之需及长子之责呀！想自己，资质中庸，无才无能。至今六十满甲，聊以自慰的，除了待人接物认真实在用心，还要感谢工作生活这部百库全书逼教出来的这“三脚猫”。

（载微信公众号“老小孩”，2017年6月26日）

阿发趣事

阿发长我一辈。我回乡务农时，他是生产队副队长。

阿发腿疾，可田里的活样样捏得上。有点口吃，却讲话直爽，脾气火暴。是个快活人，常有笑话从他嘴巴里吐出。我判断，不少笑话是真的，但也有添油加醋。

这事是我亲眼看见的。村口有爿“小三店”，是供销社的“下伸店”。大热天下午出工前，我们总要到此地看一眼、聊几句。那天，阿发见营业员是新面孔，就有意无意问他：“这个橘子汽水几钿一瓶？”营业员答：“一角三分。”接着反问一句：“侬要吃吗？”阿发回：“吃、吃、吃……”营业员手快，拿起桌上的扳头立马就开。橘子汽水“嗤嗤嗤”声响随着阿发最后两字“……不起”一齐发出……营业员与阿发面面相觑，哭笑不得。那时真穷，阿发身上是摸不出这些钱的，即使有也舍不得吃的。最后，还是旁人付款解了围。

一段辰光，队里养猪猡的饲养员因饲料几番跟不上，猪猡饿得拆棚到处跑，卸肩胛不干了。阿发说，死了杀猪的，还吃带毛猪？不可能！说是这样说，就是无人愿意顶，阿发只好自己上。本事再大也没用，猪猡拱得猪栏棚都散了架。那天，阿发搔头摸耳朵到隔壁的大队卫生室，开口就要安眠药。赤脚医生从50粒装的瓶里倒出10粒，装在纸袋中给他。阿发说，这些哪能够？边说，边一把夺过瓶子就走。赤脚医生怕出啥事，偷偷跟着他。结果，发现他把安眠药放在猪食里让猪猡吃。还说，尝试着让猪猡吃了睏，好长膘。最后，当然没啥用。

阿发自家也养猪，计划任务总要完成。那是“双抢”大忙，阿发趁中途歇歇回家倒口冷水淘饭，也给猪猡喂食。想不到，出门时正烧猪食的煤球炉熄掉了。阿发只好取来蒲扇，煽风让炉子旺起来。可煽来煽去，烟雾一间屋，火头就是不蹿起来。越急、越饿、越热。阿发想想不对，自己热着、饿着、急着，还为牲畜着想……心头的火一下子升了起来，抬脚踢向炉子。猪食溅落，烫着那只有疾的脚，阿发“哇哇”叫，拍门而出工去了。这段，是阿发自己讲出来的。

阿发聪明，自己从旧货市场淘来零配件装了辆脚踏车。没有铃，没有叶子板，也没有刹车，他说是用不着的。铃，人喊一声就是；叶子板，好看生活呒卵用；刹车？反问一句，侬要伊走还是要伊停？后来，阿小弟学他样不装刹车。一次骑车下桥坡，没有避开一个凹塘，跌得鼻青脸肿，碰到阿发怪伊。阿发笑笑，回伊：侬真的当我没刹车？说着示范一番。原来，阿发的前轮不装叶子板，碰到需要减速时，用右脚抵住靠近“蟹螯”处的轮胎，比手刹车更有力、有效。

一天，阿发故作沮丧地说，今朝闯穷祸了！一包“金块”被贼骨头偷去了！众人诧异，穷得叮当响的阿发几时有“金块”了，且被偷了？阿发说，我上镇从来舍不得花五分钱买车票坐一站路。今朝“西天出日头”，脚痛，又不得不到镇上去，就乘了公共汽车。因为袋袋里有送去化验的“人造黄金”，就时刻提防人多挤压。啥人晓得，我这个动作被贼骨头瞄到了，以为纸袋里包着不少钞票。结果，一个不留意，这包“物事”就真的被他“戳”去了，害我白跑一趟！有人还不解，有人懂了，那“黄金”是阿发的排泄物。众人恍然大笑，阿发屏住不笑，一脸无辜。

人生的经历总会碰到不同滋味的苦恼、不如意，解脱的方式是学会“寻开心”。即使现在生活好了，各种各样不开心的人和事仍会常有，重要的是，不断调整好心态，追求一种内心的和谐和快活。阿发已经走了多年了，我还是常常会想着在那个困苦的年代里，伊的乐观和趣事。基于此，小文或有“添油加醋”“张冠李戴”，阿发也不会怪我的。最多被他笑骂一声：“侬个小居（鬼），又勒拉七搨八搨了！”

（载微信公众号“老小孩”，2020 年 11 月 16 日）

奶奶的哲学

奶奶生于清末，缠过“三寸金莲”；没上过学堂，斗大的字识不满一箩筐；

在20世纪70年代就离开我们了。可她劳作、生活的点点滴滴，时常在我脑海中浮现。一些平凡举动、日常言语，至今想来充满哲学意味。

感　恩

从我懂事起至改革开放，农村里大部分人家是差不多“答答滴”地穷。因穷，隔壁人家相互之间借东借西是常事，比如铁锗锄头镰刀等农具，台子凳子竹匾筛子碗筷等用具，直至油盐酱醋米面之食物，尴尬时都要借，我们叫“移一移”。常说“有借有还，再借不难”。奶奶却告诉我，这是不够的；加上“谢谢”，也是不够的。她差我去借东西，去还的时候，总是收作得清清楚楚。用过的铁锗锄头是不留泥屑的，镰刀是重新磨过的。油盐酱醋米面之类会比借来时的刻度略高些，奉上添加。特别是碗，借来是空的，还时必有物。或盛上刚收获的赤豆绿豆黄豆芝麻，或纳入刚煮熟的山芋芋艿。奶奶没讲什么道理，但我懂：接受了别人的好处，或者给人家添了麻烦，光用嘴道谢还不够，一定要用实物来奉还，感恩除了铭记还要有行动。

负　重

如今常听人喊，活着真累。是的，从亿万富翁到平民百姓，活着哪有个不累的。最累是人到中年，上有老下有小。单位骨干，要你干这忙那；家庭户主，你要顾此顾彼。但不管如何，现在起码能温饱不愁。我们儿时，这些基本需求都成问题。为此，每餐奶奶总是把锅里仅有的一点米饭盛在我们的碗里，而自己却以山芋南瓜麦头麦片充饥。一年忙到头，几无坐下来息息的时候。在那段困难时期，没让我们孙仨经常饿着冻着。记得奶奶对我这个大孙子讲过这个场景：你看，叔叔伯伯肩上挑着的稻谷把扁担都压弯了，你看他吃力吗？当然！但脸上却是笑意甜甜的。为啥？因为他担的是收成啊！担子越重，说明收获越多啊！我顿悟：苦难和压力都是人生的财富呀。

自　适

1972年我中学毕业后回乡务农，田里的农活什么都想学，什么都想干。使牛犁耙想去试试，上船摇橹撑篙罱泥缠着上手，队里新买了手扶拖拉机也偷着一驾为快。看着人家驾轻就熟，自己上去就是“野腔腔”，而且回到家累得浑身酸痛。第二天再干，这活还是“硬搅搅”。老农和熟手告诉我，你这是蛮力，要借力用巧劲，慢慢摸索门道。每每腰酸背痛回到家，奶奶用铜板沾着烧酒为我刮痧理气，烧开水泡脚，末了一句：不要看人挑担不吃力，自上肩胛嘴要歪。我理解：每一样看似简单的农活其实都是一项技能一门学问。做人与处事，要有理性自适的态度。既不能自以为是，指望一夜成功；也不要妄自菲薄，自暴自弃；还要善于借力。即使小有成果，也不能得意忘形，山外有山楼外有楼！

务　实

奶奶从来都是低调的，印象中她从不与人红脸，从不高声呼五呵六，总是细心地做好每一个工。农田里的活也有个质量问题。塔花（棉花田锄草间苗）时，有人贪省力，不弯腰，用锄头角去剔除，有时难免伤及旁边有用之苗。而她，宁愿蹲下身用手去拔除其中瘦弱的一株。捉花（摘棉花）时，她小心翼翼，既捉得干净，又不让它沾上花铃外壳边上的碎叶。轧稻（脱粒）时，轧不到的稻穗，她就用手捋出来，颗粒归仓。她说，有理不在声高，闲话多来不值钿，会捉老鼠猫不叫。讲得花好稻好，样子做得蛮好，不要“宜兴夜壶好只嘴”，绣花枕头一包草。天要亮的，收成时会见分晓的。她干活，速度不会是第一，也不会落在末脚，但质量、品质永远是经得起检验的。

赢　亏

邻居空闲时来串门闲聊，少不了东家长西家短；生产队里收获之余，也有养殖物种植物的分长分短，对于这些长长短短，奶奶从来看得很淡。闲聊长短，奶奶总是肯定他人的长处。有人搬来是非，奶奶板定是正面理解。虽然此时食物相当匮乏，3个孙子或嗷嗷待哺或正处在发育期，但对队里的少量的难得的分配决是不让我们去争的。她说，很多辰光吃亏就是相赢。是你的总归是你的；不是你的争也没用。求来的雨不大，争来的瓜不甜。这方面省点神思，“拆污”滑溜点！

称　呼

回乡务农不久，队委会经过商量，让我担任记工员兼出纳。记工员每天要对队里百余个社员每天出工的情况做记录，以便到年底结算工分、计算报酬。每天，我夹着工分簿，奔走于社员们忙碌着的田头场所。几天后奶奶发问了，你记工分时叫社员名字习惯吗？我说还好呀。奶奶说：常言道，舌头滚一滚，叫人不蚀本。宅上有良好的风俗，特别对长辈要加上对辈分的敬称。就此起直至以后多年，在我担任记工员期间，我每天都伯伯、叔叔、婶婶、嬢嬢叫一遍。到如今，许多人都已故去，但对他们的敬称我是记得牢牢的。

知 足

乡村有熟语“汗毛根根曲，人心依不足”，人身上心潭处总是凹进去的。奶奶说，这就要懂得谦虚和知足。1949 年前吃不饱穿不暖，还要经受兵荒马乱、流离失所之苦。现在虽然生活还艰苦，但没有战争、动荡，温饱基本能解决了。而且，相信你们长大了以及你们的下代一定会比现在好，越来越好。她还说，农历二十四节气中，有小暑就有大暑，有小雪就有大雪，有小寒就有大寒，就是有小满而无大满，为啥？古人的智慧！为人处世要谦虚，要知足，世事从无大满。

秤 砣

当年大农业时代，县委派工作队到村里蹲点“抓革命，促生产”。工作队长是个矮瘦驼背的小老头，话语不多，但做事实在。后来晓得他是当年南下解放军首长，从小苦出身，但肚皮里货色很多，且很接地气，农民愿意跟他交谈。讲起他，奶奶一如流水：小小秤砣压千斤，矮子肚里疙瘩多(此处“疙瘩”应义为“智慧”或“主意”)，“会捉老鼠猫不叫”，人不可貌相，海水不可斗量。貌不惊人者往往有真本事。要好好看他样、学他样呢！

惜 物

奶奶像多数长辈一样，节俭惜物。说穿衣。我这个长孙还有新衣穿，弟弟基本上是我穿不下了的给他们。针线筐是她坐下来时的必备用具。“厚的地方千层补，破的地方肉露露”，“新三年，旧三年，缝缝补补又三年”，是真实写照。说食物。一个咸蛋一分四，弟妹四个一人一小凹。饭碗头里绝不会吃剩下一粒米粒头。弟兄抢着洗碗,因为饭锅里可能有最后的一点点饭糍可刮拢来享受。奶奶说,一粒米七担水。一分耕耘,一分收成。任何收获都要先付出,都来之不易。世界上的东西都是有用的,要物尽其用,对得起自然天公哟!

惜　时

印象中,奶奶是个一刻也停不下来的陀螺。早上我们醒来时,她早就烧好早饭,不是在自留地里种这收那,就是在屋里整理收作。待我们都吃过早饭,上工的钟敲响时,她已洗完碗,一起参加集体生产劳动挣工分。夜快收工回家,她忙着烧夜饭。吃过夜饭,我们闲聊,她又在缝缝补补了。一年365天,几乎天天如此。奶奶说,笨鸟先飞。早起的小鸟有食吃。时令节气过了,明年会来,但已经是又一个轮回了。辰光过了,到闭眼断气都不会再来了。起早勿忙,种早勿荒。要惜福惜时,有辰光侬起早还会碰着隔夜人呢!

持　恒

肚皮里长远没沾着荤腥油水了,又临春节年关,那头猪去卖了两次因“刀份(出肉率)”不够而拖了回来,僵猪再养蚀老本,遂决定杀了它。

杀猪,过去看过多次,觉得有勇气、狠劲就可以。这次仔细看了全过程,有了点“看人挑担不吃力,自上肩胛嘴要歪”的味道。复杂,精细,是个技术活。从磨刀到戳颈动脉、放血、开水浸烫,再到褪毛、剖肚、理肠……单理肠就分为大肠、小肠。花了一个多钟头。全部弄好吃夜饭时,奶奶问我,看完杀猪全过程有啥想法?我懵懂着。奶奶说,砻糠搓绳起头难,杀猪㾓容易理肠难。有心不在一时忙。“临期上轿穿耳朵”“三日捉鱼两日晾网”难成事,没有水滴石穿的恒心事难成。做事既要有准备、有窍门,更要有长性恒心。这叫久久为功。

扎　滑

雨后到田间劳作,一不小心就要在田岸上打滑溜,弄得浑身泥浆。初时,我们这帮“初生牛犊”的“团串头”还“五十步笑百步”。跌滑的趟数多了,就慢慢地研究总结了。有时,就在湿滑的路上铺些柴草扎滑(防滑)。不单单是走烂泥路，就是水泥路、柏油路，表面看平平的，也可能会滑倒。而且，看似平平的水泥路、柏油路，有时滑起来、跌起来比走在烂泥路上还厉害。奶奶说，有“前人种树，后人乘凉”一说；更要记住“前人跌煞，后人扎滑”。人生的道路上也是这样的，处处有坑有险，看你有没有刻刻留心的警惕性，看你自身的脚劲硬不硬！想想是啊，自己一路走来，越过了多少诱惑、陷阱，奶奶的话是起了一定作用的。

自　律

宅上有户人家的人总是与他人有口角。有人到奶奶跟前说那户人家的不是。奶奶说，天下自有公道。一只碗不响，两只碗叮当。看侬自己是不是站得正，立得稳。我理解：单体事物往往可以避免矛盾，而两个以上的事物容易发生纠葛；同时，或是矛盾着的双方都有责任。人是最主要的因素，自我的素养、修养和自律决定着事物的发展方向。这又使我想起了佛门的一则问答。一位来访者问了法师一个不太恭敬的问题：您在公众场合都素食，那您独处时会不会吃肉呢？法师并没有立刻回答他，轻声反问道：您是开车来的吗？来访者答是。师说，开车要系安全带。请问您是为自己系还是为警察系？如是为自己系，那有无警察都要系。来访者红着脸说，喔，我明白了。

毅　力

小辰光穷，没钱买零食吃。看到别人家有“吃头(零食)”直掉口水。有小伙伴就动起歪脑筋小偷小摸(这也不算“偷”)。奶奶却想着法子自己动手弄好吃的。春天教我们拔茅针；夏季采自留地里的瓜果、拔甜芦粟；秋时炒硬蚕豆、干毛豆，用面粉做“烤(煎炸食物)”；冬日在灶肚里烘山芋，用爆米花做米花糖。奶奶说，人争一口气，佛争一支香。人要有骨气、毅力、定力。想想是啊，人“佛”对比，点明人活着就要争气。

闲　话

在队里干活时也好，空下来闲聊也好，有人总是东家长、西家短，喜欢碎言碎语评议他人，有时也说到我了。听到好话蛮喜欢，论到非议就不适意了。偶尔要反驳,就会争得面红耳赤,还会波及其他。奶奶说,啥人人后呒人讲,啥人人前勿讲人。人总是要遭到他人评判的。讲是讲不坏的,要紧的是依自己做得哪能?! 身正不怕影子歪。无理寸步难行,有理走遍天下。有啥可争辩、可激动的呢?!

现在想来,奶奶带有哲理意味的话语、举动还有很多很多,它影响着我一辈子!

(载微信公众号"老小孩",2017 年 7 月 18、20 日,8 月 16、17、20 日)

同是花季

外孙女五年级毕业了。考完试,这些天忙得不亦乐乎。班级聚会,留言簿题字签名,合影,互赠礼物,毕业典礼……不一而足。还带回来一本五年校园生活纪念册,记录着入学以来的点点滴滴。看着看着,我的老花眼里竟泛起湿润的小花点。

她的童年,用我们的说法,是在蜜糖里泡大的。两个家庭的独生子女,养了下一代的独苗。六个人围着一个人转,什么都不缺。好在我们的家庭教育自以为是适度适当的。爸爸和两个爷爷稍稍严格些,母亲和两个奶奶在德育底线之上稍稍宽容点。丝毫没有"集三千宠爱于一身"的溺爱。她自己也很争气懂事,学习自觉、认真,不算特别聪明,当然也不愚钝。一直没参加什么补习班,直至毕业在即的那个学期,才参加了一个每周半天的英语、数学辅导班。也没要求她参加什么兴趣班,只是她自己提出,才参加了每周两小时的书法班。不经意间竟学出了小名堂,在全国比赛中还得了个奖。生活中文静、乖巧,有礼貌,没有这代人的孤僻、高傲和唯我独尊"小皇帝"之气,纯粹是一个普通家庭的普通孩子。身心健康胜过一切,这一点家庭中高度认同。

她的学校,历史悠久,前身是创办于 1905 年的蒙正学堂。教育成果也是斐然。我虽是本乡本土本地人,离校也很近,但因是农民,奢望无缘,小学读的是乡校。小学临毕业,正是"文化大革命"蓬勃开展时。哪有什么毕业典礼,背上书包回家就完了。接下来就是割草养兔养羊,帮着大人做家务。直到暑假结束快开学了，才盼到姗姗来迟的就学通知。我们继续着不伦不类的学业，也有几个家庭更贫困些的同学受制于学费交不起、大人不让读等窘境，就此辍学了。当然，其中也有同学借改革开放春风成为了老板。这已是后话。时代捉弄人，也造化人。世事难料，努力就好，顺其自然就是。

翻着外孙女的校园生活纪念册，看着他们那一张张稚气未脱的天真、灿烂的笑脸，我由衷地感叹他们真幸福！老师真辛苦！学校仅一个校区、一个年级就有 6 个班级，每班 50 名学生，共有 3 个校区呢！老师从一年级跟到五年级，朝夕相处这么久，怎么不会怀有深深的感情呢！纪念册上，老师和学生都留下了很动情的感言。"岁月如梭，无论是再别康桥，还是挥手母校。定格的是淡淡的烦恼。烦前途未卜，烦离别又至，烦打点行囊，烦泪眼茫茫，烦酷暑难耐，烦两地分爱。烦，淡淡的，淡淡的烦。淡淡的风，淡淡的雨，淡淡的六月，淡淡的毕业，淡淡的我和你，淡淡地挥手。再见了母校，再见了同学。""5 年的小学时光，悄悄从指缝中溜走。是你让我们从一个懵懂的顽童变成了一个朝气蓬勃的少年……"呵，才五年级的小学生，已经有如此多的感触了。童趣童真中蕴含着青春少年的萌动、向往，读来感动、深思，有时又破涕而笑，让我动容也汗颜。孩子她爸也有感而发：

校长说：每年这时哭一次。

老师说：抬起头，向上看，这样不会让眼泪流下来。

孩子们说：等我们上了中学，还会回来看望您。

优秀家长志愿者说：站好最后一班岗，签好最后一次到。

我说：感谢实小，感谢有你。盼你长大，又害怕你长大！

我要为花季学生点赞，为老师学校家长点赞，为这个时代点赞！吾辈的花季虽已远去，而一代又一代新的花季在诞生，并去经受一场一场栉风沐雨的洗礼。在额首称幸的同时，唯有深深地祝福他们茁壮成长，莫要辜负这个花季的时代。

（载微信公众号"老小孩"，2017 年 6 月 30 日）

77 高考我落榜

是年，是恢复高考40周年。回忆文章铺天盖地，其中大都是有幸成为恢复高考后第一届大学生而倍感欣慰、没齿难忘。我，当年也参加了高考，只是我落榜了。

1977年10月12日晚，我照例在公社广播站值机。8点整，中央人民广播电台新闻联播节目播发的一条新闻顿时牵动着全国亿万人的心，那就是因“文革”中断了11年的高考制度恢复了。这个消息正是通过我操控控制台按钮而传遍我们公社千家万户的。我心底一阵激动，因“文革”而没好好读着书，有机会当然想试一下。

第二天一上班，我马上向站长汇报想法。他略显迟疑，然后语重心长地说，想法支持，只是不能影响工作。他说，你从一个普通的回乡知青抽调到广播站这个“党的喉舌”的重要岗位还不足一年，你得要摆正工作与学习的关系，可不能辜负党的期待呢！是啊！一个普通的农民的儿子，何德何能何才？毫无背景下，组织把我调到如此重要的工作岗位，而且一下子把工资定到了较高的34元。现在心头热糟糟地要去参加高考，对吗？又行吗？我向站长保证，一定工作第一，不请一天假，只当是学习、提高的过程，尝试一下。

就这样，白天忙着工作。那段时间，事情特别多。政治上，揭批“四人帮”的群众运动，党的基本路线教育活动接连开展；生产关系中的重大变革“废除大寨式评工记分，实行小段包工、定额计酬”酝酿推进；县长挂帅、一插到田的“县级万亩丰产样板方”在我公社推开建设；上海史上最大的人工开挖河道——黄浦江直通东海的、“天下大乱达到天下大治”的大治河正准备在我县和南汇施工，全公社要去三千强劳力。这些，都离不开广播这个基本上是当时唯一的最便捷有效的舆论工具的鸣锣开道、摇旗呐喊、推波助澜，我这个集采、编、播于一身的人，一刻也放不下这如火如荼的工作呀！要忙完一天十几小时的工作，才能稍稍挤点时间复习。

说是复习，其实也没有什么教材，参考资料很少，更无复习班、补习班之类。几个志同道合者分工找寻，如果谁从什么渠道得到些练习题，我们就如获至宝。没有复印的条件，就用复写纸复写个四五份，相互传看。实际上，此时的我等，基础实在是薄弱。中学四年，许多时间在学工学农，课堂上学的也大都是“工基”“农基”。可能就我们七一届，毕业证书上为“中学毕业”，初中抑或高中，谁也说不清，反正国家都不承认，实际大概是小学水平吧。最难复习的是数学，代数、三角、几何，许多从来没见过。

这段时间，从小到大一直带着我的爷爷病重，一天没见着我这个长孙他是不吃东西、不睡觉的。每天，我总要挤出时间去他床头服侍。他知道我工作很忙，知道我在复习迎考，也总是说你工作要紧、复习需要，不要管我。但每次当我离去，望着他噙满泪水的眼睛，总也不忍心不来看他。

就这样，从得到消息到进入考场，差不多两个月时间，很快过去了。

经过一番临阵磨枪，临时抱佛脚，“临期上轿穿耳朵”，12 月 11 日，我们来到久违的设在七宝中学的考场。文科，上午考数学，下午考政治。12 日，上午考史地，下午考语文。外语为非必考科目。语文考卷作文题目为《在抓纲治国的日子里》，《“知识越多越反动”吗？》二选一。语文、政治和史地平常还有些接触，好像不是太难。数学题做了前面的几道，后面的大题只能干瞪眼了。

从开始复习到参加考试直至考完，我们都很平静，好像完成了一件可有可无的事。当然心里还是惦记着成绩结果的。到隔一个多月接到成绩单，结果可想而知，离录取分数线相差甚远。同届中学毕业的 5 个班级 250 余名同学没几个参加考试，没听到有人录取。而一同复习并参加高考的上几届毕业的之维、祖卫等都榜上有名，如愿以偿。后来知道，这场历史性的高考，全国有 570 万考生，录取 27.3 万，录取率不足百分之五。

我虽然落榜了，但在高考的鞭策下，更知道了自己文化知识的匮乏，也学会了自主学习，发掘或有的潜能。逼着自己急起直追重新跨进校门，完成了职工“夜初中”进而“夜高中”（上课时间为夜间）的学业。在函授自学中国人民大学新闻专业、复旦大学新闻专业的同时，又考上了上海电视大学第一届法律专科，并读完再续本科。即使在我 50 多岁，从长期从事的党建工作岗位 180 度转身去经济领域、专事投资经营时，也没忘记初心，学而不倦，通过了国家高级职业经理人的考试；因任职的公司在银行、保险公司投资需兼任董事高管,又经考试取得了国家银监会、国家保监会的职业资格认证。

是的,1977 年的那场高考,带来的影响是巨大的,难怪引来许多当年的佼佼者的集体回忆,以至于我这个当年的参与者、落榜者也来感怀一番。无论酸涩或甜蜜,时代的烙印必将永远镌刻在我们的生命年轮中。时代需要知识、需要实干。时代一定不会辜负一个热爱学习、勇于学习、善于学习,忠诚勤勉、脚踏实地、埋头苦干的人。

(载微信公众号“老小孩”,2017 年 10 月 10 日)

书卷多情似故人——我的读书梦

日巡“书展”,返家复读老年大学诗词班老师讲解过的于谦《观书》一诗,思绪把我引回 20 世纪 70 年代初那个夏夜做过的“书梦”。

因为喜欢书,被生产队、大队推荐到镇上莘建路、莘东路转角处那个大红“毛体”标志的“新华书店”做书籍搬运工。书籍一叠叠、一扎扎,簇崭新,十分沉重,我与几个不熟悉的人在印刷厂装满了整整一卡车的书后,运回途中在车厢里空出的一个狭小角落里翻书。夕阳从小窗射入,金光闪闪,我的心情好复杂。手上沾满汗水,既怕弄脏书,又怕机会难得;像“老鼠跳进白米囤”欣喜不已,又似“猴子掰玉米”,掰一个,丢一个,看了这一本,想翻另一本。喜悦、慌乱中,手往裤脚擦几下,急迫地打开书本,些许薄雾缥缈,幻化出金色,又有赤、橙、蓝、紫溢出,迷炫了我的视觉。不知到底看进去了什么,只是觉得享受、幸福。可惜不多时,一声哨响,卡车一个急刹,是被交警拦车……悻悻然醒来,原来是“南柯一梦”! 哨声,是生产队开早工的出发令。

做这个梦时正值读完 4 年中学回乡务农、少年与青春年华的交替期,如今 50 余年过去,梦仍是那么清晰。

爱书的人大概都会有类似的梦,古今亦然。清代大诗人袁枚的《随园诗话》记载,他酷爱读书,但常常不能如愿。每当到书铺,就如饥似渴地翻阅,看到价钱贵买不起的好书,夜里就会梦见。对此他曾作诗纪之曰“塾远愁过市,家贫梦买书”。我这个当代贫苦人家的孩子何曾不是如此?

我,20 世纪 50 年代中期出生在一个农工结合的家庭。父亲不到 10 岁随其父从绍兴乡下划了脚划船外出求生，大字识不满一箩筐，后来到松江定居。新中国成立初期，到铁路上做了最苦最累的养路工。母亲是农民，却是近坊屈指可数的上过江苏省立松江女子中学的知识女性。父亲修沪杭铁路，在莘庄夜校文化"扫盲"时，与做教员的母亲相识，成婚入赘。父亲深知没读书的苦，母亲倍觉有文化的甜，这也许给我遗传了追书梦。

在我小时候的印象中，父母亲总是在外忙碌，平时大多是母亲过继的养父、也是叔父，即我的外祖父领着我。视同祖父的他上过私塾，卖掉几亩薄地供其养女读了书。我识字，是他教的。我三四岁直至少年时，家里唯一的一爿粉刷过石灰的白墙，总是被我涂满黑字，这是用灶膛里的花萁柴烧成炭状后的"笔"做的"绝作"。

农村上小学，起码得满8足岁，可我6岁多时就实现了读书梦。祖父、父母亲想让已识了小学一年级课文的我早点上学，到学校找校长软缠硬磨，破格面试并通过。从此，从小学到读完中学，我是年级里年纪最小的那一个。

可惜，那个充满读书欲望、"五分加绵羊（成绩优良加温顺听话）"的我，读到小学五年级，与很多人一样，因为"史无前例"的"文化大革命"，要读书的梦破碎了。于我，那个时期，做的是想读书却无书读的"乞丐梦"，是一贫如洗无钱购书的"穷人梦"，是看不懂一波又一波轰轰烈烈运动的"迷惘梦"，是读到书难、读到心仪的书更难、能读到并拥有自己藏书难上加难的"登天梦"。

梦碎了，少年痴心也不甘心，想追、想圆。偶尔，从叔叔那里得到一本早已翻烂、没有封面的《小学生字典》，爱不释手。回乡务农后，从另一个叔叔那借得《欧阳海之歌》，通宵读完。《艳阳天》《林海雪原》《红岩》等都是囫囵吞枣，一两天读完即还。我也想像高玉宝"我要读书"那样呐喊，探究着高尔基的自传体三部曲《童年》《在人间》《我的大学》。还抄过《一双绣花鞋》《第二次握手》等手抄本。真想拥有属于自己的、可以充裕地翻几遍的书。那次，耥了一个星期的螺蛳，卖得两元两角钱，狠心花了两角两分，到"新华书店"买了无关文学、却实用的《怎样种蔬菜》。这是一个少年用自己挣的钱买得的第一本书，期望通过种菜卖菜获得读更多书的机会。后来有了点零钱就买几分钱散装的《中华活页文选》。无奈、不甘、努力，在土地、在社会这部大书里似梦非梦着。

那个有书的梦，似乎在20世纪70年代中后期成为现实。大队里办起图书室，我有幸被推荐参与图书管理。我白天干农活，晚上去图书室，按5个基本部类、22个大类做分类编码，空下来就是如海绵吸水、拼命读书，总觉得时间不够用。

两年后的1976年底，我被推荐到公社广播站做编辑，读书的机会多了。工作之余，参加市广播事业局组织的业务培训，读“夜高中”补习文化，自费参与新闻专业函授学习，凭“介绍信”随老站长到福州路上海旧书店淘书，被上海电视大学第一批法律专业录取……那时，播发广播稿还不兴稿费，往往是赠予图书作为鼓励，这就有了选书购书的便利。每一次到书堆里去，出来后都觉得书籍太宏大、浩瀚了，实际只有小学文化的自己心下戚戚、自惭形秽。不敢奢望书中的“黄金屋”“颜如玉”，有书相伴就是慰藉。像农民对土地的亲近和渴望，想象着种下去的总有生长和收获。如于谦说，“书卷多情似故人，晨昏忧乐每相亲”。

1993年初到了基层政府工作，紧张的工作之余，业余时间再读法律本科，“马上”“枕上”“厕上”，总有书籍陪伴我左右。滚滚红尘中，遁入于谦的“眼前直下三千字，胸次全无一点尘”。直至53岁时，让我到资产投资经营公司当“一把手”，接受着投资经营管理几十亿国有资产的新挑战。我与公司中层以上管理者就读交通大学“高级职业经理人”班，汲取着书籍中知识的力量。因职业需要，还接受国家银监会为我单独组织的作为银行高管的资格考试。似于谦曰“活水源流随处满，东风花柳逐时新”，公司投资经营管理业绩亦节节攀升……

在职时的那些年，到杭州“空疗”或“海疗”体检、疗休，总要到附近的于谦祠、墓瞻仰，回想着没书读时的读书梦。很快，岁入花甲。

解甲归来，读书也有了更充裕的时间。翻着些许旧书，却收获着新知与启迪。如于谦诗尾联“金鞍玉勒寻芳客，未信我庐别有春”。亦应了古人云，少年读书，如隙中窥月；中年读书，如庭中望月；老年读书，如台上玩月。

读书可以明理，可以赏景，可以观史，可以鉴人，可谓是思接千载，视通万里。感恩一路上的梦里梦外的书卷之师，虽愚钝之我根基浅、阅甚薄、视仍窄，但读书获取美好之情之境，似梦非梦了。

（载微信公众号“老小孩”，2020年8月18日）

友之乐钓

一位朋友迷上垂钓几十年了，且乐此不疲。

友本是农民，当过兵，做过工人，曾是法律工作者，当过基层领导，文字、文采漂亮，暇时唱歌跳舞也有板有眼，兴趣广泛。几十年前，曾动员我随他一同垂钓，还专门为我备了一套渔具。若干年来，我若即若离，可他入迷一般，还说其妙无穷。

迷上垂钓，妙在何处？我以自身体验、所见所闻加近日深聊，始觉友之乐钓确有道道，饱含其妙。

强身健体。野浜垂钓，空旷田野满是富含负氧离子的空气，让禁锢在钢筋混凝土里的人接受大自然阳光雨露的滋润；扬竿挥线，伸展手脚，能活动筋骨；热钓“大伏”酷暑，冷钓“三九”严寒，可增强毅力。而春秋则是踏春赏秋、乐享自然美的好时光。

培养耐心。曾记得，小学课文有《小猫钓鱼》篇。没有耐心，三心二意，猢狲屁股坐不住，东一榔头西一棒，是难有大收获的。再是，碰上“大家伙”，要懂得“放长线钓大鱼”，与其周旋，千万急不得。否则，“欲速则不达”，不是线断，就是竿裂，鱼儿逃之夭夭。

达观风云。水有水况，鱼有鱼性。鲫鱼、鳊鱼不一样，即使同是青鱼，乌青与草青也不一样。活动层次不一，对食物要求不同，习性各异。要想它上钩，必先了解掌握它的喜好。我知道，近年除了实践摸索，他还买了大量书籍，研究钩、线、饵、飘、竿。知己知彼，百战不殆，从而得心应手，少有空手而归。

淡然处之。面对一汪碧水、四面来风、八方旷野，头上或是蓝天白云或是乌云笼罩，尘世的、浮躁的心在水的荡涤、风的抚触下，得以抚慰而平静。视野、胸襟随之而开阔，烦躁世事在荡漾碧波、浮浮沉沉里慢慢融化，工作、生活压力尽然释放，使之以理智、平和、豁达。此时，似乎已与鱼儿无关……

顺应自然。自然界是复杂多变的。垂钓当需观天识水选环境。不同的季节时令，风向温度，水温水质，钓点、钓具必须随之而变。

懂得取舍。发达国家钓鱼有尺寸之说，即没达到一定成熟度的鱼须放回去，否则属违法。这体现出环境友好意识。吾友亦小鱼必放，且达到一定数量即收竿。再者，钓回的鱼，除留几尾食用，余之必送左邻右舍分享，左邻右舍也以蔬果等回赠，这就又有了浓浓的人文情怀。

善于总结。刻舟求剑，必无收获。功夫在“钓”外，每次钓罢，除了收拾整理好渔具，他是必做下完整的垂钓笔记的。家里还专辟一间渔具收藏室。

钓鱼说不上有多“高大上”，但这点爱好、钻研、迷恋，却被他运用到生活中、工作上。做法律工作时，他运用严密的逻辑思维，抽丝剥茧，为当事人打赢了不少官司。当厂长时，顺势而为，抓生产管理如铆钉钉。他还多次临危受命，不计荣辱，被委派到多个村作“一把手”，力挽狂澜，消除弥漫。一度怀疑得了的难治之症，现在也消失了。

伟人曾语，与天斗其乐无穷，与地斗其乐无穷，与人斗其乐无穷。朋友说，天、地、人，甚为高远，我辈又非“姜太公”能愿者上钩，故与鱼斗，才其乐无穷呢！

我不敢说垂钓是多么有情趣意味，但我的朋友在做这件事时是认真的，内心是丰富的、充满智慧乐趣和禅味的。我想，就凭这几点，已经够了。其实，一个人无论做啥，钻进去、寻乐趣、能得益，是最值得的吧！

（载微信公众号“老小孩”，2017 年 10 月 9 日）

逃脱鳗鲡臂膊粗

“逃脱鳗鲡臂膊粗，”这是我地乡村熟语。随着年龄增长，愈来愈悟出其中包含着的深深的哲理。

江南水乡到处都是大河连小河，小河接浜头的蜘蛛网式的河浜水系。小时候，我常常喜欢跟着爷爷去捉鱼。无论是优雅的线钓、麦钓，还是随气候时令的捉攻水鲫鱼；无论是用一根长竹竿的叉鱼、罛合罔，还是一根长竹加 4 根细竹的扳罾，常常会有不小的收获。不过，这过程中也经常会出现快到手的鱼儿逃脱的事情。

一次雨后，我在水沟里捉攻水鲫鱼，已经摸着了凸显的肥肥的肚皮了，欣喜感油然而生。忽一个打滑，眼睁睁看着鱼儿从手里窜出，飞流直下河中。又一次用扳罾网扳鱼，一个鱼水花卷来，我迅速起网。说时迟那时快，只听“轰隆”一声，鱼儿擦网沿而逃之夭夭。遇此等事，我总是比画着跟爷爷说，又一条估摸着那么大那么大的鱼儿溜了。爷爷却总是含笑疑问：是吗？

到我十几岁的时候，有一次，爷爷终于跟我探讨起漏网脱逃之鱼的事了。他说，你一定听说过“逃脱鳗鲡臂膊粗”这句熟语了吧？确实，鱼儿脱逃时往往水花四溅、动静很大。实际上鱼却不一定有你想象得那么大。你已经看到或触碰到将能装进篓里的鱼了，但最终没能如愿以偿，故这是对将要到手又失去的东西的一种心态罢了。鱼儿如此，比鱼儿更滑的鳗鲡如此，其他东西可能也如此。也许做任何事情都是这个道理。这鱼还没有真正逮到鱼篓里时，千万不要以为它就是你的收获。擦肩而过、稍纵即逝、留下遗憾的事一定会有很多。世上本无十全十美的事情，生命的长河里也总会留下一些缺憾、遗憾。这缺憾、遗憾可能并非想象得那么巨大。关键在于，无论何时，都要善于把握机会、沉着冷静，踏踏实实地把事情做扎实、做到位、做出实效。这样，离成功就不远，遗憾也会越来越少。

当时爷爷可能没有说得那么多，在此记下的亦有我人生的经历、追求和感悟。但尽管一晃眼我做爷爷也10多年了，“逃脱鳗鲡臂膊粗”等乡村熟语至今仍时常在耳畔回响。

（载微信公众号“老小孩”，2017年7月10日）

我认得的“国庆”

我认得几位“国庆”，他们的生日与“国庆”节相关，他们与“国庆”有缘且情深。

曾在一口锅里吃了3年饭的我的老同事“国庆”，长得虎背熊腰，浓眉大眼，工作起来也风风火火、呱啦松脆。他肩负着一个镇经济发展、社会管理、民生工作等重任。工作顺利、推进有效、落实到位时，我们与他同喜同乐；建设资金紧缺、衔接脱节、动迁拆违腾地受阻滞后、不安定因素一时化解不了时，我们与他同苦恼；闲暇时，他喜爱打乒乓，削抽推拉有板有眼，几乎每天中午都要运动一番，他说动一动使人振奋。他最欣赏的艺术形象是李云龙，敢于“亮剑”。其实，他特像著名民族英雄“邓世昌”的艺术形象，故我们有时称他“邓大人”。作为行政主管，与我这个党建主抓人配合默契，相得益彰。

这位“国庆”有个曾经要好的同事也名“国庆”，只是姓不同，与我也是老相识，搞过组织人事工作，后专门从事号称“天下第一难”的动拆迁。前些年，经他手的动迁户好几千。动迁本来难，而有些是市重点工程，时间紧、任务重，更难；而有时手续程序还不全，只能“协议动迁”，难上加难！好在有这个国庆的属地配合，这些活都做下来了。再后来他转岗城管执法，又是去啃硬骨头。当今他又主持着一个大镇的工作，搞得风生水起。

还有个“国庆”也在主持一个著名镇的工作。他戴副眼镜，看上去像书生，实际是从农村田头一路走来。在他那里，农村的痕迹几近逝去，正向“深度城市化”迈进着。

在文广影视系统的那位“国庆”，与我同龄，搞过蛮长一段时间的新闻摄像，沪上权威电视台经常有他拍录的新闻和专题片播出。现在也退休了。

我所在村有位“国庆”，十几岁时圆墩墩的脸特像老电影《南征北战》里说过“又喝到家乡水了”的那位小胖战士。他当过兵，做过生产队长。那时春季民兵训练，夏季青年突击队抢险劳动，秋季交售棉花稻谷，冬季兴修水利开河筑渠，我们经常碰在一道。记得是那年建设莘松高速公路时被征地安置到企业，干没几年又下岗，自己去找了份保安工作，生活的艰辛可想而知。当然，比起我们这代人过去吃的苦，相信日子会越来越好！

认得的“国庆”还有几个，不一一叙说了。以上几位，有共同之处：都是五六十年代国庆节前后出生，对共和国成长变化的体会尤深；都很吃苦耐劳、为人真诚，在人生的道路上走得努力、踏实；都为男性；我们都很谈得来。不同点也有：名一样，姓不一样，均不重复；工作上，有的正如日中天肩负重任，有的已经下岗或不在一线。而我想，不管异同，在共和国的怀抱里，走在正道上，“国庆”们和祖国一道都会越来越好！

（载《新民晚报》，2017 年 10 月 1 日）

五零后的“建国”

沧海桑田，新中国成立70年了。我这个“生在新中国、长在红旗下”的“五零后”，也年过花甲了。这些天，脑海里总跳出几个熟悉的、名为“建国”的、曾在市郊这块土地上辛勤劳作的“五零后”。

有位“建国”大我一岁，“文革”中随“知识青年上山下乡”洪流“插队落户”。历经艰苦磨炼，比我早些年被推荐进公社广播站。怀着满腔热血，努力工作，卓有成效，被评为市农村广播系统先进个人。凭着对党热爱崇敬，郑重向党组织递交了“入党申请书”，可因某远房亲戚的政历，入党受挫。他不气馁，矢志不渝，又被选送“人民公安”，头顶庄严的“国徽”。当刑警，入了党，做领导。退休后，发挥所长，我们一起在“春申晚霞”传递正能量。几年来，他在新浪和市离退休干部博客空间以“刘金岁月我的博客”为名注册博客，已创作200多篇、30多万字的原创博文，有42万多人次访问他的个人网页，被市老干部局誉为“网宣达人”。他的侦探纪实文学以亲身经历真实案件入手，抽丝剥茧，层层入扣；曲折诡异，扣人心弦；转折迭起，峰回路转，已形成一定的风格，受到读者喜爱。

同村的“建国”，从小和我一起在叶家祠堂小学读书。他高个、英俊，帅气、阳光。少先队升旗仪式上，系着代表红旗一角的红领巾，无数次唱响“国歌”。“文革”来了，因有人挖掘出其母亲曾参加过国民党的外围组织，子女就跟着抬不起头。在那个最好的黄金年龄段，默默地、老老实实地修着“地球”。好在村里人都心善，没有多难为他；也好在他父亲退休后，他“顶替”做了工人；更好在改革开放，他抬头挺胸，慢慢过上了好日脚。

1974年5月，又一位刚满17岁的“建国”到我们大队第六小队“插队落户”，我们一道参加青年突击队，一起进行民兵训练，都受生产队器重担任记工员。1979年他顶替母亲返城做了工人，终于跳出“农门”。可是，市场经济冲击下的企业不景气，他被逼无奈加入了出租车行业，没日没夜开起了“叉头”。期间，不甘寂寞的他自觉读书不够，自学攻读大专、大学。继而，又回到出租车行业，在沪上知名国企第六车队工作，担任了6年党支部书记。那天，全大队插队知青相聚，30余年没碰头的我们紧紧拥抱，对共处时光深切怀念，对逝去岁月无比留恋。他说，此生第一份工作是插队落户到六队当农民，最后一份工作是在六队做工人，还做了6年的支部书记，当今跨60岁了，似乎与“六”有缘，蛮有意思！

出生于市郊南汇普通农民家庭的“建国”，读完中学遇“文革”回乡务农，有幸被招进工厂做了工人。那年部队征兵，心中常有军人梦的他，在均是中共党员的父母、兄长支持下踊跃报名。如愿以偿，当了一名既光荣又时刻充满危险的消防兵。就这样，在部队这个大熔炉大学校里，从普通士兵到正团职支队长，一干就是30多年。受父亲的影响，其独子在读大学期间也应征入伍，接过了父亲的“高压水枪”。那天一大家子的“卡拉OK”，送子、送孙参军，为儿子起名“建国”，党龄60余年，年已98的老母亲，拿起话筒，与子孙们高唱20世纪50年代最流行的革命歌曲《没有共产党就没有新中国》，“共产党辛劳为民族，共产党一心救中国……”吐字清晰，中气十足。这位“建国”是我姻亲。

一个人的生命，犹如一幕幕舞台剧，每个人都要接到不同的剧本，去演绎不同的角色，有的平淡，有的浓烈；有的苦悲，有的欣喜；有的短暂，有的久长。不管怎样，生命的个体与国家这个母体总是息息相关的。这几位建国，虽均已年过花甲，但在灿烂晚霞天幕映照下，身影仍然活跃。虽不同姓，但相信“建国”的长辈们为他们起名时都有与国相融的希冀和祝愿。“建国”们60多年来的经历，正是新中国成立70年来沧海桑田的印迹吧！

（载微信公众号“老小孩”，2019年9月28日）

“半个农民”诗意浓

“半个农民”乃我等几个对亦师亦友半农兄之戏称也。其满头银发，年过古稀，却似农民。也确是农民出身，除了当年在福建前线服兵役，大部分时间都在家乡握铁鎝、握粉笔、握钢笔，农作、劳作、工作。他有老农民的朴实厚道，军人的坚毅刚强，教师的认真勤勉，文人的才情执着，以独特视角，充满个性的诗情文趣，出版了11本260万字的作品专著。自谦“不懂诗”的他，在我这个真的不懂诗的“老土地”看来满身是诗。

《过去不会过去》是他的第一本散文集，2001年由中国文联出版社出版。中国作家协会副主席叶辛作序，著名漫画家郑辛遥为作者漫像。正如他在后记中说：“书中的文章，记叙的都是过去的事。”“过去在哪里？过去在过去，在现在，也在将来，一切都要成为过去，一切又都不会过去。过去，在风中，在雨中，在死去的灵魂中，在活着的脑袋里；在平淡里，在辉煌中，在悔恨时，在无奈处。过去，让人迷恋过，失望过，高兴过，伤痛过，追逐过，好奇过，欢笑过，哭泣过，梦幻过，求索过，自然也骄傲过，惭愧过。有时它在阳光下熠熠闪光，有时它在月光里悄无声息。它静静地，在那里任人评说，任人打扮，任人利用，任人生发，任人遮蔽。有的人写了过去，一不小心，自己也成了过去，有的人想在过去上踩上一只脚，却在过去面前折断了脚。过去里面名堂多着呢，学问深着呢。是不是呀？唉！嗨！嗬！哟！”半农的文字诗意浓郁且富有哲理禅味。18年过去了，现在咀嚼仍回味无穷。

2004年，上海三联书店出版了半农的又一部散文集《听雨怀忠堂》。这部被上海市作家协会理事田永昌誉为“第一本专写上海农村的乡土散文集”，描绘了市郊“动人的乡井百态图”。上海市作家协会秘书长褚水敖亦作序誉之为“好雨村前润物忙”。再摘半农在“后记”里的诗语：怀忠堂听雨，有春雨，秋雨，喜雨，苦雨，淫雨，霖雨；如尘之嫩雨，收春之急雨，生寒之暮雨，润物无声的廉纤雨，罡风夹带的豆花雨。雨声带来宁静，也带来喧闹，带来喋喋不休，也带来毫不留情。淡淡的细雨，让我沉思；哗哗暴雨，让我慌张；霏霏烟雨，让我惆怅；咚咚的阵雨，让我惊醒。我在雨中无奈，我在雨中迷惘，我在雨中见识，我在雨中挣扎，我在雨中奋起，我在雨中长大。雨，给了我经历，给了我温暖，给了我道理，给了我力量，给了我勇气，给了我喜悦。怀忠堂的雨，伴随我二分少年、三分青年，外加二分中年，浸润到生命的深处而使年轮不可磨灭。

半农的散文朴实中有诗意，实际他还是研究本土方言的专家。曾于2005年由上海古籍出版社出版《〈金瓶梅〉中的上海方言研究》，于2006年由上海人民出版社出版《上海西南方言词典》，于2008年由上海辞书出版社出版《明清文学中的吴语词研究》，于2013年由学林出版社出版《莘庄方言》。2016年，复旦大学出版社出版了他的吴语方言及地方志研究文集，半农引用宋人李弥逊《云门道中晚步》一诗中的《步随流水赴前溪》作为书名。从中可知他著此书时，犹如溪边山水美景中扶杖独行、自由自在，又是那样以流水般的刚毅、柔韧和从容，朝着前方不断汇聚、一往无前、流淌不息。他在《杂花前后自成园》的后记中说："从文学创作转入学术研究，初看起来二者互不搭界，实际上互有联系，或者说，文学作品和学术论文是同一根藤上结出的两个果实。""动用的都是我的生活资源和知识积累，基础是一致的。"

事实上，半农更多的精力用在编志上。早在1989年，《上海县教育志》出版，他是主编。接着，参加编纂《上海县志》。2010年上海人民出版社出版了他撰就的《褚家塘志》，被誉为是上海乃至全国第一部以生产队为记述范围的地方志书。近年来，他推却多方邀请，专心致志于《东吴志》的编纂。一个人，两台电脑，三只书橱，四处奔波，"五笔输入"，"六出岐山"，七行俱下，八面来风，久久为功，实事求是。如同造他钟情的、找寻到130年前的资料以正名的"绞圈"房子，一个人从画图设计到备料施工，从拾碎砖、打地基到捣烂泥、拌灰沙，从搬砖头到砌壁脚，从上梁盖瓦到粉刷装饰，几乎是一手包办。如今，60万字的初稿已经付梓。在半农看来，这些活是慰藉乡愁、充满诗意的。诗人、藏书家、闵行区收藏研究会会长张军延说，半农的文字"行云流水，自在流畅，既含乡土风情，又显时代气息"。是的，半农的散文、方言研究、志书编纂研究多管齐下、独辟蹊径，"已经取得了至少5个上海和全国第一(叶辛《步随流水赴前溪》序)"。我等本乡本土老友，当盼《东吴志》早日问世，并且又是一流的。还有，近年来陆续发表的那些散文也望结集出版。

这小文末，就以半农特喜欢且"自诩"的云间(松江)诗人袁海叟的两句诗"野水纵横不计源，杂花前后自成园"(《崇祯松江府志》卷之三)作为结语吧！喔，半农，上海市作家协会会员，本姓褚。

(载微信公众号"老小孩"，2019年2月6日)

为三十而立，亦为溯源赓续

"喜爱家乡不需要理由。"一口气读完飘着油墨芳香的《莘庄史话》，对作者于"前言"文首这句话的同感再次升腾。掩卷之余，说道分享。

全书首章为“老镇风物”。由“莘庄”地名由来说起，力求还原“最初的模样”。老庙古庵，似是一个古镇不可或缺的标志物。700多年前、比莘庄市镇更早出现的“施水庵”，传为林则徐题额“格思堂”的城隍庙，曾是松江县立师范学校的“三茅殿”，尚存两株古银杏的“会真道院”，铭文铜钟寄居异地的“三官堂”，500年陆昌庙之传奇及三宝，还有财神殿、应心庵、顾司徒庙、娘娘庙、横塘庙，一一道来，翔实、精练记述、考证或存或废或疑缘由。

“近代老街风情”节，详述古镇明、清时期盛况。清代时莘庄地区有江南水乡特征的桥梁129座，仅老镇上跨莘溪河的有“环龙桥”“会龙桥”等17座。至20世纪30年代，老镇上有57个行业218家商店，包括同康典当、槽坊、药店、地货行、花边号等。1949年前，莘庄地区有75家地主，其中68家在老镇上。老镇600多户居民，地主人家占百分之十一，拥有房屋906间，约占民居三成，且多为高墙深宅。堪比曾有“十年上海看浦东，百年上海看外滩，千年上海看七宝”之称的七宝。

“老镇风物”还历数农场、园林、名品。如1929年至1936年为南京城提供数万株“法国梧桐”的华南农场，以绿梅著称延续至今为莘庄公园的杨家花园，1959年被扩建为县政府大院的张家花园；记载水蜜桃、黄金瓜等名品特产种植和明清时期棉布业的盛行；溯源那见证地震的“缺口里”……

第二章“岁月钩沉”，从黄浦江言及境内的春申塘、春申君、春申庙；从冯家旗杆论及明代御史、冯氏石刻；从南钱教案延引南张天主堂；从乾隆年惨案、咸丰年兵灾及至军阀相争战乱；从抗日战争往事引申地下党火种传播；从通铁路设车站到方言口音演变；从古墓探究说村宅轶事；末了，将“伲张家门口”例存，似是通过老镇一中产家庭，“窥一斑而知全豹”。

第三章“名人逸事”，由卫家坟头探究与明朝名将卫青先祖后裔的关系，述礼部尚书朱恩世家，叙书痴朱大韶传奇，载乡村秀才张虞庚苦乐人生，列多名贤达闻人之逸事。

第四章“时代新歌”，讴歌解放初牺牲在莘庄火车站的上海青年，详述“结花王国”兴衰，勾勒小镇变县城，横塘成淀浦，脚划船到高速公路交通枢纽，纵论世纪跨越之巨变。

“附录”记载“历史大事记(1265—1949)”及“沿革”“古墓碑刻一览”等，简练、精要。

《莘庄史话》全书以 22.1 万字,记载近 700 年沧桑。一草一木,一砖一瓦,一碑一刻,一匾一额,一寺一堂,一河一桥,一民一官,一事一变,一钩一针,作者"为探究家乡的历史风物,不断发掘史料,梳理文脉,弄清了莘庄地区历代重要的历史事件、历史人物和各类人文风物的概貌,尽力做了客观翔实的记述"。正如作者在"后记"中说"希望能填补历史叙事的空白,弥补地方志书的缺憾"。它当是 20 世纪 80 年代《莘庄镇志》《莘庄乡志》的补充和完善,对正在编纂中的新《莘庄镇志》应有参考价值。

为了"史话",年逾古稀的作者是花苦功、费神思的。旁征博引,吉光片羽,无不浸淫着作者 70 多年来积淀的深深情愫;探源、悟史,乃是厘清、感受这方水土的脉络和肌理,在历史持续演进中得以更好承载。通篇是搜集、是挖掘,是记录、是梳理;也是回望、是展望,是祝愿、是祝福。

2022 年金秋,习近平总书记亲自为《复兴文库》作序:"修史立典,存史启智,以文化人,这是中华民族延续几千年的一个传统。"近日(6 月 2 日),在文化传承发展座谈会上发表重要讲话。"史话"系列的出版发行,对"赓续历史文脉,谱写当代华章"不无裨益。

该书作为上海闵行地方文史丛书,第一辑(十册,均为张乃清编著)已在 2022 年由中西书局出版发行。此为第二辑,由全区九镇四街道和工业区构成"史话"系列,亦由上海中西书局出版发行。在 2023 年莘庄乡镇"撤二建一"30 周年之际,作为一个土生土长的老莘庄人,对亦师亦友亦曾为同事的作者张乃清之力作,理当敬之贺之宣扬之!

(载《闵行报》,2023 年 6 月 30 日)

"文人"小集

紫燕说,约个时间,我们几个老莘庄曾经从事文化广播的聚聚好吗?正有此意,额首称好!于是,"大伏"天里,在原莘庄老街西街一隅,我们相聚一堂。

虽同是一个多甲子生活、工作、居住在此的老莘庄人,虽曾为同事、同行,但能真正坐在一起,也很难得。尽管如此,一讲起来,那些年的峥嵘岁月似在眼前。

品茗，把酒，忆往，言欢。

在座最年长者，本土作家、市作家协会会员褚半农，本月刚去英国爱丁堡大学参加了外孙女的硕士毕业典礼，又去长沙参加了“第二届方志文化国际学术研讨会暨第九届中国地方志学术年会”。他在散文、方志、方言三大领域建树颇丰。

志刚兄与我同村，也是几位中资历最老的文广人。20 世纪 60 年代末即是被称为“党的喉舌”的广播站站长，也是《解放日报》特约通讯员，常有大作登载。后调任乡政府办公室主任，党委秘书。县政府几番调他，未去。1992 年莘庄乡镇“撤二建一”建立新的莘庄镇前，他终于去了区级部门。在改革开放大潮中，转岗从事进出口贸易，以后成了老板。老板归老板，离农不忘农，从商不弃文，直到如今仍耕耘着多亩菜园，并在宣纸上勾画，乐此不疲。

我到广播站工作，应有其推荐的因素。在广播站，我从编辑、播音，再到副站长、站长，整整干了 17 年。后又接替他任政府办公室主任，再做党委秘书，以后一直做“公仆”。曾几次想“下海”，也提过回村，未得允许，最后还是在公务员任上退休。

杨师傅是我的前任站长，虽侧重技术，但也参与编辑播音。记得他常用那支老式黑杆“金星”牌钢笔，“发稿单”签字龙飞凤舞。他喜欢新技术，除了有线无线电，摩托车、三轮“小乌龟”，都比较早就摸上了。1986 年被调去筹建上海县电视台及发射塔。退休后，还在从事着他钟爱的技术，当然早已从电子管转到芯片，从有线跨入无线网络视频，与时代宠儿同蹦跶。

小姜，75 岁仍人称“小姜”。那个年代里，她的声音是全公社(乡、镇)人民最熟悉的。如今，虽满头银丝，眼角些许鱼尾纹，可那嗓音抹不去当年的亮丽铿锵。

乃清“插队”在莘联，调公社文化站后，一面刻苦埋头创作，一面有效组织群众文化。有主管宣传者“教育”他别走“白专”道路，他也不争辩，硬是创作出了众多誉满市郊的诗歌、戏曲等作品。当年名震全市的浦东说书《五两六》，表演者周紫燕，创作者是张乃清。结束“知青”生活上调后，他一直奔波在全县(区)文化旅途上。在县沪剧团做编剧，群艺馆、图书馆馆长。负责非物质文化遗产保护，实打实，不遗余力，已出版了几十本丛书、专著。2018 年，为新东苑沪剧团量身定作了反映城市老龄化进程中关爱老年人的沪剧《梦中家园》。2019 年，他创作的向国庆 70 周年献礼的话剧《1949 人民代表》，与著名话剧表演艺术家吕凉及一批业余爱好者良好合作，已经公演。可以说，他是经常指导我文字的。多少个夜晚，我们总是一起畅聊，聊文化，聊人生，在烟缸里留下满满烟蒂的同时，脑子里思绪随烟雾满世界荡漾。

40 余年前，半农在东吴，祖卫在莘北，之维在南马，紫燕在莘联，我在莘光。我们是当时占了全公社大半壁江山的大队“战报”“总编”。1977 年恢复高考后，张祖卫考取了上海师范大学历史系，毕业后在七宝中学当老师。商品经济大潮中，下海到了国企。我 2009 年到国企当“老总”，也共事了近 5 年。金之维也是在恢复高考后读了上海师范大学中文系，毕业后也当了中学老师，最后在区文广局退休。

发起人周紫燕频频举杯。那年，充满文艺细胞的她早已名声在外，一曲钹子书响彻市郊大地。她“知青”上调后，我接了她广播站编辑岗位。她当了光荣的人民教师，辛勤培育祖国的花朵，任大队辅导员、学校负责人，获得了国家教育部劳模的荣誉。哦，半农、祖卫、之维、紫燕都曾是中小学老师。

在座者中，年长者半农，我最小，事实上他们都是我的老师。我们这些人，虽性格各异，但脚踏实地、兢兢业业、低调谨慎、不忘初心，应是共性。彼时，在莘庄最有特点、最宏大又不失精致的典当房子里，我们是那么热火朝天地从事着钟爱且民众需要的文化广播事业。我们都从来没有脱离和忘记过脚下的这块土地。

我特意找出了 30 多年前的几张老照片。虽是黑白，却愈显那浓密乌发时的风华正茂；照片泛黄，更见证那逝去岁月里的斑驳纷呈。

把酒忆旧，早已斗转星移。时代洪流滚滚向前，我们经历的六七十年，是从来不可想象的。我们付出了，我们更感恩，在共和国的怀抱里成长，改革开放让我们登上了时代的高速列车。9 位老莘庄文广人的小聚，弹(谈)出的当是时代发展变化的进行曲呢！

（载微信公众号“老小孩”，2019 年 7 月 27 日）

曾为"土记者"

那是1971年,不足15岁的我读完初中无校可上了,种田人家"理所当然"回乡"修地球"。一年后的夏季,生产队派我做记工员的同时当"土记者"。

这每个队一名的"土记者"无报酬(工分、稿费)、无证件,属小队、大队、公社自封,高看点充其量是"通讯员",大多由"插队落户"知识青年担任。彼时,在"三夏""三抢""三秋"三个大忙期间,大队每天出版一期套红油印的"通讯"又称"战报"。"土记者"的任务是每天收集队里的生产动态、好人好事,为"战报"提供稿源。这"战报"每天送至各队张贴、传阅的同时,报公社广播站,使遍布全公社的"喇叭头"有了新鲜、充足、源源不断的稿源。

一年后的盛夏"三抢"时,大队里要我接替上调的"知青",当管各个生产队"土记者"的"通讯组长"。这个集组稿、编辑、排版、刻字、印刷、发行、投递于一身的"通讯组长",算是生产大队的"土记者"了。

那时的广播,号称"党的喉舌",受到充分重视,每年公社党委都要专门办"土记者培训班",党委分管领导乃至主要领导亲莅做报告。每每参加培训活动,常常听到自己采写、编辑的稿件由播音员铿锵激昂地播出来,心情总要汹涌澎湃一阵子。

想不到两年后的1976年年底,我被公社党委调到了公社广播站,接替上调的"插队知青"当编辑、播音员,算是公社级的"土记者"了。此时,县广播站负责业务管理,培训不断,评稿经常,还每周到由军人站岗的北京东路2号的上海人民广播电台,听资深记者、编辑上业务课。

这样,竟渐渐地钻了进去。1977年参加"文革"后恢复的首次高考时,填报志愿当为"新闻系"。当然,基础浅薄、事务繁忙、来不及深入复习等因素,终落第。尽管如此,对"新闻写作"的热爱一刻不减。上海电视大学开课后,首选亦是"新闻专业",可惜因首届未开此课,改读了"法律专业"。见中国人民大学有"新闻函授",兼学不懈。

想来,"土记者"的土,先是人"土",本乡本土人,从泥土上走来,裤脚管上沾满泥土。在生产队、大队，每天照常干应干的农活。手上尽是老茧，刚握着铁鎝柄坌地，才撒着酸臭猪塮，就拿起了笔——这笔也土，是简陋竹竿为柄的原子笔。这纸也土——打草稿，发的一本方格稿笺纸是不舍得用的，旧的练习簿、用过的日历纸，甚至是香烟壳子背面都是草稿纸。如此境况下，写出来的文章有"泥土"味道。不说"我们"写"我伲"，"你"用"侬"，方言、俚语、俗话信手拈来、比比皆是。形容种秧时贪进度而忽视质量"手里勿来脚里来"，强调人的因素重要"只有懒人呒懒田"，言开好头不易"砻糠搓绳起头难"，招商引资谈判艰难"日日谈朋友，夜夜一家头"。农谚、气象谚语运用更多：三朝雾露刮西风；白露白迷迷，秋分稻秀齐；寒露呒青稻，霜降一齐倒。还有许多生动形象、令人回味的歇后语：胸膛头挂钥匙——开心；老母鸡生疮——毛(里个)病；铁搭换柄——莘(新)庄(装)；刀劈夜明珠——七(切)宝。

在广播站工作，成了各大队"土记者"的组织者，逼着自己多学一点。除了邀请专业老师来授课，与"土记者""脚碰脚"的我也硬着头皮与同道探讨新闻写作。有理论的，更有实用的。语法、逻辑、修辞，素材、题材，结构、主题，时、事、人、因、地、果"五要素"，要手勤脚勤、耳聪目明、用脑用心……毕竟每天五千字的播出稿要一个字一个字"搨"出来；毕竟要"面子"，讲数量还要求质量。此时，上海县人民广播电台已对我等正儿八经发了红皮的"记者证"，后来换发为黑塑烫金的，我理解为还是县级的"土记者"。这个证没有真正派过用场，却也珍藏不弃。

在这段不是太长也不算短、亦土亦记、边学边干、20 多年的"土记者"生涯中，同村农民、《解放日报》资深通讯员沈志刚，同乡"插队知青"、后为民俗文史研究者、剧作家张乃清，同为大队"通讯组长"、后是方志方言专家、作家褚半农，60 年代末"插队落户"做过生产队长、后曾任上海古籍出版社副社长兼副总编、上海辞书出版社社长兼总编、上海人民出版社总编的同宗舅表兄李伟国，县广播站(电台、电视台)编辑周龙明、王胜扬、陆宏恩……多位亦师亦兄指导、鼓励、影响着我扎"土"恒"记"。

尽管努力，我没有当成真记者。但青春当年"土记者"的磨砺，即使后来到基层政府工作，主管基层党建，主职区国资投资经营管理，行当有调、身份再变，只是因为那么些年的"土记者"经历，工作中再也没能忘掉那些"土"与

“记”。那些工、农、商、学、兵的“百搭”,那些年了解、参与过的事,那些观察问题、分析问题的逻辑思维和文字表达,都对以后的工作实践不无裨益。

2016年年底退休以后,有了较为充裕的时间,就摸索着把本土的、似是值得一记的东西以文字形式如实叙来。5年来,有幸参加了区委老干部局“春申晚霞网宣团”,也义不容辞参与“村志”“镇志”编撰、充当顾问。承蒙厚爱,在上海市离退休干部博客空间“老小孩”网站“春申晚霞”主页,发表小文150余篇共20余万字,一些被载于书、报、刊等媒体。这些“豆腐干”式的小东西,要说有些许特点的话,即是“土记”——本土记忆。

看来,这“土记”已深深浸润于血脉中了,再也无法自拔。

(载《三冈水》,2022年特别刊)

“装甲兵”外传

那年,十几位军队转业干部由区委组织部组织到访基层政府,我负责接待。一番交流后,一位正团问我:“首长原来是什么兵种的?”我说,您是首长我是兵——“装甲兵”。“哦!难怪,一看也是部队待过的!”我哈哈一笑,未置可否。实际上,这个“装甲兵”是“庄稼兵”谐音也。

虽是肩挑扁担、手挥铁锫种庄稼为业,也作为基干民兵,在摸爬滚打中操弄过不少武器。

第一次与真枪实弹亲密接触,是读完中学回乡务农不久。所在大队靠近县治,大队基干民兵连作为县武装部的直属武装机动排,是民兵中的精锐,我忝列其中。从练队列到瞄靶、刺杀,每年集训起码两次十几天。结束时,总有实弹打靶。训练中,见识不少枪支。教员讲来历、构造,讲拆卸、组装。有抗日战争中缴获的日制“三八大盖”,有国产“汉阳造”、53式步骑枪、56式半自动步枪、56式冲锋枪、63式自动步枪等。56式半自动步枪中有一支褐色木柄、擦得油亮得特别惹人眼热,那是我乡民兵顾国生于1962年参加全国民兵先进工作大会所获的奖品。那天,民兵连长悄悄从口袋里掏出两发黄澄澄的子弹,动作娴熟上膛“三八大盖”,瞄准十米开外砖墙“砰砰”两枪,惊得我们几个新民兵心跳加速、瞠目结舌。他却乐呵呵捡起弹壳、吹去硝烟把玩一番，还说做个“刨”真好。

我们常常一面侍弄着三麦、油菜和岱字棉、老来青（粮棉品种），担负生产生力军、抢险突击队；一面刻苦认真参加军事训练，当好“召之即来，来之能战，战之能胜”的民兵。在枯燥的瞄靶训练中，我们趴在田岸边、垅沟里作天然堑壕，把枪托紧紧顶在肩窝里，单眼透过准星与靶心成三点一线，屏住呼吸，缓缓扣动扳机。训练真了，实弹射击也不慌。在北桥靶场，随着一声声沉闷的枪声，枪托的后坐力重重撞向肩窝，报靶为 7、8、9 环，成绩一般，但荣耀十足。后来，到月浦机场实弹投掷手榴弹，抱着炸药包匍匐前进并点燃导火索爆破，在横沥港、黄浦江武装泅渡，从容了许多。一次，部队复员后在松江县公安局刑队工作的我叔，为抓捕嫌犯隐宿我家。我对其所持“撸子”手枪，抚摸良久、爱不释手。1976 年九、十月间，我武装机动排接到命令“战备值班”枕戈待旦，后来才知道差点不明就里沦为“四人帮”的“炮灰”。

我一直心心念念去当兵。即使是 1976 年年底被选调到“党的喉舌”公社广播站工作后，还曾亲手向公社党委书记递交入伍申请书。结果，体检都没轮到，还被批评“轻重不分”。过了几年后，我的双胞胎弟弟中一个被批准入伍，一个被县人武部选拔为通讯报务员到部队参训数月，似乎帮我聊补遗憾。

广播站在二楼，楼下就是公社（乡）人武部及武器库，我常去帮忙擦拭武器。除了各类枪支，还有与我们种田人驱赶麻雀用的“小钢炮”相似的迫击炮、珍宝岛事件时声名鹊起的 56 式 40 毫米火箭筒等，见识、抚摸它们也觉得扎劲。

在基层政府工作期间，每年军训不脱。打过 56 式、79 式自动步枪单发连发、冲锋枪连发，“捷克式”轻机枪、“马克沁”重机枪连发，又打过 54 式、64 式手枪，都未曾脱靶过。以后 30 余年间，每年一批两批欢送胸佩大红花的“庄稼兵”入伍，总是欣喜欣慰中夹杂着点滴酸味。还好，落实双拥工作，每年有机会去部队看兵，北到辽宁葫芦岛，南到广西北海，西到雪域高原拉萨。每每如此，我这个“庄稼兵”感慨万千。

有幸的是，曾在工作地机关隔壁的预备役高炮三团坐上高射炮炮位，到青岛钻进刚退役的潜艇，赴天津踏上暂时作为风景点的“瓦良格号”航母；更有幸随部队老首长乘载 99A 主战坦克，又登临歼 10、歼 20 战斗机，还一睹隐没在高山深洞里的导弹库。一次“军营一日活动”，在吴淞军港登上毛泽东主席莅临过每个哨位并为之题词“为了反对帝国主义的侵略，我们一定要建立强大的海军”的“洛阳号”驱逐舰，心潮逐浪涌。

兵自有兵的特质。耳濡目染结良缘，潜移默化受感染。曾与真正的原装甲兵坦克团团长、首位红蓝军实兵对抗演练蓝军司令、军转干部，成为同事、搭档，且从各自岗位调离若干年后又一起工作。也曾与真正的炮团老团长多年在一个系统工作，在一口锅里吃饭。亲家公是个老军人，女婿也曾是兵。工作、生活中还结识了许许多多穿着军装的兵、退役了的兵，从将军到士兵。他们从庄稼地里走进军营，有的又回到地方，军魂、兵魂深深地烙进心底、贯透血脉。

虽错过了穿上军装、正儿八经在部队大熔炉里锤炼，但当“庄稼兵”及与兵、与武器弹药的亲密接触也算弥补了些许缺憾。

步入暮年，一如既往敬仰兵，也不枉曾是“庄稼兵”。信奉伟人经典语：兵民是胜利之本。

（载微信公众号“老小孩”，2022 年 7 月 28 日）

陋妻来历

“朋友圈”传来“微信”，有人仿名篇《陋室铭》（唐刘禹锡）作《陋妻铭》，觉得有点意思，不禁想起我那“陋妻”及与她相识的那段日子。

到我 20 岁出头的辰光，家里如宅上多数人家一样，还是穷。不知流了多少汗，费了多少神，倾其所有并举债，分期分批实施，终于撑起了三上三下两层楼，为弟兄仨一人一上一下。这一方面改善了住房条件，也算是为“讨娘子”创造了先决条件。

那时非但穷，敝人还长得不咋地，甚至显丑。个头不矮背微驼，脑袋蛮大眼睛小。虽“猪头肉三不精”样样活在学着点，但毕竟无真正的手艺，靠挣点死工分度日。所以，到了该“谈朋友”的年龄，还是死死克制着。

尽管如此，宅上有特好做红娘的叔辈，三天两头来我家聊。娘也劝我，该考虑个人的婚姻大事了。我是一脸淡定，一口“不谈”。

到了公社广播站工作，算有个比较体面的吃“皇粮”的活了，才有了一点点心思。曾默默想，自身条件很一般，但对那个人基本要求要有的。性格温和有孝心（不求温柔贤惠），有点文化能体贴（不求知书达礼），相互理解能包容（不求情投意合），身体健康能干活（不能一身病娇滴滴），容貌一般含端庄（不求美貌典雅），可以了。不敢有非分之想，不想连累她人，不喜欢红娘牵线把两个根本不认识的人扯到一起，更不敢去大胆追求。

实际上，心里也默默地想过村里的几个人的。比如，那个脸色红润、有双扑闪大眼睛的小芳，干活从不叫苦喊累，插秧、割稻好像时不时依着我帮着我；比如，那个插队在村里的知青小红，团员青年突击队活动时，总是看着我傍着我；比如，那个常来投稿的小霞，一手漂亮的钢笔字，大气端庄，我改稿时总坐在我面前，不离不弃的样子。可我就是“木讷”的“呆头鹅”。时而自卑，时而又自傲地矛盾着。也有人托那个叔辈来说媒，可我就是羞答答不吐口。

有语机不可失，时不再来。后来，村里的姑娘嫁到东部发达地区了；插队知青被推荐为工农兵大学生上大学去了；投稿姑娘被部队选上服役去了。虽然以后蛮长一段时间，我与大学生、与军人保持着经常通信往来，但始终未能捅破那层窗户纸。或许，这都是我的单相思，一厢情愿的空想。

那段时间，一向体弱多病的爷爷又生病卧床不起。一次，待我服侍他吃好、洗好，他让我坐在床沿上，语重心长说道，一个常人总得有婚姻这一关，总得繁衍后代。你是长子长孙，也到国家提倡的晚婚的年龄了。我身体一直不好，不看到你成家是不能瞑目的，能够添个玄孙辈更是大幸了！这番话，触动了我的内心。

由此，还是通过叔辈红娘牵线，邻村那个普通农家姑娘，大胆打破男主动的常规，由红娘引领到我家来认门。我为此而感动。后来，一起看了一场电影，我也刻意穿了打着补丁的衣服到她家吃饭。她不嫌弃，更无怨言怪罪。就这样，没有花前月下的浪漫，只有一起干活时你追我赶的生龙活虎；没有卿卿我我的缠绵，只有共用的擦汗毛巾中渗出的温馨交织；没有多少互诉衷肠的你来我往，只有几次直截了当的坦然枯坐；没有情书和电话，只有于无声处的默默牵挂。

半年后，与我同龄的表哥要办婚宴了，红娘、母亲、姨妈都催着要“定亲”，以便一起去参加婚礼。还说可学“李双双”，“先结婚后恋爱”。我用了两个晚上，一是与她坦言我自我感觉到的有点夸大的我的一切缺点，让她决断；二是请好友参谋我的想法。她说的是“都认”；好友说“可以”。就这样，做出了一生重要转折的这么个到现在看起来还不算错的决定。由此，一晃就已三十六载了。想来，婚姻中有许多说不清道不尽的玄问呢！

权且录《陋妻铭》作此小文之结语：妻不在多，有一则行；貌不在美，有德则灵。虽称拙妻，质朴澄心。早晚抚儿女，朝夕相夫君。往来无是非，谈笑皆正经。可以同患难，共苦辛。无官商之觊觎，无色鬼之调情。生活既寡淡，相貌亦平平；试问君：“谁如你行？”

（载微信公众号“老小孩”，2018 年 8 月 17 日）

母亲的“大事”

每年清明、冬至这两个节气之前的一段辰光是母亲最忙的。这期间，她会神情专注地做着一件她认为是神圣的大事，那就是折锡箔。

每临清明、冬至，母亲早早地从走村串巷的小商贩那里买来几扎锡箔。接下来的日子里，一有空闲，她就会洗净双手、戴上眼镜、摆开架势做她的大事。那情形，像豆蔻初开的少女折千纸鹤，如顽皮男童做纸飞机，也似守财奴数钞票，一层贴着一层，再用拇指轻柔地压实、抚平。几番折叠、翻转，轻轻一顶、展开，一张张银质纸张变成一只只“银元宝”，银光闪闪，栩栩如生。

我知道，我的祖父辈弟兄四个，老二、老四无嗣，老四过继领养了三哥的第二个女儿，这就是我母亲（父亲从小就没了父母，后入赘）。从小，祖父、继祖父对其女（养女）均疼爱有加。到了该读书的年龄，继祖父省吃俭用，供我母亲求学。读完小学，因没有充裕的经济来源，又逢兵荒马乱，母亲的多数同学相继休学。而继祖父狠下心来，卖掉仅有的几亩薄田，自己冒着生命危险，穿越日伪封锁线，做些贩米的小本生意养家糊口。眼见多少人惨死在篱笆线下，他坚忍着。就这样，我母亲上了省立女中，这在本地农村当属凤毛麟角。

这是我第一次如此近距离地仔细打量母亲执着的、已布满皱纹的脸庞，看那干裂、开拆的双手不太灵活地或折或叠或按或顶。我知道，这些年，母亲将那传统的一张张锡箔，化为心思、挂念，融化在制作的每个细节里，去祭拜她的两对父母。我也忍不住参与其中。

从小，父母总是很忙的，经常不在家，是视同祖父的继祖父把我带大的。继祖父离开我们时，我已参加工作。我忙完工作赶到他床前，他才闭眼。临终前他说过，我是一个开通的人。只要你们都好，我没啥忧虑。每年随便寻个日子，看看我就可以了，也不要烧啥锡箔。所以，那些年来，我们后辈真的什么都不弄，就是去坟地看看老祖宗。前些年，随着城市化的进程，坟地几经搬迁，母亲的心事越来越重。前年，镇村建起了公共墓地，老祖宗终得安宁。

是啊，在这个地球上，每个人的心头，都会存有逝去亲人的一个地方。遇清明、冬至或祭日，人们用传统或现代或独特的方式以祭祀、缅怀，这是流传千年的文化的一部分。它寄托思念，承养家训，一个家族的绵延少不了其中的影像。扫墓、祭祀，该是走心的。思念，是不该有节气的，但节气更甚。活着的人，从实在朴素的怀念与追思中，以繁荣生息、和谐生活，这或是先人们的最大安慰。

（载《新民晚报》“夜光杯”，2017 年 12 月 20 日）

陪护偶记

节气交“大雪”，气温骤降，鹅毛大雪如约而至。我仍如往常，到医院陪护病重胞弟。趁隙凝神望着窗外，思绪随雪花飘落，夜来记下陪护点滴。

一个月前，秋渐深，霜已降，冬将至。曾经甲级身体服兵役、血书请愿自卫反击战，因鼻咽癌经历 9 次手术、无数次放化疗及中药治疗的胞弟，数日粒米未进了。经过商量，还是得住医院。听他本人意见，时而清醒时而昏睡的他长久不吐一个字。对入院离家，他似有不舍。细数入院道理，并说，如想回来，条件允许可随时。他还是勉强撑起来，入住区中心医院。

为陪父亲看病和便于照料，侄女早已辞去不错的工作。在医院，还是请了护工帮助。壮硕的张阿姨来自安徽农村，一个人负责 5 个床位。铺床叠被、清洁消毒，喂食鼻饲、端尿擦身，吃睡都在病房里，夜里根本睡不了一个囫囵觉。偶有空闲，打开手机，展示子女的照片给病人和陪护者分享。有时与正就学的子和已工作的女儿视频通话，很有幸福感，但更多的是牵挂。我们这一代的子女大都是独生，他们长辈的生命进程中少不了她们这些护工呢！

家里有病人，家属亲人总是牵动着心神难以安宁。日常时久，有怨气、不耐烦在所难免，更有始终如一、一往情深的。隔壁床70多岁瘦骨嶙峋的盲老头，食靠鼻饲，大小便失禁，总是那个30多岁的女儿陪护着、服侍着。那女儿除了回去打绿叶蔬菜流汁，一天24小时大部分时间都在病房，听下来已有3年多了。其父不言不语、木知木觉，最多几声叹息。女儿有怨无悔、不离不弃，病房里了解的都为她跷大拇指。久病有孝女。

斜对面病床陪护者戴副深度近视眼镜，也70多岁了。常见她抚摸着躺在病床上的80余岁的丈夫布满皱纹的脸庞，柔柔地说着悄悄话，小心翼翼地哄着进食。当病人思维不清不肯张嘴甚至拔输液管、有意无意不愿配合治疗时，她也有怨。但这怨，只是自我默默吞咽。眼神中，流露出的满是怜悯愠怒、爱怨交织、生死相依……再多的言语也难以准确表达复杂、纠结的心路心声。我被这一幕幕深深地感动，柔软的心房被触拨。

双亲大人今年也都86岁了，劝他们顾好自己，别来医院了。但父亲总是每天一早就来，午后母亲必来。娘说，儿子是我的心头肉呀，不来看一眼，是咽不下食、睏不着觉的。父母亲眉宇间憔悴和忧心常挥之不去，头发又白了许多。一向乐观的父亲愈见苍老，身心疲惫。白发人照料看护着黑发人，那份情感、那份牵挂使人心酸。

病房里有位隔壁村的癌症病人，60岁不到。辗转多院治疗也5年多了，现已复发转移。与陪护她的丈夫交流，相通的感触是：不少病人能通过治疗越来越好，但也有的人希望渺茫，无可奈何，无能为力，只能尽力而为，听天由命……

靠窗的那位脑梗病人下午走了。子女们请护工为他净身更衣，并无呼天喊地。我心里喃喃道：生者无常，生命脆弱，人生苦短。走了，对自己、对家人何曾不是一种解脱！

那天跨进病房，乐声悠扬，是护工的手机在播放音乐，抒情的、飘扬的乐曲弹走了些许忧伤烦恼。看着热爱生活的芸芸众生，我缠绕在心头的忧愁暂且歇停了一阵。是的呀！心里装多了快乐，痛苦就挤不进来。人吃五谷，不可能一生一世不生病。生病是痛苦的，毕竟还活着，活着当是美好的。一旦要去，也只能接受，毕竟地球还在转，活着的人日子还要过下去。少生病、少痛苦，乃是人生幸事也。

这不起眼、很平凡的陪护，其实关乎终极：死亡与在世，灵魂与肉体；关乎自然规律：运转与轨迹，循环与往复；关乎人性：情与义，爱与孝；当然也关乎医技：高超与低下，当下与将来……

“风起的日子笑看落花，雪舞的时节举杯望月。这样的心情，这样的路，我们一起走过。”护工手机里播放的悠扬的歌声又在病房里缓缓流淌，此刻倒也符合我这个陪护者的心态。这歌声，或许对病人和陪护者都是一针心灵安慰剂。

记得名家梵高说过一句话：苦难永远没有终结。我想说，活着，健康地活着，真好。世间的美好多着呢，谁能享有完全？未来的精彩多着呢，谁能享有永远？在生命正当灿烂时绽放自己，在生命归于平静时放空自己。珍惜当下，重在拥有，善待自己，不枉此生，心平气和、从容淡定地走下去吧。

（载微信公众号“老小孩”，2018 年 12 月 11 日）

大　弟

苍天有恩，赐我一对双胞胎弟弟。可苍天似有不公，竟让我大弟先去了！

似梦非梦。难以避免的、迟早要来的、难以想象又不得不面对的这一幕，还是来了！你那健硕的、曾经甲级服兵役的身体，你那洒脱飘逸的音容笑貌，捱过了冬至，总没能待到新年。时间定格在 2018 年 12 月 26 日凌晨 3 时 49 分，你终于耗尽了最后一口气，心脏再也不能搏动！心痛欲裂！

2013 年 7 月，你鼻感不适，即到上海五官科医院检查，医生诊断为上颌窦癌。先行切片，再是放疗，后施手术。至今 2 000 多个日日夜夜里，不是在陪着看病，就是在牵挂着你。在后期，更是每天都在你身边。虽然不敢报以治愈的奢望，但总想慢慢稳定。那一天来得晚些再晚些，或许有奇迹发生。有时候，看到你那么痛不欲生，真感叹安乐死或许对某些疾病有适用。西方国家有“向死而生”的哲学，这居然也是需要耐心。耐心接受苦楚的煎熬，耐心接受命运的安排。

在我眼中：

你是一个吃苦耐劳、勤恳做事的人。从小，同大多数家庭一样，总是没啥吃。爷爷奶奶和父母总是先让我们吃好。从一根芦粟到一只黄金瓜，从一粒糖到一个麻饼，从一片酱瓜到一只咸蛋……，我们弟兄总是分来吃。割草养兔养羊，拾柴做饭做菜，你总是随我屁颠屁颠。初中毕业后，不知道是什么政策规定，双胞胎只能有一个上高中，家里一起商量后让小弟续读，你就回生产队务农。穿的是布满补丁的衣，吃的是粗茶淡饭，干的却是重体力活。1979 年当兵服役，在部队大熔炉里练意志，练体魄，练作战技术，以苦为荣；退伍后，在乡镇基建部门工作，任劳任怨，从不叫苦叫累。莘庄近些年那么多建设，那么大变化，想必也有你等同事们的辛苦付出。

你是一个有热血、重感情的人。当年应征入伍，正逢祖国西南边陲打响自卫反击战。你与战友们一起纷纷写血书，志愿上前线。退伍后到辞世的 35 年，一直在城镇建设、土地管理部门工作，为你热爱的家乡做奉献。工作中，你风风火火，尽己所能解决工作中的疑事、难事，成为主要领导的得力助手。同事间相互尊重、信任，受到大家的好评并多次评为优秀。

你是一个俭朴实在、忠厚善良的人。对女儿，就像千千万万父亲一样，省吃俭用，含辛茹苦、呕心沥血地将她抚养成人、供她上大学、结婚生子。偶尔也会有争执，内心却是无限包容与慈爱。对父母，你孝顺体贴。即使病重，也先顾及父母身体和感受。对兄弟妹妹，你也是看重和信任。许多事情，让我帮着拿主意。对朋友，你讲义气、重情谊。那年也是为朋友，被误伤，我们在医院里日夜陪你。旁人有困难，你总是鼎力相助。与你相处过的人都说你心地善良，是个好人。

你是一个坚毅、刚强的人。工作中，遇到困难你冲锋陷阵、任劳任怨。在与病魔抗争的过程中也是顽强不息。将近 6 年的时间里，你顽强坚毅地与病魔抗争，经历了 8 次大小手术，34 次放疗，7 次化疗及各种大小检查治疗，受尽了疼痛折磨。你总是以钢铁般的意志勇敢面对，忍受了很多常人难以想象的煎熬，直至最后一刻。

无奈，现代医疗技术还是无法抵御那残酷的无情的病魔，你还是离开了倾心工作35年的土地规划建设管理岗位，离开了你热爱的莘庄家乡这方热土和乡亲们，离开了你可敬可亲的领导、朋友、兄弟妹妹，离开了你十分眷恋的家，离开了已经86岁的年迈父母双亲和家人，永远地走向一个新的地方。

值得欣慰的是，在你得病及至病重期间，你工作单位的几任老领导、现任领导、同事，众多亲戚朋友、乡亲们和老战友、老同学们都给予了无微不至的关怀，一次次地到医院、到家中探望你、慰问你、鼓励你。年迈的父母双亲更是几乎每天嘘寒问暖。亲人们无数次陪你寻医问药，几乎走遍了上海各大医院，包括五官科医院、九院、肿瘤医院、中山医院、龙华医院、质子重离子医院等。那天凌晨，在亲人的陪伴下，你耗尽了与病魔抗争的最后一丝力气，平静地、过早地、永远地离开了我们。你的女儿、你的妹妹，哭着呼喊着，却再也得不到你任何回应。“树欲静而风不止，子欲养而亲不待”，你走了，你女儿回家再也看不到你宽厚的身影，你孙子的呼喊再也得不到你满心欢喜的回应了。小时候我来劝阻你们双胞胎兄弟打闹，忽然竟“枪口”一致冲我而来，现在你那小弟可缺了这个同胞“战友”了。虽然这些年风里来雨里去陪你看病，我们都身心俱疲。但你在，再累也值得，再苦也情愿。你不在了，心里一下就空了。我心痛啊！毕竟从小起有2万多天生长在一个屋檐下，手足情深；毕竟未到退休年龄，苦了一辈子还没享受清福；毕竟从米粒大的一个小点起就认真医治；毕竟父母年迈，如何承受这丧子之痛。无奈、无助，无法、无力，5年又9个月的一切努力换来如此结局！我知道，你心中亦有几多不舍呀！

那天，你的这么多老领导、老同事，老战友、老同学，老朋友、老乡亲，亲戚们、亲人们，又都来送你最后一程；镇党委、政府、总工会，你工作的部门规划土地所，都敬献了花篮，给予了你高度评价。可能这与你都算不了什么，但你应该感到欣慰！你耗尽了精力，辛苦了，也疲倦了，好好歇一下，向着天堂，一路走好。

大弟！你走后的第一个“七”，正好是2019年元旦，隔天还下了薄薄的雪。元旦，万象更新。瑞雪，预兆丰年。你放心去吧！我们将一直与你同在！

（载微信公众号“老小孩”，2019年1月7日）

有无之间的敬拜

记不得多少年来，娘总会在几个特定的日脚里举办几场酒水。

这酒水都是有规矩的。定日脚前，伊要把“老黄历”看了再看，还要掰掰手节头，然后吩咐我的老父亲去买这买那。

酒水当日，候准时辰，把陈旧的吃饭台子擦拭得一片光亮，摆上早早里清洗的干干净净的酒盅、筷子，放得崭崭齐齐。当然，最要紧的是桌子上最南首，恭恭敬敬置起香烛……这是敬拜祖宗、先人，乡坊称之为“拜太太”。

时令是清明前、冬至脚或年夜头，每年两三拨。菜肴以荤为主，有荤有素，全鸡全鸭全鱼和猪蹄必备。半荤半素的有百叶铺盖、油墩子嵌肉，点心糕团糖果和水果也不可少。制作这些菜肴时，伊特地叮嘱我父亲，不加姜葱蒜，让形状如初，保持热气腾腾。

菜上桌的同时，燃上香烛。假如我在，伊让我打开门窗，点亮所有灯光，神神道道引导逝去的祖宗、亲人一一入座“吃饭”，神色虔诚。似乎祖宗、亲人们随着空气流进客厅入座用餐。其间，每隔刻把钟，要求我对摆在桌子周边的 36 只酒盅一一斟酒。轻手轻脚，不可触碰、移动酒盅筷。

过程中，娘会拿一双筷子或两支香，头头相抵，逐个问祖宗、先人，“××，侬来了吗”“来了，来了！”我弱弱地问一句，“侬哪能晓得来不来了？”伊讲：“侬看！筷头轻轻地朝里靠，表示来了。热气微微飘动，说明祖宗、亲人们动筷吃菜喝酒正畅快。”记得有一次，不知是哪个环节不周到，筷头总是朝外，桌子上的菜不见热气，急得伊眼圈通红，一面检讨自己的某些不足，一面吩咐对菜加热、老酒再斟。

风从窗外灌进来，吹得烛火跳跃。伊绘声绘色地对我说，侬看，老去的祖宗、先人吃得多开心。又对着仿佛坐在座椅上的祖宗、先人说道，慢慢吃，有的是辰光。此时的她，一个白发苍苍的老妇人似乎变成含情脉脉的巫女。

酒过三巡、五巡后，伊在桌边不停地念叨着“酒眯佬，菜吃佬，多吃点……”有时候，她会突然记起，对我说“大大是吃香烟的，快点敬支烟”。我点上烟，插在香烛盆里，青烟直上，如我吸烟吐出层层薄雾。

这时，伊本已有点混沌的眼睛里闪着光，点滴回忆着过去的场景往事，虔诚报告着近年间家庭发生的大事。时而悲恸，偶尔欢愉。最后是祈祷愿景，护佑家人平安健康，子女工作顺利，小辈读书读得进、做人正……

哦，对了，敬拜过程中还须化上锡箔元宝。伊把此前一个阶段亲手精心折成的一只只“元宝”轻轻地捧入专门请人定制的锡箔箱里慢慢点燃，说是让祖宗、先人有吃有用。喔，还有，筷子多数顺手摆在酒盅右侧，但有祖宗、先人左手上前的，故需按其使用习惯，把筷子放在左边。

顺着这酒席间的氤氲袅袅，我也回到小辰光的二十世纪五六十年代，目睹奶奶祭祀的情景。那时没啥菜，但奶奶说，规矩、礼数要到的。而后“文革”十年，因“破四旧”而没有了这种习俗，逢时令节俗，长辈们的眼神是迷茫的，心里是空落落的。其时，少年的我内心也是矛盾的。这些传统习俗是该破除、废弃的荒唐、迷信抑或是需承继的念想、追思、缅怀的形式？记得读过几年私塾的我的爷爷，对此是不支持也不反对的。不过，那时的他已信奉耶稣基督了。一个大大的问号曾在我脑海里盘旋很久：不搞祭祀与爷爷、奶奶的各行其是、各施其法，是不是殊途同归?！与彻底信奉马克思的父亲相比，这似乎像一场荒诞剧，又像煞有介事。

娘是个读过书的人，40 年代，爷爷卖掉薄田供这个三兄之女的养女求学，考入江苏省立松江女子中学，登榜上海《申报》，是周边农村少有的。1949 年后，做过夜校业余老师，六七十年代是全公社凤毛麟角的女大队油粮员、女大队会计，直至改革开放乃至退休后数年还被国企、民企聘用，会计做到八十岁。伊相信科学，也尊重传统。

我寻思着，这或许与“有神论”“无神论”无关，能有渠道建立与先祖的链接，直抵心里的那片天地是真。

（载微信公众号“今日闵行”，2023 年 4 月 5 日；《三冈水》，2023 年 6 月）

通讯录里不忍移去的那些名字

“清明时节雨纷纷，路上行人欲断魂。”在清明这个生生不息与哀怨彷徨多元共生，慎终追远、意蕴深厚的时节里，唐代诗人杜牧的名句亦让我似魂魄出窍。翻阅手机“联系人”与微信“通讯录”，几个名字跳入眼帘。凝视良久，虽是阴阳两隔之故人，却不忍移去。

蓦然回首，物是人非，又不只是物是人非。昨夜无风无雨无雪，却有故人入梦来之感。

忠心，你好吗？那年相识时，你在区委组织部任科员。两年后，你来镇接任了我在任的镇党委组织委员，我们成为同事。你与稍早些来人镇工作的原区长秘书、原区法院法官成为青年俊才“三剑客”，为领导班子增添了勃勃生机。我调离莘庄后，你转任副镇长。又积极响应组织召唤，被选调援藏，任江孜县委副书记。3 年历练中，我们曾在江孜热情拥抱。从雪域高原风尘仆仆归来，你又到区委宣传部（文明办）、区机关事务管理局主要岗位任职，刚转任区人大办公室主任，年富力强正当年的你，就把生命定格在了 10 月那个金秋艳阳、心却晦暗坠落的日子。

对了，前些天，老领导、上海首批援藏干部、曾任江孜县委书记的胜扬同志打我电话，说是要对全区援藏、援疆、援滇等情况做个回顾的集子。因你已远走他方，而我曾在你不打招呼就走了的那天泣就小文“你就这样走了?!”表述了你的一些事，他说欲把那小文收入集子。是的，很多莘庄人、闵行人、西藏江孜人不会忘记你！

广宇，你好吗？1992 年乡、镇合并，那时你在莘庄花边厂厂长任上，把老镇传统的花边编结搞得风生水起，产品远销欧美，产值、利润颇丰，是老镇当家企业之一。知晓你读完中学即参加内蒙古生产建设兵团屯垦戍边，在荒漠、草原奉献青春也锤炼人。后来你被调任镇政府办公室，我俩成为搭档。你作风深入、细腻，把会务、事务特别是众口难调的食堂、车队搞得井井有条。后来，你转岗司法，无论是信访、调解、帮教，都以赤诚之心、春风化雨之情润肺滋腑、固本稳基。

那天，老同事打我电话，说是退休不久的你体检查出毛病了。我们一起来看你，平常并不话痨的你谈笑风生且甚是动情，还诚邀我们一起勾肩搭背在你家沙发上合影。听你夫人言语，加上对你的了解，知道你是故作轻松。

不过数月，我正自驾于赣鄂渝旅途中，你夫人打电话传来噩耗，泣不成声。

昨天，我又去邮局领取了上年预定了的邮票，“小型张”“小版张”“小全张”……延续着与你一起集邮走过的日子。相信你珍藏的邮集，不仅仅是邮集，那些年、那些事、那些人都留着你的影子。

阿德哥，你好吗？老村长！1973年，我读完中学回乡务农近两年，在生产队任出纳、记工员，你们让我来大队里担任“通讯组长”和公社广播站的“土记者”，带领着10个生产队的通讯员，每年农忙办着那张每日一期的油印“战报”。几十年来的那些日子里，你历经沧桑几经起落，为村集体经济创下了一份基业并成几何级发展。是你任主职期间，全村顺着改革开放之潮流，发生翻天覆地之大变革。一年多来，我参与着金其等仁兄倾心操持的村史编撰，那些历程当被记下。

放心！虽然村已撤制消失，但实业公司依然有效经营运作，继任者没有辜负前辈和原村民、现为股民的期盼，且百尺竿头更上层楼。2020年，总收入2 927万元，其中房屋租赁收入1 650万元，净利润1 470万元。年底，还清了村民个人集资款1 672万元。征地养老补助、动迁农民物业补贴等民生福祉又有增添。农贸市场已完成改造升级，友东路老厂房改造升级进行中。

大弟，你好吗？从你呱呱坠地起，我们在一个屋檐下生活了58年，往事历历在目，想与你说的话太多了！你读完初中回乡务农，参军到部队正遇打响“自卫反击战”，你曾写下血书请愿征战。退伍复员后，一直从事乡镇建设，从供职的“基建站”“规土所”“村镇建设办”“规划环境办”等名称的变化，折射出职能使命的演进。莘庄从普通江南小镇发展到如今上海主城副中心的定位，你曾为建设管理专业骨干，当有些许汗马功劳。这一说，也是在你的送别会上“官方”说的。一晃，你已走3年，陪你看病的那些日日夜夜，犹在眼前。昨日，一大家子都来你的长眠之地看你，年逾九秩的老母亲与你白话了好多久。此时，我的眼眶已湿润……

往事如烟，故人不再。倏忽之间，岁月流淌。草荣草枯，又是一秋一春。想起前些年，老同事莫飚英年早逝，“通讯录”却也保持了多年不忍移去。你们互相都熟悉，相互多联系照应吧！祝你们在那里顺遂安好。天空虽无痕迹，鸟儿已经飞过。

有一种情感总是难以别离，心灵深处的思念，应是不会断线的。人生如梦，须臾而已。去的总归是去了，在的当更懂得珍惜，好好善待和把握，让生命少留点遗憾、多一点精彩。

（载微信公众号“老小孩”，2021年4月5日）

你懂吗

与人交流交谈，有人常会冒出一句："你懂吗？"每每此，如鲠在喉。说此话者，太直率了吧！太居高临下了吧！懂，是要用身心去感知的。

工作过的几个地方，做过"小庙里的大和尚"（小单位负责人），"大庙里的小和尚"，碰到的无论是"大庙里的大和尚"或"小庙里的小和尚"，大多是"懂"的"和尚"，能够沟通、理解。想来一方面是荣幸、运气，另一个角度也有你待人处事能"懂"他。按佛教的话，善哉善哉。

但尽管时时处处换位思考，在原则底线之上做好事体、与人为善，终究会碰到不理解、不"懂"的人和事。刚任基层政府的办公室主任，信访人火气腾腾冲进门，劈头盖脸先一顿滥骂"人民政府要人命"！刚劝他稍冷静下来，又说："政府一会支持书报亭，一会又来人要拆了书报亭，我无法生存就来拼命！"弄清缘由，知道小小书报亭，涉及政府文化、宣传、城管、规划建设等多个部门，审批管理有不一致的地方。规定两个星期内答复，我答应他三天给回应。经多方协调，一个星期后把此事办妥了。事后，当事人打招呼说，骂了你还为我解决事件，我真不是人。我说人民政府为人民不是讲讲的，骂人不解决问题，关键是相互都要"懂"道理。所以，"懂"之中，重要的一点，那就是包容。

包容是修行，是一种境界。包容蕴含不凡力量。那年，组织让我180度转身改行去国企任负责人。此企责任重、摊子大，仅注册资本就达8.8亿元，投资企业有二十多家，经营着数十亿国有资产。人员不多矛盾不少，各怀绝技，但"三只湖羊六道跑"。我发现其中一个重要问题是，相互"懂"得少，缺乏包容性。从此入手，我找每一位员工谈心沟通，有针对性开展一系列"凝聚力"活动，半年后，单位面貌特别是团队精神焕然一新。

世事无常，难以尽如人意。当遇到困难不顺时，是满腹牢骚、自暴自弃、一蹶不振，还是心如止水、随遇而安、整装蓄势，取决于自己的心态是否读懂了人生，懂了就能包容应对。此时的包容，展现了你的姿态、风度乃至人生智慧，下一步就是海阔天空。就任基层政府办公室主任期间，党委、政府、人大十几位领导班子成员，所属几十个部门、单位间的综合协调，上传下达，矛盾、委屈时有发生。我抱着一切为了工作、懂你懂他的态度，使得上下左右运转顺畅，在此位置一直干了（兼了）近十年。

20 世纪 90 年代初，开发建设热潮汹涌，常有为动迁而集访的。有几个动迁基地，动迁房与商品房确有差距。不是地段稍差些，就是结构不一样。当然，开发商有他经济效益的考虑，但老百姓也有把“老窝”都给端了、应一视同仁的道理。我们把老百姓的想法及时提交政府，引起重视，督促开发商摆正位置，协调调整方案，消除了矛盾，促进了开发。

所以，懂，是设身处地的。懂，是相互的。懂，是通人情、懂世故。实际上是体悟人心，辨察世事。先是弄清情况，理性、客观去思辨，这是化解矛盾心结的第一步。然后是按照可能和需要按常情和理据去做。那就是感同身受（真正懂了）后的勇于担当。

懂，是一个人一辈子要好好学习的一门课，要认真做好的一件事，而非随口问问、随便讲讲的。

（载微信公众号“老小孩”，2017 年 9 月 14 日）

退休之后

六十满甲，带着五味杂陈的滋味，告老还乡。此时，不仅卸下了一个单位正职领导职务，也退去了“调研员”这个非实职领导的身份。于是，我开始享受正常的退休生活。

每天早上 6 点左右，自然觉醒起床，喝一杯温白开水洗肠胃，冲服下几匙胡桃黑芝麻糊充点饥。然后赶往区游泳馆，例行坚持 15 年的晨泳。过去泳后草草洗漱早餐，必在 8 点前到单位了。在 8 点半正式上班前，把排定的当天要做的事再梳理一下，对赶早来请示汇报的事做出答复。现在可以笃悠悠，不需赶时间了。慢腾腾回到家，过去难得有暇助妻做家务的我，煞有介事地陪着她去菜市场买点菜。然后一整天，如无社会活动，就是在家读读书写写字，帮助做些家务。

最初，这样的日子让我充满失落感。这就是以后的日子吗？这就是我要的日子吗？过去的几十年里，哪一天不是紧绷绷的、忙忙碌碌的、像个陀螺转个不停的。当办公室主任，先是政府办，后来党委办，再兼投资经营公司办，三办一身兼，常常忙得要坐坐不定，要走走不开。一年 365 天，哪一天不是最早到、最后走？有些文字工作还要开夜车，更奢有双休日。基层政府的一个管家，从后勤总务吃喝拉撒到会议安排领导班子成员间的工作协调，从参加班子会议商讨方案到领导决策后的督促落实及情况反馈，里里外外大大小小哪一件事都得操心操劳。担任党委副书记，事务性相对少了些，但分管的工作亦涉及几十项，哪一项背后都可能有大事情，哪一门都不能拉下。每一天不是等着请示汇报，就是要去督促检查。此时，秉承的理念就是，年轻应该奋斗，在位置上要对得起这个位置。想着做完这些事或许可以稍许宽松些了，可哪有这一天？50 岁出头又 180 度转身，到国有企业任董事长总经理，专事投资经营管理，可谓“六十岁学吹打”，再闯一片新天地，怎能懈怠呀！真的从工作岗位上退下来了，有空闲的这一天了，反倒有点不习惯了。60 岁，好像还年轻呀！经验已积累，精力还充沛，就这样被浪费了吗？有时晚上做梦，也总是梦见被冷落在角落。

不对！哲学告诉我要辩证地看问题。是啊！换个角度看，长江后浪推前浪，前浪卧听后浪畅。有什么呢？这是人生规律呀！能展开人生旅程的新一页了，倒又耿耿于怀了？有点留恋很正常，但失落心态要不得。去掉什么，并不会怎样，从另一个角度看或许会更好。

我慢慢地坦然接受退休生活。虽略显“庸常”，但亦有光点在闪烁。我要用余光余热，好好享受人生。60 岁职业的学习结业了，下一个单元是社会大学，要学的东西要做的事多着呢！老干部局组织的网宣活动，退休干部联谊会活动，退休党支部活动，都是要参加的；每天的晨泳要坚持；过去粗看的各类书籍可以再细细品读；吃过夜饭，从复刊至今看了 35 年的《新民晚报》是必看的；所思所悟可以写成散文，自娱自乐也好；全国各省市差不多都兜到了，还要与“驴友”制订计划，深度游览祖国大好河山，国外未到过的洲也想去走。总之，退休不退志，保持一颗感恩的心孝敬双亲长辈，回报社会；保持一颗平常的心对待自己，本是草根，还原草根；保持一颗包容的心善待他人和子女晚辈；保持一颗进取的心向往生活和未来；保持一颗随和的心想得开看得下，随遇而安。过去努力所得到的成果，可以欣赏并珍惜，更要发现它的意义，使生活不断充实，继续有为有不为，沉浸其中，乐享人生。

（载微信公众号“老小孩”，2017 年 5 月 25 日）

日历翻过

极不寻常的 2020 年的日历即将翻过，面对欲待挂上的新一本，思绪骤然涌起。

与老早有所不同的是，日历作为岁月流逝的承载物，其告知几月几号的基本功能似乎淡化了。需要安排日常事务的，稍年轻些的多数是打开形影不离、便捷的手机日历，记下备忘事项，到时还有提醒功能。倒是我们这些年过花甲者，对纸质的、挂在墙壁上的日历，还情有独钟。

记得小辰光用过的日历。有些年，为省几分钱，背后挂靠的硬板纸是用破纸板自己剪的，还用彩色蜡笔描绘上当年的属相图案，增添喜气。每天一张的“礼拜纸”也舍不得撕下，用橡皮筋裹起来，到年底换新时取下，在那个啥都缺的年代，是做作业时的绝佳草稿纸。

回乡做农民时，日历以农历为重。落谷播种，插秧收割，农时讲节气，如农谚“种田勿种立秋秧”“寒露呒青稻，霜降一齐倒”；摇船出港看潮汛要论初一、月半，所谓“初十潮，呒得摇”，是说逢初十，潮水最小。

20 世纪 60 年代后期到 70 年代中期，日历上最醒目的是“最高指示”，又有“样板戏”主角彩照。1976 年后，电影明星月份牌闪亮登场。又有了似今天磁卡模样的塑质年历卡，放在皮夹中，夹在“工作手册”里，翻翻看看非常方便。到广播站工作后，像模像样有了一张办公桌，玻璃台板下押着年历，正中前端放置的是一本台历。台历每个正页，可以记下一些要事；有时心到手到，随时写上几句感悟，如“埋头干实事，昂首做正人”“记得感恩”“少吸烟”……对自己或告诫或勉励或期许。还有那每一个日子页面背面的经典名句，教给我一颗对经典的收藏之心并观照人生。这种台历一用就用了将近 40 年，曾经有几年还做了保存。

人作为生命个体，当是与自然和世象紧密连接在一起的。这些日历上留下的痕迹，宛如岁月安放所在。过去的一切没有完全逝去，至少留下了一些印记。有喜悦豪迈，也有伤感惆怅。渐渐走向终曲的这一年，必将沉淀为每一个人切身难忘的年轮。

这些记下的文字、数字、图案，有些，见字如面；见到某个电话号码，似乎从电波中听到了他(她)熟悉而遥远的声音；记着的某个人名，其实已和我们阴阳两隔。薄薄的纸片，历经了时光的磨砺，累积着人生的沧桑，岁月蛰伏在这里。哦，算来已经撕下或翻过60多本、2.3万多页了，多数人是翻不满3.3万页的。

时间，总是以恒定的速度从人们身边静静流逝。有一个细节回想起来蛮有意思，过去撕日历，如果任性地用力，反而难撕，还会留下难看的、断续着的齿痕，而轻轻、缓缓地顺手撕去，却规整、好看。这是否喻示我们对待生命中的事物要讲究轻重缓急、顺势而为?

日历上没有记下什么的，可能是平凡的一天，也可能是不平凡的一天。每一天构成的2020年，当是人类社会不平凡的一年。面对日历，还冒出一个问题，今天是什么日子? 就事论事容易回答。稍往深里想，每个人都会有自己不同的答案。对酒当歌，人生几何? 每一个今天，都是承上启下的。今天之前，是过去式，是历史；过了今天，是明天了，是未来。人生说长不长，说短也不短，珍惜今天，尽可能把握今天，莫让时光空流逝。因为今天最真实，正在经历，伸手可及。今天，永远是生命中最有意义的一天。动荡着的世界、无常的人生，多用心去体会眼下的每一寸时光才最真。

拉回思绪，晚霞正透过窗户照射着日历上的今天，今天正在分分秒秒滴答滴答。管它断崖式的寒潮伴随，新一年的脚步照样蹬蹬而来。

(载微信公众号“老小孩”，2020年12月30日)

称呼之变

一个人在生命中的各种称谓，就像树木生长中的年轮，总会留下变化的印痕。

20世纪50年代中期，生于市郊西南莘庄镇乡下西李村的我，本随“座家囡"母亲姓李,上小学时才随入赘的父亲姓。称为"大大"的祖父特喜这个长孙,虽遇"国家困难时期",却因是头胎,长得胖嘟嘟,故唤我"肉肉"。宅上几个哥哥也喜欢逗我玩,常用长凳、竹椅翻转后牵引着,让"肉肉"学会站立、行走。

稍有破例,提早学龄到叶家祠堂就读小学。以后,直至读完中学,是班级、年级中年龄最小的一个。虽是出身乡村农家,求学破旧祠堂,或许是淳朴乡风宅风重礼数,少有小瘪三、小赤佬这类或是戏称或是粗话,更无小僵尸、小浜墟的骂人俗称。绰号也不多,大都属昵称。"大大"叫我"阿弟"了,同学间多数直呼其名。那年小学同学相隔 35 年聚会,一位同学称我"老班长"。我有点懵懵懂懂,别的记性还可以,这个班长我当过吗？倒真模糊了。如是,大概时间不长吧?

遇"文革",读完中学回乡务农,1 年多后,即被生产队任为"记工员",记录每个劳动力每天的出勤情况。这在那个工分是命根子的年代,也算是个"重任"。每天记工时,按"记工簿"直呼劳动力之名,被"大大"听到后教育:"呒大呒小！对长辈要加敬称!"于是,每天公公、婆婆(祖父母辈之兄弟、姐妹统称),伯伯、妈妈、叔叔、婶婶、孃孃(父母辈之兄弟或姐妹统称)叫一遍。得到的回称亦是名字后加了个"弟"。

有一段时间,作为队里派送的外出工到县建筑公司当钢筋工,车间主任、带班师傅称我"小邵",感到蛮亲切,"工人老大哥"与"农民伯伯"辈分差一点,称呼上档次。

1976 年我到了公社广播站工作,采访编辑播音、立杆拉线值机样样做,亦被公社领导称"小邵",惯常的仍叫名字,客气点的把我这个"土记者"直接叫为"记者"。后来做了站长,就被称为站长了,一叫就叫了十许年。随那个时代的时行,也常被称为"师傅"。

1993 年我被任为乡政府办公室主任,事无巨细样样涉及,有人戏称"大内总管",也有在"主任"前加了个"大"的,还有随兄弟排行呼为"老大"的。为防异议,夹紧尾巴做人,一一拒之。随后做党委秘书、党委组织委员,兼着这个党政办主任不罢,又加了个投资公司办公室主任。"主任"这一叫,又叫了近十年。做了党委副书记,照理正就是正、副就是副,地方上被统叫"书记"。对"党内称同志"的规矩,执行也并不普遍。

分管着党群这一大摊子,每年六一儿童节、教师节,总要到学校去参加活动,“红领巾”们多以“爷爷”称呼,一下子觉得“老之将至”。而碰到老领导、老前辈,他们仍以“小邵”称之,似乎小永远是小。

2009年,我这个长期从事基层党建工作或被归为党建、行政口的人,忽180度转身,主职区资产投资经营管理这经济口,这称呼随之变为“老总”。初听很陌生,也有点忧心“肿肿(忡忡)”。想着几十个人的公司,管着几十亿元的资金、资产,要是如前“三只湖羊六道跑”,那定管头肿脚肿、五嗨六肿。好在虽没有其他本事,组织管理协调、借力聚力齐心协力的力道有一点,同事们纷纷出彩,这“老总”算是得到了认可。在这“总”那“总”特多的境况下,大概是为了有所区别,或许是年岁已长,抑或是表示尊敬,同事们在“邵总”之间加了个“老”字。如今一晃又十多年过去了,且退休多年,老同事们碰头小聚,仍如往“邵老总”呼之。有点小确幸,有点小感动。

2014年,我才因公务员身份合规问题,退下实职到工业区当了调研员,又到区委区政府重大项目办公室去兼了个副主任,一起工作的小青年们或叫“主任”或称“老师”或呼“老法师”,实在羞愧。“主任”,是副的,且是暂兼的虚衔;“老师”,没受过什么正规的高等教育,哪能配得上这神圣的称谓呢?至于“老法师”,那更不敢当。它原指精通佛教教义的僧尼,引申为精通某一行的老手、高手,鄙人是“猪头肉三不精(略懂不专)”。好在,两年后到龄,正式加入了退休大军,姓氏前头加个“老”之称理所当然了。

退休那年,受区委老干部局邀请,我有幸参加了“春申晚霞”网宣团,写点“豆腐干”式的小文,称呼“书记”“主任”“老总”“老师”都有,大多沿初识时旧称,多重随意。又幸加入了区作家协会,网宣团友半是调侃半是高看叫起了“作家”,那是正规出版社出过书,加入省市级作家协会的才配的,我真有无地自容之感。唉!伊要这样称,数次婉拒不成,有啥办法呢?难道板面孔吗?权当面霜、蜜糖。

一个多甲子年走来,称呼中,按宗亲辈分也好,论社会属性也罢,还有不少……想来,称你什么,不管当面背后、褒贬尊蔑,那是人家的权利,且总有一定道理。个人觉得:叫你小,有小的价值,你还大有奔头;叫你老,有老的阅历,你已饱经风霜;叫你职称职务,可能你在职时没有枉为其职;有点一官半职,切忌人模狗样“像煞怨家”,多做点实事好事,背后被人家少骂一声已是积德大幸了。一切都是过眼云烟,直呼其名最顺耳中听,自己几斤几两还是要有数的。

其实，称呼只是人生中的识别码。称呼之变，变的，是工种、岗位，时间、容颜；不变的，你仍旧是你。沧海桑田，人生代谢。不管称啥，莫负岁月风华，且行且珍惜是真！

（载微信公众号“老小孩”，2022 年 2 月 19 日）

曾经同事

1972 年我读完中学回乡务农。生产队里老小上至五六十岁老农，下至同龄毛头小子，都是共同从事“修地球”的农民。其时，伟人号召“广阔天地，大有作为”，我与镇上下乡“插队落户”在队里的知识青年们一起向老农“学生活”。挑担、插秧，犁耙、播种，参加青年突击队，投入“比、学、赶、帮、超”。我们比得友好，学得真诚，相互帮衬，你赶我超。虽种田人无同事说法，但我真切感受到这是芳华岁月里无瑕无隙纯真纯朴的农民同事。

1976 年我到公社广播站工作，同事才五六人，但充当着“党的喉舌”，全公社家家户户每天的生产生活都离不开这根“红线”。同事们不分白昼，以站为家，倾心工作。改革开放春风吹来时，自力更生“创收”，改造更新线路、器材，添置了其时乡镇站少有的摄像机、摩托车、卡车等设施，家大业大，成为“华东第一站”。与同事们十七年的奋斗是辛苦的，有好同事且有好成果也是幸福的。

1992 年逢莘庄乡镇“撤二建一”，我被调到政府负责办公室工作。办文办会参政事，是政务枢纽；管吃喝拉撒还管车管房，是事务总管；做信访接待调查处理，是矛盾交汇排解点。若干个小部门几十个兄弟姐妹，既团结又紧张，有严肃能活泼。虽时有突发事件的应急，包括时为国际影响的外国飞机坠毁我地事件的处置参与，多处群体性上访事件的平息解决等。十年共事，总体工作井然有序。不是说同事有多大本事，关键是多数同事有共事做事的情操，珍惜同事的缘分，敞开包容大度的胸怀。这些同事成为发光体，使所处的空间充满亮光、阳光，照得同事关系亮堂堂。

接着我兼任党委、政府的组织、人事工作，直接地管人，对谁与谁成为同事更合适有了建议、“生杀”权，对“同事”的含义有了更深一点的理解。比如，对刚柔性、衔接性、相容性、互补性，年龄梯次、性别比例、地域特点等能力、性格、结构、层次都得充分顾及。还好，整体上被“组织”安排在一起的同事们大都相处甚欢，工作得以有效促进。

我担任了镇党委副书记，分管七八个部门十几条线，几乎参与全镇工作的方方面面。虽言为分管，但当你把他们都视为同事，同事们就贴心贴肺跟着干，献计献策谋着干。曾经工作过的两个镇，好几项工作都列入“国”字头的先进行列，内心深处为主要领导及同事们的奉献贡献点赞，感恩感谢之情溢于言表。

53 岁时，我又 180 度转身到国企做“老总”。面对拥有几十亿资产投资经营、人心一度如“三只湖羊六道跑”的单位，对投资经营了解不多业务不熟的我，或有忐忑惶恐。但很快，同事们透彻入理的症结分析，娴熟于心的数据推论，朴素由衷的倾心表白，给我这个新“老总”吃了定心丸。就这样，与同事相处整五年，使资金资产投资积累达到一个新高地。如今离职 5 年了，“老总”的称呼声仍常在耳畔响起……

呵，同事是家人以外相处时间最长的人。好同事，是你昨夜值班他今朝会带早饭给你的人，你精神不振或有小恙会来嘘寒问暖的人，你有困难忧愁来鼎力相助的人，你业务上或有疑问倾心排解的人。或许有过牢骚、不满、怨气、争执，但我相信，同事们大都是真心实意的好同事。

同事，两个简单得毫无感情度和色彩的字，内中包蕴着的分明是熠熠生辉的人性的光芒。

是的。我们都有缺点，所以彼此包容一点。我们都有优点，所以彼此欣赏一点。我们都有个性，所以彼此谦让一点。我们都有差异，所以彼此接纳一点。我们都有伤心，所以彼此安慰一点。我们都有快乐，所以彼此分享一点。同事是缘分，一辈子就图个无愧于心。少有永久的同事，相互理解才是真正的感情。善待同事，因为没有下辈子。

作为同事间的领头人，有人总结说要：奖罚分明，知人善任，恩威并重，指路明灯。或许有点道理，我想最要紧的，是把同事当成大写的人，相互支撑着的一撇一捺。那同事们就可能成为一个好的团队。

站长也好，主任也罢，书记也行，老总也是，到你不做同事后，特别是淡出退休后，有七八成的人说你这个人还可以，在一起共事蛮开心，也做了点事。那就不枉此生了。

是工作，总是要有人干。与其憋着干，不如舒心着干。工作着的同事呵，愿你们以正能量做主导，不忘初心，砥砺前行，干得顺心、安好！

（载微信公众号“老小孩”，2019 年 1 月 8 日）

一路走来善者多

退休后，在前瞻的同时，总离不了回望，也总是有一批人在脑海里凸现，他们有一个共同的特点——善良。

我忘不了小学启蒙彭老师。那年我才六岁，离规定能入学的年龄差一截。母亲带我去校碰碰运气。是和蔼可亲的彭老师让我笔试、口试，并申请校方破例让我上了学。那时我们乡村小学借办在叶家祠堂，里面阴森森的，本来就胆小腼腆的我总是害怕。彭老师安排我坐在第一排，鼓励我大胆与同学交往。那时班级里有大我五六岁的同学，总爱欺负弱小者。彭老师对弱者呵护有加。轻柔甜美的话语，和蔼可亲的脸庞，明净透亮的眼神，慈母般的关怀，现在想来，这分明来自心底的善良。她让我度过了童年的美好时光。

上中学，正遇“文革”动乱。农村孩子虽较少参与及受到冲击，但因青春年少，迷茫者众，狂热冲动者也有。在那个世界观、人生观、价值观形成的关键时期，在那个教师难教、学生难学的非常年代，我们的班主任钱老师，用他自身的言行，尽可能地影响着学生们。我们感悟着政治荡涤下的校园及各类人群，渴望着更多的知识浇灌饥荒的头脑。钱老师不卑不亢、不随波逐流、对知识及人生方向把握的风范熏陶着我们。他照样不停地家访，对不同家庭背景、不同境遇的中学生循循善诱。善良与正直、爱心、悲悯为伍，与邪恶、狂躁、冷漠为敌。柔软时的善良，可以融化冷傲的冰川；坚硬时善良，可以穿透顽固的岩石。在那个疯狂的年代，我们的班级出奇地平静。

中学毕业，我顺理成章回乡务农。这是我人生的第一份职业——农民、社员。复退军人、队长李阿哥教我如何善良中有刚毅，副队长、老农李伯教我善良中做好农活为先。手把手教耕耙犁种，挑担转肩，插秧耘稻。很快又让我担任记工员兼出纳。大队支书发现我或有可塑之处，让我到大队里做通讯组长，编印农忙战报。他们发自内心善良的良苦用心，让苦苦修地球的年轻人感受到人间的温暖。

一个寒冷的冬日，我正撑着小船，捋着结着薄冰的竹竿罱河泥。公社广播站陈站长顶着西北风骑着自行车找到我，说经过他们推荐、公社批准我到广播站工作。又一阵由善良而发的暖意融化冰冻热透心扉。

在广播站工作，老站长、老编辑还有上级台站的业务高手，从谋篇布局到一处标点一个字，一篇文章一句话，好在哪？不足在哪？分析推敲，使我的业务能力逐渐提高。并参与了全公社、全乡工作的方方面面。这样一干，就干了 17 年。

乡镇合并新的镇成立后，组织调我到政府办公室任主任。后来党委秘书、党委组织委员，实业投资公司办公室主任等身兼数职，直至担任镇党委副书记，几年后又调旁镇任同职。这样，又干了 23 年。与乡镇多位主要领导共事，长则十几年，短则一年多点，虽褒贬皆有，但我切身感受到的大都是善良。是有原则底线、思路清晰、才能出众、刚柔相济的善良。

后 5 年，在区国企任主要负责人（董事长、总经理，党组织书记）。这对我这个已 53 岁，长期从事党建实务工作的人来说，无疑是一个重大挑战。单位的同事们从业务上尽心帮我，上级领导竭力支持我，单位的面貌出现了令人欣喜欣慰的变化。这里面，少不了共事者发自内心的善良。善良是人性中蕴藏着的一种最柔软，但同时又是最有力量的情愫。

世事多纷呈，总有善良在。一路走来，遇到的善良者众多。我想，善者贵。拥有善良的人是可敬的，得到善良的我是幸运的。是的，人的善良来自干净的心底，它一路欢歌，荡涤着沿途的污浊、腐朽和风尘，义无反顾、勇往直前地汇入人生的江湖河海。

（载微信公众号“老小孩”，2018 年 4 月 8 日）

别把别人当“戇大”

“戇大”，是上海本土人都晓得的一句俗语，读音“港度”，意思近似普通话的“傻子”。

“戆”，沪语与北方话词义相近，但是也有少许不同。北方话的“戆”侧重于“憨厚”“厚道”“实诚”；上海话的“戆大”侧重于“傻”，但随语境不同，词义是有相应变化的。一般来说，“戆大”骂人的程度比较轻，有时成为轻微的责备语，有的年轻女性说时甚至带有娇嗔的语气，近于北方话的“傻样”。与“戆”相对的是“乖”，意指乖巧、聪明。但也要看语境，如称“小乖人”，那就带贬义了。

我宅上有个比我小几岁的小伙伴，小名就叫“阿戆大”，从小叫到现在。他“戆”吗？我印象中从来寻不出“戆”的事。我的另一个同龄、同村人，做过生产队长，平时说话、玩笑直拔笼通，甚至时常夹带俗语粗话，好像不拔“苗头”，总是被自认为聪明、不了解他的人以为“戆兮兮”。事实上，这位仁兄粗中有细，朴素言语实打实，还有几分可爱的狡黠。一路走来，现在事业做得很大。记得曾有品牌瓜子，名字就叫“傻子”。

曾读到一个故事，讲的是美国第九任总统哈里逊。他小时候举止木讷，一些大人以为他傻，于是故意在路上扔下一个面值 1 美元，一个面值 5 美分的钱币来考验他的智力，看他究竟捡哪一个。只见哈里逊左看看右想想，最后拾起了那个面值 5 美分的钱币，大人由此确认他果然“傻”。好事者甚至打赌，一次又一次将两种面值相差一半的钱币扔在地上，哈里逊一次又一次捡起面值小的钱币。自此以后，大人们常常这样“试”他，他也就常常犯“傻”给大人们看。终于有一天，一位好心的老太太凑近他的耳朵，悄悄告诉他：“傻孩子，你应该捡那个 1 美元的硬币，那个值钱！”哈里逊听后微微一笑：“不，老奶奶，谢谢你的好心。如果我照你的话去做，那么大人们就再也没兴趣扔钱给我，我也就一无所获了。”

那些自以为“聪明”的大人们，尽管自我感觉良好，但与表面看来似乎木讷的哈里逊相比，究竟是谁“傻”呢？答案不言而喻。

工作、生活中有时候就是这样，有的人自以为很聪明，而别人在他眼里似乎都很傻，甚至傻得滑稽、傻得可笑。其实，当他们自以为得意的时候，可能正是犯傻的时候。别自以为可以凭小聪明一时领先，总有一天你会发现，正是那些所谓的小聪明，助长了你的虚荣，蒙蔽了你的智慧，晃荡了你本该踏实的人生。踏踏实实的积累，才是理直气壮的底气。有哲学家说，成大事者，都是“笨人”。过于聪明的人精于算计，看重利益，却容易被聪明耽误一生；“笨人”思想单纯，心存善念，反而被命运眷顾，一生安稳踏实。“人皆养子望聪明，我被聪明误一生。唯愿孩儿愚且鲁，无灾无难到公卿。”（宋苏轼《洗儿》）

本地有俗语，“乖人一半铟”，并由此想到两句成语。一句说“大智若愚”，用来形容那些真正聪明的人在表面上看来好像很愚笨，其实在心灵深处隐藏着大智慧，只是没有显露出来而已。另一句叫“聪明反被聪明误”，是说有的人自恃聪明，常常以此来炫耀自己，甚至算计别人，而结果却办了蠢事，“偷鸡不着蚀把米”，反而吃亏上了当。乡间鄙称小心眼、只为自己打算的人为“小乖人”，俚语“麻子乖做乖，给叫花子拎草鞋”，也是说的“乖来不乖”这个道理。

其实，世界上聪明与傻，在很多时候很难分清，很难定论。著名国学大师季羡林在一篇文章中恰好道出了其中的奥妙，他说：“天下最傻的人，是把别人当傻子的人。”斯言诚哉，妙哉！这又与本地俗语“把别人当戇的人自己先戇”，有异曲同工之妙。不是吗？

（载微信公众号“老小孩”，2020 年 9 月 27 日）

由“改制”成“老板”想到的

认得几个“老板”，浙、苏、皖、闽、赣等地来此地闯天下立业的，也有本土的。本土中有白手起家的，也有不少是“改制”而成的。所谓“改制”，即是几轮改革中，将原本是国有或集体所有制的，改为了以私人股份为主的股份制公司，其持大股就成为了“老板”。对这部分“老板”，十几年来坊间非议不少。“凭什么，一夜间能成百万乃至千万富翁？”“还不是豪夺巧取，占去了我们劳动者几十年的成果？”“有多少本事呀？那是沾了政策的光！你我有这机会，也必定是成功的老板。”

一转眼，20 世纪末至 21 世纪初的那场“改制”，已经又过去十几年了。“改制”后的公司及“老板”，大都经营红火，硕果累累。因隐匿资产等违法犯罪在“铁窗”中的也非为个别。在此，我谈不了得失。只想说，成功的“老板”

也好，普通的劳动大众也是，走到今天不易，莫忘来时之路。

还是在改革开放初期，“摸着石头过河”，盛行“无农不稳，无工不富，无商不活”的经济发展理念，县办、乡办、镇办以至村办、队办企业蓬勃兴起。但随后，在激烈的、残酷的、不够有序的市场竞争中，经营不善而亏损者不少。随着市场经济发展，主政者为破解难题，顶着各方阻力，提出了“关、停、并、转”及“改制”的“破冰”思路，众多经营者一夜间摇身变成了正宗的“老板”。

平心而论，这是改革中的重大策略性变化，得失利弊各有千秋。但有一点，“老板们”绝不能以为全靠自己的本事打下了这一片天地。有非议说风凉话者也可能只知其一未知其二。

记得20世纪90年代初，我去宁波学习浙江发展地域经济的经验，当地主事者用浓重的宁波话介绍成功发展的体会，总结出了一靠“警察”，二靠“妓女”，三是“不能讲”。我们大多数人听得目瞪口呆，云里雾里。随后他慢慢道来，我们才听清并理解，是“一靠政策好，二靠机遇好，三靠北仑港建设带动好”。再追溯此前，即使没有多少文化的农民，在总结丰收年景时，也以朴素的语言说出了“政策好，人努力，天搭班”的客观事实。实际上是道出了一个普遍真理，一项成果的取得往往离不开天时地利人和。

行文至此，想起了一则曾流传民间的老一辈无产阶级革命家在“文革”中的轶闻：时有新晋领导人对其不敬，其用手杖指指天击击地。此新晋百思不解其意。后经高人指点，才理解其意为“不知天高地厚”。

所以，在改革开放40年的今天，我们这些亲历者、参与者、得益者，要敬畏天地，敬国家政党，敬推动历史发展的真正动力——人民群众。“头上三尺有神灵”，得从个人与他人、个人与社会、个人与自然、个人与世界的关系，去认识和善待当下的拥有，知足、感恩、报答，千万勿忘“我们是从哪里来的，将到哪里去”。如此，才能走得更好、更远、更踏实。逢改革开放，经过40余年的发展，包括改制企业在内的民营经济已是我国经济制度的内在要素，且正在壮大，走向更加广阔的舞台。三四十年可抵过去三四百年，我们都是有福之人，当珍惜拥有、再谋发展。

（载微信公众号“老小孩”，2018年12月3日）

依心而行

小辰光，喜欢玩，也喜欢看书，一切都好奇。一晃老了、退休了，喜欢做那些曾经想做，但因生活所迫、工作繁忙等种种原因未做的事。愚十分欣赏这样的态度：怎么欢喜怎么来。文雅一点的讲法就是：依心而行。诸友中，不乏这样的人。

同村S氏兄弟均为吾兄，从小就种田，吃过公家饭，还都是处级干部。市场经济大潮中“下海”“淘金”，过上富足的日子。花甲之年，却在新桥农民别墅周边种上了几亩地，遨游商海的同时回归老农生活。先是种蔬菜，青菜、萝卜，黄瓜、番茄，豇豆、落苏……自给自足并送亲戚朋友。绿绿红红，青青紫紫，有机自然，养眼又尝鲜。后来，竟不厌其烦、重操老本行种起了粮、棉、油。稻谷的金黄，棉花的雪白，油菜花的蜡黄，五彩缤纷、赏心悦目。有人看他们风里去雨里来，碌早起摸黑归，脸庞黝黑，说：想勿穿，犯着点啥！他们我行我素，手健脚健，享受植物生长过程中以及收获所带来的喜悦，一脸满足。

C君、Z君，均为同乡，又同是吾师、友，长我数岁，已“奔八”。退休十几年来，深耕本土文化不辍，为方志、方言，为民俗、文史、“非遗”，均撰专著数十本、数百万字，融媒体《今日闵行》分别以他俩的名字开辟“半农笔谈”“乃清叙史”专栏，真乃老牛奋蹄。敬佩之余，微言劝谏：保重身体，节度用神。可他们均一笑而过：吃得落、睏得去，快乐是最好的养生。C君在新近出版的又一散文集《横塘莘两岸》中写道：“读书和写作成了我的两大乐趣”“读书这件好事、乐事、趣事，将陪伴我度过一生。”“‘荡发荡发’不断去接近目标。”这倒应了俄国著名生理学家巴甫洛夫说的“快乐是养生的唯一秘诀”。

与C君、Z君年龄相仿的我大舅长子、表兄L，近到居地街道讲台，远往海外国际论坛，就其钟情的宋史、敦煌学，辞书、古籍出版等专业乐呵呵地不辞辛劳、四处奔波。他说，主要是喜欢，再是总要对得起享受的“国家津贴”。因缘《辞海》编纂而相交甚笃的一代大儒鸿医裘沛然的“人学”至理，让他深信快乐与健康天然相连。

我同一单位刚退休的G君，部队医院转业，到地方干过武装部长，退休后又操持着数份新“行当”，既习书画，又学弹钢琴，还在住宅附近待开发的土地上垦荒种菜，不亦乐乎。无独有偶，老农民出身、曾是上海市特级校长、同龄G君，退休后舞墨习书法，挥锄“修地球”，游走访“弟子”，快乐而行。我赞同，无所谓雅俗、优劣，不分啥高大上、低小下，兼容并蓄，喜欢和快乐就是！

周边，熟稔的好多位同仁、老友，退休后唱歌、跳舞，旅游、摄影，书画、篆刻，养鱼、莳花，品茗、闻香，集邮、收藏，运动、健身，烹饪、种地，垂钓、棋牌……动态的、恬静的，组团的、独处的，通俗的、高雅的……这都是生活、生命的一种姿态，怎么欢喜怎么来。

原单位海军转业干部C女，退休后东西南北任其行，驾车往青藏高原觅景，乘船去南疆西沙潜水，着旗袍摆 pose 纵情走秀，随无人机放飞自我，上“抖音”展示风采活力。她们一帮曾经的同事、当今的合唱团时装队“美眉”闺蜜，每每、美美秀一下自己，让平淡的日子亮起来、有色彩，“多巴胺”满满。

曾有在公家单位担任领导的，刚退下来时似乎缺了可发号施令、指挥调度的对象，有些不太适应，郁郁寡欢。逐渐调整后，由衷感觉到，对自己、对生活实在不必如在职时严肃有余、活泼不足。忘记年龄、褪去原本身份羁绊、卸去或有的装腔作势，发现点滴乐趣，生活才有滋味。

差不多岁数的一帮乡里乡亲，组团或五十或百余人，时不时穿梭在“长三角”风景胜地，过去不大响的几位也或在车上，或在歌厅一展歌喉。管啥合拍、韵律、乐感，有快乐感、开心就好！

惜时、寡言的我有时也混在一拨长我几岁的同道老友中，他们调侃打趣、你吹我擂，貌似“疯癫”状，活脱脱一帮“老小囝”。一天、两个半天随风耗去，“散散心”换来阵阵轻松愉快。

当然也有需侍老弄孙的，抑或疾病缠身的，这负担、磨难中当有福乐或苦涩，就看自己如何调适。日子总得过，生活品质的优劣，完全取决于自己的心态，精神上的满足才是品质生活。摄龄半百的镇上老友Z君，常单车自驾天南地北采风，最近又从云南传来摄影作品获奖喜讯，哪晓得其已身患重疾十余载。顺其自然、随遇而安，如行云般自在，像流水般洒脱，真是人生应有的态度。也让我想起著名小说《牛虻》主人公的经典语录："无论我活着，或是死去，我都是一只快乐的牛虻。"

扮演疯癫和尚济公的著名演员游本昌曾有过这么一段话：山有山的高度，水有水的深度，没有必要攀比；风有风的自由，云有云的温柔，没有必要模仿。你认为快乐的就去寻找，你认为值得的就去守候，你认为幸福的就去珍惜，没有不被评说的事，没有不被猜疑的人，不要太在乎别人的看法，不要太盲目追求一些东西，做最真实、最朴实的自己，依心而行，无憾今生。诚哉斯言。

"人可以无知，但不可以无趣。"著名作家贾平凹如此说。我们这代人大都是苦过来的，现在生活基本无忧，就更乐做"开心果"，在生活中找到或不断创造乐趣。与我同龄的 C 君，退休后乐当了区文联主席，干得风生水起，已连任两届。曾同一单位、公职退休后的 H 君乐研书法，加入市书法家协会，当起了区书法家协会会长。同一单位退休、曾是检察官的 G 君善习篆刻，造诣甚高，成为市级协会会员，得乐于方寸间风起云涌。老友加泳友 G 君，拉过小提琴，学过考古学，再钻入到"筷子"文化，遇见新奇常敲诗吟句，不亦乐乎。同村"插兄"J 君心灵手巧、多才多艺，剪纸作品时时出新、层出不穷，说是"雕虫小技"却曾巡演海外。同乡"插兄"H 君退休后仍操持保险业，业余热衷明清老物件收藏，还像模像样学起了油画。想来，他们都在寻趣中践行北宋政治家、文学家欧阳修"才艺调养身心"之说。区老干部局"春申晚霞"网宣团诸君，不乏上有老、下有小者，自身多有这病痛那不适，但网开多面辛勤"渔鱼"，各挥其长马不停蹄，参与活动兴致勃勃，奉献社会孜孜不倦，持续发现新鲜点滴，你唱我和乐此不疲，我身在其中有幸也兴。

鄙人于我，"百搭""什样经"，"猪头肉三不精"。九旬双亲尽力照顾着；每天早晨的游泳二十多年来一直坚持着，冲澡时，时不时依心情裸吼"山歌"，排解忧烦、荡涤灵魂；翻翻旧文、看看新书、刷刷手机、搨搨"豆腐干"小文章，参加每周半天的诗词鉴赏学习也是一种乐趣；走过二三十个国家，足迹踏遍全国各省市，还择机拾遗补阙、旧地重游、深度游。年逾半百时由基层党委岗位 180 度转身主职区国资投资经营，结缘经济、数字，临退休以小钱入股市大海，虽无多少浮盈，却乐于不忘旧业、温故知新。发小、老同事、老同学、泳友、文友……时常找个理由出游、小聚，喝喝小酒，打打小牌，寻寻开心，其乐也融融……

我等走过了千山万水，历经了春华秋实，穿过滚滚红尘，纵然已白发苍苍，仍力求依心而行，怎么欢喜怎么来——活出自己的精彩！人生可有几个这样的时光呀?!

最后补一句：未经允许，抖露众友“隐私”，乐者、智者、仁者不计较吧?如有冒犯，恳望海涵！

（载微信公众号“老小孩”，2023 年 12 月 29 日）

夏日花匠忙

没有经过多少春的旖旎，夏却在不经意间猛然而至，热烈、奔放。

偌大的住宅小区，只一个花匠，还兼着道路保洁，似乎他从来没有闲下来的辰光。

在我们足不出户的那些天，他也没停过。那正是樟树应季换叶的时日，他不停地清扫着道路，让满目疮痍尽快掠去。开封了，入夏了，热情的绿草、艳丽的花朵、伸展的树枝，充满紧张、热烈又急促的旋律，在带给人们无限希望的同时，也增加了他的工作量。他更忙碌了。

春去夏至间，温度的快速攀升加上雨水的不停滋润，杂草长得特别快。拉拉藤缠着石块延伸，老鹰蔓钩住绿篱匍匐，油水筋草混在草坪中见缝插针，野荠菜矗起白花星星点点，野草莓吐出小小的红果，车前草张开四臂……还有许多，我这个曾经的捉草团也叫不出名的野花野草随处扑腾。这些大地上最卑微的花草，无人去施以恩泽，却都抓紧机会，如火一般燃烧生机。

花匠自有他一套有条不紊的梳理法则。用锄头“塔”，用小刀挑，用手拔，大面积的草坪先用刀挑去杂草，再施以割草机打去上部茎叶。

早晨，麻雀叽喳，蝉自顾鸣叫，偶尔闯入“布谷”声声，他迎着晨曦朝露、手捏皮管为花花草草补上足够的水分。烈日下，他在为红花继木、矮冬青做修剪。傍晚，他卷起裤腿，赤脚在池塘里清除残落的柳叶。偶尔一场暴雨后，他又徒手捞去堵在阴井口的落叶残花。我们没完没了地做着核酸检测，他一刻不停地清扫着小区道路。

那天，传来“呼呼”的马达轰鸣声，从11楼阳台望去，他正操纵着割草机，神情专注地割草。杂草纷纷倒地、草屑阵阵飞扬，而他的背上、前胸，满是汗水浸润。这让我这个曾经在这块地上耕作过的庄稼汉，眼前晃过那曾经的“三夏”“三抢”大忙的“汗滴禾下土”……

一天，我走过时跟他打个招呼。他一面答话，一面手上不停地动作着。几棵黄杨，新长出的枝叶像疫情中未理的乱发。“喀嚓喀嚓”，手松手紧、张合之间，碎叶纷落。末了，换个角度目测一番、再修修剪剪。当黄杨露出孩童平顶头般的尊容，他也跟着一身爽快轻松，露出惬意的表情。脱下草帽擦把汗，见他古铜色的额头被风霜雨雪刻出条条皱纹，粗粝的手上爆出根根青筋。这是岁月的洗礼和留痕，夏日里更夺目万分。

环顾四周，经花匠的打理，这小区那么些植物，随着夏日的暑气蒸腾，盎然而茁壮，错落也有序。骋目之间，天际划过一道长长的白色气雾。少顷，难得一见的彩虹如练悬挂天边。天空纯澈，空气芬芳，草木滴翠，夏季世界充满独特的魅力。身材瘦小的花匠在阳光折射里，撑出一个偌大人字形构图，定格在我的取镜框中。

（载《新民晚报》“夜光杯”，2022年7月28日；《四季》，2022年夏秋卷）

凡人英雄

那天，我在荧屏前伫立，全国抗击新冠肺炎疫情表彰大会不时让我眼睛湿润。

我为褒奖“共和国勋章”获得者钟南山，“人民英雄”国家荣誉称号张伯礼、张定宇、陈薇泪目，在聆听最高领导人讲话时为上顶天下接地的话语泪目。与此同时，我睁大双目，在直播画面中胸佩大红花的两千余名英雄中寻找你这个凡人……

难忘八个月前，抗击突如其来的疫情之初，不会做诗的我被平凡英雄感动，作了“美丽家园守护神——写给一线社区工作者”的小诗，发在上海“老小孩”网站上，开头句是“你叫小萍……”无论是泛称还是独指，今天，小萍就在人民大会堂璀璨的星光中。哦，张军萍！在央视直播的镜头里，看到了你；在当晚上海电视台“夜线约见”中，也看到了你。“全国抗击新冠肺炎疫情先进个人”“全国优秀共产党员”，两枚沉甸甸的奖牌在你胸前熠熠生辉。这殊荣，是对千千万万社区工作者的肯定，为你成为他们的代表之一泪目。事非经过不知难，成绩来之不易！

想起18年前，我在莘庄镇工作时，就曾聆听了你代表新招录社区工作者的发言，说要为社区建设尽心尽力。18年来，你朴实说、扎实做，工作过好几个居民区，都与居民打成一片，凝心聚力。

你是干出来的。突发疫情下，在康城这个上海最大开放式社区里，疫情防控“高难度战场”上，见招拆招，急事立办，连轴坚守阵地90天，每天在岗超过18小时，日行2万步，全身心扑在工作上。

你深切地感受到，与你同在的，是广大社区工作者、志愿者，是上级党委、政府。作为专职副书记、专职副主任的你，有效组织、紧紧依靠29名社区干部、14名下沉执法力量、330名物业服务人员、500多名志愿者，统筹、联动、融合区域单位力量，3所学校、4个菜场、3个大型超市、74家商户、2条公交线路208个班次，有条不紊；286个楼道、32个地下车库、500余部电梯，消毒严格、运转正常；周到服务753名重点地区居家隔离人员，及时处理每天3万余件外卖和快递，为4万余常住人口做好服务。

这一连串枯燥数字的背后是付出，付出是筑牢基层一线的“铜墙铁壁”，让居民吃下“定心丸”，在紧张的防控局势下感受到社区的温度，人与人之间的情感。我多次听说，也前来参观，你与业委会成员们、物业“管家们”及广大志愿者成为“合伙人”。你把心交给社区，社区人也把你当主心骨。

“世上没有从天而降的英雄，只有挺身而出的凡人。”全国1 499名、上海45名“全国抗击新冠肺炎疫情先进个人”，全国200名、上海6名“全国优秀共产党员”，你能成为“双冠”一员，我从心底为你喝彩。

载誉归来，那天，我们抚摸着金灿灿、红彤彤、沉甸甸的奖牌，分享着幸福的荣誉，你说了，只是做了应该做的事，这个奖是给大家的，荣誉属于所有奋斗者。同时，荣誉只代表过去，更是新的起点。“生命至上，举国同心，舍生忘死，尊重科学，命运与共。”

是的,“物有甘苦,尝之者识;道有夷险,履之者知”。后头还有很多很多的事要做呢!

(载微信公众号“老小孩”,2020 年 9 月 14 日)

泳趣与泳悟

我已经坚持游泳这项运动 15 年了。一年 365 天几乎每天都要去泳池伸展一下腿脚。有人说,游泳作为一项强身健体的活动是不错,但一是找场所稍难且要花费;二是脱衣着衣冲洗晾晒太麻烦;三是不断重复某一动作太枯燥。在我看来,现在场所多了;健身花点钱比买药吃好;人在襁褓水中生成,需要水包皮,权当洗个澡;动作可以是常规的,你也可以创造着乐。所以,泳之有趣,泳之有悟,泳之有益。

其他时间算不牢,晨游基本能敲定。每天清晨起床后,先一大杯温开水下肚,荡涤浊气,清润肠道。接着是妻子调配的芝麻胡桃石斛西洋参调合粉一勺,补充些能量。到泳池走路骑自行车驾车请便,各有利弊不表。就泳式来讲,我是以蛙泳为主,少则 600 米多则 1 000 米。然后自由式、仰式、蝶式、侧式、潜式、踩式、跳跃都来一次。有时也与蛙式交叉着进行,让它丰富些有趣些。总的掌握心跳每分钟不要持续超过 120 次。另外,我还尝试脚前式(倒游)、旋转式(前进中人体 360 度旋转);利用跳台,做引体向上;单腿搁下水踏板侧位双手拍水,拍左侧时头颈尽力向右转,并互换;借助水之浮力,在水中倒立。起池冲澡,又有“三三制”:向上伸展双臂 30 下,顺时针逆时钟揉腹 30 下,弯腰手掌着地 30 下。其中,可以引吭高歌,混响不错;或可相互斗嘴抬杠,赤裸裸说话无禁忌。专业人士称,健身提倡组合式。是指运动内容、手段的组合,即将有氧运动、拉伸练习与力量训练组合起来。既避免健身活动的单调乏味,又防止人体局部负担过重,还把肌肉、心血管、呼吸系统等都练到位。

人在水中泳,人与水有缘。蛮有意思的是,吾父辈名均含水:水云、水金、水凤,女儿在水务部门工作,女婿在消防部队服役。在与水的亲密结缘中,还获得了一些“泳理、水悟”:柔与坚。水是柔的,但一定条件下是坚硬无比的。做人不应如此吗？该坚硬时必须坚硬，坚持做人的底线；当柔软时柔情似水，两者相融必相得益彰。动与静。在无人入水前，水池一汪碧蓝安静恬然；有人入水搅动，则随波涌浪，行进中遇交锋冷不防呛你一大口。张与弛。在水中，你可以奋臂蹬腿、尽情扑腾；也可静静地仰躺着，享受水的托举。浮与沉。人生浮沉乃规律，要认识并准确把握之。身负重任，必敢担当；如吾从繁重岗位退下，当如水中之浮沉物，心淡心平则安也。还有我尝试的旋转式，不似如人生在波浪中回旋浮沉吗！

在与水的亲密接触中，老子《道德经》中的“上善若水”之词不断在脑中闪回。是啊！我们做人行事的最高境界何不是要像水那样的“三德七善”？上善若水，是一种以水为师的处世哲学。比如：“善利万物”，不管在何岗位，做一个堂堂正正的对社会有用的人；“不争”，世间尘嚣，名利均身外之物；“处众人之所恶”，无论身处何种环境，弃不如意，扬正能量；“居善地”，找准定位；“心善渊”，注重积累；“与善仁”，施仁有爱；“心善信”，诚实有信；“政善治”，有位有为；“事善能”，落实有力；“动善时”，乘势而上。

鱼儿离不开水，人亦弃水则亡。水至师也！

（载《闵行报》，2015 年 8 月 7 日；《新民晚报》“夜光杯”，2016 年 8 月 15 日）

泳池晨曲

即使寒冬刺骨冷，每天清晨，高耸的电视塔侧的区游泳池已经氤氲里水声阵阵、碧波中浪花飞溅。

过去工作时选择晨泳，是因为早晨的时间有保证、算得住，不影响且促进工作。现在退休，时间充裕了，大多数泳友还是延续着那时的习惯，喜欢晨泳。当然也有很多在职者。晨曦中醒来，循水而汇，舒展筋骨畅游，已成定律。

泳池中红蓝白相间的隔水带犹如五线谱，泳友们当如一个个跃动的音符，在荡漾碧波里点缀其中。

多年甚至十几年了，各人的姿势、习惯似乎也有规律。我的老同学老公安陆君、人保局何君等概是最早到的，有时甚至等开门，成为晨练序曲的第一波。高个子老警察徐君、大个头军转干部季君臂长脚劲足，一向游得很猛，一口气半个小时，且愈游愈快。好像在与逃犯坏人比耐力、拼实力，最后在冲刺中实现擒拿捕捉。随后，仰躺在隔水线上美美地伸展开双臂。司法金君正当年，似乎有用不完的劲，自由式一股劲一刻不停要游几十圈。人保局陈君、人大郭君，总是不紧不慢、中规中矩，蛙式、仰式、自由式交叉进行，最后必来一番蝶式。头发浓密乌黑、胸肌发达的黄君，游毕另有一番引体向上、蹬踏后行等自创动作。张老师年届七旬，在泳池中都是蛙式闷游半个小时不息。擦身而过时瞄一眼，灯光折射下的她身材匀称、皮肤白皙，一如几十年前。还有交通委“凤”、军转“英”等女性泳者，似美人鱼穿梭，为泳池增色不少。军转“英”有时乘兴来一番水中瑜伽、水上芭蕾也颇吸引眼球。偶尔，原八一队退役女将“凯”也来游上一番，引来大家阵阵啧啧赞叹。如有哪位几天不见，大家就要牵挂：家里有事？外出旅游？抑或有恙？国安局“燕”前段时间不慎骨折，几个月不见倩影，弄得熟识者像缺了点什么。

知彼知己，自己的身体自得知。不如年轻时了。那时，同一或隔壁泳道间，还会时不时来一场短促的、无意识的、当然也无裁判的比赛。这一点上，房管局王君是最喜欢暗自较番劲的。泳龄最长的概数我曾经的老领导张君，十几年来持之以恒，且宝刀不老，泳池中根本看不出已过古稀之年。环保局周君下池前总要做完一套自编的舒筋操，游程似比以前短了。民防张君不久前因心脏不适装了起搏器，医生说可以适当慢游。他不离不弃继续着，管理方却总想劝阻他，这也成为矛盾。胖墩墩的陆君一般也不多游，只三五圈就算动作过了。他还要享受冲洗拉筋聊天的愉悦。

几十年了，不少常泳者已成泳友，常有泳外活动。但游上十圈廿圈，还会站在池边聊上一会。有时，少体校来训练。少年泳者如一群小海豚，在教练指导下，或蛙，或仰，或自由式，在水中穿梭轻松自如，蓬勃朝气把水花溅活了。泳友们默默地看上一阵，既是小歇，也是在回想自己的青春年华。这既是间奏曲，亦是奏鸣曲；既有随想曲，还有咏叹调。

老泳友们以前或是警察、军人，或是工人、农民，身体或多或少留下一些隐痛。在尽情享受水与肌肤肢体的亲密接触中，柔润交流、刚性搏击，让水冲醒不如以前紧绷光滑的肌肤，按摩激活退化的筋骨关节，向往“筋长一寸，寿长一年”的验证。我的亲家公是个老消防，曾长期受腰伤折磨，有时直立不起。经鼓动晨泳以来，腰竟然活泛起来了。

“风烟滚滚唱英雄，四面青山侧耳听，青天响雷敲金鼓，大海扬波作和声。”明亮的嗓音是姚君在吼上一曲。“太阳出来啦……”，那是信访李君的标志性唱腔。不识五线谱、五音不全的我也不时喊上几句，飙高音亮丽，仿中音浑厚，吐低音深沉，京剧、沪剧、越剧、评弹随兴而起。有时引起泳友共鸣，在冲淋间泛出波波回音。荡涤混沌浊气，还肺于清新鲜活。不少友还将拍打、揉搓、拉筋、踮脚等动作穿插其中，其乐融融。几位还用脚盆以水温脚，赶走寒气、湿气。激昂、雄壮，委婉、柔和，活泼、欢快，低沉、悲怆，主旋律及各种和声构成美妙的交响曲。

一晃，泳者中有几位成了休止符，已去天国遨游。有人质疑晨泳。实际上，与每样事物一样，利弊得失总是相随的。见仁见智，众说纷纭。我想，总是利大于弊吧，趋利避害是真谛。

是的，无论春夏秋冬，每天，这碧波荡漾着的泳池谱写着一首首人生进行曲，为又一天的生活带来崭新的畅想。我愿成为某个音符的一分子，随着节拍逐浪而歌。

（载微信公众号“老小孩”，2018 年 11 月 8 日）

低头“挨训”记

低了那么多年的头，积劳成疾，厚积“勃”发，这次重重地挨了一顿“训”。

追溯低头，概始于童年，当学生做作业，一晃十多年，哪个、哪能不低头。好在多动，又在发育阶段，谁都不觉得有什么不适。

回乡务农，拔秧、种秧，割稻、割麦，也低头弯腰，更常有挑担负重。或许低头中时有抬头相抵，这么些年也挺过来了。

整日伏案埋首，应是四十八年前到公社广播站工作后。做编辑，按文人的讲法是“爬格子”，每天半小时的自办节目，五千余字总要搨出来、编下来。这样一弄，弄了十七年。

1993 年年初我被调到乡政府当办公室主任，兼任党委秘书，除了政务党务的上传下达贯彻、协调督促落实，伏案办文占了很大比重。印象最深的一次，我白天参与了三批次的群体性上访接待，直至午夜；回到办公室弄包方便面充饥，继续整理摊了一桌子的资料，硬将翌日要上会初审的“政府工作报告”赶了出来。久而久之，伤脊椎、耗元气。过后想来，那时已时有头晕眼花、颈脖酸胀、手脚发麻等症状。

后来分管一个地方一摊子事，又主持一个处级单位工作，担子愈加沉重。虽尽可能多沉走在一线，但“坐堂”伏案埋首的时间终究还是不少。

退休后，似乎一身轻松，可随心所欲。惜丢不掉中华方块字之瑰宝，忝列于老干部局“网宣团”，得暇时而低头在手机上涂些“豆腐干”小文；得支持，旧作欲汇编成集当埋头费神；阅读纸质书报刊，又常不究坐姿。甚而，合得高兴于牌桌持续酣战。殊不知，颈椎退行性改变已悄然而至。

回想近二十多年来坚持晨泳，每日或有四五百下的抬头挺胸、扭腰甩腿，似乎减缓、抵消部分低头造成的颈脊劳损，概是积“怨”甚深，最终扛不住而暴发。

那些天，左肩酸疼不能举，左腿麻木，遂到社区卫生服务中心中医理疗。此症状原先也有过，治疗了三次就好了。这次，故态复萌，再做理疗，却无疗效。再至老镇数百年银杏树下的老院，经由名医世家、上海中医药大学硕士生焦大夫多种手法精心医治，两周后症状倒也逐渐消去。

可不知咋地，疼痛、麻木不经意间转到了右肩、双腿。适逢应约，我去江浙皖转了一圈，病症日益严重。一周后返回，实在熬不住了。站也疼，坐也痛，头颈紧绷，右手抬不起，只有躺着稍可。针灸、火罐、电疗，服药、膏药镇痛消炎，均无济于事。不得已，至区中心医院核磁共振检查，诊断为：C3～4、4～5、5～6、6～7节椎间盘突出。颈椎退行性改变。颈椎棘突间韧带炎。L4～5、L5～S1椎间盘膨出，腰椎退行性变。怎么办？医生的处方是：药物镇痛消炎；牵引、针灸等物理治疗；低枕卧硬板床休息。如此弄了两天，症状毫无缓解。再询沪上知名三甲医院专家，说暂就如此而已，这非一日之功，需要一定的时日。

疼痛无奈之中，老友介绍了其曾去过的一家在七宝华友路的民间诊所。俗话说“高手在民间”，于是我抱着试试的想法，歪斜着头颈当天即去。

沿街的门面不大，倒也整洁。一面墙上，营业执照边上挂满病家赠送的锦旗，上方有国家级、省市级“非物质文化遗产代表性项目（马明仁膏药）”的牌匾。另一边台柜上，置放着华佗中医学院、北京中医药大学培训毕（结）业证书等。看上去四十来岁、精干敦实的业主医师对我一番触摸，说是症疾不浅，治疗确需时日，两周左右吧。接着，来了个推、拿、捏、按，痛得我忍不住哇哇叫。不过，痛过之后板结处似是稍有松动。热敷上现熬的药膏，一个小时后揭去。末了，再贴上成品膏药。两个多小时，收费两百二十元。

第二天上午再去。这次比昨天痛得更厉害了！按摩中，算是能忍的我也痛得歪脸咧嘴，直冒冷汗，偶尔叫几声。医者递过一杯水，说是接近极限，稍歇歇。

接下来的几天，大致天天如此施受“刑罚”。只是手法、工具时有变化。出于中医世家自幼学医的陈医师，运用了推、擦、揉、捏、掐、点、抓、揪、叩、搓等十几种手法。我分不清，只是感觉时而温柔如和风细雨，时而激烈似疾风闪电，更有瞬间刺骨抽筋钻心之痛。时而徒手，时而借助工具。用彩色橡胶制品如狼牙棒拍打，以乌柏花梨精雕细琢像七巧板按压，或依方的、圆的、长的、短的、不规则奇形怪状的器物刮揉；材质有澄亮细巧的钛合金，也有乌黑沉重磁铁锤，还有晶莹剔透玉石块……我问工具之名，他含蓄一笑，拿出几张其获专利的证书。如此数天，十八般武艺视症施展。其中穿插电疗热烫、银针刺穴、飞针放血……痛过之后，症状也确渐有好转。如此一晃，“受刑”“挨训”的日子又过去了两周。

过去常说“人在屋檐下，不得不低头”，当今多见“手机捧掌中，哪个不低头”。虽未痊愈，禁不住抬起尚有酸疼的胳膊，匆匆记下此番经历，让大量年轻或年长的“低头族”参考。我呢，或还需“挨训”一段时间。哪怕好了，也应接受教训，这台常“超负荷”的“老机器”可不好修呢。

（载微信公众号“老小孩”，2024 年 6 月 16 日）

后记　泥尘印痕是吾乡

风风雨雨，兜兜转转，一晃，在曾是上海西南近郊古镇、今为上海主城副中心的这方沃土上已着地走了一个多甲子年了！

花甲退休后，确是回忆过去多了。有人说是自然规律，变老的象征；有人说是人之常态，可以理解。我以为，怀旧无罪，更无关暮气。如果额头终

莘庄现存最古老的树在陆昌庙

将刻上皱纹，那此印与心境无关。怀旧并不是枯萎，而是在铺开的旧记忆上透出一片片锦绣年华。如梁启超曾语：唯思既往也，故生留恋心。

人生确是短暂的，殡仪馆已去过几十次，每次都是人生的洗礼；有机会两次走进西藏并登临海拔 5 600 米的珠峰大本营，那是心灵的升华；生一次需住院的病，也是在历练陶冶。婴儿呱呱产出，医生剪断脐带，先要用蓝印泥把足迹拓印在出生记录上；哇哇学语，落地学步，赤足是常态；从少年起学干农活家务，一年四季有半把时间是赤足与土地亲密接触的。在忙碌的工作岗位上退下来，蛮想对走过来的路回望一下。虽然鸟儿已经飞过，天空了无痕迹，但把过往再咀嚼一番或许会有些回味。生命的一切，包括足迹及其中包含的情感等，由记忆做留存和延展。说不定怀旧可以悟新，回望可以促今呢！

回望自己走过的路：

本是对土地满怀眷恋的农人：在祖祖辈辈曾留下烙印气息的这块土地上劳作十许载，各种农活捏得上。曾向往能做个新政权领导阶级的工人：父亲是一名铁路工人。我务农时被外派做了一年的建筑工人（县建公司钢筋工），有时“手捏铁搭柄，心里冷冰冰；眼望高烟囱，心里热烘烘”。也曾“血书”要当兵做军人：苛刻的政审及名额限制连体检都轮不到，后获准加入民兵，参加军训步枪、机枪、冲锋枪、手枪及至手榴弹火箭筒爆破等实弹演练。被推荐选聘做了“文人”：做党的“喉舌”，基层广播站新闻采编播 17 年；又基层政府文秘 7 年。有机缘当了“仆人”（公务员）：20 多年基层政府（莘庄、颛桥）几乎所有行当包括行政党建都曾参与或分管。后期 180 度转身为国资当“商人”：主职闵行资产投资经营有限公司，干了实足 5 年的资产投资经营管理。由于公务员身份不能在企业任职，被调至莘庄工业区任调研员。期间，又被借区政府重大项目推进办。

人生多重角色转换，甜酸苦辣遍尝，无高德，也无高能，但没负高人、恩人、友人指点、敲打、扶持，努力了，很执着，能真诚，务实是。时刻感恩着，也惶恐着。无愧无怨无悔，也有一些遗憾。自以为力所能及，一切为了“主人”！

所以，把过往的一些东西翻了出来。所谓“过往”，大都是 21 世纪初到近前偶得的一些概属散文类的文字，并做了筛选（个别有改动）。立足的是“血地”——祖祖辈辈生活劳动、生我养我之地——莘庄。分为：物——物是人非，记叙日常物品、植物、建筑标志物等及其引发的思考；事——事过境迁，由亲历的一些事件，记录地方一隅的历史过往、时代变迁并抒怀；人——人生如水，由凡人琐事，引发对人生旅途喜忧参半的感叹。

是为“老莘庄”近70年沧海桑田变化的见证者、参与者、受益者，感慨于本土人、事、物发生的翻天覆地的变化，寄情于风土人情的繁衍变迁，试图以浅陋拙笔，将个人生活学习、工作经历与社会历史演绎结合起来记录、思考，窥见故乡过往风貌，反映这一代人的独特经历。就这样，集成这一册《莘庄漫记》，以平实之言（抑或土语方言），为故乡、也为即将到来的共和国75周岁生日略尽绵薄之力。

心灵有家，生命有路。《莘庄漫记》得以正式出版，感谢“莘庄镇文化发展专项基金”的鼎力支持，感谢亦师亦友、文史专家张乃清先生的倾心指导，感谢李伟国先生、褚半农先生赐序使蓬荜生辉，感谢一路上所有指引、帮助、陪伴的高人、好友、同仁，有你们真好！足迹无印似有痕！

2024年4月